Gaea

Gaea

乩身

The Oracle Comes 4

〔穿天降神的龍〕

星子——著

乩身

〔穿天降神的龍〕

目錄

楔子

神明在陽世有許多使者。

有男有女、有老有少，身負任務也各有不同——

有人專司武鬥，降妖伏魔；有人救災救難，濟世助人；有人醫病護生；有人作育英才。

許多人甚至不知道自己肩負天命，他們只是樂於奉獻身懷所長，讓世間更好。

「眼線」的任務，是替神明蒐集陽世陰間種種情報，回報上天，讓神明定奪諸事是非曲直、防範群魔眾鬼作祟。

阿水是出了名的包打聽，從十幾歲開始擔任神明眼線，今年已經五十六歲了，將近四十年的眼線資歷，讓他從南到北、從陽世到陰間，都有消息管道。上百個鬼朋友每天捎消息給他，讓他篩選過濾之後稟報神明。

每個眼線有自己專屬傳遞消息的方式，有人喜歡和捎消息的鬼朋友面對面談，有的人習慣請鬼朋友託夢傳話。

但阿水的鬼朋友太多了，要是每個都託夢或面談，可會累死他。

所以他在自家布置個小房間，裡頭有張小供桌，長年供奉零食祭品給所有來訪的鬼朋友們。鬼朋友夜訪阿水家時，阿水通常早已入睡，他們吃完供品便會來到供桌兩側長桌前，從筆筒中挑出慣用的筆，將要向阿水報告的消息寫在準備好的紙上。

阿水每日下班，帶便當返家，配著一張張情報下飯，然後睡前喝杯特製的青草茶，在夢裡將話說給神明聽。

這份無償的加班工作，阿水數十年來，彷如一日。

說是無償，其實有價。

阿水得到的回報，是每年健康檢查各項指數都非常漂亮。

他甚至已經忘記感冒是什麼滋味了。

晚上十一點整，阿水從冰箱取出備妥的冷菜上桌，還開了瓶高粱。

一年裡總有幾次，會收到幾件「重大消息」，他便會主動聯絡那些報信的鬼朋友們來家中細述詳談。

例如今晚。

十一點五十四分，桌上酒好菜香，但阿水一點也高興不起來，畢竟這些「重大消息」，不僅人命關天，且通常不只一條人命，是很多人命。他窩在沙發上反覆看著兩、三張「重大消息」。

十二點半，阿水已喝了兩小杯高粱，朋友還沒來，他沒倒第三杯，深怕喝多了等會兒聽不清楚「重大消息」。

一點二十，阿水那兩小杯高粱的微醺酒意都退了，鬼朋友還沒來。

午夜三點，他站在神桌前上了炷香，倒杯青草茶飲下，準備入睡。

他剛回到客廳準備收拾桌上一口也沒吃的冷菜，門鈴終於響了——

那不是給活人朋友們按的大門電鈴，而是安裝在陽台玻璃門框上讓鬼朋友動手搖的手工鈴。

其實玻璃門也沒關，阿水望著兩個站在前陽台對他微笑的鬼朋友，雖覺得有些陌生，但仍放下菜餚走去開紗門。

鬼朋友直接穿門進屋。

阿水望著兩位鬼朋友，微微有些困惑，拿起桌上幾張「重大消息」，看了看署名。向他報信的朋友實在太多，有些熟稔，有些不那麼熟稔，消息不一定是熟朋友報的。但眼前這兩位未免太陌生，且和紙上署名李奇的傢伙好像不大一樣。他狐疑地問：「你們……哪個是李奇？我記得他應該是個年輕小伙子不是嗎？你們……」

「我們有很老嗎？」兩個傢伙微笑互視一眼，跟著往前探頭細看那張「重大消息」。

阿水本能縮手不讓他倆看，卻被其中一個伸手抓住手腕，另個倏地便上了阿水的身。

兩個傢伙對坐，吃著阿水整備的酒菜。

其中一個附著阿水的身，吃得津津有味；另一個捏著兩張情報，喃唸起紙上內容：「幾天前，陰間大富麗酒樓包廂裡進行了一場祕密會議……參與的人有好幾個大人物，我老闆也是其中一個，還有陽世活人，他們在討論要上陽世幹件大事……」他唸到這，冷笑說：「嘿嘿，那小子還發毒誓說自己不是抓耙子，這下有他受了。」

「年老闆會吃了他。」阿水被附著身，狼吞虎嚥吃盡一桌酒菜，開始翻冰箱找其他食物——半盤剩菜、半鍋湯、半鍋飯、生雞蛋、三顆蘋果……他的食量可沒那麼大，整桌酒菜已經超出他平時一餐食量；但他此時被鬼附體，身不由己，含淚苦臉地將眼前所見的東西全往嘴裡塞。

另個傢伙繼續唸情報：「我要端菜送茶，還要打掃，斷斷續續沒聽清楚，幾個大老闆好像想對付一個陽世活人。」

阿水吃空了冰箱，肚子鼓脹得像是充飽了氣的皮球；然後他將目標轉至餐桌和五斗櫃，翻出半條吐司、一盒餅乾、一罐蛋捲、幾顆橘子。

「那陽世活人很難纏，據說鬼怕他怕得要死，陰間幾位大人物，甚至閻王都跟他有過節……他們說那人頂頭上司，是中壇元帥太子爺。」

阿水左手吐司右手蘋果，臉色發青、雙眼上翻，開始找酒——陳年高粱、威士忌、竹葉青、白蘭地、自製藥酒——這些酒都是他珍藏用來招待鬼朋友們的好東西，此時卻反過來被這兩個陌生朋友拿來招待自己。

大口吐司大口竹葉青、大口蘋果大口藥酒，他過去從未這麼吃過。

「底下幾個老闆們都想他死、想拉他下陰間，但他很難死，所以大家想辦法設局弄他，那天會議就是在商量合作弄他的辦法，他們討論了好幾種，有人出錢、有人出力、有人幕後指揮、有人負責善後……我趁替他們上菜時，冒死偷拍下幾段影片，阿水哥有興趣的話，我帶上去給阿水哥過目。」

阿水感到呼吸困難，他的胃腹從飽脹到發疼再到劇痛，吃下的所有東西像是再也撐不住，要從食道滿出來了——怎麼辦呢？

他很快曉得身體裡那傢伙，想用什麼辦法來阻止即將從他食道滿出的食物了——就是找一條繩子，進廁所，對著鏡子，緊緊綑住脖子。

緊到將他脖子束窄一大圈。

非但食物通不過食道，連空氣和血液也通不過氣管和血管了。

阿水望著鏡子裡的自己，眼神隱隱流露出一絲遺憾。

不知是遺憾自己幾十年前接下這無償工作，還是遺憾平時沒有多打幾通電話給在外求學的兒子女兒。

壹

午後，鐵拳館冷冷清清。

三十來坪大的地下室健身房兼拳館，此時客人便只兩個退休大叔和一個大嬸，三人踩一會兒健身車、跑一會兒跑步機、搖兩下呼拉圈，大部分時間都在暢聊政治時事，不時向櫃台旁窩在躺椅用胳臂枕著頭發呆的韓杰徵詢意見。

韓杰隨口敷衍，懶得理睬他們。

他盯著天花板，總覺得這陣子有些心神不寧——

近來實在太平靜了。

他作爲太子爺乩身，過往靠著籤鳥小文叼出來的籤紙四處揍人打鬼、處理大大小小的妖邪作祟案件，但小文已經兩、三週沒叼新籤紙給他了；起初他樂得輕鬆，漸漸地卻又有些不安，總覺得這異樣寧靜有些反常。

「最近天下太平，眞好啊。」

這兩天他偶爾會抬頭望著天空或是天花板試探性地向上頭喊話，卻也得不到回應。

鐵拳館大股東老龜公倒是樂得替韓杰連續安排了十幾場沙包工作——韓杰這個在十多年前就被從生死簿上劃去名字的傢伙，全身骨肉內臟被太子爺用蓮藕補過，與惡鬼邪魔爭戰時斷手折腳是家常便飯，兩年前他被個地底魔王掏空內臟、血流乾了都死不了。他仗著這副不死身，用自己的身體當作沙包，讓一些大老闆、有錢人上台打幾拳過過格鬥癮，或是宣洩生意、生活上種種怨氣，賺點零花錢，也算是物盡其用了——

太子爺倒不反對韓杰用這種方式賺取生活花費，畢竟不偷不搶，總算是皮肉血汗錢。

兩年前韓杰與太子爺「續約」之後，已非負罪之身，而是正式受僱的神靈使者，平時行事規矩寬鬆許多，他除了繼續擔任沙包，也能夠光明正大地入股鐵拳館，正當經營自己的事業和交友圈。

老龜公本來慫恿他打著鐵拳館的名義打公開拳賽，一口氣把鐵拳館招牌炒上天，但馬上被韓杰拒絕——用天賜藕身來和凡人肉身打比賽賺名氣獎金，顯然是不公平的競爭，放寬限制不等於讓人藉異能舞弊圖利。

老龜公莫可奈何，只好盡量多安排點沙包生意，還打算推出不限次數「打到飽」的沙包季票，想替這小小的鐵拳館多增加點營業額。

「阿杰、阿杰，你在不在？」老龜公的聲音從樓梯方向傳來。

韓杰還沒搭腔，就見對方急匆匆、喜孜孜地下樓，背後還跟著一串腳步聲。

三個年紀二十出頭的年輕小伙子跟著下樓。

「就在這裡？」「地方好小！」「這些器材像是我爺爺用的。」小伙子們說話洪亮帶著濃濃洋腔，用都市人深入祕境探險般的神情，打量著鐵拳館裡各種設施。「沙包在哪？」

他們的目光很快地來到緩緩站起的韓杰身上，都指著他說：「他就是你說的沙包？」

「啊？」韓杰盯向搓著手快步朝他走來的老龜公。

「阿杰阿杰，我跟你說，這三個是張老闆介紹的，在美國創業，年輕有爲；喜歡運動、喜歡打拳。」老龜公笑得眼睛瞇成一條線。「他們聽說你能打，開心得不得了，迫不及待想見你，拜你爲師。」

「拜我爲師？」韓杰皺了皺眉，瞥了三個小伙子幾眼，望回老龜公。「可是我剛剛聽到『沙包』兩個字；是有人拜沙包當老師，還是把老師當沙包？」

「沙包是試用。」老龜公瞇瞇笑眼飄過心虛。「沒用過怎麼知道老師有沒有本事啊。」

「現在館裡還有客人。」韓杰瞅了瞅幾個大叔大嬸。「你不怕嚇跑人家？」

「不怕不怕！」一個大叔嚷嚷說：「之前就聽老龜說過阿杰這工作，早想見識一下，你們儘管上去打，別管我們。」

「是呀是呀。」老龜公搓著手，捧著拳套轉去招呼三個小伙子。

「……」韓杰望著三人不等老龜公幫忙便自行纏起繃帶、虛空揮拳，倒是揮得有模有樣。

「我還沒答應啊。」韓杰扠著手，不悅地說：「你眞當我是你旗下紅牌，連問都不用問了？」

「哦？」小伙子們互視一眼，用手肘頂了頂彼此，神情流露幾分輕視。

「阿杰你別這樣說，讓人家誤會我們在挑客人，只敢欺負老男人。」老龜公這麼說。

「啥？」韓杰瞪大眼睛。「欺負老男人？當沙包還叫欺負人？」

「當沙包怎麼不能欺負人！」老龜公理直氣壯說：「你不是常用臉和胸肌腹肌欺負人家

拳頭嗎？有時候跳來跳去不給人打，累得人家氣喘吁吁才假捱一、兩拳，說點場面話，但心裡卻瞧不起人家，這樣還說不是欺負人？」

韓杰愣然，說：「那你想我怎樣做？」

「幹嘛？」一個小伙子已經跳上擂台，攬著繩圈見韓杰意見不少，便對老龜公說：「你不是說季票隨時打都行？」

「季票……」韓杰瞪向老龜公。「我不是說我要再考慮？」

「邊打邊考慮嘛。」老龜公見韓杰像是要發怒，連忙上前安撫。「三張季票五十萬耶，大賺他一筆。」

「五十萬讓三個年輕人不限次數打三個月叫大賺一筆？」韓杰扠手抱胸，見老龜公要替他綁繃帶，也不願伸出手。「這麼好賺你怎麼不自己賺？」

「這生意只有你有本事賺，我沒這本事呀。」老龜公笑著搖手，硬將韓杰手拉來綁繃帶，低聲說：「他們下個月要回美國，偶爾才回來，實際上打不了那麼久，而且我跟他們說好一個人一週最多打兩天，沒有不限次數……」

「他們三個人，一週加起來六天。」韓杰冷冷地說：「禮拜天讓我休息是吧。」

「禮拜天？禮拜天跟周先生有約喔，沒有休息。」老龜公呵呵笑著說：「他們三個應該同一天來，三個人輪流打，兩天就解決了。」

「媽的！」韓杰臭著臉。「三個人輪流打我一整天？一週才兩天是吧！你知不知道你在說什麼？你有沒有把我當人看啊？」

「沒有啊。」老龜公搖搖頭。「你上次被一個大妖怪一巴掌搧斷手，沒兩天骨頭就接上了，更早之前還被那魔王開腸剖肚血流乾了都死不了——你捫心自問，這還算是人嗎？還是你覺得這三個小伙子比那大妖怪還凶？比那魔王還狠？」

「……」韓杰靜默幾秒，終於緩緩伸出手讓老龜公纏綳帶，但語氣仍然不悅：「這次算了，下次你再不經過我同意隨便替我賣季票，我上台保證還手，人家找你退費別怪我。」

「我沒說你不能還手啊。」台上的小伙子打了個哈欠，說：「認眞打才過癮。」

「聽到沒有、聽到沒有……」老龜公替韓杰戴上拳套，推著他上擂台。「你本來就喜歡打架，陪小伙子玩玩，人家付錢、你賺錢，摸蛤仔兼洗褲，怎麼看都你賺。」

韓杰不再接話，翻上擂台，盯著台上那小伙子直上直下熱身蹦跳，另外兩個則擠在繩圈旁，像排隊等電玩搖桿輪到手上的孩子。

「別出手過重，還沒收錢，這是試玩。」老龜公同時身兼裁判和防護員，湊在韓杰耳邊低聲囑咐——

他還想講些什麼，但見韓杰瞪他，這才閉嘴。

「幫個忙啦阿杰……上次我把車借你，被你搞得像是從戰場回來一樣，到現在都沒錢修，快過年囉，我想包個大紅包給我兒子女兒……過年剛好也差不多是他們生日，這你也知道囉。」老龜公說著，朝韓杰攤開手，掌心上有張他與前妻生的一對兒女。

照片上兩個孩子一男一女，是對龍鳳雙胞胎，擠在插著三根蠟燭的大蛋糕前，瞪著水汪汪的大眼睛等著拍完照吹蠟燭。

「好幾年前我不是跟你說過，這招別再用了？」韓杰露出一副想將照片撕爛的神情。

「照片都黃了。」

「照片擺久了本來就會黃啊……」老龜公聳聳肩——照片是二十幾年前拍的，一對雙胞胎兒女只比韓杰小幾歲，二十年前他和老婆離異後，便沒再見過兒女。最初幾年他時常翻看他們的照片下酒，儘管難過卻也莫可奈何，他外遇害老婆患了憂鬱症，孩子不原諒他，連他的電話也不接，更不收他的紅包。

「算算年紀，他們都該成家了吧。」老龜公說：「我紅包是要包給我孫子孫女的。」

「你乾脆自己再生一個比較快。」韓杰沒好氣地推開他，往擂台中央的小伙子走去。

老龜公笑咪咪地跟上，抓著兩人拳頭，簡單講了規則。

喊了聲開始。

兩個人碰拳示意。

小伙子下巴瞬間捱了一記刺拳，腿軟倒地。

遠遠看熱鬧的大叔大嬸不約而同哇了一聲。

「喝！」老龜公愕然大喊一聲，連讀秒都忘了，用責備的眼神望向韓杰。

「幹嘛？」韓杰聳聳肩，說：「他自己要我認眞打啊，現在到底想我怎樣打，說清楚啊……」

「是呀是呀……」老龜公見小伙子掙扎想站起，連忙一把拉起他，替他揉肩捏臉，彷彿成了他的教練兼防護員，說：「要不要重新選難度？」

「選……難度？」小伙子臉色鐵青，回頭瞧瞧笑倒的兩個同伴一眼，一把推開老龜公，不服輸地盯著韓杰。「Fuck，我還沒準備好……」

「像是打電動一樣，可以選難度呀。」老龜公說明：「沙包級、休閒級、普通級、進階級、惡夢級、第六天魔王級……你想怎麼玩，他都可以配合。」

「什麼啊？」小伙子一時還聽不懂，見韓杰擺好架勢瞅著他笑，立時推開老龜公，一記鞭腿往韓杰腰間甩去。

「出腳？」韓杰抬腿擋下。「要玩MMA？我還以爲打拳擊……」

「是啊……」小伙子連掃幾腳，都被韓杰擋下——他本以爲韓杰只會拳擊，幾腳下來卻發現韓杰的格鬥架勢精熟，一雙腿比他在美國健身拳館裡的猛壯洋教練還硬，正覺得不妙，韓杰鞭腿已經鞭在他大腿上。

小伙子再次倒地，摀著大腿嚷嚷地問：「現在……現在是什麼級啊？」

「普通級吧。」韓杰不等老龜公讀秒，人已跨上小伙子身，先作勢往他臉上虛出幾拳，跟著扣住他手腕橫坐躺倒，對他使出一記腕部逆十字固定——

此時他雖戴著拳擊手套，無法鎖死對手胳臂，但他實戰經驗勝過小伙子太多，小伙子一時也難以掙脫。

「你幹什麼，讓我讀秒啊！」老龜公怪叫，扯著韓杰胳臂。

「打綜合格鬥讀個屁秒！」韓杰仍扣著小伙子胳臂，卻留了段空間沒將他手臂拗到底，笑著對他說：「要是進階級，剛剛我拳頭會眞打下去，現在你的手也斷了，怎麼樣，要不要改幼幼級？或是奶嘴級？你還有機會重選。」

「哇……」小伙子感到韓杰扣著他的胳臂眞開始出力，連忙輕拍韓杰小腿——這動作在允許關節技的格鬥比賽裡，代表投降的意思。

韓杰放手起身，拉起小伙子，拍拍他的肩，望向擂台外兩個看傻了眼的小伙子，問：「另外兩個誰上台，選哪級啊？」

兩個小伙子面面相覷，驚覺這款遊戲好像比想像中困難太多。

「你幹嘛這樣！」老龜公焦急地將韓杰推回角落，攙著臉色一陣青一陣白的小伙子退到另一端，才笑嘻嘻地對三人說：「大家第一次見面，默契不夠好，難度可以調整，別介意，嘿嘿……」

「你不打啦？」場外兩人望著台上拆起拳套的同伴。

「我認輸啦……」台上小伙子臭著臉左右看看同伴。「你們哪個要上？」

「呃……」兩人相視一眼，不約而同說：「剛吃飽，下次再打好了。」

「啊——剛吃飽正好運動一下幫助消化啊。」老龜公見三人萌生退意，連忙陪笑遊說：「我跟他說說，要他用『親友級』招待各位，還是直接改沙包級，他不會還手，他很敬業的……」

「幹你老師咧龜龜毛毛！你們不打換我打行不行啊？」

又有一個陌生小伙子不知何時來到鐵拳館，在旁觀戰了一會兒，此時吆喝著拉繩圈翻身躍入擂台，挑釁地望著韓杰。

這無端闖上台的小伙子約莫二十幾歲，有雙銳利如刀的眼睛。

「呃！等等，你……你誰啊？」老龜公愣然望著翻上台的人，「你想打拳，也要排隊啊……」

「他們不是不打？」那人指了指先來的三人。

「讓他先打沒關係……」三人之中還沒上場那兩個，不但不介意被插隊，反倒露出鬆了口氣的神情，笑嘻嘻地說：「我們先看他打。」

「那季票……」老龜公不得已，只得替投降那個拆下拳套。

「我們再考慮一下。」三個小伙子退開老遠，望著那闖上台的人，說：「嘿老兄，你選哪一級啊？」

「幹選個屁！」台上那人哈哈一笑，扳起手指發出喀啦啦的聲響，瞪著韓杰冷笑，對老龜公說：「叫他把吃奶的力都使出來就對了啦！」

「這麼閒？」韓杰揚揚眉，扭扭脖子，也開始熱身。「底下放長假？」

新闖上台的小伙子，是陰間牛頭張曉武。

韓杰沒見過張曉武摘下牛頭面具的眞面目，但聽他開口講話立刻認出他；韓杰往前走了幾步，吸吸鼻子，神情有些疑惑。

張曉武身上竟沒有一絲鬼味。

跟著韓杰發現擂台邊還佇著另一個小男孩。

小男孩約莫十歲，頭戴鴨舌帽，一手炸雞排一手珍珠奶茶，胸前還掛著一張陽世許可證，顯然也是陰間鬼魂，但不知何故，他身上同樣沒有散發一絲鬼味。

「哈哈，別緊張！」張曉武見到韓杰如此神情，大笑說：「你鼻子沒壞，我這是底下最新的『擬人針』，很逼真的，連痛的感覺都跟真人肉身一樣。我不佔你便宜，你剛剛那招拗手腕也有效，你別怕啊。」

「我沒說我怕。」韓杰哼哼地說：「我是問你怎麼那麼閒？」

「幹我不能放假喔？」張曉武冷笑說：「你不也很閒，多久沒開工啦你！」張曉武說到這裡，回頭朝老龜公喊：「還不過來幫我戴拳套？」他回頭，見韓杰自個兒咬開一邊拳套，又摘下另一隻，說：「不戴拳套打？你不怕我打歪你鼻子？」

「我鼻子好久沒歪了。」韓杰扔下拳套，笑說：「都快忘記什麼感覺了。」

「等等等等！」老龜公氣急敗壞擋在兩人中間，對張曉武說：「臭小子你當這裡什麼地方？你想打就打？要給錢的！」

「我幹你老師咧，你收錢捱打？」張曉武瞪著韓杰。「有沒有這麼賤？」

「我賤關你屁事。」韓杰說：「這次就當免費招待，你到底打不打？」

「不行免費！怎麼能免費？」老龜公嚷嚷阻止。

「少囉嗦，滾一旁看戲。」韓杰抬腳踢開老龜公。

「嘿！」張曉武趁機衝上去一拳打在韓杰臉上，將他擊退幾步後，得意洋洋地攤手訕笑說：「這機台難度就這樣？能不能調整啊？已經調到頂啦？現在是幾分難啊？」

「……」韓杰揉揉臉，上前往張曉武臉上大揮一拳。

「哈！」張曉武見韓杰這記拳頭不僅動作大、破綻也大，輕鬆閃過，朝他腰肋勾去一拳。

但韓杰立時放下胳臂擋住勾拳，然後一記快拳正中張曉武鼻子。

原來第一記醜拳只是誘餌，第二記快拳才是眞功夫。

接下來幾十秒，兩人都捱了五、六拳，也打了對方五、六拳。

嘴巴也都沒閒著，出拳踢腳之際還不停叫陣對罵各種垃圾話。

「等等、等等！」老龜公嚷著，試圖分開兩人，對著張曉武罵道：「你不戴拳套打，想弄傷我拳館紅牌呀。」

「紅你媽！」韓杰再次推開老龜公，又被張曉武偷打一拳，搖搖晃晃退開幾步，惱火大罵：「我操你個老龜公，你跟他串通打我？」

「冤枉啊……」老龜公氣罵：「原來這臭小子是來踢館呀……啊！小心！」

不等老龜公提醒，韓杰已經閃開張曉武飛膝追擊，也還去兩腳，對老龜公說：「閉嘴！乖乖看戲就好。」

「是啊，看戲吧。」鴨舌帽小男孩津津有味地吃著炸雞排，不時吸口珍珠奶茶。

貳

韓杰呈大字形躺在擂台上，望著天花板日光燈，回想剛剛和張曉武的互毆和對話——

「喂！你怎麼知道我最近沒開工？」

「最近陽世死了不少眼線你不知道？」

「我不知道。」

「幹你老師你還配當乩身嗎？」

老龜公急急提著小水桶翻上台，從水桶裡抓出一袋冰，扯破包裝用毛巾裹好，摀在韓杰血流不止、歪向一邊的鼻梁。

三個小伙子和兩個大叔一個大嬸，目瞪口呆地站在擂台旁，像是嚇傻般。

「是誰幹的？」

「幹我要是知道的話，還上來調查啥小？」

「你上來查案？你不是放假嗎？」

「幹誰規定放假不能查案？王仔也常放假查案啊。」

「你最好有王仔那麼認眞。」

「幹我不能認眞嗎？你以爲我跟你一樣好吃懶做？」

「媽的誰好吃懶做，我按籤紙辦案，上頭沒發案子下來我做什麼？」

「沒發案子給你就不做事，那沒發衛生紙給你是不是不大便啦……哇！幹我還沒講完你打什麼打？」

「你是來打拳還是來講廢話？」

「幹你老師，吃我這招，哈哈哈！」

韓杰被張曉武用胳臂挾著腦袋後仰坐倒、腦門撞地，這是摔角招式中的「DDT」——在摔角擂台上，這招的傷害程度會視施技者下手分寸和對對手的保護程度而有所不同——張曉武使在韓杰身上時，沒有半點保護他的意思，反而一副想將他腦袋撞爛、頸椎折斷的態勢。

十餘秒後，腦袋痛到火大的韓杰，回報張曉武的是記腕十字固定，扣得俐落標準。

「幹你老師……很痛耶！喂你到底有沒有消息啦？」

「媽的你到底要什麼消息？」

「我想知道哪個幹他老師的王八蛋，閒閒沒事燒幾百道符令下陰間檢舉陰差？」

「你被人檢舉？」

「不是我，是整間城隍府被檢舉，我一個人扛下來，所以才放長假。」

「你放假沒事幹上來討打？」

「幹你老師我都說是上來查案了！說我討打？你沒看你鼻子歪成這樣，血流滿地還嘴硬……啊幹很痛啊！你這是腕……腕……」

「是腕十字固定……有人檢舉你們城隍府，你來我地盤踢館？你以爲是我檢舉的？我有那麼閒嗎？」

「俊毅說你腦袋沒壞，不會幹這蠢事，但他不知道毒蟲什麼事都幹得出來。」

「陰差有比毒蟲乾淨嗎？我早戒毒了，你們陰差再過幾百年還是一樣髒。」

「少講幹話啦，現在陽世死了一堆眼線，陰間好幾間乾淨的城隍府都被人檢舉，權力被限縮，你覺得這是什麼情況？幹！你沒聽見我說很痛是不是！」

「廢話，不痛我用這招幹嘛？你投降就不痛了。」

「降你娘咧！」

張曉武死不投降，韓杰也不留情，他啪的一聲拗斷張曉武左肘韌帶，將他胳臂扭成可怕的角度，令所有人嚇傻了眼。

鴨舌帽男孩跳上台阻止比賽繼續進行，稱有急事要忙，到此爲止不分勝負，硬將張曉武拉下台離去。

大叔大嬸們呆愣好半晌才回神，聚到了擂台旁，望著癱躺在地的韓杰，擔心地問：「要不要……幫阿杰叫救護車啊？」

「不用。」韓杰坐起身，擰了擰鼻子扳正鼻骨，搶過老龜公手上的毛巾拭血，搖搖晃晃站起身來，覺得腦袋有些暈眩，頸椎也疼得很，嘿嘿笑著說：「好久沒打這麼過癮了……」

「MMA是這樣打的嗎？」小伙子竊竊私語起來。

「不同聯盟不同規則呀，阿杰他都可以配合……」老龜公見韓杰似乎沒事，鬆了口氣，轉去招呼小伙子們。

「他被打成那樣，要休養一段時間，暫時沒辦法當沙包了吧……」一個小伙子這麼說。

「放心放心。」老龜公說：「他身體跟我們不一樣，睡兩天就沒事了，我們來聊聊優惠方案好了……」

「嗯……」小伙子們面面相覷，苦笑往後退。「我們……還是再考慮看看好了……」他們一邊說、一邊退，退到樓梯旁，也不理老龜公叫喚，急急轉身離開鐵拳館。

「阿杰——」老龜公氣急敗壞地轉去要埋怨韓杰，見大叔大嬸還擠在廁所外等他，像是有滿肚子問題想問，便不耐地趕人。「好了好了，今天要休息了，各位也回家休息吧。」

「休息？現在才下午……」大嬸說。「現在還是營業時段呀。」

「阿杰給打成那樣，我帶他看醫生行不行？」老龜公嚷嚷說：「還免費送了場格鬥賽給你們看，正式拳賽票價一張起碼幾千起跳，你們賺到了！」

「這倒是……」大叔大嬸聽老龜公這麼說，只得收拾東西準備離開。「剛剛打得眞精彩呀。」「連正式拳賽都沒打成那樣……」「走的那人胳臂是不是斷了？」「阿杰出手也太狠了，他以前真是流氓？」

一個大叔走到樓梯邊，還回頭問老龜公：「以後這裡還有沒有這樣的拳賽呀？」

「讓我規劃規劃，有賽事就通知你，票價打對折。」老龜公隨口敷衍，送走人後，在門外掛上「本日公休」的牌子，回頭見韓杰撫著脖子從廁所走出，急匆匆地上去關切。「怎麼樣，有沒有事？」

「沒事，就打架而已……」韓杰打開冰箱，拿出冷飲敷臉上傷處，又到大鏡前望著自己鼻青臉腫的臉。「糟糕，要捱罵了……」

「你才知道要捱罵！」老龜公扠著手，責備地說：「你知不知道剛剛那三個也算大金主，他們有不少朋友，要是你客氣一點，我們生意……」

韓杰轉頭瞪視老龜公，冷冷地說：「誰怕你罵了？你敢罵我試試。」

「呃……」老龜公莫可奈何，攤攤手問：「待會有約會？」

「是啊。」

「是那個大律師？」

「是啊。」

「你們在一起了？」

「算是吧……」

「搞過了？」

「關你屁事！」韓杰焦躁怒瞪老龜公。

「是呀、是呀，她要是知道你隨便扭斷客人的手，肯定要罵你！」老龜公說。

「那小子又不是人。」韓杰哼哼地說：「他是陰間牛頭，打了『擬人針』上陽世蹓躂，向我打聽些事情。」

「打聽事情？」老龜公愕然問：「你們剛剛邊打邊碎碎唸，原來不是在講垃圾話，是在打聽事情？陰間鬼差都這樣打聽情報的？」

「幾句打聽、幾句垃圾話啦……」韓杰乾笑兩聲。

「說真的，我還沒見過這麼高水準的拳賽。」老龜公搓著手說：「你不參加比賽，不如我們自己辦比賽，怎樣？」

「說來說去就說這些……」韓杰翻了個白眼，說：「我跟那小子，一個打不死、一個早死了，藕身打假身，當然怎麼打都行！找活人辦比賽這麼打，你想打死人嗎？DDT這種招式可以這樣用嗎？我操……」韓杰說到這裡，扭著疼痛難當的脖子，揚揚手說：「我先走了……」

□

韓杰回到東風市場。

鄰居美娜倚在二樓樓梯窗邊發呆，臉上還帶著淚痕。

「怎麼了？」韓杰問。

「你才怎麼了！你又一個打幾個了？」美娜驚問。

「一個小混混。」

「小混混？」美娜愕然，「就一個！」

「陰間的小混混，用了假身上來，我沒用法寶……」韓杰說：「公公平平在鐵拳館打拳……」

「最後誰贏了？」

「我。如果他朋友沒跳上台阻止，我會把他假身拆了。」韓杰揚揚眉，有些得意，又問：「所以妳怎麼了？」

「沒什麼。」美娜苦笑答：「被那個混蛋氣到了。」

「上次妳才跟大家說妳想結婚了，要去歐洲度蜜月……」

「上次我還不知道他在歐洲也有個情婦，也不知道原來我也是情婦之一。」

韓杰哦了一聲，說：「下次眼睛睜亮點，找個沒有老婆也沒有情婦的吧……」

「沒有老婆也沒有情婦……」美娜呵呵一笑。「不就是你嗎？」

「別害我，我可不想被市刑大傳奇銬在椅子上，墊著電話簿用鐵鎚砸胸口。」韓杰乾笑兩聲，搖頭上樓。

□

他上了四樓，不知怎地，感到氣氛詭譎。

王小明從天花板探頭出來對他擠眉弄眼，又躲了回去。

他來到自家門前，遲疑地開門進屋，只見屋裡佇著幾人——個個都穿白襯衫、西裝褲，在韓杰家中翻查，像是刑案鑑識人員。

韓杰困惑不解——這幾人身上並無鬼味，屋內飄蕩著淡淡檀香氣息。

他們不是從下面上來的。

而是從上面下來的。

「你們……有事嗎？」韓杰剛開口問，身子突然一抖，雙眼閃了閃金光。

「臭小子，我沒派工作給你，你就閒得發慌找人打架？」太子爺的聲音從喉間響起。

「是底下陰差放假上來找我麻煩……」韓杰無奈辯解，「難道你要我不還手讓他打？」

「當然是不還手讓他打啊。」太子爺說，刻意拉高分貝，像是故意說給幾個白襯衫傢伙聽。「我平常怎麼教你的，身爲神使，應當胸懷大愛，我們該用愛來教化世人才對。」

「我說了，對方是陰差……」韓杰說。「來找我問點事，他用拳頭問，我用拳頭回答。」

「下次再碰到有人用拳頭向你問事情，你也要用愛回答他。」

「你給我的七樣尪仔標，哪張可以用愛回答拳頭的你告訴我？」

「我這次下來，就是來跟你講尪仔標的事。」太子爺環顧四周，咦了一聲。「你家怎變得像女人的房間一樣？」

此時客廳幾面牆上懸著一面面米色布幔，他這屋是當年東風市場火災起火點，他用幾乎免費的租金入住，是爲了鎮著東風市場裡上百亡魂。

他曾試過在牆上刷漆遮掩焦黑，但這些焦黑帶著枉死老鄰居們的怨念，上漆後沒多久便重新透出，因此他習慣用海報、報紙、廣告傳單貼滿牆來遮擋醜陋焦黑，但愛乾淨的王書語怎麼也看不慣，上個月買了好幾綑布，要他將牆遮了。

「連床也換啦。」太子爺瞧瞧仍擺在客廳起火點的雙人床，不僅換了新床墊，還擺上新枕頭和新棉被，嘻嘻笑地說：「新愛人嫌你屋子髒呀？」

「她愛乾淨……你講這個幹什麼？」韓杰問：「你剛剛說，尪仔標怎麼了？」韓杰邊問，同時注意到屋內白襯衫傢伙人手一個袋子，還四處將他藏在家中牆壁布幔、桌櫃、枕頭等各處的尪仔標翻出，一片片裝進袋中。如警方勘查事故現場蒐證。

「上頭那些老傢伙們覺得……」太子爺冷笑說：「我給你這些尪仔標威力太大，要我收回銷燬，擇期請工匠再造，順便檢討一下過去做事方法。」

「什麼意思？」韓杰愕然。

「意思就是……」太子爺操控著韓杰身子，走到一個白襯衫傢伙前，說：「陽世有人燒了大批符令上天，一口氣舉報我跟你加起來一百多件事，從對凡人動手到對天官出拳；現在上頭要我先擱下人間管轄權限，放個長假，冷靜冷靜，把舊案解釋清楚……」

太子爺邊說、邊用韓杰的手整了整一個白襯衫傢伙的領子、撥撥他頭髮，又轉頭擠出笑容關切另外幾個。「各位大哥，眞是辛苦，累不累呀，要不要吃幾顆蓮子、喝杯茶，休息一下呀？」

韓杰感到太子爺這麼說時，胸中滾燙如火，又見自己替對方整領子時一雙手青筋畢露、血管滾竄著火血，也許一不小心就會掐死對方。

「中……中壇元帥，我們只是……奉命行事而已……」幾個白襯衫傢伙似乎也感到太子爺僵硬笑容裡的怒火，戰戰兢兢地說：「您別怪罪我們呀……」

「總之……」太子爺哼了哼，拍拍白襯衫傢伙的臉，轉身扠著手，走到廁所鏡前，望著鼻青臉腫的韓杰，說：「你也放一陣子假吧。」

「放假是無所謂……」韓杰遲疑問：「但他們收走了尪仔標，有鬼怪上門找我麻煩怎麼辦？」

「過陣子會造批新的給你。」太子爺說：「先用香灰頂著。」

「那後陽台那些蓮花……」韓杰遲疑地問。

「蓮花也要收回。」太子爺對鏡伸手掐著自己的臉，「就因爲你仗著神蓮厲害，動不動一口氣丟五支火尖槍、八條混天綾，上次還一下砸出一百片豹皮囊，無法無天啊你！」

「老大……」韓杰不服氣說：「我那次對手是好幾個即將成魔的地獄厲鬼、上百隻罪魂、幾十個牛頭馬面、黑白無常外加城隍……連閻王爺都上來了，我不那樣打，應該怎樣打？」

「呵呵，我也這麼向他們報告。」太子爺嘿嘿冷笑。「但是老傢伙們只不停問我，要是哪天你拿這些東西惹是生非怎麼辦？」

「我惹是生非幹嘛？」

「我也幫你問了，但他們說我這主子都一天到晚惹是生非，你當然也可能惹是生非啦！」

「你在天上惹是生非？」

「沒有呀，我只是有時候走路不小心碰傷天庭一些硬體設施、花草樹木，和一些文武官的鼻子跟臉，這算惹是生非嗎？我像是那種會惹是生非的神嗎？」

「……」韓杰無奈地問：「那如果這段期間來找我麻煩的傢伙，我用香灰打不贏怎麼辦？」

「打不贏就挑間大廟躲進去燒香拜拜。」太子爺見一個白襯衫傢伙走進廁所，將韓杰貼在蓮蓬頭上的尪仔標取下，沒好氣地說：「千萬別躲我的廟裡呀，我放假看不見陽世動靜，看見了也保不住你，你要躲滾去別間廟，求其他神仙用愛救你。」

「愛救不了我的時候怎麼辦？」

「我怎麼知道怎麼辦！你自己燒香問老傢伙們啊，他們都比我懂愛，我哪裡懂這種事啊？」

「……」韓杰長長吁了口氣。「那——我們這假期要放多久呢？」

「誰知道。」太子爺聽白襯衫傢伙在外頭喊了幾聲，便走出廁所，見他們將一袋袋尪仔標裝箱，問道：「全清乾淨了？」他拍拍韓杰的臉。「沒私藏吧。」

「沒。」韓杰搖搖頭。

「還差七十二片。」對方取出一面瑩亮平板電腦說：「這棟樓房其他地方還有一些，您這乩身平時工作的拳館裡也有一些，還有——」他邊說邊走到韓杰身前，盯著韓杰外套，說：

「身上也有十幾片。」

「你看看你，一開口就說謊，難怪人家不相信你不會惹是生非。」太子爺拍了拍韓杰鼻青臉腫的臉。「大家難得下來一趟就見到你這張死人臉，你要上頭怎麼信得過你？」

「……」韓杰取出菸盒，將裡頭的尪仔標和蓮子全倒進白襯衫傢伙手中袋子裡。

幾分鐘後，白襯衫傢伙們整備妥當，捧著幾袋尪仔標，以及整箱尚未拆開的尪仔標套組，外加幾株蓮花，準備離去。

離去之前，他們抬起頭，望著鳥籠裡的小文。

小文見白襯衫們盯著牠，便攀上籠中橫杜，搖搖屁股拉了泡屎。

「這文鳥是我用來向他傳遞消息的，不會幫他惹是生非……」太子爺見對方眼神中有些遲疑，冷冷地說：「不相信呀？」他大步走向籠子，將小文從巢裡撈出，一把捏碎，再將軟爛的小文往白襯衫傢伙拋去。「這樣行了吧？」

他們接過爛糟糟的小文裝進蒐證袋，朝太子爺鞠躬苦笑。「抱歉，我們奉命行事……」

「這陣子你自己看著辦吧，待會兒將籠子洗乾淨，收假之後我再送隻新鳥給你。」太子爺說完，身子一抖，退了駕。

幾個白襯衫傢伙轉身離去，身子隱隱消失。

只留下韓杰呆立在房中。

參

「幹要不是你拉開我，我早打死他了……」張曉武惱火地捧著自己的右臂，埋怨同伴剛剛衝上台中斷賽事。

這外貌十歲上下的鴨舌帽男孩是張曉武的陰間好友——小歸。

十幾年前小歸剛碰上張曉武時，張曉武才死沒幾天，無頭蒼蠅般遊竄在陽世，白晝躲太陽、晚上躲陰差，偶爾趴到活人女孩裙底欣賞內褲；小歸則是個不起眼的陰間小地痞，專門販賣假造證件賺錢花用。

兩個傢伙陰錯陽差成了朋友，共同經歷了一場生死交關的冒險，與枉死女鬼謝香婧、萬年市刑大小隊長王智漢，以及那時還只是個馬面的俊毅，聯手對抗黑道賴琨和城隍司徒史的逼害誣陷，最後摘去司徒史的烏紗帽，讓他身墜十八層地獄，也助當時調查謝香婧凶殺案的王智漢，成功活逮賴琨，使他入獄服刑。

「聽說連第六天魔王都弄不死那傢伙。」小歸斜了張曉武一眼。「你打得死他？」

「怎麼不行？」張曉武得意洋洋說：「你沒看剛剛他吃了我一記ＤＤＴ之後站都站不穩那副傻屌樣？」

「那個傻屌把你手都拗斷啦。」小歸快速點按手機，同時和好幾個人傳訊。

「我把他鼻子打歪了。」

「你的鼻子是正的嗎？」小歸沒好氣地對張曉武晃了晃手機上幾則訊息。「你走快點，我們還得再跑三個地方——眞搞不懂到底你是牛頭還我是牛頭，爲什麼變成我在查案，你在打架呀？」

「你滑手機吃雞排喝珍奶就叫查案？」張曉武扳正同樣被韓杰踹歪的鼻梁。「那我鼻子歪掉還斷手算什麼？」

「你知道鼻子歪掉還斷手就不要吹牛你打贏人家！」

「幹我本來就打贏啦，你沒看他折我手折到快缺氧了。」張曉武甩了甩手，說：「看，斷手就快好了，你剛剛不上台搗亂，他折完左手我右手再讓他折，他折完右手我左手又好了，還不累死他！」

「那也是擬人針厲害不是你厲害。」

「他也是靠太子爺的蓮藕身啊。」

「你眞的好煩喔！」小歸惱火說：「王姊趕著出門約會，說只給我們十分鐘，遲到就見不到她了。」

「我幹哪個王姊這麼大牌？」

「她不大牌，但是她認識阿水。」

「阿水又是誰？」張曉武皺眉埋怨，突然啊呀一聲：「是前幾天被鬼整死的眼線阿水？」

「對。」小歸說：「王姊說她去阿水家寫紙報信時，剛好碰到個特地從陰間拿許可證上來的小子，她看人長得帥，跟人家多聊兩句。」

「那關我們什麼事？」

「那小子是大富麗酒樓的打工仔。」

「大富麗酒樓？」張曉武哦了一聲。「是老奸商年長青的酒樓。」

「對。」小歸點點頭，說：「那小子告訴王姊，他有天見到年長青在自家酒樓包廂裡跟一群人湊在一起開會。」

「那又怎樣？那到底關這案子什麼事？」

「哎呀你好煩呀，跑快點直接問王姊啦！」

□

「他說當天不只一個閻王、還有幾個城隍爺。」王姊外貌約莫四十來歲，濃妝艷抹，叼著根菸，戴著太陽眼鏡，在空屋牌位前，對來訪的小歸和張曉武說：「還有好多大人物，甚至還有陽世活人。」

「啊？」張曉武隨口問：「大人物有多大呀？有比摩羅還大嗎？」

「摩羅也在場啊。」王姊說：「還有摩羅的好朋友喜樂爺也在。」

「喝！」張曉武有些錯愕，儘管他此時還一頭霧水，不曉得這會議跟自家城隍府遭檢舉案、眼線凶殺案之間的關聯，但第六天魔王在陰間可是無人不知的教父級黑道魔王，喜樂爺是第六天魔王的好友之一，又稱「煩惱魔」，再加上陰間富商年長青、幾位閻王和城隍，倘若這會議陣仗屬實，說是要密謀反攻天庭都不誇張了。

小歸問：「怎麼陽世活人也去開會？那活人也是大人物？」

「這我就不清楚了。」王姊說：「大家報信都是各報各的，各不相關，我只是好奇多問兩句，也不清楚細節，聽他說完，我都不好意思寫信給阿水哥了，比起來，我要報的那件事根本雞毛蒜皮，阿水哥看完也不會跟神明講吧……」她說到這裡，有些感傷，說：「可惜了阿水哥，這麼好一個人，就這樣被整死了，連魂都沒了。」

「魂沒了？」張曉武跟小歸驚訝問：「怎牛頭馬面沒來收他？」

「我也是聽人說的——阿水哥死後沒多久，天差特地下來查這件事，但什麼都查不出來，因爲阿水哥的魂根本不在身上。」王姊說：「底下有風聲說阿水哥的魂被春花幫的傢伙帶下去藏起來了。」

「春花幫、年長青、阿水……」張曉武歪頭思索這些傢伙之間的連繫。「第六天魔王、煩惱魔喜樂……這些人到底有什麼關係，爲什麼要弄死阿水，其他眼線也是春花幫宰的？」

「要嘛是私仇，要嘛是有人不想讓他報信上天。」小歸扠著手像是明白了什麼，轉頭睨眼盯著張曉武，冷笑說：「牛頭老大，你發現什麼了嗎？」

「……」張曉武望著小歸挑釁的眼神，突然也想到了其中關鍵，說：「年長青酒樓裡的打工仔，當抓耙子上來向阿水打小報告，然後阿水就死了。」

「對。」小歸呵呵笑了笑。「看來那晚酒樓會議眞的很神祕呢……」

肆

韓杰停妥機車，來到與王書語相約的餐廳前。

王書語見韓杰鼻青臉腫的模樣，起初一驚，跟著沉下臉色，冷冷瞪著他。

韓杰正想解釋，王書語已經說：「不是沙包，是跟人打架，你當沙包不會被打這麼慘。」

韓杰攤手聳肩。「不是打架，有人找我打拳……」

「找你打拳？有多少人？」

「一個……」

「一個？」

韓杰見王書語和美娜一樣不敢相信對手只一人，便說：「妳認識他，那個姓張的牛頭。」

「哦！是張大哥？」王書語這才稍稍鬆了口氣。「他找你打架？」

「都說不是打架，是打拳……」韓杰美化了剛剛那場血腥拳賽。「之前我們就約好找時間打一場練習賽，他放假用假身上來……這件事王仔也知道，他可以作證，我可沒騙妳。」

「是『擬人針』，對吧……」

「對。」韓杰招呼王書語進餐廳入座，繼續說：「他知道我藕身打不死，所以來眞的；他既然用假身，所以我出手也沒什麼顧忌……但我們沒什麼惡意，純粹運動一下而已。」

他見王書語入座後托著下巴瞅著他不答話，便說：「妳放心，我有分寸，如果對方是活人，我當然不可能出手那麼重。」

王書語莞爾一笑，取出手機，開啓自拍模式對著韓杰，讓他看看自己的模樣，說：「你被張大哥打成這樣，怎麼好意思一副自己打贏又展現風度讓他一樣。」

「本來就是我贏了讓他，妳沒見到他那樣子。」

「他什麼樣子？」王書語聽韓杰這麼說，又皺起眉頭擔心起來。「你們到底怎麼打？」

「他用ＤＤＴ拉我腦袋撞地板，我用腕十字固定折斷他手……他朋友嚇得衝上台投降認輸帶走他……」韓杰見王書語神色緊張，連忙安撫。「別擔心，擬人針假身恢復效力比我的蓮子快多了，而且他其實是來向我打聽消息的……」

「打聽什麼消息？」王書語問，一面點餐。

「他想知道是誰檢舉他們城隍府，害他放假接受調查。」韓杰也點完餐，繼續說：「我本來覺得好笑，結果打完回家才知道，太子爺也被人檢舉一堆違規事項，被長官要求放大假，我連帶跟著放假。」韓杰這麼說。

「放假，那很好啊。」王書語哦了一聲，面露欣喜。「我最近沒有案子、六月山暫時也沒事，你想不想出去走走……」

「有個小問題……」韓杰苦笑了笑。「我的尪仔標跟蓮花都被收回了。」

「啊？」王書語一呆。「被收回的意思……是你沒有法寶可以用了？」

「嗯，一片不留。」韓杰點點頭，從口袋掏出一個小東西。「只留下這個。」

「這個……」王書語接過仔細一看，是顆鳥蛋。

王書語咦了一聲，似乎感應到什麼動靜，將鳥蛋湊在耳邊細聽，蛋中微微震動，彷彿即將孵化。「這是……」

「應該是第四代小文……」韓杰將太子爺臨走前捏碎第三代小文的經過告訴她——他在太子爺離去後，照吩咐清了籠子，發現草編小巢中竟有顆鳥蛋。

「第四代小文……」王書語好奇扳著手指算著小文世代——第一代小文在多年前韓杰大戰陣七殺時戰死，第二代小文在兩年前東風市場大戰時被遭紅裙子女鬼附身的葉子啃掉腦袋，第三代小文被太子爺親手捏死——而這顆鳥蛋，是太子爺在白襯衫傢伙們監視下，從鳥巢撈出小文時暗暗留在巢裡。

「你之前說，小文是太子爺用蓮藕捏出來的靈物，用來向你傳遞消息。」王書語思索著，「太子爺在天差面前捏爛牠，卻暗中留了顆新鳥蛋給你，表示——他還有話想對你說，而且是不能在天差面前講的話。」

「對。」韓杰點點頭。「所以我覺得事情有些不對勁……」

「不對勁？」

「姓張的牛頭說，那些檢舉符令是從陽世燒下去的，還不只一間城隍府，而是所有『比較乾淨』的城隍府，同時遭陽世活人檢舉。」韓杰這麼說：「檢舉太子爺的符令，也是從陽世燒上天的。」

「你的意思是，同時有人燒了一大堆檢舉符令，檢舉天上的太子爺和陰間的城隍府？」

王書語想了想，說：「你覺得這兩件檢舉案是同一人做的？」

「這我不敢說。」韓杰說：「但不管是誰幹的好事，總之他成功讓我沒有法寶可以用了，這段時間有人來找我麻煩，是最好的時機……」韓杰說到這，聽王書語突然驚呼，手中鳥蛋啪嚓一聲出現裂紋，又見服務生準備端菜上來，連忙討回鳥蛋，藏回口袋。

兩人相視而笑，開始用餐。

「喂、喂喂……你幹嘛？」韓杰剛吃幾口，突然扭動起身子，皺眉摸索起口袋——第四代小文孵化了，還爬出他口袋，鑽進他衣服裡。

韓杰伸手去撈，小文卻不知爬去哪兒了。

「混蛋……咬我？」韓杰惱火地扭動身子，伸手在身上亂抓。

「怎麼了？」王書語瞪大眼睛，驚見小文竟爬上韓杰頭頂——牠身子僅一截拇指大、全身粉紅無毛、一雙混濁黑眼睛連睜都睜不開，但動作卻挺俐落，在韓杰腦袋上啄咬幾下，伸長了脖子就想要叫，被韓杰一把抓下塞回口袋，韓杰還順手捏了截義大利麵放進口袋。

「你餵牠吃麵條？雛鳥能吃麵條？」王書語愕然問。

「又咬我！」韓杰縮回手，甩了甩，說：「牠什麼都吃，連我手都吃……」他剝了顆文蛤塞進口袋，第四代小文彷如大胃王，轉眼就將蛤蠣肉吃得半點不剩。

身子似乎還長大幾分。

便這麼著，韓杰一面吃，不時送點麵條、配菜進口袋裡。

等到兩人匆匆吃完晚餐，準備找間鳥店買飼料時，小文身體已大上整整一圈，不但睜開眼睛，且長滿細羽，身形約莫比顆雞蛋小些，像是一團芝麻口味的麻糬。

「我操，你一直咬我幹嘛？我現在就要幫你去買飼料啦！」小文不但身子長大，咬人更痛了——痛得誇張，甚至到了古怪的程度。

「呃？」韓杰覺得被小文咬著的手指，像是被烙鐵觸上一般，猛地醒悟，轉頭問王書語：「妳有沒有帶紙？名片、筆記本都行……」

「喔！」王書語聽他這麼說，也會意過來，連忙從提袋中取出筆記本，撕下一頁。

韓杰接過，隨手捲成紙管，往小文發育未全的小喙遞去。

小文銜住紙管，高高一舉，晃了晃，紙管微微冒出煙霧。

牠拋下紙管，鑽回韓杰口袋，呼嚕大睡起來。

韓杰撿起紙管打開看了看，驚呼一聲，想起了往事。

「怎麼了？」王書語湊去看了幾眼，只見那籤紙上燙著短短一行字——

去向學國小大象屁股下挖寶。

□

數十分鐘後，兩人抵達向學國小。

距離學校閉門還有一段時間，操場上有不少鄰近社區住戶散步慢跑。

兩人來到後門的大象滑梯旁，王書語緊張地左顧右盼替韓杰把風；韓杰則拿著臨時自五金行買的小鏟，在滑梯後方草地上挖掘。

挖出一張A4大小、褐黃古舊的厚紙片。

厚紙上有七個圓形圈圈。

是一張尪仔標套組。

尪仔標上的圖樣和韓杰續約前那批舊款大致相同，顏色卻是黯淡的鏽褐色。

「一點也沒變啊……」韓杰凝視著那張紙片微微出神，在王書語催促下，才用腳將土撥平，找了處洗手台沖淨紙片。

兩人坐在操場邊的石階，韓杰捧著紙片端視，彷彿被勾起塵封已久的回憶。

王書語聽韓杰講述往事，逐漸明白這紙片由來——

這張尪仔標套組，是當年太子爺給韓杰簽訂契約時那疊尪仔標之外的「試用版」。

「就像考駕照一樣……」韓杰苦笑。「當年我辦完幾件小案，算是通過測試，他才讓我拆正式版尪仔標。」

「因爲一開始太子爺怕你亂來？」

「算是吧……尪仔標七寶雖然不傷活人，但有混天綾、風火輪加持，眞要作怪鬧事也不是不行……」

「那這試用版怎麼會埋在大象溜滑梯底下？」王書語好奇問。

「這試用版尪仔標拆下了還會再長，用不完的。」韓杰苦笑解釋：「我通過測試，開始用正式法寶後，他說試用版我可以留作紀念，但當時我連看都不想再看到這東西，隨地挖了個坑直接埋了——我是故意埋給他看的，抗議他用這東西整我大半年，沒想到竟然有挖出來的一天……」

「太子爺用這東西……整你？」

「是呀，試用版副作用更大，又不好控制，常常跟我作對……」韓杰邊說，隨手搓了搓尪仔標套組紙面，搓下大片鏽鐵屑——鏽鐵屑似乎是從紙片內裡浮出的，像是頭皮屑般永遠搓不盡。「那半年裡……我窩囊到了極點，一邊聽籤鳥號令辦事，一邊被這東西整……」

「所以……」王書語皺眉思索，「你說……太子爺在天差面前收回你的尪仔標，卻又暗中讓你找回試用版……當然不可能是爲了整你……」

「他應該無計可施了……」韓杰抬頭望天。「他整人雖沒分寸，但處事算公道，我和他續約是替他打工，不是欠他，他沒理由再拿這東西整我——他眞被收回陽世管轄權限了……」

韓杰說到這裡，低頭望著手中滿布鐵鏽的尪仔標套組，喃喃地說：「現在這東西……是他唯一能幫我的東西。」

「你的意思是……在這段時間，如果有邪魔歪道找你麻煩。」王書語說：「你只能靠這防身？」

「對。」韓杰點點頭，站起身。「得來好好準備一下了。」

「你要怎麼準備？」王書語也站起。

「首先……」韓杰望著拇指——他隨手摩挲試用版尪仔標套組紙面時，被稍大片的鐵鏽片刺進肉裡。「得買雙厚點的手套。」

伍

「曉武哥！」王劍霆見到佇在鐵門外的張曉武，高呼一聲。「爸說你要來。」

「是啊，休假上來玩耍，順便探望他老人家。」張曉武肩上扛著一箱啤酒，嬉皮笑臉說：「看他這次幾罐會倒。」

「他還沒到家。」王劍霆開了門，伸手去替張曉武扛啤酒。「我替他擋幾罐。」

「你替他擋？」張曉武側身不讓他拿酒，嘿嘿笑地說：「毛長齊了沒呀？幾歲啦？」

「幾歲？之前不就陪你喝過！當時我就滿十八了，現在我都當警察了！」王劍霆招呼張曉武進屋，邊朝屋裡喊，「媽，曉武哥來找爸喝酒——」

「不是吧，你真去當條子？這麼想不開！」張曉武隨王劍霆進屋。

「啊？」王劍霆見張曉武身後還跟著一個鴨舌帽小男孩，便問：「這是小歸爺爺？」

「你知道我？」叫「小歸」的小男孩哦了一聲。「但你叫我爺爺？我輩分什麼時候這麼高了？」

「我爸講過你的事。」王劍霆說：「你實際年紀應該比我爺爺還大，對吧。」

「我哪有王仔說的那麼老！」小歸抗議。「我死時十歲，死了五十年左右，就算加上生前年紀，也才和王仔差不多，什麼比你爺爺還大，亂講！」

「在底下混得風生水起，被喊爺爺還不好？現在算爺字輩啦！」張曉武嘿嘿笑，自顧自坐下從箱子拿了罐啤酒喝，見王智漢太太出來招呼，連忙起立敬禮。「大嫂，好久不見！」

許淑美——王智漢的妻子，端了盤水果，見張曉武向她誇張敬禮，噗哧一笑。「阿武你一點也沒變，永遠長不大。」

張曉武從十幾歲開始，就常因爲偷車、打架，三天兩頭跑給王智漢追，進出警局、少觀所、輔育院的次數多不勝數——有不少次是被王智漢親手逮著的。

「我的年紀，永遠停留在二十四歲。」張曉武哈哈笑，還指著小歸說：「像是小歸永遠十歲一樣。」他接過許淑美拿來的碗盤，幫忙分裝起帶來的幾大袋鹽酥雞、滷味等宵夜。

「王仔辦啥案這麼忙，這麼晚了還沒回家？」

「你又不是第一天認識他，他有不忙的時候嗎？」許淑美說。

「可是今天跟他約好了要喝酒。」張曉武啃著雞屁股。

「別說你了！」王劍霆啊呀呀說：「就連我跟我姊生日，甚至我媽生日，他碰到案子，照樣不回家。」

「早習慣了，他一天到晚這樣。」許淑美笑說：「明年還是後年他就要退休了，現在不讓他忙一點，怕他退休後手癢想找事做。」

「那還不簡單。」張曉武哈哈笑著說：「退休後可以當私家偵探，小歸有些道具好用得很，什麼祕密都打聽得出來，包管他生意興隆。」

「是啊。」小歸捏起豆干往嘴裡送。「我有些門道，可以找些朋友當他的『幫手』，上來替他打聽消息。放心，一切合乎陰規——至少名義上合法，不會被究責，嘿嘿。」

「喂！」許淑美聽張曉武和小歸這麼說，連忙正色叮囑：「你們千萬別這樣慫恿他啊！他當警察幾十年，沒幾天悠閒過，退休了就讓他好好休息吧！」

「是啊。」王劍霆在一旁附和。「讓我爸陪我媽吧，以後他的志業就換我接手了。」

「你接手？」張曉武好奇問：「你現在在哪個分局？」他聽王劍霆報了個分局名字，笑呵呵地說：「以前進去過幾次耶，你有空去翻翻舊資料，看看老子當年豐功偉業，嘻嘻。」

「阿武你是浪子回頭、迷途知返。」許淑美這麼說。

「我還記得大嫂妳對我講過的話呀。」張曉武嘿嘿笑著。

許多年前的夜裡，王智漢和許淑美在外吃飯，順手就逮到了打算偷車的張曉武，聽說他還沒吃飯，又請他吃了頓飯——

那年張曉武還未成年，狠狠吃了兩人份的晚餐。

「我眞想不到三更半夜都會碰到王仔，我以爲男人半夜帶女人吃飯，肯定是小老婆，誰知道是大老婆！原來這世界眞有男人半夜帶老婆吃飯！」張曉武哈哈笑著回憶往事。

「那天是我生日。」許淑美也微笑說：「他快半夜才回家，說想替我慶生，硬把我從床上拖出門找地方吃東西……你還記得我對你說的話呀？」

「大嫂妳說『你現在不怕進少觀所、進輔育院，再過幾年，眞要進監獄了』。」張曉武喝著啤酒，笑道：「那時我沒聽大嫂的話，結果後來去了比監獄還可怕的地方……」他說到這裡，伸手指指地下。

後來他去的地方，叫作陰間。

張曉武喝啤酒、聊起往事，興致一起，向王劍霆討手機，催王智漢回家一起喝酒聊天。

□

「有個線人有重要消息要向我報告，我正趕去見他。」

王智漢窩在他那老車駕駛座上，打了個哈欠，對手機那端的張曉武說：「你慢慢喝，反正我明後天休假，你一箱喝不夠就叫劍霆下樓再扛一箱，喝醉了躺沙發睡——要不要我幫你約韓杰過去陪你喝？你們喝醉了看對方不順眼可以上樓頂打一場，叫劍霆當裁判……什麼？下午打過了？什麼！你打贏他？真的假的？有沒有錄下來啊？啥？沒準備陽世手機？真是可惜了……好啦不說了，線人還在等我，就這樣，回去聊。」

王智漢掛斷電話，匆匆扒完超商買的便當，發動引擎，駕車駛遠。

二十分鐘後，他在一棟中古商辦大樓外熄火下車，到速食店買了一大袋漢堡炸雞，轉入大樓旁的防火巷裡。

他抓抓頭，想像著張曉武和韓杰鬥毆過程，有些遺憾自己錯過那場好戲，跟著他嘿嘿一笑，開始盤算怎麼惹他們再打一架，想親眼瞧瞧。

但他轉念一想又覺得不妥，要是王書語知道他慫恿那兩人打架，肯定要把他罵到臭頭。

幹了一輩子市刑大小隊長的王智漢，脾氣又硬又臭，更兼銅牆臉皮和鐵耳朵，對一切責罵向來左耳進右耳出，就連警界高層劉長官都拿他沒辦法。

這麼一個警界鐵漢，偏偏最怕女兒唸他，王書語每每對他辦案手法或是生活規矩有意見時，都會板起臉像訓導主任般斥責說教到他舉手投降為止。

說也奇怪，每次王書語認眞嘮叨他時，雖讓他煩躁不耐，卻同時也感到得意洋洋——他覺得女兒正經八百說話的神態，就像個公正嚴明的大法官。

虎父無犬了——他最喜歡聽人這麼說。再過兩年，他就要從市刑大退休了。年邁的老虎從沙場退役，兩頭年輕的小虎接力上陣。

接下他手中火炬，繼續對抗世間黑暗。

王智漢推開巷裡一扇小門，步入大樓地下停車場，循著樓梯又走下幾樓，見到線人阿黃遠遠站在編號四十七號車位向他招手，這裡是近兩、三年來他固定聽取阿黃報告幾個販毒老大動靜的地方。

他大步走去，將大袋速食遞給阿黃。「帶回去給小孩老婆吃，你不是說小孩喜歡那個套餐玩具，裡頭有好幾個。」

阿黃接過沉甸甸的袋子，眼神空洞、手在顫抖。

「幹嘛？」王智漢瞥了阿黃一眼，掏出菸來，自己點了一根抽，又替阿黃也點了一根。

阿黃接過菸也不抽，只是愣愣望著王智漢。

「……」王智漢見阿黃臉色難看、滿頭大汗、手還抖個不停，靜默半晌，掏出皮夾取了小疊鈔票遞給他，說：「開學之後，買個新書包給你孩子，他那破書包爛得書都要掉出來了……」

「……」阿黃點點頭，伸手接過那疊鈔票。

王智漢一把抓住阿黃手腕，拉高袖子盯著他胳臂彎上幾處新針孔，沉聲道：「你不是說你戒了？」

「對不起、對不起……」阿黃哇的一聲扔下那袋速食，撲通跪倒在地，對著王智漢磕起頭來。「對不起——」

「……」王智漢焦惱地抓著頭，見他哭得一把鼻涕一把眼淚，哼地一腳踢開他，惱火說：「算了，你想死我也攔不住，快說那傢伙在哪裡出貨！你剛剛電話裡說他這次打算出幾公斤？三十公斤？啊？說話啊！」

「王仔……」阿黃崩潰大哭。「對不起，我……我眞的……對不起你……」

「你知道對不起就好，快講清楚就對得起我了媽的！你有沒有聽到我問你什麼？」

「對不起……嗚嗚……王仔……」

「啊？」王智漢見對方答非所問，正覺得奇怪，突然聽見身後傳來腳步聲，回頭一看，十幾人遠遠走來，手上都拿著棍棒。

後頭壓陣的人，拄著一支拐杖，笑容陰冷凶殘——

賴琨。

王智漢當警察幾十年，有不少仇家，角頭賴琨是最凶最惡的一個。

見到賴琨的一瞬間，王智漢隱隱明白阿黃連珠砲似的「對不起」的眞正意思了。

「王八蛋！」他暴怒一腳踹倒阿黃，轉頭往樓梯方向奔。

賴琨見王智漢逃上樓，也不急，領著手下大步走去，剛走近樓梯，王智漢就滾落下樓，摀著胸口掙扎站起，像是給人踢下來的。

樓梯上方也傳來腳步聲，原來另有批打手埋伏在外，見王智漢推門下樓，便圍堵在門外，聽賴琨命令下來包抄王智漢。

二十幾人將王智漢圍在樓梯口，棍棒暴雨般往他身上砸。

賴琨揚起手，眾人才停手。

兩個手下將腿折手裂的王智漢架到賴琨面前。

阿黃顫抖地跟到一名小弟身旁，接過遞來的一疊鈔票和一小袋白粉，餘光瞥見王智漢望向他的惱火目光，他不敢看，將東西塞進口袋奔過眾人就要上樓，卻被王智漢一聲怒吼嚇得停下腳步。

「阿黃——」王智漢喘著氣，回頭瞪他。「媽的你這王八蛋，記不記得我剛剛說什麼？」

阿黃一臉驚恐，無言以對，嘴巴張張闔闔地吞嚥著鼻涕眼淚。

「你剛剛說什麼？」賴琨倒是好奇。

「我說……」王智漢瞪著阿黃，緩緩地說：「開學之後，買個新書包給你孩子，他那爛書包爛得書都要掉出來了……」

阿黃淚流滿面、雙腿顫抖，像是有話想說。

「記得把孩子教好，別讓他跟你一樣！」王智漢朝他大吼，回頭向賴琨吐了口血水，同時蹬起他斷骨左腿，狠狠踹上賴琨胯下。「別跟這些人渣一樣！」

四周暴起怒吼，一記記棍棒再次往他身上招呼。

「嗚哇——」阿黃驚恐哭叫，頭也不回地奔逃上樓。

他受不了底下那陣陣棍棒砸在骨肉上的聲音，邊哭邊跑邊摀起耳朵，沒命似地往上奔逃，腦袋亂糟糟地混亂成漿糊般。

□

「什麼？」張曉武瞪大眼睛望著許淑美。「妳說王仔國中一年級跟妳告白，被妳拒絕之後哭了？」

「是呀。」許淑美點頭笑說：「小時候我跟他住同一條街，從小學到高中，都讀一樣的學校，也算有緣了……」

「不是呀！」張曉武捧腹大笑。「王仔跟我說他高中時妳連寫十幾封情書給他，他被妳的誠心打動，才答應跟妳約會！」

「啊！那混蛋又來這套——」許淑美聽張曉武這麼說，嚷嚷地說：「初中一年級開學不久，他每天下課都到我班級外面站崗，說我們學校壞學生多，要保護我；要放暑假了他跟我告白，要我當他女朋友，我說不要，他就哭了，邊哭邊說讓我考慮一整個暑假，開學再回答他，我說不用考慮，他邊哭邊跟著我回家，一邊吸鼻涕一邊說路上壞人多要保護我。」

「有這種事！」張曉武愕然大笑，轉頭望向王劍霆。「你媽說的這人是你爸沒錯吧？」

「應該是。」一旁王劍霆早笑倒在沙發上連連點頭。「你聽過的謊話，我以前也聽過；我媽剛剛的證詞，我也聽過……」

「他到底跟幾個人說過這種謊！」許淑美哭笑不得。「怎麼，那混蛋覺得追我很丟臉嗎？沒有我，憑他那大老粗，生得出這麼帥的劍霆跟這麼美的書語嗎？」

「大嫂，我有問題！」張曉武笑得眼淚都淌了出來，又開了一罐啤酒，舉手發問：「所以妳眞的考慮一個暑假，然後答應他了嗎？」

「當然沒有，我連考慮都沒有考慮，我才不喜歡愛哭鬼。」許淑美說：「暑假結束升二年級，他像沒事一樣，繼續每天到教室外站崗——有一段時間，我很討厭他這樣。」

「妳沒罵他？」

「罵了好幾次。」

「罵了然後呢？」

「每次罵他，他就從走廊逃到小樹叢後面躲著，上課鐘響才回去，下節課又來，煩都煩死人了！」許淑美笑著說：「二年級暑假前，他又來向我告白、又被我拒絕、又哭……三年級剛開學，又來站崗……」

「哇哈哈哈哈——」張曉武笑得癱倒在地。「怎麼這個王仔跟我認識的王仔差那麼多啊？那然後呢？」

「然後初中畢業，升上高中……」許淑美也越笑越開心。「又站崗三年，告白三次、被我拒絕三次、哭了三次……」許淑美說到這裡，頓了頓，笑容透著淡淡幸福。「還……追了三年的公車。」

「追了三年的……公車？」張曉武聽了困惑。

「是啊。」許淑美點點頭。「我家跟他家住得近，離小學和初中學校也近，附近幾個孩子上下學都順路一起走；我們有時會聊聊、有時我不理他，他就不說話跟在我背後；但高中學校遠，我搭公車上下學，他騎腳踏車，我一出門他就跟著我，我上了公車他追著公車騎，我放學去補習班，他沒補習，這樣一來，就不順路了，但是他——」

陸

昏黃燈光下，小小的方桌上擺著菜脯蛋、炒青菜、鹹鴨蛋、滷豆干和一大鍋白飯。
老男人和男孩對桌吃飯。
兩人吃飯的樣子像極了，一、兩口菜可以扒掉大半碗白飯。
「臭小子，你每天這麼晚回家，都上哪去鬼混呀，到底有沒有在讀書啊？」老男人低頭扒著飯。
「我在保護一個人。」男孩也低頭扒飯。
「許淑美？」
「對呀。」
「那怎麼不一起回來？」
「她放學去補習，我等她下課，跟著她回家。」
男孩說了個地名。
「那麼遠？她也騎腳踏車補習？」老男人詫異問。
「她現在都搭公車。」
「她搭公車你怎麼保護她？」

「我騎腳踏車追公車呀。」

「你放學不回家，騎腳踏車追公車跟去補習班，然後等她下課再追著公車騎回來？」

「上學她搭公車我也追在後面。」

「你神經病啊？」

「補習班附近一堆痞子，那些痞子欺負她怎麼辦？」男孩說：「是你教我的，身爲男人，要保護好心愛的女人。」

「……」老男人聽男孩這麼說，默然無語，盯著手中筷子發呆。

男孩又扒了幾口飯，見他神情消沉，起身開櫃子拿了半瓶酒上桌。

「喲，看不出你挺機伶……等等！」老男人見男孩拿了兩個杯子上桌，喊了一聲，奪去其中一個杯子。「你拿兩個杯子幹啥？」

「陪你喝啊。」男孩說。

「去你媽的！」他瞪大眼睛，拍了男孩腦袋一巴掌。「你幾歲呀？毛長齊沒有？」

「齊啦。」男孩拉開褲子給他看。

「滾！老子喝酒你給我看雞巴做啥！」老男人抬腳作勢要踢男孩——他抬起的左腿膝下空空如也，幾年前發生意外住院截掉了。

「那所以我到底能不能喝？」男孩問。

「不能！」老男人斷然拒絕，見男孩還想反駁，便說：「你不怕喝了身上帶著酒臭味去上學？你不怕她聞了討厭？」

「對喔，身上會有酒臭味……」男孩打消了念頭，轉身去廚房提了壺白開水上桌。

老男人這才將杯子還給他。

一老一少邊吃邊喝好半晌，老男人醉了個八成，被男孩攙上藤椅休息，見男孩默默收拾小桌，哼哼唧唧地指著小房，說：「床底下，那盒子……替我拿出來……」

「好！」男孩聽了，興奮歡喜地衝進房，從床底撈出一個小盒回到老男人面前，打開小盒。

裡頭是一柄造工精緻的摺疊刀。

他捧著小盒遞向老男人，老男人取出刀，瞇眼把玩一會兒，刀鋒一轉，刀柄朝外，遞向男孩。

「拿去吧，是你的了。」

「啊！」男孩歡呼一聲，接過摺疊刀，望著老男人。「我生日還沒到喔，你不會酒醒了後悔沒收回去吧？」

「我沒這麼無聊。」他白了男孩一眼。「早幾個月、晚幾個月沒差多少……」說到這裡，他撐起身子盯著男孩，正經說：「不過你在學校可別拿出來，這是給你防身、保護人用的，不是給你拿來炫耀的。」

「廢話，我又不是笨蛋！」男孩哈哈笑著，甩弄起刀，一個拋接握在刀刃上，痛得哇哇大叫。

血流不少。

「你他媽就是個笨蛋！櫃子裡有紗布，快去拿出來把手紮起來！媽的，我這麼聰明，怎麼會生出你這個蠢蛋兒子？」

「可能媽比較笨吧……」

「啊！小王八蛋你口無遮攔啊，你他媽紮好了手掌燒炷香跟你媽磕頭道歉！」

「喔……」

柒

浴室響著嘩啦啦的水聲。

韓杰穿著一條內褲，坐在餐桌前盯著桌上一小疊鐵鏽尪仔標，和那張A4大小的鐵鏽尪仔標套組。

厚紙片上的圓孔正生出新尪仔標——取下尪仔標的空框先是爬出蛛絲般的鏽絲，跟著結成薄片，再長成厚片，最後浮現尪仔標圖樣，最後做舊鏽蝕，圖案簡介文字上還註記著兩個小字「試用」。

韓杰回想下午和張曉武在擂台單挑時，夾雜在垃圾話中那些瑣碎情報——

半年前領著大隊陰差上陽世要殺韓杰的卞城王和秦廣王，留職停薪接受調查至今。

當時半路截走司徒史的幫派人馬，和第六天魔王交情匪淺。

俊毅城隍府轄區風平浪靜，但前陣子一口氣被人從陽世檢舉多件違規，管轄權限遭到限縮；城隍府內眾人商量後，由張曉武扛下大部分違規，其中大半本來就是他這幾年闖出來的禍——包括幾個月前在搜索年長青倉庫時，藏在身上的好幾樣違禁品。

張曉武因此暫時停職數個月，被迫放了長假，牛頭面具、甩棍、電擊槍等全繳回——他其實也習慣了，過去十多年他定期會放類似的長假，和小學生放寒暑假一樣。

他上陽世蹓躂，倒也不是純粹度假，而是城隍府的會議結果，俊毅要他上來探探風聲，查查究竟是哪路陽世法師消息這麼靈通，可以獲得一堆只有陰差同行才知曉的內規密證，彙整之後一口氣檢舉下地。

先前俊毅城隍府內部討論時，張曉武本來一口咬定是韓杰搞鬼整他，但這結論很快便被俊毅推翻——畢竟韓杰在陰間結仇結進了好幾間閻王殿裡，俊毅城隍府卻是少數願意出力助他對付年長青的，除非他腦子壞掉，否則沒理由反咬俊毅。

張曉武倒也不反對這推論——事實上他跟韓杰本來也沒深仇大恨，只是互相看不順眼罷了，眞正有深仇大恨的，是幾個月前又打過照面的癩皮狗——賴琨。

賴琨不但是角頭老大，過去一直有招使旁門左道害人的紀錄，要找個法師燒符下陰間告狀惡整張曉武也不奇怪。

至於年長青，後來找了幾個替死鬼扛下先前六月山擄人一案的罪責，這陣子行事低調不少，同時也減少違禁品供貨，使陰間不少違禁品價格飛漲。

擂台上，張曉武怪罪韓杰放火燒去年長青的倉庫兼賣場，燬壞了證據才讓他得以脫身；韓杰則認爲就算不放火，年長青照樣能脫身，甚至還能繼續販賣那些違禁品賺取暴利。

張曉武一面揮拳，問韓杰最近有沒有消息。

韓杰一面揮拳一面說沒有，好幾週都沒有動靜。

風平浪靜到了詭異的地步。

「為什麼要殺眼線？」韓杰思索起張曉武提到近日一口氣死了好幾個眼線一事——張曉武受命上來反查城隍府檢舉案，最先想到的就是那些消息靈通的眼線——並非所有眼線都那麼乾淨，有許多眼線一方面將陰間陽世的消息回報上天，偶爾也會將神明動態或是陽世消息賣給陰間大老，甚至作為陰間大老和陽世黑心法師的仲介。

張曉武正開始查，就發現陸續有眼線死於非命。

全是惡鬼幹的。

韓杰戴著皮手套，捏了片鐵鏽尪仔標當成銅板在指上彈玩，一時漫無頭緒，只隱隱有種山雨欲來的不安感。

不安之中，一部分是來自他無法使用過去慣用的尪仔標，只能用鐵鏽尪仔標，鐵鏽版不但會割手、難以駕馭，更麻煩的是——

能抑制尪仔標副作用的蓮子也被收回。

他回頭看了櫃上小籠，新生出的第四代小文正窩在草編小巢裡呼嚕大睡。小文身子還沒完全長成成鳥，但習性和過去一模一樣，甚至知道韓杰家中櫥櫃哪個抽屜有擺放零食。

王書語裹著浴袍走出浴室，從冰箱拿了氣泡酒和啤酒，來到餐桌和韓杰並坐。她喝了口氣泡酒，見韓杰難得露出認真模樣，面前還擺了本筆記；她隨手翻了翻，紙上畫著幾個亂糟糟的塗鴉，看起來竟像是武器設計圖，不禁莞爾一笑。「你沒案子比有案子還認真。」

韓杰無奈抓頭。「我覺得不對勁……上次也是這樣……」

「上次？」

「第六天魔王上來找我麻煩那次。」

「喔。」王書語點點頭。「是葉子那件事？」

「嗯。」韓杰說：「張曉武那間城隍府跟我老闆同時被大量檢舉，我的尪仔標被收回，要是有傢伙故意搞事，會很麻煩，要是搞事的傢伙是第六天魔王，會更麻煩……」

「再麻煩的對手，也難不倒你，你很難死。」王書語喝了幾口汽泡酒，將浴袍拉緊些，像是有些冷。

「我有蓮藕身，很難死……」韓杰見她冷，便摘下手套，將椅子挪近她，還伸手攬著她腰。「可是我身邊的人沒有。」

「放心，我會努力活著。」王書語覺得韓杰身子像個暖爐一樣，笑呵呵地說：「身體裡有三昧眞火眞好，冬天不怕冷……喂！你夠囉……」她發現韓杰的手溜進浴袍內游移，按住他手。「這麼冷天你要我洗幾次澡？」

「那下次可以晚點一次洗……」他正想起身抱王書語，突然停下動作，望向客廳面朝廊道的小窗——窗內垂著窗簾，韓杰仍察覺出外頭有些躁動，他抬頭望了望時鐘，十點半，距離子時還有半小時。

他皺了皺眉，起身走去開門，門外聚滿了「老鄰居」，像是有急事要向他報告，卻又不敢打擾。

「怎麼回事？」韓杰問。

「韓大哥！」王小明擠在老鄰居中，指著廊道一端嚷嚷。「來了好多牛頭馬面，說要帶我們下陰間。」

「什麼？」韓杰呆了呆，出門往王小明所指方向望去，五、六個牛頭馬面手持ＰＤＡ，一個個確定老鄰居身分。

東風市場這些老鄰居，除了王小明和四個乾奶奶外，都葬身在多年前的大火中，成了枉死怨魂，一到深夜就躁動作祟，嚇壞不少住戶。韓杰領了籤令前來東風市場鎮著這些老鄰居，一住就是好多年，還將床鎮在當年的起火點上，用他後背的火尖槍痕壓制終年不散的怨恨煞氣，日復一日等待陰差上來接人。

「還眞會挑時間。」韓杰望著幾個牛頭馬面。

對方也同時望向他。

「別怕，我會拜託活鄰居跟老爺子燒點東西給你們。」韓杰見老鄰居們有些惶恐不安，便安撫著他們。「下去等輪迴，記得安分點，別惹事啊……」

「韓大哥，你會下來看我們嗎？」有個小妹妹拉了拉韓杰衣角，身子微微哆嗦。

比起一般遊魂，這些老鄰居和韓杰熟稔，聽他說過不少陰間黑暗的事，對這些牛頭馬面更加畏懼。

韓杰摸了摸她的頭，說：「我如果下去，會去看你們的。」

「我還沒交到女朋友，就要下陰間了……」王小明望著其中幾個清秀女孩，有些惆悵。

「你乖乖投胎，來生投成大帥哥，會容易很多。」韓杰安慰他。

「要怎樣投胎才能投成大帥哥啊？」王小明問。

「我怎麼知道……」韓杰見廊道前頭的老鄰居們已一個個被確認身分，幾個牛頭馬面向聚在這頭的老鄰居們招手，催促王小明過去——

或許出於偏見，或許是心理作用，他總覺得那幾個牛頭馬面盯著他的眼神有些詭詐，便隨手在門旁一個小盆栽上輕輕一捻——他偶爾會在小盆栽上插幾支香，用意並非祭祀，而是想在盆栽裡留些香灰，讓他隨手捻了便能使用。

他跟在王小明身後走了幾步，飛快畫了個咒印，揉出一球香灰小丸，伸手抓住王小明的臉，將丸子塞進他嘴裡，低聲說：「吞下。」

王小明呆了呆，還沒反應過來，便感到小丸自個兒鑽進了身子裡，急問：「你給我吃了什麼？」

「別怕。」韓杰拍拍他肩，低聲解釋。「這是定位用的，讓我可以直接燒冥錢下陰間到你面前；在底下什麼都得要花錢打點——記住，千萬別跟牛頭馬面說我這符的效力，他們會把你當肥羊宰，你就說是家屬定期替你做法事。」

「是、是……」王小明用感激的神情望著韓杰。「謝謝韓大哥，認識你眞好！」

「走吧。」韓杰望著牛頭馬面將所有老鄰居帶下樓。

他回房，沒有關門，而是呆愣愣地窩上小沙發，望著門外清冷寂寥的廊道——

時鐘上的指針剛過十一點，這是東風市場十多年來，第一個靜悄悄的子時夜晚。

王書語走來直接往他身上一坐，餵他喝了口啤酒，說：「老鄰居下去輪迴，以後剩你一個人在這裡，覺得孤單？」

「我是爲了看著他們才窩在這鬼地方的，現在他們走了，這件案子算是完工了……」韓杰喝了口啤酒，苦笑說：「也自由了。」

「你要搬家？」王書語哦了一聲。

「當然。」韓杰說。「如果那些傢伙沒耍詐的話……」

「耍詐？什麼意思？」王書語不解問。

「就當我疑心病吧。」韓杰說：「明天我會燒點東西下去……」

王書語手機響起，是王劍霆打來的。

「姊——」王劍霆似乎已有幾分醉意，對著電話喊道：「曉武哥約了爸喝酒，但爸還沒回家，你們要不要回來陪曉武哥喝兩杯？他說他今天把韓杰哥打得跪地求饒耶！哈哈！」

「啥？」韓杰和王書語靠得近，聽到王劍霆的聲音，湊過來插嘴。「臭偷車賊還會說謊啊？」

「幹你老師咧誰說謊啊！」張曉武醉醺醺的聲音同時響起。「你這顆『韓吉』怎麼這麼喜歡湊熱鬧？劍霆打電話找姊姊你躲在旁邊偷聽？你變態呀！你拐走王仔女兒想幹嘛？」

「關你屁事？你喝到大舌頭啦？我叫韓杰，不叫韓吉！」韓杰冷哼，「你那假身到底哪裡弄來的？竟然還會醉？」

「囉嗦啦韓吉，王仔人咧？大嫂說王仔以前跟她告白被拒絕，哭到挫尿……呀哈哈哈哈……」張曉武聲音變小，似乎是被小歸拉離電話般。

「什麼？」韓杰愣住。「王仔不是說大嫂寫了半年情書給他，他才答應和她約會嗎？」

「啊呀——」許淑美的聲音也從手機飆出。「王智漢還眞的到處跟別人說我倒追他呀？

書語、書語，妳在嗎？」

「我在……」王書語應話。「怎麼了？」

「打電話叫妳爸滾回來解釋清楚！」

「妳怎麼不自己打？」

「我跟劍霆打的電話他都不接啊，妳爸只怕妳不怕我，妳的電話號碼他不敢不接。」

「……」王書語掛上電話和韓杰相視半晌，只覺得好笑。

王書語望著韓杰，問：「你呢？你都怎麼跟別人說我們？」

「我……」韓杰喝幾口啤酒，說：「我都說我跪在地上抱著妳這大美女的鞋子，求大美女跟我約會……」

「少鬼扯。」王書語笑著撥了通電話，聽著電話鈴聲。「你就說是緣分到了就好了。」

「緣分？看不出來妳相信這東西……」韓杰哈哈一笑，抓抓頭，仔細想了想他和王書語從六月山案件之後至今的相處過程，一切像是十分突然卻又水到渠成——

幾個月前，他將血羅剎騙進身中讓火龍吃盡後，和葉子、林國彬、王書語四人，轟轟烈烈地看了場日出。

後來兩人爲了六月山開發案，不定時相聚討論；王書語不時叮囑韓杰別毛躁對方董動手動腳，一來違反她做事原則，二來也怕韓杰留下把柄讓對方反咬一口。

幾次相聚後，兩人閒聊話題漸漸從六月山那些事擴及到其他瑣事上，例如小文、例如鐵拳館、例如東風市場，韓杰說東風市場或許有天也會碰到類似開發案的問題，王書語便也想看看東風市場的情況。

韓杰帶她來認識老爺子和四樓老鄰居們。

王小明見到王書語來訪，悄悄對其他老鄰居說凡是被韓杰帶回房的女孩兒，沒有一個能清白離開——他這悄悄話說得太大聲了，大聲得很故意，被韓杰派出的小豹叼去地下室拘留一整夜才獲釋。

清晨時分，獲釋的王小明飛到樓頂，見韓杰和王書語站在牆邊像是在等待日出，便巴結地上前自我介紹，還對王書語說了不少韓杰好話；他見韓杰雖瞅著他笑，但隱隱露出些殺氣，趕緊溜遠，不敢再囉嗦。

「不是緣分，還能是什麼？」王書語淡淡笑著，盯著手機上的撥號狀態。

無人接聽。

她傳了條簡訊給王智漢——

媽要你回家向她解釋清楚，爲什麼老是跟人說當年她倒追你。

「王仔沒接妳電話？」韓杰問。

「在忙吧。」王書語說：「他老是這樣，我的電話他也不是每次都接的……」

「跟人約好喝酒還忙……」韓杰笑著說：「他怕過兩年就退休沒事幹不舒服是吧。」

「他連我媽生日、我和我弟生日都能爽約。」王書語說：「朋友約喝酒又算什麼。」

捌

某年秋天。

小女孩坐在公園一角，嘟嘴望著遠方，似乎正生著悶氣。

爸爸媽媽帶著她和弟弟，上餐廳吃了頓飯，來公園坐坐。

「妳還在生氣呀？」爸爸拉拉她袖子，被她甩開。

「昨天你在幹嘛？」小女孩氣嘟嘟地問。

「昨天我在加班。」爸爸說。

「加班，你每天都加班。」小女孩回頭怒瞪他。

「今天不加了。」爸爸說：「來替妳過生日。」

小女孩的弟弟嘴裡含了顆糖，聽爸爸這麼說，伸手戳了戳他的胳臂，嬉皮笑臉說：「姊姊生日是昨天……」

「對啊！我生日是昨天。」小女孩大聲說。

「可是昨天爸爸在抓壞人。」爸爸說。

「你每天都說要抓壞人！」小女孩生氣。

「不是『說』要抓壞人，是眞的在抓壞人。」

媽媽打著圓場說：「要是爸爸不抓壞人的話，壞人把妳騙去賣了怎麼辦？」

「我才不會被騙！」小女孩瞪大眼睛。

「妳弟弟會被騙，壞人給他幾顆糖，他就跟著壞人走囉。」媽媽說。

「……」小女孩不答話，像是在認眞思考這個可能性。

「嘻嘻……」弟弟似乎不反駁媽媽的說法，只是問爸爸：「那……什麼時候才能把壞人抓完啊？」

「壞人永遠也抓不完。」爸爸說。

「抓不完爲什麼還要抓？」弟弟好奇。

「因爲……」爸爸望著遠方，抬手指著一個垃圾桶。「就像是那個垃圾桶一樣呀。」

「垃圾桶怎麼了？」「關垃圾桶什麼事？」姊弟問。

「垃圾桶爲什麼沒滿出來？」爸爸反問。

「因爲每天都有清潔隊的叔叔阿姨……」小女孩望著垃圾桶，有點明白爸爸的意思了。

「會來收垃圾……」

「對呀。」爸爸點點頭，說：「垃圾永遠也收不完，但是如果不收，垃圾不就滿出來了嗎？兩天沒收垃圾，會從桶子裡滿到路上，兩年沒收垃圾，垃圾就滿到妳床邊囉。」

「跟馬桶一樣呀！」弟弟嘻嘻笑插嘴。「大便不沖馬桶，大便滿出來！」

「對呀，大便滿出來還得了！」爸爸摸摸弟弟的頭。

「大便滿到床邊會怎樣啊？」

「會很臭啊。」

「滿到床鋪上呢？」

「會臭死啊。」

「夠了，現在是我過生日，不准講大便！」小女孩怒聲抗議。

「妳生日是昨天啊。」弟弟說：「大便。」

「對呀，妳生日是昨天。」爸爸說：「我們是今天講大便又不是昨天講大便。」

「昨天你又不在！」小女孩激動說：「昨天我又沒過生日。」

「所以到底是生日不能講大便還是生日隔天不能講大便啊？」弟弟問。「大便大便。」

「都不准講！」小女孩尖叫。

「大……」弟弟只說一個字，便被媽媽摀住了嘴。「不准再講了，聽到沒有。」

「不講就不講……」弟弟見姊姊淚水在眼眶打轉，惱火地握拳瞪他，像是想揍他，連連點頭。「爸爸，長大以後，我幫你抓壞人……這樣馬桶才不會滿出來。」

「那得問你媽准不准啊。」爸爸苦笑。

媽媽翻了個白眼，連連搖頭。「家裡有一個警察就夠了，別再有第二個了。」

「可是……」弟弟問：「要是沒有警察，馬桶滿出來怎麼辦，滿到姊姊床邊，淹到姊姊身上，淹死她的熊怎麼辦？」

「也不准講馬桶！」小女孩氣炸，也伸手來摀弟弟嘴巴。「不准講我的熊！」

「爲什麼……我什麼都不能講？」弟弟抓著姊姊的手，跟姊姊對峙起來。「大便……」

「呵呵——」

王智漢睜開眼睛。

似乎被自己的夢給逗笑了。「哈哈、哈哈哈……」

他望了望周身數坪大的小房間，天花板上垂掛著一只昏黃燈泡。

地板血跡斑斑，空氣裡瀰漫濃厚糞便氣味。

王智漢頭臉瘀腫、全身烏青、兩隻眼睛瞇成了一條線、牙齒落了大半，嘴唇也裂成數瓣——那是昨晚他吐賴琨口水又嘴硬罵個不停的代價。

他脖子被一條鐵鍊銬著，另一端鎖在水泥牆上。

他試著出力站起身，但很快跌倒在地。

他左腿嚴重扭曲變形，腿骨斷得四分五裂，替他腦袋擋下無數記棍砸的右臂臂骨也是斷的。

「喂，有沒有人吶？」王智漢用含糊不清的嗓音，沙啞喊道：「起床了，想大便啊。」

他喊了半天，小房門終於打開，一個年輕傢伙捏著鼻子朝裡頭望了幾眼，嫌惡地說：

「你半夜不是才拉了一褲子，又要拉？哇有夠臭——」

「我腸躁症，喝自己口水也有東西拉，怎樣？不給我便盆啊，行呀，我就拉地上……」

王智漢邊說，邊動手解褲子。

「喂喂喂！等等！待會兒琨哥有事要來……」年輕人連忙喝止，奔遠提了個塑膠便盆扔給王智漢。「別害我被罵。」

「腸子敏感眞是麻煩……」王智漢咬牙撐牆，努力坐上便盆，沒多久又嚷著要衛生紙。

他接過年輕人拋來的衛生紙擦淨屁股、穿回褲子，笑咪咪地盤坐在地，叫喚年輕人收拾便盆。

年輕人本來在房外背對著門玩手機遊戲，聽到叫喊，這才不甘不願地捏著鼻子走來想拖走便盆。

他手指剛搆著盆緣，忍不住乾嘔幾聲，轉頭撇開視線。

本來盤坐在一旁的王智漢突然伸手一把抓住他的手腕，再一腳蹬在他小腿上，使他重心一個不穩，整個人撲倒在便盆上。

撞了個稀里嘩啦。

「哇——」年輕人頭臉沾著屎水，尖聲怪叫起來，被王智漢翻跨上身，搥了兩拳又揪著頭髮撞了幾下地板，暈死過去。

「不中用的瘦皮猴。」王智漢哼了哼，在年輕人身上摸摸拍拍，翻出一串鑰匙，嘿嘿一笑——這一大串叮鈴鐺啷的鑰匙是年輕人機車和自家鑰匙，沒一把能打開王智漢頭上的鐵鍊鐐銬，王智漢早知道這一點，他看上的，是串著鑰匙的鐵環。

他努力用口中餘牙將鐵環咬直成一條鐵絲。

鐵絲插入鐐銬的鑰匙孔裡，只花了兩分鐘，就解開了鐐銬。

他脫去年輕人上衣綑紮扭曲斷腿，艱難地拖著腿往外爬，還隨地摸了把扳手藏在身上。

昨晚他被賴琨指使手下一陣暴打後，擄上車駛遠，雖被蒙著眼睛，但從大略車程時間和打手言談中，拼湊得知這裡是山郊一處荒涼社區裡，某棟廢棄公寓其中一戶地下室。

此時時間尚早，他祈禱著上頭負責看門的打手貪睡或剛好外出用餐——

奈何天時常不從人願。

他在通往一樓的長梯中段，遇見領人下來的賴琨。

賴琨見到王智漢，先是一驚，跟著哈哈大笑，幾步下去，舉拐杖要戳他的手。

王智漢抄出扳手，不偏不倚砸在賴琨受傷的膝蓋上。

賴琨的膝蓋幾個月前在六月山被苗姑附身敲碎，拄了好幾個月的拐杖，醫生說他這把年紀已不像年輕人恢復力強，恐怕終生都要拄拐杖了。

「哇——」賴琨慘叫要倒，被手下扶住。

一個身手矯健的小弟衝下一腳將王智漢踹下樓。

王智漢摔得眼冒金星，覺得全身都要散了，身上各處斷骨傷處激烈碰撞拉扯的感覺令他幾乎窒息。

幾個小弟哄罵殺下，又將王智漢狠揍一頓。

再次將他拖回小房裡。

賴琨讓小弟攙著，氣急敗壞地跟在後頭，見囚著王智漢的小房裡翻倒的便盆、滿地屎水和暈厥小弟，氣得破口大罵，指揮手下將王智漢拖進地下室浴廁。

王智漢癱躺在地上，本來已經做好了捱打至死的心理準備，卻沒想到幾個混混扒光了他的衣服，在他身上淋了大坨沐浴乳，用刷子刷身、用冷水沖他——在寒冬中沖冷水澡自然不好受，但和被棍棒打斷牙齒、敲斷骨頭相比，洗澡仍舒服多了，舒服得令他忍不住笑了。「你們到底想幹嘛？把我洗乾淨拿去熬湯啊？」

他的笑聲和調侃又惹來一陣亂拳毆打。

「喂喂喂，你們搞什麼？」

一個扮相舉止和周遭混混流氓格格不入的黑衣男人，推開眾人，來到浴廁外，扠腰打量著癱在地板上的王智漢，轉頭對賴琨埋怨起來。「你們把他骨頭打斷這麼多根，怎麼扮那小子的替身？」

這男人一頭長髮紮成馬尾，黑色長版風衣裡是黑襯衫，下身是黑皮褲和黑皮靴，還戴著墨鏡和黑皮手套。全身上下，除了略顯蒼白的頭臉脖子外，全都是黑色。

「你們沒說不能打他啊……」賴琨呆了呆，他對這年輕黑衣男人倒是挺客氣。「骨頭斷了，就不能扮那小子替身嗎？」

「手斷腳殘的辦事不夠俐落呀！」黑衣男抱怨，走進浴廁，單膝蹲在王智漢身邊，伸指在他身上戳戳按按。「以這年紀而言，身體算結實了，骨頭接上應該還是能跑能跳……」

「你又是誰呀？」王智漢望著他。「你們……想玩什麼把戲？」

「很好玩的遊戲。」黑衣男笑了笑。「接下來，我是你聯絡人，以後叫我夜鴉哥吧。」

「夜鴉……哥？」王智漢笑得嗆咳起來。「這什麼幼稚名字，你混哪裡的？你是聯絡人，那你後面老闆是誰？」

「我混底下的。」夜鴉笑著，用戴著黑皮手套的手，指了指地板。

「眞的假的啊？」王智漢哦了一聲，這兒是地下室，比地下室更底下，當然是陰間了。

「當然是眞的。」夜鴉笑了笑，抓著王智漢斷骨胳臂擰轉幾下，又取出一把瑞士刀，在他胳臂皮肉割上幾枚血字，還呼出口黑氣捲上王智漢胳臂。

「哦？」黑氣牢牢裹上胳臂後，竟逐漸僵硬，彷如上了石膏。血字初割上皮肉雖疼，但很快轉成痕癢，並抑制了斷骨之痛，王智漢這才意識到夜鴉此舉竟是在替他接骨。

跟著，夜鴉檢視了王智漢身上其他斷骨，一一接上，割下血字，再吹黑氣固定傷處。

「夜鴉，別說我沒提醒你……」賴琨冷哼，「這老小子脾氣倔得跟牛一樣，你別看他現在笑咪咪的，他會偷襲你。」

「你叫我的時候，少了個字。」夜鴉轉頭，微笑望著賴琨。

「夜鴉……『哥』。」賴琨臉色青白難看，仍向夜鴉點了點頭。「我忘了，不好意思……」

「看來你老闆來頭不小……」王智漢嘿嘿笑著說。

「我老闆是摩羅大王的拜把兄弟。」夜鴉得意洋洋，突然一把捏開王智漢嘴巴，瞧了幾眼，回頭有些惱火瞪著賴琨說：「不是說千萬別打掉他的牙嗎？」

「有……有嗎？」賴琨啊了一聲，連忙轉頭喝問手下。「不是叫你們別打掉他牙嗎？」

「啊……」「我……不是我打的，是誰打的？」手下你看看我、我看看你，都記得昨晚賴琨確實有事先吩咐過眾人別打頭和嘴巴，但那時賴琨被王智漢吐了滿臉血水，暴怒之下搶了把鐵管，狠敲了王智漢嘴巴十數下。

此時賴琨的手下當然不敢提這件事，只你推我我推你，都說不知道誰打的。

「別吵啦，就當是我自己打的好不好啊……」王智漢忍不住哈哈大笑，口齒不清地對夜鴉說：「怎麼，陰間魔王想留著我的牙幹啥？想派我咬人？」

「對呀，你怎麼知道！」夜鴉贊許地拍拍王智漢的臉，掐開他嘴巴檢查他斷齒情況，跟著取出一張奇異的黑鐵面罩，覆在他臉上。

面罩僅罩住王智漢上半張臉，底下露出口鼻。

眼睛部位，繪著兩隻閉目眼睛。

「這什麼東西？」王智漢感到眼前花花亂亂，面罩內側竟像是ＶＲ眼鏡閃爍起一幕幕奇異畫面，光影交錯、模糊閃爍的畫面裡，場景似乎是醫院。

他看見幾個護士，和一個滿額大汗的男人，男人有些年紀，興奮跳著叫著。

同時，一陣含糊吵雜的聲音彷彿直接從面罩震過他的眼球和臉骨，走過與一般聲音不同的路徑，敲擊著他的聽覺神經。

是畫面裡男人的叫嚷聲：「我當爸爸啦，我吳家不會絕後啦！」

接著是嬰兒哭聲。

跟著，王智漢感到一陣劇痛自臉上炸開。

夜鴉持著一具造型奇特的電鑽，對準面罩螺孔，將鑽頭鑽進王智漢的臉骨，直到整支鑽頭沒入螺孔。

王智漢痛苦掙扎，但他四肢遭僵化的黑氣團纏著，加上夜鴉那身黑皮大衣溢出陣陣黑氣，凝結成數隻煙手，牢牢按住他身子。

夜鴉揚起電鑽，鑽頭卻留在面罩螺孔裡，成了顆螺絲。

電鑽上新生出一支鑽頭，這是一把全自動的電鑽兼電動起子。

接下來兩分鐘，一陣陣嗡嗡鑽骨聲和王智漢的慘叫聲迴盪在浴廁裡，他臉上被鎖進一顆顆漆黑螺絲。

幾個年輕小弟被王智漢身體痙攣顫抖程度嚇得臉色蒼白——比起用棍棒打人手腳，持電鑽鑽人臉確實更加恐怖。

賴琨倒是看得津津有味，往前站了幾步，笑咪咪地說起風涼話。「王仔，你也會痛啊，我以爲你這人沒有痛覺。你不是硬漢嗎？」

「這人的確是硬漢啊。」夜鴉邊鑽邊說：「這東西很痛的，他抖歸抖、叫歸叫，倒是沒哭沒拉屎拉尿，能這樣已經很不簡單了。」

「昨天我倒是讓他拉了一褲子。」賴琨冷笑一聲，回想昨晚將王智漢擄到地下室後，令幾個手下按著王智漢，不停用腳重踏他的斷腿，還招呼手下一起踩，眞讓王智漢痛得拉了一褲子屎，才滿意地捏著鼻子說明天見。

「你想說我手段比不上你？」夜鴉鎖完最後一顆螺絲，收去黑氣霧手，如鬼似魅直直站起，轉眼就出現在賴琨身邊。

「我沒這麼說，夜鴉哥——」賴琨笑了笑。

「讓人痛苦是很容易的事。」夜鴉舉著電鑽頭，飛快往攙著賴琨的小弟肩上一鑽。

「哇——」小弟觸電般扔下賴琨滾倒在地，慘嚎著打起滾來。

賴琨也因此跌倒，摀著受傷的膝蓋哀號。

「除非那麼做能達成我某些目的，否則我沒有看人痛到拉屎、聽人慘叫的嗜好。」夜鴉收起電鑽，搖搖頭說：「等等我會開出菜單跟藥方，你要確實餵他吃完，一頓都不能漏；這幾天你要怎麼整他我沒意見，但別到傷他的肌肉骨頭和牙齒，我會讓他重新長出牙來——你打爛他的牙，害我要重新調整養他的藥方啊，混蛋！」

賴琨望著夜鴉高傲背影，心中怨怒，但見夜鴉回頭瞧來，連忙低下頭，唯唯諾諾地說：「夜鴉哥，我會乖乖照著你的話做……」

「唉。」夜鴉轉身上樓，喃喃自語。「我回去要向喜樂爺抱怨你們這些人辦事不力，扯我後腿，我討厭團體行動、我喜歡獨來獨往。」

夜鴉老闆「喜樂」，在陰間名聲響亮，和第六天魔王交情匪淺。夜鴉是喜樂手下第一把交椅，他根本沒將陽世角頭放在眼裡，要不是喜樂吩咐他與賴琨共同行動，光是和這些低俗傢伙說上幾句話，就令他厭煩不已了。

他難得上陽世，更想要自由自在悠遊玩耍，他在大富麗酒樓包廂裡，聽第六天魔王提及太子爺乩身韓杰竟能靠著法寶，和欲妃、悅彼等四魔女打得難分難解，可好奇了。

他曾經被欲妃狠狠修理過，那時他道行低淺，但他自認百來年下來，自己進步許多，現在單對單，他應該不輸她們四個任何一個才對。

他寧願單刀直入找韓杰痛快大戰，也不想拐彎抹角搞這些稀奇古怪的把戲，綁個老傢伙吃藥什麼的，實在麻煩得很。

太子爺七寶，他想親眼見識見識，如果能偷得一、兩片尪仔標帶回陰間破解研究，說不定能替自己的玩具庫增添更多有趣收藏。

例如剛剛那把漆黑電鑽，就是他的巧思發明之一。

王智漢呈大字形癱躺在地上，一動也不動，彷彿進入夢境；黑鐵臉罩上兩顆眼睛閃閃發亮，一眨一眨。幾個賴琨小弟將王智漢拖回小房，見臉罩上的眼睛會轉動，還瞧著他們，覺得陰森詭異，急急拿鐵鍊鎖上他頸子，就出房攙著賴琨和被鑽了螺絲的倒楣同伴上樓聽夜鴉吩咐藥方。

玖

午後，東風市場頂樓聚著二十餘人，圍著幾張摺疊桌，桌上擺滿祭祀供品，像是在進行一場小規模的中元普渡——

人群中有大半是一早接到老爺子電話，帶著供品專程趕來的——東風市場大戰後的兩年間，一、二樓住戶搬走一半，剩下的大多是捨不得這裡及樓上老鄰居的中老年住戶。還住在東風市場裡的住戶，已沒幾個年輕人。

大夥兒聽韓杰述說昨晚牛頭馬面終於上來，將老鄰居全帶走了，心中五味雜陳——那些老鄰居曾令活人住戶寢食難安、終日驚懼，也曾多次嚇走企圖溜上空樓吸毒取樂的痞子混混，更曾與住戶們聯手抵擋第六天魔王進犯東風市場。

他們替即將輪迴轉世的老鄰居們開心之餘，也發現往後若又有小混混、小毒蟲甚至是惡鬼上樓作怪時，將再沒有老鄰居幫忙保護大家了。

「老鄰居走了，還有阿杰呀！」有個大嬸這麼說。

「不。」韓杰隨即否定了這說法，苦笑道：「以後大家得自立自強了，我這些年是領著籤令在樓上看管老鄰居，並不是真想在這定居一輩子——別誤會，我不是說這地方不好，但我也有我的打算，加上案子正式結束，說不定哪天太子爺要派我去其他地方……」

「什麼……」大夥兒你看看我、我看看你，幾個老人家嘆起氣來。「這兩年東風市場年輕人搬走不少，現在連你也要走……」

「天下無不散的筵席。」韓杰說，一面翻看檢視手上一支紙紮手機，手機背面不但寫了符令，還寫上王小明的名字，韓杰將紙紮手機拋入金爐，和紙錢一同燒化。

眾人感嘆之餘也莫可奈何，有些人向韓杰打探下陰間等待輪迴這段期間的過程，有些人認真勸說剩餘十來戶住戶乾脆搬至他處安享天年，免得韓杰一走，過去那些惡鬼魔王什麼的回來尋仇。

「呀——」樓下傳來一陣驚叫。

韓杰等急急下樓查看。

二樓廊道裡，美娜僅著內衣內褲，抓著蘋果和水果刀，笑咪咪地邊走邊削。她下刀完全不分果皮和自己手指皮肉，削得鮮血淋漓，沿途滴血落肉，將幾個撞見這怪象的住戶嚇得哇哇大叫。

有些鄰居上前要奪刀，卻被她舉刀逼退。

「吃蘋果、吃蘋果……」美娜見鄰居退開，又露出笑容，繼續削蘋果。

她削了兩刀，發現韓杰擠過鄰居，朝她大步走來，再次變臉舉刀要砍他。

韓杰飛快握住美娜持刀手腕，一把掐上她頸子，將她按上牆，皺眉盯著她的雙眼，只見她眼瞳忽張忽縮、眉心黑氣繚繞。

「怎麼回事？美娜被鬼附身了嗎？」鄰居們駭然驚慌。

王書語見美娜另一手伸去要挖韓杰眼睛，迅速上前扣住她的手——王書語儘管柔道跆拳道雙修，但此時仍覺得美娜力大無窮，兩手竟抓不著她一手，被她揮手甩倒。

「別過來，這不是一般亡魂……」韓杰伸指沾著美娜腕上的鮮血，飛快在她眉心畫了個印，血印發動，美娜哀號起來。

韓杰壓著美娜，往她家中走，沉聲質問：「你是從底下上來的？你想幹嘛？」

「來殺這婊子的……」「嘻嘻。」「幹嘛？你是她姘頭呀？你捨不得？」美娜喉中響起數個不同聲音，不時抬膝頂撞韓杰肚子。

「這是陰間惡鬼，是專業的打手……」韓杰見王書語又要來幫忙，連忙對她說：「替我拿尪仔標來，其他人別進來！」他將美娜推進房中，按在椅上，又在她身上畫下幾個血印，施術鎮壓她身中惡鬼。「誰買你們上東風市場鬧事？有什麼目的？」

「老大要我們……上來試試你。」美娜身中惡鬼嘻嘻笑答。

「試試我？試我什麼？」韓杰呆了呆，一時不明所以，他問：「又是第六天魔王？他想玩什麼把戲？」

擠在外頭的鄰居們聽韓杰問起第六天魔王這名號，嚇得哆嗦起來，兩年前東風市場那場惡戰的恐怖情景還歷歷在目。

「摩羅王發布重賞抓你，誰拉你下去誰有賞啊！」美娜咆哮尖笑。「聽說你現在沒法寶可以耍了，是不是眞的呀？嘻嘻……」

怨有關。

「……」韓杰聽惡鬼這麼說，隱隱明白近來一連串情勢因由又和自己與第六天魔王的恩

王書語提了袋生蓮藕片、一疊鐵鏽尪仔標和皮手套奔回美娜家中，先替韓杰戴上手套，再將尪仔標攤開讓韓杰選——這些鐵鏽尪仔標上的鐵鏽，只割韓杰的手；一般人觸著，像是摸著煙霧，轉眼消散。

「嗯……用哪片呢？」韓杰盯著王書語雙手的尪仔標，思索十幾秒，無奈捏起一片，往美娜腦袋一拍。「試試這個吧……」

美娜頭頂耀起一陣火光圈圈，騰出一塊黑鏽長磚。

韓杰抓起金磚，像是噎著般嗆咳起來，咬牙在美娜身上寫起符來。

「哇——好難受啊！」美娜身中的厲鬼們尖嚎起來。「不是說他沒法寶了？」「別怕，我們戴著護身符！」

「難受就滾出來！」韓杰劇烈咳嗽，不時咳出血來——

血中都帶著鐵鏽。

王書語愕然盯著韓杰血中點點鐵鏽，總算知道這「試用版」的驚人副作用，連忙拆了包蓮藕切片餵韓杰吃。

「不可能……」韓杰嚼著蓮藕片，一面咳嗽，見已在美娜全身寫滿了符，仍逼不出她體內惡鬼，不禁愕然，抓著金磚一擰，擰成繩索，往她身上纏繞幾圈，施法硬拉。

惡鬼們哀嚎得更大聲了。

「好痛呀，我們不是戴著護身符嗎，怎麼沒效？」「傻瓜，就是戴著符才能這麼撐著，要是沒戴早被他揪出去修理了。」「你們不要講了，都讓他聽見了！」「聽見又怎樣？」

「你們……」韓杰聽他們尖叫交談，愣然問：「你們戴著防我法寶的符上來害我鄰居？」

「誰要害你鄰居，都說了是要試試你！哎呀你別拉了，我受不了了！」

「受不了就他媽的給我滾出來——」韓杰加大扯繩力道。

「好好好，我們出去，你別拉了……」有個惡鬼這麼說，卻立刻被其他惡鬼制止。「傻瓜，現在出去，他眞會打死你，等大哥們來接我們再說呀！」「大哥們什麼時候來呀？」

「大哥們？」韓杰聽惡鬼們哀嚎，訝異問：「你們說誰上來接你們？你們還有幫手？」

韓杰加足手勁正要逼問，突然停下動作，瞪著美娜身後現身的牛頭馬面。

「終於來啦！」「陰差大人，我要自首——」美娜身中惡鬼們高呼求救。

「他們說的『大哥們』……」韓杰瞪著牛頭馬面。「就是你們？」

馬面掏掏耳朵說：「聽不懂你說什麼。」

牛頭則說：「陽世法師，你鬆開繩子，讓我們接手處理。」

「讓你們接手處理？」韓杰強耐怒氣，沉聲問：「你們確定會處理？」

「不讓我們接手，你想自己處理？也行。」馬面和牛頭相視一眼，笑著後退兩步，望著韓杰。「你慢慢處理。」

「不行呀！牛頭馬面大哥，我們老大跟你們講好來接人的，你們不能坐視不管啊！」有的惡鬼大聲抱怨，也有的惡鬼斥責起韓杰。「喂！你不是神明使者嗎？陰差都來帶我們了，你還不放手，你眼中還有沒有王法啊？」

「咳……咳咳……」韓杰揪著金磚繩子，撫胸嗆咳——他要修理這幾個惡鬼不難，但惡鬼身上戴著防他法寶的護身符，或許能撐上好一段時間，而美娜正持續失血。

自然，他甚至能再砸根火尖槍出來全力擊殺惡鬼，但他覺得自己此時還沒做好回味鐵鏽尪仔標副作用的心理準備，且他現在更須要弄清情況，而不只是發怒開扁。

他喘著氣，抖開金磚繩子，揉回磚狀，像抓著橡皮擦，拭去美娜身上的符字，再將金磚收回口袋，退開幾步。

「壞孩子們，準備回家囉。」牛頭懶洋洋地說。

五隻惡鬼即刻自美娜身中竄出，哀叫連連地躲到牛頭馬面身後，身上臉上都有燒傷痕跡，胸口掛著大串稀奇古怪的護身符，顯然就是專門應付韓杰法寶的。

牛頭馬面替五隻惡鬼依序上銬，準備離開。

「等等！」韓杰突然大喊：「回去告訴你們背後那些王八蛋——既然拔了太子爺陽世管轄權，要對付我，就專心針對我一個，別對其他人出手，不然惹來其他神明使者插手更麻煩不是嗎？動動腦筋，聽到沒有！」

「他這麼說好像有道理喔……」幾隻惡鬼聽了都面面相覷，低聲檢討這次的行動缺失。

牛頭馬面沒搭腔，冷笑幾聲，領著惡鬼們遁地消失。

王書語等圍上美娜，替她包紮止血，送醫急救。

□

韓杰睜開眼睛時已近傍晚。

他昏昏沉沉下床去廁所撒了泡尿、洗了把臉，回到餐桌呆坐。

餐桌上擺著一小鍋蓮藕湯和一小鍋蓮藕切片，壓著一張紙條——

事務所還有事，我先走了，冰箱有吃的，我煮了鍋蓮藕湯你醒來喝。

這行字底下還有一小行補充——

蓮藕湯不合口味的話，我另外切了碗生蓮藕片。

「……」韓杰呆瞧那鍋蓮藕湯好半晌，終於低頭湊近碗嗅嗅，遲疑地舀了勺湯嚐，只覺得味道怪異，他硬著頭皮嚥下，卻再也喝不下第二口——

王書語頗不擅長料理。

韓杰捏了幾片生蓮藕切片入口慢嚼，總算覺得身體舒暢些，猜想這碗生蓮藕切片或許是王書語試吃蓮藕湯後的補救方案。

他從冰箱拿出三明治和幾樣盒裝小菜，配著蓮藕吃，同時盯著桌上那塊還有三分之二大的鐵鏽金磚；法寶中的另外六樣，都有或長或短的時效限制，但唯獨金磚能在熬過副作用煎熬後，長時間留存備用。

他將湯裡的蓮藕片撈出吃盡，將湯倒了，戴上手套，找了個鐵盒裝進揉擰成粉的金磚。

他拿起菸盒搖搖，裡頭空空如也，正覺奇怪，便見到桌上堆著兩疊東西——王書語替他將菸盒中的尪仔標分類，每片都用信封裁成相同大小的方形紙袋裝，並在袋外註記名稱。

韓杰打開幾個小袋，對照裡頭尪仔標與袋外註記無誤，捏在手上拋了拋，舉拳敲敲自己的頭。「爲什麼我以前沒想到這招！」

尪仔標上的鐵鏽會扎他手，用紙袋包著便能讓他隨手捻捏。

「啊！」韓杰跟著見到還有一小疊尪仔標，不是用紙袋，而是用透明塑膠小袋裝，他捏起細看，裡頭裝的是幾片九龍神火罩。「用塑膠袋裝能讓我藏嘴裡，要用時才咬破，這都想到了，眞聰明……」他撫額苦笑，回味著沒有蓮子時九龍神火罩副作用的滋味。

此時，電話響起，是窩在一樓管理室的老爺子打來的。

說是有個一身黑的男人找他。

韓杰困惑，隨手套了外套下樓，遠遠見到一個黑衣黑褲的男人扠手倚在管理室外瞅著他笑，笑來一陣陰森邪氣，登時如臨大敵。

這男人是夜鴉，他見韓杰雙手扠在口袋裡像要發動攻擊，連忙揚手示意韓杰別那麼急，他笑著說：「別緊張，老兄。」

「你有什麼事？」韓杰一手扠在口袋裡捏著尪仔標，抽出一手湊在嘴邊準備隨時咬指引血畫咒，警戒走近管理室。

「我覺得你的提議不錯。」夜鴉看了管理室裡的老爺子一眼，又望望樓梯口兩個剛備妥行囊，準備外出避難的活鄰居——兩年前第六天魔王入侵東風市場那場惡戰實在嚇人，早上美娜被附身，大夥兒聽可能又與第六天魔王有關，都嚇得魂飛魄散，到了下午，已有八成鄰居決定暫時遠行避避風頭。

「這裡的人這麼可愛，我們玩我們的，別傷及無辜，對不對。」夜鴉微笑。

「……」韓杰聽夜鴉這麼說，問：「你就是白天那些傢伙的頭兒？」

「不是。」夜鴉搖搖頭。「那幾個笨蛋不歸我管，底下想上來找你麻煩的傢伙太多了，我只是其中一路——不過喜樂爺在底下已經幫我喬好了，讓我暫時擔任總指揮，免得大家互相扯後腿。」

「總指揮？什麼總指揮？」韓杰皺眉，「喜樂爺又是什麼東西？」

「討伐你的總指揮。」夜鴉笑著說：「喜樂爺是摩羅王的好朋友，我是喜樂爺頭號得力助手。」

「哼，那幸會啦……」韓杰沒好氣地說。

「看得出來你沒耐心聽廢話，我也沒耐心說廢話。」夜鴉說：「我就開門見山說，接下來我會通知你時間地點，記得準時過來跟我的打手決一死戰，打贏離開算你本事。你乖乖赴約，我幫你調節底下各路人馬，別讓他們找你身邊人麻煩；你不來，那些傢伙笨頭笨腦，做事不顧後果，成天跑來這裡鬧，你也受不了，對吧。」

「……」韓杰想了想，點點頭。「這主意不錯，什麼時候開始？待會？」

「別那麼急。」夜鴉哈哈一笑。「擂台也需要時間布置呢，明天一早我通知你，給你點時間準備好再來。」他取出手機和韓杰交換號碼後，轉身爽快離去。

老爺子望著夜鴉幾步走遠，消失在對面街道，轉頭對韓杰說：「他找你玩遊戲，你就答應陪他玩？」

「不然呢？」韓杰聳聳肩。「他們不想節外生枝，講好規則針對我一人，這樣最好不過了。」

「太子爺現在不是不能管事了？你一個人怎麼跟他們玩？」老爺子聽韓杰提過整件事大致始末。

「除非上大眞不管人了，不然打打殺殺這種吃力不討好的事，不讓太子爺幹，也得其他神明願意接手才行。」韓杰苦笑：「我只要撐到上天調查完，拿回蓮子，會輕鬆許多……」

「你乾脆找間大廟避避風頭，別接他電話，他要是來找你，我就說你跑了。」

「你剛剛也聽到了，我跑了，他會找其他人麻煩……」

「大不了一起跑。」老爺子望著遠方，淡淡地說：「我兒孫媳婦跟那些老鄰居下去等輪迴了，我這違建管理室也差不多可以拆了，這一、兩年東風市場的年輕人都搬走了，剩下那些老骨頭我會勸勸他們，大家看是找個好地方一同安享天年，還是各奔東西等死等輪迴，不管怎樣，總不能一輩子拉著你這倒楣鬼替我們這些老屁股把屎把尿吧……」

老爺子當年在東風市場一樓蓋了間小管理室每日守夜，是爲了攔阻外人溜上樓打擾枉死老鄰居，現下他兒孫鄰居們既都已離去等待輪迴，他自然也沒必要每晚替空樓守夜了。

「那你們先找到好地方再說吧……」韓杰拍拍老爺子的肩，用手指撥撥管理室小窗鎖釦上幾束祈福綴飾——那是葉子託他轉交老爺子的避厄符和招吉符。

拾

市郊某戶公寓住著個老太太，每晚十點關上電視後，會進老伴生前書房待上幾十分鐘；她會點根菸、倒一小杯自釀桂花酒，瞧瞧舊照片、翻翻老伴生前筆記、望望窗外夜景，直到菸盡杯空後，出房到神桌前上炷香，才回房入睡。

但今晚已經十一點五十分，她沒有去書房，沒喝桂花酒，沒上香，也沒有入睡。

而是不安地待在客廳，菸倒是抽去大半包。

陳亞衣坐在她面前，翻著幾本相本，看著一張張泛黃的老照片。

老太太捏菸的手有點抖，不時抬頭望時鐘，盯著指針逐漸逼近十二點。

「別擔心。」陳亞衣闔上相本，起身扭扭腰、揉揉肩，對老太太說：「要不妳先去睡吧，我替妳守夜。」

老太太搖搖頭。

「妳會怕？我可以進房陪妳。」

老太太還是搖搖頭，說：「我是怕我睡了，朋友們找上門，妳們一個不認識……他們都是老朋友了……」

「這倒是……」陳亞衣歪著頭想了想。「你們平時溝通，有沒有暗號什麼的？」

「正經暗號沒有……」老太太說：「但我朋友上我家，不飛不竄，都走樓梯、穿正門，進屋後先去神桌拜拜媽祖婆，向我丈夫打過招呼才進房……」

這老太太是神明眼線。

她說到一半，突然閉口，轉頭望向通往大門的前陽台；陳亞衣也一同望去。

前陽台的木門冒出一陣青煙，青煙凝成人影，穿過紗窗，走進客廳。

人影瞧瞧老太太、瞧瞧陳亞衣，走到神桌前，朝神桌上的媽祖像深深合掌膜拜，又朝一旁牌位鞠了個躬，跟著轉身，靜靜走入老太太臥房。

「她是我舊家鄰居，以前我不住這裡……」老太太隨口講起青煙人影的來歷，以及過去舊家街坊鄰居相處日常。

然後她又閉上口，再次望向陽台。

這次進來的，是個模樣古怪、胖嘟嘟的土黃色身影。

黃影和青影一樣，進屋之後先去神桌前拜拜，但黃影拜完媽祖像和牌位卻沒進屋，而是轉身呆望老太太。

「我有客人，你先進房等我，等不及可以改天來……」老太太這麼說。

黃影呆立片刻，也走進房裡，沒兩分鐘又探頭出來瞧老太太，比手畫腳像是有話想講。

「這是我老家爺爺養的大黃狗。」老太太笑道：「大黃狗生前替我守家門，死後也賴著不肯走，爺爺早晚替牠上香，助牠修行，幾十年來連狗樣都修沒了，倒像個卡通娃娃……」

又過幾分鐘，走進一對年輕男女，他們上神桌拜完幾拜，進老太太臥房，和那古怪大黃狗一樣，不時探頭出來張望。

「這是一對姊弟，早些年車禍走的。」老太太正要對陳亞衣講這對姊弟身世，卻見陳亞衣插在口袋裡的奏板抖了抖，苗姑自陳亞衣背後現身，不耐煩地嚷嚷：「老太婆，妳到底還有多少朋友呀？」

老太太扳指想了想，答：「二十年來來去去有上百個。」

「上百個！」苗姑呀呀大叫：「那豈不是要等到天亮啦？」

「但常上門報信的就五個……」老太太這麼說：「還剩一個……」

老太太還沒說完，陽台木門又一陣白煙吹出。

一個身穿白衣的長髮女人穿門進屋，走進陽台。

長髮女胸口還掛著一張古怪證件。

老太太倏然站起，瞪大眼睛，揚手指向長髮女，厲聲喝問：「妳是誰？我沒見過妳！」

長髮女也不答話，雙手豎直撲向老太太——

苗姑飛快摘下紅袍，攔在長髮女和老太太之間，一抖紅袍，罩上長髮女腦袋，紅袍閃閃發光，長髮女開始叫嚷掙扎。

燈光閃爍起來，陽台鐵窗上猛地攀上好幾隻鬼，天花板有鬼探身下來，地板也有鬼探出頭來，人人胸前懸著一張奇異證件，一股腦兒全往老太太撲去。

本來窩在臥房的幾個老朋友，驚慌擁出圍著老太太，大黃狗鬼也豎著尾巴汪汪大叫。

「滾開——」暴喝哄響，客廳燈光不再閃爍。

陳亞衣一臉墨黑，持著奏板站在客廳正中，腳下地板漆黑，四周牆面亦是漆黑一片，幾隻惡鬼卡在黑牆上動彈不得，撲向老太太的惡鬼則縮瑟在地微微顫抖。

苗姑東張西望，一連繞過好幾隻惡鬼，將他們掛在胸前的證件一張張摘下細看，驚訝呼叫。「每個都戴著陰間復仇證？」

陰間亡魂要上陽世，除了申請陽世許可證，也能申請復仇證上來報復陽世仇家；復仇證比陽世許可證麻煩得多，要經過複數城隍府查明亡魂冤情，確認陽世仇家確實虧欠該亡魂，且僥倖逃過陽世司法制裁、逍遙法外，再送閻羅殿複審後才會發放，這是陰間律法明文規定的正式流程。

自然，明文規定的流程，實際上如何行使，那又是另一回事了。

「復仇證？」陳亞衣愕然問。「底下有人僞造復仇證？」

「不……」苗姑一口氣搶下八、九張，一一檢視，搖頭說：「看起來是眞的……」

老太太呆然幾秒，苦笑說：「閻羅殿要收我，怎不等我死了再派牛頭馬面來拘？派鬼上來幹嘛？我又沒和人結仇……」

「老太太……」陳亞衣回頭安撫她，說：「不是閻羅殿要收妳，是有壞人想剷除陽世眼線，這陣子好幾個眼線被惡鬼殺了，媽祖婆派我保護你們……」

「剷除陽世眼線？」老太太不敢置信。「我們蒐集各路消息回報上天，做錯了什麼？」

「妳沒做錯。」苗姑將惡鬼一個個揪起施咒封印，收進紅袍口袋。「所以成了惡人眼中釘。」

「……」老太太點點頭，拍拍擋在前面四處張望的大黃狗腦袋，摟摟其他老朋友的胳臂肩膀。「別怕、別怕，媽祖婆派使者保護我們……」

陳亞衣閉目感應，來到神桌前，舉著奏板對媽祖像禱唸，跟著在屋內繞了繞，在牆上、窗上寫下一道道黑符。

那些黑符初寫上時漆黑如墨，幾秒後便隱退消失。

「妳放心，亞衣替媽祖像醒了眼，天上這陣子會特別盯著妳家周遭。亞衣寫在妳家這些符的效力會持續十來天，我們過幾天再來探妳。」苗姑穿上紅袍，蹲在廳桌上搔了搔大黃狗的下巴。「平時盡量白天出門。」

「我到了這年紀，已經看透生死。」老太太微笑說。「你們多護著年輕人點吧。」

陳亞衣巡完整間屋子，回到客廳，取出幾個護身符包，遞給老太太。「老太太，這平安符妳戴在身上，一般惡鬼傷不了妳。」她翻到背面，指著上頭的電話號碼。「這是我的電話，有消息或是急事立刻打給我，我會隨時趕來。」

「謝謝妳們、謝謝媽祖婆。」老太太起身送陳亞衣和苗姑出門，突然說：「妳們這幾天都在保護眼線？」

「是呀。」苗姑點點頭。

「那替我留意有沒有正派的傢伙。」老太太笑說：「如果我有個萬一，以後會勤快點，捎消息給那人。」她回頭望了客廳裡的大黃狗和老朋友幾眼，笑著說：「我們以後一起向人託夢，好不好？」

「沒問題。」苗姑點點頭。

老太太目送她們離去，第五個朋友才匆匆趕來，是個小男孩模樣，他拉著老太太的手，嘰嘰嘎嘎地講剛剛半路被凶悍惡鬼威脅，要他以後不准報信給老太太和其他眼線。

老太太牽著小男孩回屋，上神桌燒了炷香，喝了杯桂花酒，上床睡覺。

她很快入眠。

老朋友們圍著她，在她床邊對她耳語，報告近日打探得來的消息。

他們的話會通過她的夢，傳到天上，流向各大神明辦公室裡，由職員們分類判斷，再讓大神們定奪後，透過不同方式，發出命令讓陽世使者執行任務。

韓杰的籤令便也是這麼生出來的。

□

「大岳，你們那邊怎樣？」陳亞衣來到機車旁和馬大岳講手機。

「剛剛千里眼降駕小年身體去追鬼，我在老頭家裡貼符……」馬大岳說到一半，突然嚷嚷自語起來。「啊？什麼？又有一批傢伙要上來了，在哪？」他急急對陳亞衣說：「順風耳催我趕去下一個地方，說底下把關的陰差剛剛放行十幾個戴著復仇證的傢伙上來。」

「還來呀！在哪裡？」陳亞衣氣急敗壞問清地點，騎車趕去支援。

數天前，陳亞衣接到馬大岳通知，說各地神明眼線接二連三遇伏，不少神明使者都收到指示，四處保護眼線。

「底下這樣找眼線麻煩，肯定想幹大事！」苗姑在陳亞衣背後，抖著身上紅袍，向口袋裡的惡鬼喊話。「快說是誰指使你們上來的？」

「有仇、有仇，我們跟老太婆有仇……」「我們拿復仇證上來報仇的，又不犯法，快放了我們！」

「混蛋，你們每個都跟老太婆有仇？那早不上來晚不上來，一晚上約好了一起上來？」苗姑怒叱。

「不行嗎？誰規定報仇不能一起報的？」

「啊呀，還嘴硬！」苗姑氣得揉捏紅袍口袋，捏得裡頭惡鬼連連哀嚎求饒——但不管怎麼求饒，也不肯說出幕後指使者，反倒個個控訴起老太太的不是。

「她殺我全家上下幾十口，連小狗都不放過！」「她騙光我老家田地。」「她勾引我爺爺、謀殺我奶奶……」「她販毒害我哥哥！」「她是軍閥頭子的女兒，殺人如麻……」「她會生吃活人！」「我們在找李奇有沒有留下什麼東西……」

「放屁——」苗姑氣得笑了。「她真像你們說的那樣壞，媽祖婆會派人來保護她？你們串供也不串好一點……等等！」苗姑愣了幾秒，突然喝問：「誰是李奇？留下什麼東西？」

「……」紅袍子口袋先是一陣寂靜，跟著出現零星細碎耳語，責備著一時口快供出「李奇」兩個字的同夥，然後大家異口同聲，說：「臭老太婆，妳聽錯了，剛剛沒人說妳說的那個名字！」

「我都聽見你們在裡頭串供啦混蛋！到底誰是李奇？你們要找他留下的什麼？」苗姑將紅袍口袋貼耳細聽，又揉捏一陣，痛得惡鬼哀嚎不止，但幾十分鐘車程裡，不論苗姑軟著問硬著問，惡鬼們就是不肯供出指派他們獵殺天庭眼線的主謀，也不提李奇和他留下的東西。

很顯然，這些傢伙們十分清楚，儘管苗姑逼供難熬，但要是他們吐實招出幕後老大，回到底下肯定會受到極恐怖的對待。

「外婆，到了！」陳亞衣在一處公墓管理室外停妥車。

她快步來到公墓入口旁，此時早過了開放時間，鐵柵門緊閉，一旁管理室無人，小電視機播放著夜間新聞，桌上擺著吃到一半的宵夜和幾罐啤酒空罐。

她望著大門旁那塊鏽蝕的「荒山公墓」招牌，猶豫著是該待在這兒等待管理員回來，還是翻牆進墓園找他——

荒山公墓的管理員莊標，是她剛剛受命前來保護的眼線。

陳亞衣正自猶豫，便聽見後頭駛近的引擎聲和廖小年的叫喚聲。「亞衣姊——」

馬大岳載著廖小年飆到陳亞衣面前，廖小年指著墓園裡深處說：「管理員逃上山，鬼也追上去了！」

「什麼！」陳亞衣驚呼，急急領著兩人翻過鐵門，往山坡上追去。

「你看他逃上山是多久之前？」陳亞衣邊跑邊問。

「幾分鐘前。」廖小年述說著剛剛遠眺所見情景。「他本來在管理室看新聞吃宵夜，突然就跑了，剛跑沒兩分鐘，好幾隻鬼就飛進墓園去追他——」

「他逃去哪裡？」

「上面那棟樓。」

陳亞衣循著廖小年所指的方向望去，在山坡掃墓小徑約莫一公里外有幾棟樓，是荒山公墓的納骨樓兼祭祀休息區。

「那傢伙好會跑，好幾次差點被抓到……」廖小年說：「但他身邊有猴子幫他。」

「有猴子幫他？是他那些……『朋友』？」陳亞衣想起剛剛老太太那些朋友——凡間眼線平時供養著一些「小眼線」，大眼線負責篩選過濾小眼線捎來的消息，整理之後傳達上天，一個個小眼線裡自然有與大眼線交情好的。

「我也不清楚……」廖小年說：「一大一小的猴子，花招很多。」

「一大一小的……猴子？」

「太遠看不太清楚，臉是猴子，但穿著人的衣服。」廖小年這麼說：「拿著奇怪道具打鬼，挺厲害的。」

「有這種猴子？」陳亞衣聽廖小年的形容，想起了六月山上的老獼猴——

老獼猴收到土地神就職令，新官上任三把火，成天領著柳丁和小傢伙四處巡邏。巡邏範圍還遠超出他的轄區，大概是想讓更多山魅、野鬼瞧他威風樣子。他甚至會主動聯絡韓杰和陳亞衣，報告今天又排解了哪起糾紛、救了流浪狗或是野兔、帶了個迷路老人下山等瑣事。

韓杰耐性不佳，接了兩次電話，就警告他別再打來報告這種屁事；陳亞衣倒聽不厭，有時還會主動詢問他和柳丁執勤的情況——老獼猴的就職令和柳丁的虎爺袍子是她親手發的，她有監管之責；有時她抽空探望劉媽，還會向老獼猴借柳丁同行，讓柳丁接受將軍訓練指導。

她此時聽這兒又有奇怪猴子出沒，覺得這些稀奇古怪的猴子未免太多，背後突然一股陰氣襲來，遠處又飄來幾隻透著陰鬱殺氣的野鬼。「又來一批？」

「東邊、南邊也有！」苗姑出聲提醒。

陳亞衣舉起奏板抵上額頭。「媽祖婆呀，我到荒山公墓了，惡鬼越來越多，請賜我黑面神力！」

五、六隻鬼轉眼飛越陳亞衣頭頂上方，其中一隻被飛竄起來的苗姑一把抓著腳踝，拖下地來。

「哇，現在底下復仇證免費發放呀？」苗姑見這惡鬼胸前也戴著復仇證，氣得將證一把扯下，勒著惡鬼頸子想往紅袍口袋塞，裡頭惡鬼被擠得又是一陣哀嚎。「擠不下了啦，去別的口袋行嗎？」

「媽祖婆賜我的小紅袍就兩個口袋，你們敢擠壞我袍子，我會宰了你們！」苗姑氣罵，揉麵團般將惡鬼塞進口袋，施咒封印。

天上其餘惡鬼也不顧被苗姑逮著的同伴，筆直飛往納骨樓；納骨樓東側、南側也同時聚來十餘隻鬼，或是攀牆、或是鑽窗，一隻隻殺進樓裡。

「動作快——」陳亞衣化出黑面，領著馬大岳、廖小年奔到樓外，伸手在馬大岳掌上畫了個墨色咒印。

馬大岳雙掌一拍，將左掌墨印沾上右掌，再與廖小年對了對掌，兩印化四印。

三人衝入樓中，像玩木頭人般僵止不動，馬大岳招耳細聽、廖小年瞪眼張望，一齊指向左上方。「那邊！」「五樓！」

「快。」陳亞衣往左側廊道急奔，轉了個彎衝上樓梯，一路奔過二、三、四樓。

苗姑直接穿地上樓，轉眼自五樓廊道地板竄出，五樓納骨室外佇滿惡鬼企圖闖入，卻被一個年輕男人擋在門外——

男人戴著張猴子面具，雙手一雙改造過的格鬥拳套，指節呈金屬錐狀，彷如指虎；他舉起一根金屬長棍，上面有幾處按鈕，兩端都有些短刺閃耀著電光。

好幾隻鬼擁向納骨室，卻被那男人舉棍打退。

男人一會兒搔癢、一會兒猴叫，像是刻意模仿影視中的孫悟空形象，怪笑著持棍亂戳，同時按鈕讓棍頭上的尖錐放電，將一隻隻來襲惡鬼電得哇哇大叫。

有些惡鬼企圖穿牆，但納骨室靠廊道的牆壁內側似乎另有符咒，惡鬼無法隨心穿牆，而是像衝進黏土般窒礙難行。

牆壁上不時伸出鬼手，對著卡在牆上的惡鬼一陣亂毆。

有個小孩也戴猴面具，持一柄短電擊棒，將一個卡在牆上的惡鬼電得驚聲尖叫，還一把搶下他胸前的復仇證。

「呃？」苗姑見前頭亂鬥場面熱鬧怪異，雖然搞不清楚狀況，但也樂得衝去攪和一番，幾巴掌搧翻好幾隻惡鬼，強搶他們的復仇證。

「喝！」猴頭男人盯著苗姑，怪叫起來。「老太婆……妳哪條道上的？」

「臭小子，你又哪條道上……咦？」苗姑只覺得猴頭男人氣息古怪。「你不是鬼，但也沒人味？」

「老太婆，看不出妳鼻子這麼靈……」猴頭男人翻棍打倒兩隻惡鬼，吱吱叫了幾聲說：「老子是猴頭！」

「猴頭？」苗姑愕然又打倒兩隻惡鬼。「你是那眼線的朋友？你來保護他？」

「不是！」對方搖搖頭。「我是來搶劫的。」

「搶劫？搶什麼？」苗姑又問。

「搶他們的復仇證。」猴頭男人舉棍將一隻惡鬼挑上牆。

牆上小猴一把扯下惡鬼胸前的復仇證。

「外婆……」陳亞衣終於氣喘吁吁地領著馬大岳、廖小年奔上五樓時，惡鬼已全讓猴頭男人和苗姑撂倒。

「怪猴子在哪？」陳亞衣見場面古怪，一時還搞不清狀況，她快步奔去，踩出一圈圈黑面神力，指揮馬大岳和廖小年在惡鬼額上施術蓋印，令他們虛軟無力跪成一排，然後她才發現，廖小年口中的「猴子」，其實是兩個戴著面具的人。

馬大岳哈哈大笑，對廖小年說：「什麼猴子，明明是人吶！我就說不是猴子，我遠遠就聽到他說話了。」

「猴子修煉成山魅也會說話呀，六月山不就有一個……」廖小年辯駁。「天色太黑我沒看清楚……」

猴頭男人沒理會兩人對話，反而對陳亞衣嚷道：「哇幹！原來是你們！媽祖婆乩身也來湊熱鬧了？」

「啊！你這大猴子認得我家亞衣，剛怎不認得我？」苗姑疑惑：「你到底是誰？」

「我……」猴頭男人欲言又止，手上提著一串搶來的復仇證，見苗姑手上也抓著好幾張證，說：「我不是說了，我是強盜，來搶復仇證的，妳手上那幾張也給我吧……」

「爲什麼要給你？」苗姑瞪大眼睛，往前一飄，想反搶他手上的復仇證。「你拿這東西想幹啥？你才該給我！拿來——」

「別亂來呀老太婆！」猴頭男人舉起長棍，按鈕使棍尖閃閃發電，阻止苗姑逼近，說：「你們是來保護阿標的對吧？他在裡面，這裡交給你們了，看好這些鬼別讓他們亂跑，牛頭馬面馬上就會上來抓他們。」

猴頭男人說完，側身讓道，朝納骨室大門指了指。

另一個同樣戴著猴頭面具的小孩，也拎著幾張復仇證從裡頭奔出，來到猴頭男人身旁，數了數自己和猴頭男人手上的復仇證，一齊裝進背包裡。

陳亞衣奔進納骨室裡，只見莊標拎著半罐啤酒，窩在角落辦公桌嘟嘟囔囔地同兩隻鬼朋友瞎聊。

「啊呀？援兵來啦！」莊標見到陳亞衣，向她招了招手。

「你就是莊標？」苗姑竄到莊標面前打量他和身邊兩隻鬼，陳亞衣緩緩跟上。這西區納骨室牆上一面面布告欄、木櫃背面、裝飾擺設、天花板隔板、懸在窗框鎖釦上的綴飾等都透著奇異道術氣息，這些古怪道具、符法門派不一，但作用似乎相同——擋鬼。

剛剛那批惡鬼便是讓這裡各種符法擋在外面，唯一能進納骨室的大門外，則擋著一個強盜猴頭。

「你們是神明派來救我的乩身？」莊標瞇著眼睛，訕笑道：「動作這麼慢，還好我早收到通知，不然要是喝更醉，說不定沒力氣跑到這裡……」

「我們剛剛才從那個叫『蘭花』的老太婆家裡趕過來！」苗姑問：「外頭那兩隻猴是什麼人吶？」

「兩隻猴？」莊標說：「他們不是人。」

「不是人？」陳亞衣不解。「什麼意思？」

「不是人還能是什麼。」莊標啞然失笑。「當然是鬼呀。」

「不，他們不是鬼。」陳亞衣皺眉搖頭。

「是呀……」苗姑說：「他們身上是少了點人味，但跟鬼差得遠了……」她竄到莊標身旁兩隻鬼朋友旁，拍拍他們的肩。「這兩個才是鬼。」

「這表示歸爺那批貨品質好呀。」莊標說：「連神明乩身都分不出來。」

苗姑和陳亞衣聽莊標前言不對後語，正要再問，突然見廊道外亮起青光，同時響起廖小年的叫嚷聲。「亞衣姊，有牛頭馬面！」

「什麼？」陳亞衣一聽，急著往外走。

「別怕啦。」莊標聳聳肩。「是阿武的同事來了。」

拾壹

張曉武和小歸坐在清粥小菜店內角落吃宵夜，周邊客人都是帶小姐出場的酒店客人。兩人背包半敞，裡頭還塞著猴頭面具。

「十八張都是眞的？」張曉武吃了幾口小菜，扒著地瓜稀飯。

「是。」小歸拿著放大鏡，仔細檢查每一張復仇證。「是好幾間城隍府發出來的。」

「搞這麼大？」張曉武冷笑，「他們以爲把眼線全部殺光，就沒人知道他們聚在一起開會的事嗎？」

「他們不是怕人知道。」小歸說：「在底下，我知道你幹壞事沒用，要有證據才行。」

張曉武稀里呼嚕喝著稀飯，晃著筷子表示反對。「有證據也沒用，要有關係才有用。」

「嗯。」小歸不反對這說法。「只要有關係，有罪也可以變沒罪；關係夠好，你說誰有罪他就有罪。」

「既然是這樣……」張曉武歪著頭思索。「大富麗包廂會議裡那些傢伙名號一個比一個響，摩羅、喜樂、閻王、城隍……這幾個加起來，關係大可以買下半個陰間了，別人知道他們湊在一起喝酒玩女鬼又怎樣？爲啥急著要逮抓耙子，甚至不惜對眼線動手？這樣不是反而惹麻煩嗎？」

兩人從王姊口中打聽到有個大富麗酒樓裡的服務生，偷偷拍攝陰間各山頭勢力大老們的祕密會議片段，想上來向陽世眼線阿水通風報信，沒多久阿水就死了。

雖然兩人沒有直接證據，證明阿水和其他眼線的死，和通風報信的服務生，以及那場會議裡的大老們有關，但這巧合大得足以讓他們相信這兩件事確實脫不了關係。

「那表示他們那場會議裡談的事情——」小歸說：「大到光憑他們的關係也擺不平，所以無論如何，也不能讓不利自己的證據外流。」

「所以不惜一口氣殺掉好幾個眼線？」張曉武說：「難道眞的想攻上天庭殺神仙？」

「那當然不可能。」小歸白了他一眼，說：「地底魔王再凶也不會幹這蠢事，殺幾個神仙的使者倒還有可能。」

「殺神仙的使者？」張曉武又思索起來。「陽世有哪個神仙使者大尾到讓摩羅帶著閻王開會要殺他……啊！我想到一個傢伙了。」

「折斷你手的那傢伙？」小歸哦了一聲，抬頭望張曉武。「對耶！他跟摩羅有過節，跟年長青梁子也不小，跟閻王、各路城隍都有仇，如果是他……還眞有這可能！」

「你應該說『我的手下敗將』才對！」張曉武抬手壓低小歸的帽簷，遮住他眼睛。

「就叫你不要玩我帽子！」小歸惱火撥開他的手，說：「沒大沒小！」

「是是是。」張曉武嘿嘿笑著挾小菜吃。「歸爺這幾年發達了、翅膀長硬了，說個話都像爺爺教訓人一樣。」

「去你的。」小歸瞪了張曉武幾眼，氣呼呼地說：「爺爺我年紀本來就比你大、比你資深得多，只是死得早！一輩子小鬼樣。」

小歸是死了幾十年的小鬼，過去在陰間專幹些扒手、行騙、假造證件的生意。

張曉武擔任牛頭之後，有時碰上離奇案件，也會請見多識廣的小歸給點意見，甚至邀他幫忙處理；某年一起案件，小歸救了陽世富商許先生一命。

那許先生生意版圖比六月山事件裡的房地產商方董還大得多。

後來許先生逢年過節，都慎重請法師燒下大量冥幣給小歸，一來算是報答救命之恩，二來也希望有批親近自己的陰間勢力——許先生做事謹慎，少走偏鋒，他知道不少陰間惡鬼、陽世術士貪婪無道又心懷鬼胎，與他們合作風險極大，反而小歸做事有分寸。幾年下來，許先生與小歸始終保持友好關係，幾次碰上競爭對手驅使陰邪想害他，也是小歸出面替他擺平。

小歸靠著許先生燒下的冥幣，在陰間開了間雜貨店，混得風生水起，雖然勢力遠不如年長青壯大，但好歹也算是號人物了。

「你這些復仇證一張打算賣多少？」張曉武隨口問。

「幹嘛？」小歸睨了張曉武一眼，嘻嘻笑地說：「想套我話呀？」

「對呀，回去剛好舉報你。」

「舉你個蛋。」

張曉武吃完一碗稀飯，一口氣又喊了三碗上桌，挾了豆棗、芹菜豆干、雪裡紅進碗攪和，稀里呼嚕又吃盡一碗，這才抬頭望著小歸。「別說我沒提醒你，俊毅不反對你拿走復仇證，不表示他讓你在底下亂來。他這人有時候很機車的，故意挖坑讓你跳好抓你把柄……」

「我認識他比你還久，你以爲我不知道他機車吧。」小歸翻了個白眼。「我也不是白痴，這些復仇證不是要拿去賣散客的，那根本賺不了多少錢——有錢的傢伙自己就能買通城隍府發復仇證，不會找我買，沒錢的也出不了多少錢向我買。」

小歸捏起一張證，指著上頭的城隍府印鑑，說：「值錢的是這個。」

「這是城隍府許可印，管制品印上這東西就合法了。」張曉武用手指敲著小歸手上那張證上的城隍府印鑑。「啊你這就已經印在復仇證上啦……」他見小歸露出神祕笑容，忽然一驚，「難道你有辦法把這許可印轉印到其他東西上？」

「正確答案。」小歸嘻嘻笑說：「復仇證不值錢，但是底下值錢的東西可多了。」

「每年許先生燒那麼多錢給你，你還不滿足？」張曉武哼了一聲。

「我想多開幾間店。」小歸說：「最好還有自己的軍火工廠。」

「幹嘛！你也想在地下稱王？」張曉武拍了他腦袋一下。「好的不學，學年長青！」

「叫你不要一直弄我帽子！」小歸氣憤打了張曉武一拳。「我是要自保啊混蛋！現在底下人人都知道我跟你們那間不合群的城隍府走得近，大家背後都說我是俊毅的人耶！要不是我每年花大錢孝敬各路人馬，早被一堆老大生呑活剝了，我要大起來才能跟他們抗衡啊，俊毅當上城隍之後四處結仇，你們那城隍府每年裝備申請都被刁難，沒我捐一堆東西給你們，你這牛頭連甩棍、電擊槍都沒得用，只能用牛角頂人啦！」

「是是是。」張曉武扒起第三碗稀飯。「以後還得多靠小歸爺你多多關照啦……」

「就一張嘴說得好聽。」小歸將復仇證放回背包，見桌上幾盤小菜被張曉武吃得所剩無幾，只好自個兒又加點幾碟小菜和幾碗稀飯——夜間酒店街上開設的清粥小菜可不便宜，一頓稀飯盛宴竟花去小歸上千台幣——他在陽世有個專屬人頭帳戶，裡頭的資金自然也是許先生提供，供小歸上陽世活動時花用。

□

「原來如此……」

陳亞衣等望著幾個牛頭馬面，逐一核對惡鬼身分，替他們上銬，一面聽莊標和馬面顏芯愛你一句我一句說明事情始末，這才知道剛剛那高個兒猴頭正是陰差牛頭張曉武。

張曉武先前支援過六月山下那場亂鬥，也在陳亞衣初任媽祖婆乩身時一馬當先上來攔截司徒史，與她打過幾次照面，認得她使用奏板神力時的花臉模樣。

陳亞衣聽顏芯愛說明，明白張曉武剛剛不表明身分，是為了掩飾自己是陰差——惡鬼們身上佩戴的復仇證，都是由各路城隍府發出的合法證件，陰差無權攔阻，要是他強行沒收，其他城隍府聯名向俊毅追究起來，可麻煩了。

因此張曉武索性戴著猴頭面具，用強盜的身分硬搶，那些惡鬼被搶去復仇證，即便猜測猴頭與後續上來的顏芯愛有關，也沒直接證據——俊毅默許小歸私藏搶得的復仇證，一來算是小歸全力支援張曉武的報酬，二來也是不想和這批復仇證沾上關係，顏芯愛等陰差只是名正言順地逮捕沒有復仇證的鬧事惡鬼，至於猴頭搶劫這件事，各路城隍府有本事就自己慢慢查，找得到證據再說。

「所以……那位牛頭大哥，現在是停職狀態？」陳亞衣問。

顏芯愛點點頭，說：「底下不只我們一間城隍府被檢舉，跟我們要好的城隍府、和我們沒交情但做事還算乾淨的城隍府，都被人大量檢舉。有些違規是真的、有些是假造的，大部分檢舉符令都是從陽世燒下來的；我們開會討論之後，決定讓曉武哥一個人扛下大部分違規，停職上陽世探探消息——他打算從眼線開始查，誰知道一口氣死了好幾個眼線！俊毅要曉武哥優先調查眼線命案。」

「有沒有查出什麼？」

「目前只知道，不久之前在底下年長青的一間酒樓裡，開了一場會議。」顏芯愛轉述張曉武的回報。「與會的人據說牌子都很大，魔王閻王城隍齊聚一堂，有個服務生偷拍了一些影片，想上陽世向眼線打小報告……」

「然後呢？」

「然後一個個眼線死得不明不白，服務生下落不明。」

「然後呢？」

「然後就得看曉武哥查出什麼結果囉。」顏芯愛聳聳肩。「正常來說陰差沒戴牛頭面具，道行就跟一般亡魂差不了多少，但曉武哥有小歸爺幫忙，小歸爺這幾年在底下混得不錯，各路人馬多少要給他點面子，再加上小歸爺有不少好用道具，曉武哥只要不曝光陰差身分，就能光明正大玩耍那些道具，我猜他這幾天應該玩得很過癮。」

「何止過癮，簡直爽歪啦！」莊標嘻嘻笑著，打了個長長的酒嗝，從辦公小桌旁的小冰箱裡又取出一罐啤酒打開來喝——他和前一位受陳亞衣保護的老太太一樣，是神明眼線，但同時也兼差擔任陰差眼線，與張曉武、小歸有些交情。

莊標擔任公墓管理員十來年，消息算是靈通，也因此惹上些麻煩，他為了自保，在西側納骨室裡藏了不少四處蒐集來的符籙法術，作為緊急避難室，還有幾個鬼朋友們領他酬勞，排班替他在公墓管理室外把風站崗。

數天前他就聽說最近不少眼線遇襲的消息，剛剛一收到鬼朋友通報有批來路不明的傢伙掛著奇怪證件浩蕩上山，立刻醉醺醺地往納骨樓逃，同時打電話向張曉武求救。

張曉武和小歸本來正商量著待會兒該如何將外貌是孩童的小歸挾帶進酒店找小姐玩耍，一接到求救消息，立刻各自打了一管解除擬人針的藥劑，飛天趕來公墓，又重新注射擬人針化出假身，戴著猴頭面具救援。

那些惡鬼道行普通，張曉武拿著小歸的厲害道具，彷彿搖身變成個高強術士，配合莊標納骨室的治鬼法陣，輕輕鬆鬆將惡鬼打得鬼仰馬翻，直至苗姑趕到。

「標叔。」陳亞衣望著莊標說。「這幾天你收到特別的消息，可以直接通知我嗎？」

「不行。」莊標搖搖頭。「標叔沒空，標哥才有空，妳剛剛叫我什麼？」

「標哥。」

「嗯。」莊標點點頭，咧開嘴朝陳亞衣笑。「那留支電話給我吧，小妹妹……」

陳亞衣一面交代著瑣事，一面在納骨室裡補強十餘道符，還陪著莊標返回外頭管理室，在管理室內外也添符施咒，與莊標和顏芯愛交換了各自的聯絡方式，這才帶著馬大岳和廖小年離去。

「亞衣妹，妳剛剛給那阿伯帳號，他立刻就敲妳喔？」馬大岳見陳亞衣剛走到機車旁，取出手機按個不停，轉頭見不遠處管理室裡，莊標嬉皮笑臉地捧著手機朝他們笑。

「我想問韓大哥知不知道這件事。」陳亞衣這麼說，手機上也同時收到莊標傳來的閒聊訊息，她沒有回，而是飛快打著傳給韓杰的訊息。

「打那麼多字，怎麼不直接打電話給他？」苗姑在她肩上瞧著手機。

「這麼晚了，他說不定在睡了。」陳亞衣說。

「也說不定在爽。」馬大岳嘻嘻一笑。「跟那個大律師。」

「他們在一起呀？」廖小年問。

「對呀，你不知道呀？」馬大岳一臉八卦：「你沒發覺亞衣妹這陣子悶悶不樂嗎？」馬大岳說到這裡，瞥見陳亞衣瞪他，立時閉嘴，正想改口說些什麼，突然耳朵響起幾聲洪鐘巨響，嚇得他差點跌倒，仰頭望天，嚷嚷地說：「大哥，你有話講就講，幹嘛敲鑼嚇我啦！什麼？又來，哪裡？」

陳亞衣默默打完訊息送出，聽馬大岳報完第三處眼線遇襲地點，上車發動引擎。

拾貳

王書語提著早餐，來到東風市場四樓，取鑰匙轉開韓杰家門。

韓杰像是受驚般自床上彈起，渾身大汗，瞪大眼睛望著她。

「怎麼回事？」王書語呆了呆，轉頭看看身後和四周。

「……」韓杰抹抹臉，搖頭苦笑下床。「好久沒作惡夢了……」他下床伸拳踢腿。

「惡夢也是副作用？」王書語將早餐拎上餐桌。

「我不知道。」韓杰搖搖頭，來到餐桌坐下，伸手要打開袋子，見王書語瞇眼瞪他，只好起身先去廁所刷牙洗臉——跟葉子相處時比起來，王書語有許多瑣碎的日常規矩。

王書語等韓杰梳洗完畢，坐回餐桌，這才陪他一起打開早餐袋子，突然問：「你會不會覺得不自由？」

「不自由？」

「我是說，飯前洗手、飯後漱口、沒洗澡不能碰床這些規矩……」王書語說：「你覺得不舒服，我們可以再討論。」

「有什麼好討論的。」韓杰哈哈大笑。「這又沒什麼，如果我不小心違規了，提醒我就好，別用火燒我。」

「太子爺會用火燒你？」

「一開始會，這幾年很少了，我現在聽話得很。」韓杰笑道：「比起那傢伙的規矩，妳的規矩簡單多了。」

「我是說，你有感到不舒服的地方可以提出來跟我討論，不用完全照單全收，這不是命令，只是我的生活習慣。」王書語這麼說。「我的生活習慣，不等於每個人的生活習慣。」

「好，我想到跟妳說。」韓杰點點頭，突然想到什麼，笑幾聲問：「其他方面的事也能提嗎？」

「哪方面？」

韓杰湊到王書語耳邊講了某方面的事，是些關於男女恩愛的地點、花樣等提議。

王書語瞇起眼睛瞪他幾秒，否決其中幾項、同意其中幾項、暫時擱置其中幾項。

韓杰又想補充新提議，見手機震了震，取起一看，本來愉悅的心情立時消失無蹤。

手機上除了陳亞衣昨晚傳來的訊息外，還有一則來自夜鴉。

「晚上有得忙了……」他點開夜鴉的訊息，像是想藉早餐出氣般大嚼狠咬、狂呑猛嚥。

「下午六點，夢夢樂園？」王書語湊近看訊息，問：「夢夢樂園不是歇業好幾年了？」

「歇業的遊樂園？那混蛋眞會選地方。」韓杰打了個哈哈，將昨天與夜鴉約定始末簡單跟她說。

「你是說……地底魔王派人上來約你打架？」

「這次應該不只是打架，是要打仗了……」韓杰看完陳亞衣的訊息，簡單回覆幾句，起身檢視這兩天準備的手套、棍棒、半瓶金粉、幾盒香灰，以及王書語替他分類包裝好的鐵鏽尪仔標。

「這仗要打多久？」

「難講，聽那傢伙的說法，底下陣仗不小……」韓杰說：「我至少得撐到太子爺取回陽間管轄權限……要多久很難說，新蠢鳥除了試用版尪仔標之外，沒再抽半根籤給我。」

「我能不能幫上忙？」王書語問。

「能。」

「什麼忙？」

「保護好自己。」韓杰邊說，邊提筆沾金磚粉，在鋁棒上畫起金符。

王書語靜默幾秒，起身從包包取出一條絲巾。「我其中一個規矩……就是別把我當成小貓呵護。」她將絲巾攤開摺成方形，擺在韓杰面前桌上。

「是是是……」那條絲巾是玫瑰金色，像是特地買的，寫滿金粉符籙也不至於太突兀，韓杰不禁啞然失笑，替她在絲巾上畫起符。

「還有這個。」王書語又取出一支三十公分長的短棍放上桌。

「哇。」韓杰見那短棍結實，竟是支防身手電筒。「妳會用這個？」

「當然。」

韓杰在絲巾、手電筒棍上寫滿金符，並在王書語要求下，連手電筒燈罩外都寫上金符。

他們花了幾十分鐘處理防身器具，準備用剩餘金粉補強屋內四周。韓杰掀開遮牆布幔，驚覺布幔後的廣告傳單縫隙間，那些烏黑焦跡竟已消退大半——

老鄰居們都被帶走了。

屋內多年怨氣也漸漸散去。

他默默在牆上畫了幾道咒，轉去其他地方，從客廳到廁所，再到廚房，金粉寫完了，就捻香灰寫。

他推門來到後陽台，望著幾個空盆，裡頭的蓮花蓮子都給沒收了。

王書語也推門出來，盯著韓杰寫完符，卻擋著門不讓他離開。

「嗯？」韓杰正想問些什麼，便被拉到陽台牆邊。

王書語站在韓杰身前，拉過韓杰雙手環抱自己，牆外是東風市場荒蕪已久的停車場，離對面大樓尚有段不小距離。

「怎麼了？妳害怕？」韓杰問。

「你忘記剛剛問了什麼？」王書語問。

「我剛剛問什麼？」韓杰有些困惑，手裡突然被塞了個小包裝，摸了摸形狀，總算想起自己剛剛問了什麼。

剛剛他問了一串地點，被王書語否決了幾個、同意了幾個、擱置了幾個。

「陽台」是本來被擱置的一項提議。

「到晚上六點還有很久……」王書語說：「我可以先幫你熱身。」

「好主意。」韓杰嗅了嗅王書語髮香，拆開手上小包裝。

□

下午五點二十五分，韓杰騎到歇業多年的夢夢樂園外，繞了兩圈停妥車，翻牆入園。

他沿著牆走了幾步，突然停下腳步，盯著牆面某處，從口袋裡捏了小撮香灰唸咒後對著那兒一吹，牆上隱隱浮現一張鬼臉。

鬼臉閉著眼睛，沉沉睡著。

他沒理那張鬼臉，繼續走，園內缺乏維護、雜草叢生，建築物牆面上遍布塗鴉，摩天輪、旋轉木馬、雲霄飛車等大型遊樂設施上鏽跡斑斑，設施外張貼著拆卸工程日期表，但早已過期多時。

韓杰揹著背包和球棒、戴著一雙皮手套，手套內外都畫有金符。他拉開揹在背上的球棒袋，取出畫有金符的鋁棒，扛在肩上巡視園區，勘查地形。

他接連發現好幾個地方都有古怪，是些「門」——

通往陰間的門。

他並未施法處理散布四周的門和園區圍牆上一張張鬼臉，而是一一用香灰做上記號，來到一處空曠廣場旁的石椅坐下，取出水瓶喝了口水，盯著異氣最爲濃厚的方向——夢夢遊樂園裡的鬼屋設施。

他看著鬼屋上的鬼臉彩繪，腦袋裡想的卻是和王書語「熱身」的情景，他和王書語熱身一上午，吃了個午餐，又熱身了一回，正想遊說她重新考慮那些被擱置的提議，卻再次遭否決——理由是熱身過頭會有反效果。

五點五十五分，天色漸漸轉暗。

遊樂園牆上一張張鬼臉睜開了眼睛，睡醒了。

鬼臉紛紛張開嘴巴，噴出五彩繽紛的煙，一團團煙霧往天上飄聚，遮住整片天空。

一般人看不見的彩雲，在空中盤旋閃耀著一般人看不見的彩光，劈下幾道一般人聽不見也看不見的閃電，打在園內各處「門」前。

韓杰仍坐在石椅上，他拄著鋁棒、抓著頭，等待眼前這滑稽排場效果結束。

鬼門紛紛打開，步出一隊隊「人」。

有一隊古怪小丑，或是踩獨輪車拋玩人頭，或是拋接幾把菜刀，或是牽著古怪猛獸，或是踩著顆像是由十餘顆人頭揉成的大怪肉球上忽進忽退。

有一支揹著小書包，像校外教學的奇異小鬼隊伍，隊伍前還有個歪頭歪腦的女老師，舉著一條長長的教鞭，教鞭上有些尖刺，像是荊棘，哪個小鬼偷講話，教鞭就會甩在那些小鬼腦袋上，鞭出一片血花。

有一組像要拍婚紗照的攝影隊伍，主角是兩個穿著中式結婚禮服的新婚夫妻，攝影師壯漢滿臉鬍碴，扛著一具稀奇古怪的照相機，巨大得像火箭筒，身後助手七手八腳提著改裝過的腳架、燈架——那些器材上都綁著染血刀械，看起來更像戰場凶器。

有幾個七孔流血、渾身插滿尖刀利刃的年輕男女，一拐一拐地走來，他們從身上拔出刀子，又插回去，將自己的身體當成刀鞘挑揀兵器一般。

「媽的……」韓杰不耐煩地起身，仰頭嚷嚷。「那個誰，我忘了你的鳥蛋名字了，要打快點打，搞這什麼鬼把戲，拍電影啊？」

「我叫夜鴉。」夜鴉在摩天輪中段車廂上現身，他的聲音在韓杰四周響起，彷彿透過專屬的擴音設備向韓杰說話。「聽說你和欲妃、悅彼她們打過。」

「是啊。」韓杰說：「幹嘛？你也跟她們打過？」

「是啊。」夜鴉說：「那時我常被她們欺負，很不講理的幾個女人……」他說到這裡，笑了笑，又說：「不過人會長大，鬼也會，現在我不一樣了。」

「你跟我講這個幹嘛？你被她們欺負關我屁事？」韓杰不耐說：「你想怎麼玩？」

「第一天，玩小點，試試遮天雲的效力。」夜鴉指了指天上彩雲，又指了指四周的門。

「今天的規則是，你把這些門都封了，就算過關。」

「過關？」韓杰愣了愣。「我把這些門封了，就可以回家了？」

「對。」夜鴉呵呵一笑。「這遊戲就是這麼玩。」

「什麼鳥蛋遊戲……」韓杰站起身，幾支古怪隊伍各自聚往四周鬼門，拍照的拍照、玩耍的玩耍，像是要他自己走過去「闖關」，他轉頭對夜鴉說：「你怕玩太大引起上頭注意？你不是放了什麼遮天雲嗎？」

「這是新產品，用過幾次，但這次範圍這麼大，不確定效力夠不夠，所以謹慎點。」夜鴉呵呵一笑，彈了記響指，周圍本來蒙塵損壞的燈具一盞盞亮起血腥紅光。

上方遮天雲霧蓋滿夢夢樂園天空後開始往下堆降，很快籠罩住整座樂園，四周變得朦朧不清，韓杰往旋轉木馬走去——剛剛那班兇老師和學生小鬼隊伍，正分散在旋轉木馬周邊玩耍，旋轉木馬上的馬身被鐵柱釘在轉盤上，隻隻七孔淌血、咧開大口慘嚎、四蹄亂踢掙扎，兇老師指揮著小鬼攀上馬匹，揪著鬃毛尖叫厲笑。

一旁還有些小鬼登上旋轉咖啡杯，越轉越快，快到口鼻都淌出血來；有些小鬼騎著大型電動怪獸玩偶，一隻隻怪獸玩偶牙尖嘴利，模樣詭怪恐怖。

「眞大手筆。」韓杰盯著那些小鬼座下的怪馬怪獸，知道那必定是這些傢伙從陰間調借上來的山魅獸兵——陰間黑道魔王，私自從陽世拐騙擄下山魅下去，除了作爲食物餌料，也能將其修煉成寵物或奴僕，當作苦力、守衛甚至爭搶地盤時的打手兵卒。

韓杰直直往旋轉木馬走去，在那木馬設施中央巨柱上有一道門。

一個小鬼騎著一頭似熊似狗的山魅獸尖笑撲來，被韓杰的鋁棒一棒打落地，山魅獸張口要咬來，也被揮棒打歪嘴巴，哀嚎轉頭就跑。

鋁棒上寫著鐵鏽金符——這批試用版鐵鏽法寶雖然不聽話且副作用強，但威力倒是不輸給正式版，被打落在地的小鬼，摀著胳臂哭著往回跑，跑到兇老師身前告狀，卻被教鞭狠抽十幾下，疼得倒地抱頭哭嚎。

兇老師一面抽小鬼，一面抬腳用高跟鞋踩他，指著韓杰厲聲咆哮。

附近的小鬼們全瞪著韓杰，示威般地對他張嘴尖吼。

轟隆幾聲巨響，幾座旋轉咖啡杯因爲激烈旋轉轉軸斷裂，陀螺般朝韓杰轉去，後頭還追著幾頭載了小鬼的山魅惡獸，和幾隻舉著利爪徒步奔跑的凶猛小鬼。

韓杰從口袋捏了把東西出來，高高一拋，拋起一團香灰，然後一棒擊出。

擊出一道濺炸鐵屑的紅光。

紅光流星般往前飛竄，撞翻兩座旋轉咖啡杯、擊碎兩隻小鬼腦袋後，左右鞭盪開來，掃倒一票山魅獸和小鬼。

這是條鐵鏽混天綾。

同時，韓杰周身雲霧被四面炸開的香灰逼退一圈，使他視線好轉許多。

他頸子開始出現明顯勒痕，勒痕上還扎著一片片鐵鏽破片。

他舉著前端纏繞混天綾的鋁棒，持著釣竿或鞭子般左右掄甩鞭打企圖近身的小鬼。

如要將正式版混天綾形容成優雅從容的侍衛，那麼這鐵鏽混天綾便像瘋癲頑劣的野小孩，被韓杰當鞭甩幾下後突然倏地抽回，反過來蒙住韓杰頭臉，不讓他看東西。

韓杰爆著粗口撕扯蒙在臉上的混天綾，兇老師尖嚎指揮小鬼趁機搶攻，但混天綾一感應到小鬼逼近，不等韓杰下令，主動竄起，像條肚餓的蛇般四處亂鞭。

韓杰左手揪著混天綾一端，右手舉著鋁棒亂打，惡狠狠地往兇老師走去。

兇老師見韓杰盯上她，嚇得躍入旋轉木馬中央支柱前，守著柱上鬼門，又對韓杰尖笑咧嘴挑釁，台上一隻隻怪異鬼馬越轉越快，馬上的小鬼越叫越狂，像在催促韓杰快上來受死。

韓杰並未登上旋轉木馬，而是又拋起一團香灰挾帶尪仔標，一棒擊出一支鐵鏽火尖槍。

遮天雲再次被香灰炸散，兇老師低頭望向那柄歪七扭八的鐵鏽火尖槍，穿透自己胸膛，將她釘在鬼門上。

她發出慘嚎，渾身燃火，還像仙女棒般不停濺炸出光亮鐵鏽。

第一道鬼門隨著兇老師灰飛湮滅也一同消失。

韓杰這才一躍上台，拔出鐵鏽火尖槍，劈斷台上飾演惡馬的山魅獸們穿身鐵柱，還不時揮混天綾鞭山魅獸屁股，催促道：「全給我乖乖滾回底下，要是等鬼門全封了，還留在遊樂園裡的，我只能宰掉了。」

小鬼和山魅獸們紛紛逃往其他鬼門，有些小鬼還因從此擺脫兇老師控制而歡呼起來。

韓杰左手扛著鋁棒、右手拄著火尖槍，任不聽話的混天綾緊勒他脖子，一陣陣刺痛切割感穿刺過他全身。他閉起眼睛、深深呼吸，品嘗著睽違多年鐵鏽尪仔標的副作用。

他外套底下的襯衫微微滲紅，幾道鮮血自袖口流出，鐵鏽火尖槍的副作用使他身體裂出一道道淺淺的破口，滲出滾燙如火的血。

他的額頭也裂開一道口，淌下幾道血。

他睜開眼睛，轉往第二道鬼門。

那群身上插滿尖刀的年輕傢伙擋在鬼門前攔他，嚎叫著從身上拔出尖刀往韓杰殺去。

韓杰揮掃歪扭難看的火尖槍，打地鼠般敲倒一隻隻尖刀惡鬼，有隻惡鬼繞到他身後想偷襲，被緊勒韓杰頸子的混天綾竄起鞭爆腦袋——鐵鏽混天綾雖然頑劣，但會主動攻擊惡鬼。

韓杰擊退駐守第二道鬼門的尖刀惡鬼們，施咒封門後轉往第三道鬼門。

第三道鬼門藏在摩天輪車廂裡，此時正緩緩往上轉，底下新郎新娘和攝影組正在拍攝冥婚婚紗照，粗壯鬍碴攝影師一見韓杰走來，立刻吆喝助手扛起燈光、器材、腳架凶猛殺來。

韓杰俐落躍過攝影組人員頭頂，踩著剛使出的鐵鏽風火輪，重重踏在新娘臉上，跟著迴身一槍刺穿新郎胸膛，借力高高蹦起，甩出混天綾捲上緩緩上升的鬼門車廂——

倘若是正式版風火輪搭配混天綾，韓杰只需幾記縱躍擺盪便能坐進目標車廂，但鐵鏽風火輪兩隻輪子轉速不同，還不時反轉卡頓，纏捲擺盪的混天綾又鬧脾氣，迫使他像老人家操縱的電玩角色一樣失足落回惡鬼陣中，只得再次將新郎新娘和攝影大哥鬼打得四處逃竄，等到車廂重新繞回地面時，才開門坐進去，瞪著正從對面座椅鬼門上擠出來參戰的傢伙。

是個化妝畫到一半的小丑。

小丑還沒來得及反應，就被韓杰一槍刺在臉上，縮回鬼門。

韓杰施咒封印車廂鬼門，呆坐在爛椅上望著自己顫抖不停的雙腿，幾片鐵鏽尪仔標的疼痛彷彿融合成一個整體，令他分不清究竟哪裡更痛。他在車廂裡足足休息了十來分鐘，直到車廂整整轉了一圈，再次重新繞回地面，才走出車廂。

接著他來到鬼屋外與小丑們惡戰，這批小丑身手矯健，隨興亂拋的彩球和瓶子都帶著奇異毒符，噴出臭煙熏得韓杰雙眼刺痛、嗆咳連連。

韓杰吹香灰甩火血還擊，舉火尖槍將小丑們一一刺倒燃燒起來。

他走進鬼屋，沿路打歪埋伏惡鬼，來到最後一道鬼門前，正要施咒封門，陡然感到背後陰風逼來。

是夜鴉。

他轉身一槍揮了個空，夜鴉動作飛快，轉眼攀在前方天花板上，像隻蝙蝠倒吊著看他。

「你真的跟欲妃、悅彼兩位大姊打平？」夜鴉手上舉著他的奇異電鑽，鑽頭不時激烈旋動、濺起陣陣黑氣。

「我要是打輸，怎麼能站在你面前？」韓杰沒好氣地瞪著他，反手繼續在鬼門上畫符，見夜鴉陡然揚手甩出一陣黑氣鞭來，矮身閃開，回頭見自己畫到一半的符被那黑氣打糊，知道夜鴉打算自個兒扮演守門頭目，不讓他輕易封門，便甩動混天綾還擊。

夜鴉大笑落地，遠遠地驅使黑氣跟韓杰混天綾惡鬥亂戰，從鬼屋這頭打到那頭，一個個攔路惡鬼不是被韓杰持槍刺倒砸翻，就是被夜鴉黑氣鞭裂。

韓杰逮著了機會催動風火輪往夜鴉飛竄，其中一個輪子卻突然卡死，幾乎讓韓杰雙腿劈成一字馬，氣得他差點要用火尖槍砸碎輪子，卻被夜鴉繞到背後鑽了一鑽——

電鑽鑽頭旋入體內立刻如螺絲般脫離電鑽，咬著骨肉。

韓杰感到後背彷彿被隻凶猛毒蟲鑽進體內，還不停深入鑽咬。

「有個老傢伙捱了我八根螺絲，痛得暈了，另個小子捱了我一根螺絲，暈了又醒、醒了又暈、吃不下東西哭得嗓子都啞了不停求我饒他，你呢？你能捱幾根？」夜鴉哈哈大笑，幾股黑氣緊扣韓杰四肢，伸手揪著韓杰頭髮將他腦袋拉得後仰，橫地往韓杰頸部再施一鑽。

細長鑽頭鑽進韓杰頸部三分之二處，卻漸漸緩下，如同挖地機掘上堅岩般難以推進，跟著竟緩緩往外推撐。

「嗯？」夜鴉感到韓杰頸子裡有股力量在對抗電鑽鑽頭，同時，韓杰全身滾燙如火，頭上幾條血管裡紅光竄流。

下一刻，他驚覺原先纏著韓杰四肢的幾道黑氣，此時反過來被混天綾捲上。

噗——剛剛鎖進韓杰後背那根螺絲釘彈出，彈上夜鴉身子後落地。

一道紅血自韓杰背上那螺絲口激烈噴出——猶如熔岩爆發。

夜鴉臉上被濺著滾燙火血，驚駭之餘向後蹦竄退逃。韓杰頭上那根螺絲也噗地彈出，濺出一股炙熱火血。

熔岩般的火血在空中化爲長龍，鐵屑飛濺、口噴紅火，凶猛竄咬夜鴉。

夜鴉全力閃過兩條火龍的幾記追咬，漸漸適應火龍衝速，他對著一條火龍腦袋連鑽幾鑽，鑽滅一條，跟著甩動黑氣捲上另一條。

「這就是太子爺法寶裡的九龍神火罩？也不怎麼樣……」夜鴉雙臂一揮，彷彿黑鴉振翅，搧出大片黑氣，想要一舉捏碎第二條火龍，但韓杰已經挺火尖槍甩混天綾竄到他面前。

千鈞一髮之際，風火輪再次卡住，夜鴉舉著電鑽往韓杰臉上鑽，韓杰卻張口一吼，吐出六條火龍。

韓杰迎戰強敵時，習慣在嘴裡藏一片九龍神火罩，但試用版的鐵鏽尪仔標上鐵屑會割皮肉，王書語替他包上塑膠小袋，讓他方便入口，伺機咬開吐火。

試用版九龍神火罩的火龍，與正式版的差不多凶猛，副作用卻更大，龍身上一支支炙熱鐵鏽片將韓杰喉嚨、口腔和嘴唇割得慘不忍睹。

「哇！」夜鴉被六條鐵鏽火龍捲上亂咬，只得鼓動全力噴發黑氣護身，燒成了顆火球飛竄亂逃。

韓杰摀著喉嚨狂追夜鴉，猛地擲出火尖槍想一舉射殺夜鴉，但鐵鏽火尖槍槍身扭曲，離手後還胡亂晃動，只劃過夜鴉腰腹，割出一條口子。

夜鴉死裡逃生，全力飛竄逃出鬼屋。

韓杰惱火拾回火尖槍，回頭畫咒封門，再追出鬼屋時，早已不見夜鴉。

他花了點時間滅了園內口吐遮天雲的鬼臉，也不騎車，踩著風火輪飛奔回東風市場。

他從自家後陽台翻進廚房，連滾帶爬地脫去外套衣褲往廁所奔。

他全身灼傷和撕裂割傷，幾乎都與夜鴉和惡鬼大戰無關，而是尪仔標的副作用。

浴缸有滿滿一缸事先備妥的蓮藕水。

韓杰渾身冒煙奔到浴缸前，卻沒急著下水，而是拉起釘在牆上一條童軍繩，在自己肩上打了個結，跟著將一片鐵鏽尪仔標砸進洗手台後，翻進浴缸。

尪仔標副作用威力漸漸抵達高峰，寒冬中一缸冷水冰寒刺骨，韓杰泡在水中卻還嫌熱，隨手從水中摸出蓮藕片放進口裡嚼。

他的嘴被火龍鐵屑割得慘不忍睹，咀嚼緩慢，還沒能將蓮藕片嚥下肚就失去知覺，痛暈在水中。

那條童軍繩剛好將他的頭拖出水面，不致於滅頂，砸進洗手台裡的尪仔標是金磚——既然都要痛暈，多生塊金磚留著備用也好。

拾參

廢棄公寓一樓客廳，賴琨領著十餘名小弟喝酒圍爐吃火鍋。

小桌上王智漢那支被調成靜音的手機震動起來，一名小弟湊近看，來電顯示爲「淑美」。

「又是淑美。」「是王仔老婆。」

大夥嬉笑著繼續喝酒吃火鍋，手機靜下不久，又震了一下，收到一則訊息。

那小弟拿起手機把玩細看，嘻嘻哈哈地唸出訊息內容：「老公，你還在加班？今天回不回來吃飯？我燉了雞湯等你回家。」

「淑美燉雞湯耶。」「淑美老婆想智漢老公了，嘻嘻。」

小弟們你一言、我一語地調侃著許淑美傳來的訊息，拿著手機的小弟或許喝多了酒，忘記賴琨曾吩咐眾人別玩王智漢的手機、更別接電話——以免惹人懷疑，他嘻嘻哈哈地按開螢幕說要替王智漢回訊。

「老婆，我好想妳，妳能不能拍張照片給我，性感一點……」小弟一手捏著啤酒，一手打字，沒注意到遠處賴琨正瞪著他。

其他人連忙出聲提醒：「喂喂喂，別亂來，亂打會穿幫啦！」「你慘了，快放下手機。」

酒醉小弟正要按下發送，腦袋被一罐喝到一半的啤酒砸中，摀著臉怒罵幾句，見賴琨和身邊幾個資深手下都瞪著自己，才驚覺闖了禍，連忙捧著手機走向賴琨，怯怯地說：

「琨……琨哥，我開玩笑的，我沒送出訊息……」

「你打開來看對方就會顯示已讀啊幹！」「琨哥不是說別碰王仔手機嗎！」賴琨身邊兩、三個資深手下怒罵上前搶回王智漢手機，賞了酒醉小弟五、六拳和三、四腳，將他趕下樓看管王智漢。

「……」賴琨接過手機，將那酒醉小弟打到一半的訊息整段刪掉，思索片刻，簡單回了訊息——

我還有案子要忙，這幾天都走不開，別擔心我。

賴琨立刻收到回覆——

老公，我愛你。

賴琨嘿嘿笑地回訊——

我也愛妳，老婆。

賴琨送出訊息，將電話翻面擱下，不再理會，繼續吃喝。

數週前，他收到一張邀請函，是一場飯局邀約，時間是某日午夜，地點在陰間大富麗酒店；這場飯局的主題，是討論如何殺死一個男人——

男人的名字叫韓杰。

文末載明倘若對這主題、對這場飯局有興趣，便將邀請函燒化。

那時剛起床的賴琨，目瞪口呆地盯著邀請函不知做何反應，問了老婆信從何來，老婆也不知道，跟著，他接到地產商方董的電話。

方董也收到一張同樣的邀請函，不久前方董才被韓杰狠狠修理了一頓，忙了數年的六月山開發案，不得不接受王書語提出的閹割版本，稅後淨利連原本期望的百分之五都不到。

方董看到邀請函上的主題時，又憤恨又興奮，但也害怕得很。

畢竟上次他也有十足把握能將一切擋路石全消滅，最終卻重重跌一大跤，吃了大虧還斷了肋骨。

所以方董打電話給他當時的合作對象賴琨。

兩人討論的結果，是由賴琨出面赴約，搞清楚這張邀請函究竟是怎麼一回事。

賴琨燒化了邀請函，當夜作了場夢，夢見一個陽世地址。

飯局當天，他循著地址來到市區一棟樓中，足足等了好幾小時，終於在接近午夜時分，見到了夜鴉。

夜鴉帶他進入電梯，按了下樓鍵，電梯開始向下，降到地下室也沒停，繼續向下、一直向下。

不知過了多久，也不知何故，下降的感覺逐漸變成上升。

電梯終於停下、門緩緩敞開，外頭燈光迷濛、裝潢華美，四周迴盪著淫媚的調笑聲和歌聲。賴琨暗暗猜測，這兒應該就是邀請函上的大富麗酒店。

他一跛一跛地跟著夜鴉步出電梯、穿過長廊，與好幾個艷麗女侍擦身而過，進入一間頂級包廂，裡頭有張大桌，早已坐著好幾人。

賴琨在陽世道上混跡許久，憑著眾人氣勢和眼神，知道每位來頭都不小。尤其主位那人有雙細長眼睛、面貌清秀斯文，面帶微笑，但讓賴琨不寒而慄，只覺得那笑容背後便是一張血盆巨口，轉眼就能吞殺成千上萬人。

「都到齊啦？」有個老傢伙不耐煩地招了招手，說：「那上菜吧。」

在陽世橫行霸道慣了的賴琨與這些傢伙同桌，如小白兔般乖巧安靜，對眾人詢問有問必答；他從席間閒聊內容得知，老傢伙叫年長青，在六月山開發案上與方董曾有過短暫合作。那次，韓杰劫走他商品、毀壞他珍藏、鏟滅他一批幫手、還放火燒了他重要貨倉。

酒店侍者開始上菜，眾人邊吃邊閒聊近況，話題漸漸開始切入主題——

究竟怎樣才能除去陽世那個很難殺死的男人。

□

「琨哥——」樓下傳來剛剛那個酒醉小弟的尖叫。「王仔睜開眼睛了！」

賴琨聽了，驚訝站起，領著一票人急急下樓，來到囚禁王智漢的小房裡。

王智漢上身赤裸，下半身圍著一條浴巾，頸上鎖著鐵鍊，直挺挺貼牆站著，面罩那雙塗鴉眼睛本來一直閉上，此時卻圓滾滾睜著。

「喂……喂！」賴琨試探地喊著王智漢。「你醒啦？」

王智漢一動也不動，只微微張了張嘴巴，大夥兒隱隱見到王智漢口中本來被打斷的牙，此時已新長出一排褐紅色的銳長新牙。

賴琨與手下互相張望，正猶豫該不該上前檢視他的情況，便聽見後頭傳來小弟們吆喝呼喊聲。「夜鴉哥——」

賴琨回頭，見到夜鴉佇在門旁，馬上慎重地向夜鴉鞠躬行禮，指了指王智漢。「夜鴉哥，他眼睛……睜開了……」

「我看見了。」夜鴉點點頭，走到王智漢面前上下打量。

「都照您吩咐，每頓藥都準時餵，一秒都沒差……」賴琨低著頭說。

「很好。」夜鴉揮手搖出幾道黑風，旋上王智漢胸肋、四肢，檢視他斷骨癒合情形；同時他伸手捏開王智漢嘴唇，瞧著他口中那排暗紅色銳長利齒，滿意地點點頭。「骨頭都長好了，牙也長出來了。」

「老弟。」夜鴉拍了拍王智漢的臉，問他：「你知道你是誰嗎？」

「我……」王智漢沙啞應話。「我……我姓吳……不……我姓王，不……不對……我……我是警察……我幹了……幾十年警察……」

「他……他腦袋沒洗乾淨？」賴琨緊張地解釋：「夜鴉哥，我們每頓藥都餵得妥妥當當，而且照你吩咐，沒再打他……」

「沒那麼快。」夜鴉冷冷地說。「三魂七魄全洗成另一個人，需要一段時間，這段時間他還是得繼續吃藥，你安排一些事讓他晚上做。」

「安排一些事？」賴琨一下子聽不明白。「什麼事？」

「壞事。」夜鴉說：「能下地獄的事，殺人放火什麼的……」他說到這裡，睨眼瞅著賴琨冷笑。「就做你平常幹的那些事，應該很夠了。」

「我平常幹的事……」賴琨呆了呆，低頭向身邊小弟耳語幾句，才說：「夜鴉哥，剛好這幾天我有幾筆債要討，帶他一起去？」

「行吶。」夜鴉說。「放心，他戴著面罩，很聽話——」他伸手像是摸小孩、小狗腦袋般摸了摸王智漢頭，對他指指賴琨說：「孟學，聽好了，這位大哥是你老師，這幾天跟著他做事，他要你做什麼，你就做什麼，知道嗎？」

「知道……」王智漢點點頭，突然問。「孟學……這是……在叫我？」

「對。」夜鴉點點頭。「吳孟學，記住，這是你的名字。」

「吳……孟學……」王智漢呆愣愣地望著自己雙手。「我叫……吳孟學？」

「對。」夜鴉說：「你已經死了，你該下地獄，但你父親求摩羅大王和喜樂爺救你，你要乖乖的，聽我的話、聽賴老師的話，你就可以得救，不用下地獄，知道嗎？」

「我……」王智漢面罩上那雙眼睛流露著滿滿的困惑。「我死了……」

「是。」夜鴉點頭。「是韓杰殺死你的，他想將你打進十八層地獄，永世不得超生。」

「……」王智漢默默無語，也不知道聽懂了沒。

「他是你的仇人。」夜鴉說：「這幾天賴老師幫你上課，幫你修補身體，你最後的功課就是殺了韓杰，把他帶下去交給摩羅大王。」

「韓杰……」王智漢歪著頭，喃唸起這個名字。「韓杰……殺了韓杰……」

「對，記住這個名字，殺了他。」夜鴉拍拍王智漢的臉，轉頭望了賴琨一眼。「今晚吃完藥，明晚帶他幹活。」

夜鴉吩咐完，沒等賴琨回應，便穿透天花板，直直竄到廢棄公寓頂樓的水塔上，呆立半晌，緩緩彎腰跪倒，像是體力透支。

不久之前，他奮力擊碎纏著他亂咬的幾條火龍，全力飛回這裡。

他不願在賴琨等人面前顯露醜態，咬牙催出身中所剩無幾的黑氣力量，修復被那些鐵鏽火龍咬爛的黑衣裝扮、拔出嵌在皮肉上一片片鐵屑片，直到覺得自己外觀看上去應當從容瀟灑，才進屋瞧王智漢情況。

他望著星空，順手拉開大衣，從口袋取出漆黑電鑽試了試按鈕，全無反應，壞了。

「我太小看那傢伙，他那些法寶真不簡單……」夜鴉露出不甘神情，氣得笑了，自言自語，像是在反省剛剛那戰自己疏忽大意，突然又惱火咒罵：「不對呀！不是說天庭收回他的權限和法寶了嗎？難道消息有錯？」

他思索半天仍摸不著頭緒，周圍突然隱約傳來細細的哀號聲。

他翻下水塔，弓著身子像隻黑豹般警戒留意周邊，聲音似乎來自這棟公寓，他好奇遁下一層，來到四樓，果然聽見哀號聲從某個房間發出。

他來到那間漆黑房間，見到一個年輕傢伙歪歪扭扭躺在幾張瓦楞紙板上，半夢半醒，痛苦不堪——

是先前因賴琨失言，被夜鴉鑽了一根黑螺絲在肩上的倒楣小弟。

「眞可憐，他們放你在這等死？」夜鴉左右看看，這房中除了幾張瓦楞紙板外什麼也沒有。「跟錯了人，算你倒楣。」夜鴉哈哈一笑，隨手揮出道黑氣，將小弟捲上半空。

小弟驚恐外加劇痛，慘叫起來，摔落在紙板上，跌得七葷八素，隱約見到夜鴉的身影站在漆黑房中，嚇得屁滾尿流，不停對他磕頭。「夜鴉哥、夜鴉爺，是我不好，您原諒我……」

「你幹嘛道歉？關你什麼事？你痛昏頭啦？你又沒得罪我。」夜鴉笑著，抓起那根螺絲釘拋了拋。「我只是拿回我的螺絲。」

倒楣小弟呆了呆，發覺自己劇痛兩天的肩頭不那麼痛了，他伸手按了按傷口，骨肉裡的螺絲已經沒了。

「謝……」倒楣小弟正要磕頭叩謝，但夜鴉身影早已竄到公寓外十來公尺空中，拋玩著手中的螺絲幾下，再往胸口一按——這些黑螺絲是他以魂力化成，此時取回灌回身上，聊勝於無。

他取出手機撥打電話，一身漆黑大衣在夜空中展開，彷如黑鳥羽翼。

「喂，我夜鴉，你立刻幫我準備一批材料，我這兩天就要……我有個對頭法寶好厲害，我那電鑽不管用，要搞些新武器……」

拾肆

「你怎麼下來了？」嚮導老徐瞪大眼睛望著站在他辦公桌旁的韓杰。

「怎麼下來？」韓杰攤攤手，說：「跟以前一樣，痛昏就下來啦。我還想問你這次怎沒來接我……」他說到這，見老徐身旁的人，都用不太友善的神情望他。「幹嘛？不歡迎我？因爲我得罪你們上頭？」

「你無所謂得不得罪，你根本沒這資格得罪誰，是你老闆……」老徐急急起身，拉著韓杰胳臂往外走，低聲說：「太子爺在天上被拔了權，你下來我收不到消息，怎麼接你？以後再下來，別到處亂走，打電話給我，我去接你。」

「下陰間還要帶手機這麼麻煩……」韓杰暈死在自家浴缸，魂魄墜入陰間時，也是從自家廁所出來——由於他過去不定時下來陰間，因此在陰間的家中也準備著幾袋香灰，讓他能順手捻香灰變化衣服穿，不致於光著屁股在陰間遊蕩。

「告訴我你的電話。」韓杰捲起袖子，從口袋捻了撮香灰，問了老徐電話寫在胳臂上。

「何止電話……」老徐帶著韓杰走出通天部辦公大樓，沒帶他去大道，反而領他進入小巷，推開一扇小門轉入陰暗小廊，說：「最好還帶著你那些法寶……不對，你的法寶不是被收回了……等等！你法寶被收回怎麼下來的？」

「你忘啦？」韓杰苦笑。「那東西還有一套試用版。」

「試用版？」老徐呆了半晌，啊呀一聲。「那折騰人的東西你還留著？」

「還好留著。」韓杰說：「不然我下來不見得能見到你，可能直接被帶去見第六天魔王了。」

「那就照我剛剛說的。」老徐說：「以後要下來，多藏幾片在身上。」

「到底發生什麼事？」韓杰問。

「現在陰間到處都是你的懸賞令。」老徐說：「幾個跟你有仇的閻王要找你麻煩、跟你有仇的城隍府要找你麻煩、年長青要找你麻煩、摩羅要找你麻煩——簡單講，整個陰間黑白兩道都要找你麻煩！」

「這些鳥蛋又不是第一天想找我麻煩……」韓杰說到這裡，突然醒悟。「你是說，現在太子爺管不到我，所以他們真可以找麻煩了？」

「對。」老徐說：「過去太子爺有管轄權能隨時盯著你，但他現在無權，別說下陰間，就連你在陽世的一舉一動，他都未必看得見。」

「你的意思是……我在陰間被擄走、被圍毆、被魔王綁去燉藥，天上也不會知道。」

「就算知道，也沒證據。」老徐拉著韓杰急急走。「我現在送你回去。」

「就怕現在回去了，沒多久又痛下來……」韓杰苦笑。

「那你就在痛下來之前，帶幾片法寶在身上！」老徐瞪大眼睛，領著韓杰在奇異廊道裡繞走，來到一處電梯前，取出鑰匙打開控制面板，輸入一串資料。

門打開，韓杰走進電梯。

門關上，電梯緩緩向上，韓杰覺得全身開始痛了。

跟著，他隱隱聽見有人喊他，聲音中帶著哽咽哭音。

電梯的景象漸漸模糊，他身上的疼痛也漸漸加劇，他掙扎著，然後睜開眼睛。

他見到王書語蹲在浴缸旁望著他落淚。

「杰！你……」王書語見他睜開眼睛，神情卻痛苦不堪，連忙說：「對不起，我吵醒你了？你身體副作用還沒好？」

「不不……」韓杰喘著氣、揉捏太陽穴，逼自己在劇痛中保持清醒，急喊著：「妳來得……正是時候！幫我個忙……多拿幾片尪仔標給我！對了，洗手台有塊金磚也給我……」

「什麼？你……」王書語雖然不明情況，但她反應快，知道韓杰需要尪仔標，必定有急事，立刻出廁所，從桌上那張試用版套組剝下七片，裝進塑膠小袋裡，轉回廁所，連同洗手台裡的金磚一同交給韓杰。「七張夠嗎？」

「夠了……可以操翻好幾間城隍府了……」韓杰虛弱地笑著，撐著身體將裝有尪仔標的塑膠小袋含入口中。他全身劇痛加劇，又欲暈死，見到王書語神情慌張、滿臉淚痕，略感事情有些不對勁，但他也無力多問，勉強抬起手，咬牙切齒說：「手機、手機給我……」

「你要你的手機？」王書語連忙起身要找他手機。

「不！」韓杰啞聲道：「是妳的手機！畫符……我下去……打給妳……」

「好。」王書語如溺水者抱得浮木，連忙取出手機遞給他。「我爸出事了……」

「什麼？」韓杰本來劇痛欲暈，但聽王書語說王智漢出事，一下子反而清醒許多，忍痛咬指，在王書語手機背面畫了道血符。

「媽打給他……他……」王書語抹著淚。

韓杰痛得暈死過去。

韓杰轉眼又墜下陰間，再次從陰間的自家廁所奔出，手上還抓著金磚和那包尪仔標，他飛快從餐桌香灰袋子裡捻香灰變化衣服穿上，衝出門往樓下急奔。

他用最快的速度，在巷弄雜貨店外找著了座老舊公共電話。

陰間的公用電話需用代幣，代幣換算成冥幣可不便宜，但韓杰用金磚直接在電話上畫了道符，一如警察徵用民車，直接徵用了公共電話。

他打給王書語，對話一陣，很快明白情況。

王智漢過去時常因辦案半夜返家，甚至連日在外未回家，爲了不讓許淑美擔心，兩人曾約定某些暗號——

許淑美平時在簡訊、電話中，並不喊王智漢「老公」，一這麼喊，就是提醒他該報平安了；王智漢則會用她學生時代的外號，表示自己平安。

那是一個連許淑美過往同學和父母都不知道的外號。

就連王書語和王劍霆，也直到這幾年用了智慧型手機，偶然瞥見母親手機簡訊，發現王智漢用那個古怪稱號稱她，才知道母親竟有這麼一個綽號。

過去許多年許淑美和王智漢，透過「老公」和「外號」，交代過無數次的平安。沒有一次例外。

當然，許淑美不免猜測王智漢過去不論碰到天大的麻煩，或許也都硬撐著喊出她外號，避免讓她擔心，但這表示——他一旦連硬撐都辦不到時，處境之艱難可想而知。

「會不會有人撿了他手機惡作劇亂回……」韓杰提出這個可能，但立即被王書語打斷。

「媽打電話去市刑大裡問爸下落……」王書語哭出聲來。「爸被賴琨抓走了！」

「什麼！」韓杰難以置信，又繼續追問才搞清楚狀況。

原來王智漢受擄當天下班前，曾神祕兮兮地告知幾個同事，稱自己可能會收到一條大消息，要大家做好辦大案的準備。

第二天中午，同事們見王智漢沒來上班，也沒打電話請假，打過去的電話和訊息都沒回覆，隱隱察覺不妙，開始逐一清查聯繫王智漢手下那批線人。

一夜過去，同事們鎖定了線人阿黃，大夥兒荷槍實彈來到阿黃住處，按了半天電鈴，見到阿黃老婆雙眼紅腫地開門。

大夥兒正要衝進屋逮人，卻接到留守市刑大的同事電話，稱阿黃主動來市刑大。

阿黃雙頰腫脹、哭哭啼啼地提著一袋錢，供出了一切。

當晚阿黃拿了賴琨的錢，替老婆孩子買了幾套新衣回家，半夜良心不安，對老婆交代這筆錢究竟是怎麼來的。

阿黃老婆個性溫吞老實，兼三份工養孩子老公，只當自己前世欠了阿黃，今生是來還債的，但聽說這筆錢竟是將過去對自己一家照料有加的警察賣給仇家賴琨換來的報酬，不僅暴怒剪碎阿黃買給她的衣服，還揪著阿黃頭髮痛打他，說自己今生還債，爲的是讓孩子積福，阿黃幹出這豬狗不如的事，可要讓兒子女兒欠下更多了。

阿黃從來不知道老婆罵人這麼大聲、打人這麼痛，本來被錢跟毒癮叼走的良心，被嚇回幾分，向老婆跪地求饒，抱著老婆孩子哭了一夜，一大清早自己提著錢投案。

韓杰聽了這經過，愕然無語，他知道王智漢有許多仇家，賴琨是最凶最惡的仇家之一。過去他曾聽王智漢提及賴琨行事作風，難以想像王智漢落到他手上，會遭受什麼對待。

「給我一點時間……」韓杰沉聲對王書語說：「讓我想想辦法，我回去之後，會全力找出他。」

「好……」王書語哽咽說：「我會等你……」

韓杰掛斷電話，又撥給老徐，簡略說明當前遭遇困境，問對方有沒有辦法替他找個陽世活人。

「老弟，你當我神仙呐，你要我找個陰間住民出來，我都不見得找得到，怎麼可能知道一個陽世活人被藏在陽世哪個地方……」老徐無奈回他：「我同情你的遭遇，但我終究是陰間鬼、不是陽世人，你在底下打打鬧鬧，收工就回陽世，我還得留在這裡，除了奉命帶路之外，我沒辦法幫你太多，否則……你懂的，我很難面對其他同事……抱歉啦老弟……」

「我懂。放心，我不會爲難你。」韓杰掛了電話，倚著牆坐下，隱隱感到這次敵人棘手得超出預期。

最令他手足無措之處在於敵人切斷了他與太子爺間的聯繫。過去十幾年，他按照小文叼出的籤令辦事，籤紙要他幹嘛他就幹嘛、要他打誰他就打誰，他只要顧著眼前任務即可；但現在不同了，上天不再替他看照身邊的人事物，沒有適時提點、幫著戳破邪魔歪道詭計陷阱。

如果敵人蓄意對他身邊的人出手，他絕不可能將每個人保護得滴水不漏。

「如果那傢伙現在看著我，會說什麼呢？」韓杰坐在地上，雙肘抵著膝蓋、雙手撐著額頭，透過指尖縫隙瞧著陰間漆黑夜空，遙想著要是太子爺站在他面前，會怎麼數落他。「你這個沒用的廢物，沒我在天上盯著，你就什麼事都幹不成啦……」

「廢物、鳥蛋、蠢材、豬頭……」韓杰焦躁抓頭站起，摸摸口袋裡的尪仔標和金磚，心想乾脆殺進年長青其他倉庫或是賣場大鬧一番，最好是逮著他本人問清楚整件事是不是他在搞鬼；又或者想辦法引出第六天魔王，和他正面攤牌；再一路打進閻羅殿裡，鬧得天翻地覆逼神仙出面收尾——

他當然只是想想而已。

現在沒有蓮子，在陰間用了尪仔標只會延長陽世肉身的副作用，徒增他回去時的困擾。

他得盡量低調點，最好別再用尪仔標。

他見那雜貨店老闆探頭出來望他，抹去電話上的金符，抖了抖外套轉身離去。他轉入另一條巷子，還捻了香灰將外套變出個大帽戴上。

拾伍

小歸站在王智漢家陽台，一手一支手機打出一通又一通電話，透過關係打探消息，同時指示自家店面下屬整備更多物資供他在陽世使用。

「許先生，是我。」小歸撥了通電話，給與他合作多時的富商許先生。「抱歉這麼晚打擾您，是這樣的，我和朋友在陽世碰到了點麻煩，我想借您的人脈，找幾個人，不知道您有沒有認識什麼厲害的私家偵探，甚至是道上兄弟什麼的……」

張曉武坐在客廳沙發上，捏緊拳頭、咬牙切齒。

王劍霆還留在市刑大裡，協助王智漢同事一同想辦法找出賴琨和王智漢下落——以他的資歷和身分並無資格協助辦案，但王智漢的同事們本便與王劍霆熟稔，知道他心焦如焚，還特地撥了通電話到他派出所，向他的主管說明情況，希望這幾日借調王劍霆協助他們共同調查王智漢受擄案件。

主管本來還有些疑慮，但收到消息的劉長官親自拍板定案，指定了一位大隊長組織專案小組，讓王劍霆共同參與。

劉長官過往雖總是顧及自己官位，責怪王智漢四處結仇得罪人，但和這老部屬總算是有些舊情，特地打了電話安慰許淑美，表示自己會動用一切力量營救。

剛返家的王書語，此時輕摟著媽媽，腦袋貼在她肩上，望著她手中相本那張全家福照。

許淑美此時已不像剛得知王智漢被仇家擄走時那樣崩潰驚慌，反而平靜許多。

「這麼多年，你做的一切沒有白費，你交到一群好朋友……」許淑美翻著相本，盯著一張張相片裡自己和王智漢、兩個孩子的變化。

她剛剛看過一遍，現在往回翻，翻到王書語大學時期的照片，翻到王劍霆國中的照片，翻到自己新婚時的照片。

最後她的視線，停在一張她與王智漢的合照上。

照片裡的王智漢蓄著平頭，她清湯掛麵，兩人身穿制服並肩站在操場司令台上。王智漢鼻青臉腫，手裡端著一張「見義勇爲」的獎狀，笑得合不攏嘴，她面帶幾分嬌羞。

許淑美閉上眼睛，腦海裡依稀能聽見王智漢那時得意的笑聲——

「今天就上到這裡，大家回家要多複習。」補習班老師宣布下課。

許淑美收拾講義和文具，隨口問坐在窗邊的同學：「跟屁蟲還在不在？」

同學探頭往窗外望了望，見王智漢蹲坐在對街店家外發呆，點點頭說：「在。」

「那好。」許淑美揹起書包，準備回家。「今天走別條路。」

「爲什麼？妳在躲他？」同學跟在後頭。「你們不是很要好嗎？」

「誰跟他要好！」許淑美氣嘟嘟地說：「那個笨蛋煩死人了。」

「可是上次還看妳請他喝汽水。」

「上次是上次，現在是現在。」

「小倆口吵架啦？」

「誰跟他小倆口！」許淑美回頭見同學瞇著眼睛似笑非笑地盯著她，一臉八卦地想知道她與王智漢之間究竟發生了什麼事，便更生氣了。「我跟他根本沒有什麼，爲什麼每個人都當我們是一對？」

王智漢高中開始，每天上學騎腳踏車追著公車跟許淑美一同上學，放學再騎車追公車跟她去補習班，等她下課後再追著公車與她回家。

許淑美最初覺得誇張，覺得他大概一、兩個月就受不了了；跟著有些好奇，猜測他究竟能持續到哪一天；接著進入了厭煩期，開始斥責他纏人、煩人、討人厭，大罵他幾頓，屢屢將王智漢罵得臉色發白、垂頭喪氣地躲得遠遠的。

但她罵歸罵，心腸卻也挺軟，見他難過又有些不忍，只警告他別跟太緊讓人誤會。

這是高中一年級的事。

到了高二，兩人關係時好時壞，好的時候許淑美願意託他買些文具跑跑腿，然後請他吃支冰棒作爲報酬；壞的時候便不讓他跟，見他一跟又罵他。

王智漢也漸漸摸索出一套察言觀色的本領，他能憑早上許淑美登上公車時的臉色，判斷應該保持的距離，以及下課是否要去她教室站崗。

高三上學期，許淑美課業愈加繁重，王智漢則一如往常地悠哉輕鬆——他壓根沒打算考大學，只想早點畢業找份工作貼補家用，別讓瘸腿的爸爸太辛苦；也因此，悠哉的王智漢幫用功的許淑美跑腿更多次，也吃了更多支冰棒，兩人零零碎碎聊了許多心事。

然後學校裡開始流傳一班的許淑美和放牛班的王智漢偷偷談戀愛的風聲。

許淑美被老師叫到辦公室問了幾次話之後，對王智漢日復一日的護花行動再次進入了厭惡期。

「淑美，妳要走後門？」同學見她走安全梯下樓，沒往正門走，而是轉去後方，擠過堆滿雜物的消防通道，推開安全門走防火巷。

「廢話，走前門不就讓他看到了。」許淑美回答。

「所以他到底做錯了什麼？」同學問。

「他太煩人了啦！」許淑美埋怨說：「我都跟他說了，以後還是可以聊天、我還是可以請他吃冰，但不要一直跟在我屁股後面讓大家說閒話，害我一天到晚被老師叫去辦公室……但他不要！」

「他爲什麼不要？」

「他說他跟著我是要保護我，不是想聊天，他說不跟著我怎麼保護我……」

「挺有道理的。」

「有道理個屁啦！」許淑美惱火說：「老師打電話到家裡跟我爸媽講耶！我眞的會被那個蠢蛋害死！」

「那妳怎麼不乾脆跟老師說王智漢單方面騷擾妳，讓妳很害怕，叫警察找他爸爸談，抓他去管訓呀，嘿嘿！」

「這……」許淑美瞪大眼睛。「這也太過分了，他沒這麼壞……」

「我就知道！」同學露出神祕笑容。「妳果然對他……」

「妳好煩！」許淑美見同學說來說去，就是想逼她承認和王智漢眞的有什麼。

「那我換一種問法好了。」

「換什麼問法？」

「你們只有吃冰，沒有吃別的東西？」同學嘻嘻笑地說，雙手托著紅撲撲的臉蛋，自己都覺得這個問題有點誇張。「例如對方的嘴巴呀、臉呀、舌頭什麼的……」

「妳煩不煩啊！」許淑美搥了同學肩頭一拳，氣惱奔出防火巷，轉入後方窄巷。

「啊，走那邊不好吧……」同學跟了上去，在許淑美身後追了好半晌，見她走上之前從沒走過的路，開始有些不安。「妳要去哪呀？」

「去下一站。」許淑美說。

「妳要走到下一站搭公車？」同學皺眉說：「有點遠耶……」

「嫌遠妳回去啊。」許淑美白了一眼。「順便跟他說以後不要跟著我，改跟妳好了……」

「跟我幹嘛？他喜歡的是妳呀，他保護妳這麼多年，突然改保護我，很奇怪耶！」同學說：「我才不想破壞你們、更不想破壞我們的友情，妳當我是那種拆人家庭的狐狸精呀！」

「我什麼時候跟他有家庭啦！」許淑美氣得大翻白眼。「妳信不信我打歪妳嘴巴！」

許淑美氣罵奔跑好一陣，又轉入一條小巷。

「淑美！」同學加快腳步追上。「不要走這裡啦，老師說這裡不安全耶……」

這條曲折小巷裡有幾支混混幫派，有好幾家賭博電玩遊樂場和小妓院。

許淑美不理，大步往前走了好一段，直到見幾個蹲在地上抽菸的混混朝她吹口哨，這才隱隱感到不安。

同學緊緊拉著許淑美胳臂，害怕地左顧右盼。

「別看他們就沒事了。」許淑美強作鎮定，繼續往前，然後被一個混混攔下。

小混混上下打量著她們二人，問：「小姐來應徵呀？」

「沒有。」許淑美繞開他，繼續往前。

小混混叼著菸跟在後面，喊著：「沒應徵來這裡幹嘛？」

許淑美沒理他，繼續往前，同學緊貼著她，不時回頭，那小混混還跟在後頭，且不只一人。

「怎麼辦？他們跟來了。」

「就叫妳不要看他們。」許淑美惱火。

後頭幾個混混聽見了許淑美的話，哈哈大笑。「不要看我們就沒事？妳們把我們當鬼喔？」「喂小姐想不想打工呀？」「可以賺錢喔！」「理我們一下好不好？」

許淑美和同學開始用跑的。

幾個混混也開始跑著追。

前方有幾個不同勢力的混混見狀也來起鬨——聯手調戲誤入小巷的年輕女孩，似乎是混混們平時的樂趣之一，這怪異遊戲竟成幾支不同勢力的混混間的潤滑劑，共同的興趣讓他們彼此間擁有共同話題，他們甚至會交流不同的女孩們種種不同的反應，以及偶爾當眞拐到

一、兩個女孩跟他們回房後的經驗談。

「小姐小姐別生氣，哥哥帶妳去看戲。」幾個混混再次攔下她們，一搭一唱地說：「看什麼戲？」「看男生女生玩遊戲。」「玩什麼遊戲？」

「不想知道！」許淑美抬手塞住耳朵。

同學一手塞耳、一手揪著許淑美胳臂——混混們見她一邊耳朵露出破綻，便湊上去在她耳邊說起男生女生遊戲的各種玩法。

「噁心耶！」同學尖叫。

「噁心耶——」混混們模仿著同學的腔調尖笑起來，像嗑了興奮劑般仰頸學野狼叫。「嗷嗷嗷嗚——」

又有個混混企圖拉開許淑美塞耳的手，也想對她講些遊戲內容。

許淑美正要反抗，一顆熟悉的拳頭撞上那混混側臉。

混混像是斷線人偶般彈開好遠，軟倒在地上。

一時間，眾人全停下動作，愕然望著出拳的人——王智漢。

由於這群混混分屬三支勢力，途中混了個王智漢進隊伍裡，大家一時沒有發覺。

「你……你幹嘛啊？」混混們驚駭地你看我、我看你——他們在極短時間內，都以爲王智漢是其他勢力的人，因而有些顧忌。

「我沒幹嘛呀，放學要回家呀！」王智漢大聲說，推著許淑美和她同學的背大步往前，還回頭對即將爆發的混混們說：「黑龍大哥的朋友你們也敢碰？不想活啦！」

「什麼黑龍大哥？」混混們瞪著眼睛大步追來。「那是誰呀？」「你是誰呀！」

「我是黑龍大哥左右手！你們完蛋了，黑龍大哥帶一百個人來了。」王智漢回頭大喊，還催促許淑美。「快走呀，用跑的！」

「黑龍大哥到底是誰啦！」「混哪裡的？」混混們漸漸發現穿著和許淑美相同制服的王智漢，並非他們當中任何一支勢力。

「誰敢再往前一步試看看！」王智漢轉身取出摺疊刀，甩出刀刃，凶狠指向混混們，嚇得眾人停下腳步。

許淑美見他拿出刀來，駭然之餘又有些困惑。「王智漢……你怎麼知道我們在這裡？」

「妳先別管這個，快跑就對了啦！」王智漢緊握摺疊刀，對緩緩逼來的混混們指來指去，突然回頭朝許淑美大吼：「叫妳們快跑沒聽見嗎！」

「哇！」同學拉著許淑美開始往前奔，巷口就在前方不遠，她們已經通過了巷子裡混混最密集的地帶了。

有個混混從旁抄起張小凳擲向王智漢，他抬手格擋，被小凳砸得後退好幾步。

混混們叫囂起來，隨意搬起路邊的花盆、雜物和棍棒吆喝著衝上朝著王智漢一陣亂打。他們有豐富的群毆經驗，十分清楚多人圍著一人又踹又打時的過癮滋味。通常被打的人往往雙拳難敵四五六七八手，很快便會倒在地上抱頭慘叫。

但王智漢的反應卻超出了他們所知，他的拳頭勁道和抗打能力也超出了他們認知中的高中學生，幾十秒的圍毆不但沒被打倒，眾人甚至被他揮舞的摺疊刀和拳頭腳踢連連逼開——

王智漢得到了爸爸送的摺疊刀後，可不只是珍藏而已，而是認眞練刀，至於他那拳腳功夫，可是從爸爸尚未跛腿時便跟著練，爸爸跛腿後便自己練，直至派上用場。

「保護心愛的人」這幾個字對王智漢而言，並非嘴巴說說，而是日復一日用功鍛鍊的一件事。

爸爸不但不反對他練身體，更時常督促他伏地挺身再多撐個兩下。

爸爸時常嘆息過去沒能保護好妻子。

當年夫妻倆在一個大雨夜的一座橋上，開開心心帶著要送給王智漢的生日禮物回家，卻因爲小小的行車糾紛，被一群流氓砸爛了腳踏車，還被逼得跳進河裡。

那天雨大河水湍急。

被打斷腿的爸爸撐著最後一口氣奮力游上岸。

媽媽卻在三天後才被搜救人員打撈上岸。

後來爸爸熬過了漫長的悲傷之後，開始教王智漢將來要比自己更勇敢、更強壯。

要能夠保護心愛的人。

同樣熬過了悲傷的王智漢不但謹記在心，更付諸實行。

聽到了騷動而從四周遊藝店裡圍上來的混混越來越多，躺倒在地的混混也越來越多，他們不是捱了拳頭、就是被刀子割傷。

這時的王智漢在混混眼中，彷彿一頭年輕雄獅，他額頭被花盆砸破血流滿面、全身傷痕累累，卻仍齜牙咧嘴地朝他們揮揚利爪——那柄摺疊刀是爸爸喪妻之後買來準備報仇的武器，卻一直找不著當晚那些人，最後變成了王智漢的生日禮物。

混混們人多勢眾，但不知怎地總覺得己方始終處於劣勢；他們那時候肯定沒看過非洲野生動物節目，否則應當會覺得情景有些眼熟——

一群兇巴巴的鬣狗被一頭雄獅扒得滿地打滾的情景，像極了他們這時模樣。

直到大批警察衝進巷子，王智漢仍直挺挺地站著，手中的摺疊刀早不知被打落到哪兒，只緊握著一雙染血拳頭不停喘氣，惡狠狠地瞪著最後幾個持著棍棒和花盆的混混。

王智漢當晚被帶進警局做了筆錄，隔天他帶刀打架的消息傳遍了整個學校，學校將遍體鱗傷卻仍騎腳踏車追公車上學的王智漢叫進訓導室，臭罵兩小時後勒令退學，趕他回家。

隔天，許淑美帶著同爲大學教授的父母向老師和校長說清了緣由，說是自己下課亂晃，走進不該進的地方，被混混們包圍騷擾，是王智漢路過救了她們。

校長其實並不太在意王智漢是否救了人，也不太在意王智漢應不應該被退學，總之放牛班的學生們究竟發生了什麼事、是死是活是方是扁是好還是壞，校長都不太在意。

校長更在意貴爲家長會成員許淑美父母的意願和捐款，和資優生許淑美的升學動態——

校長推翻了將王智漢退學的決議，反而領著眾主任、通知了報社記者，浩浩蕩蕩殺進王智漢家裡，把躺在床上養傷的王智漢拉起大大表揚一番。

王智漢雖不明白爲什麼校長和主任們今天跟昨天的嘴臉相差十萬八千里，但見到跟在大人後頭的許淑美微笑望著他的模樣時，其他人的嘴臉如何，他連想都懶得多想。

他得到了學校發放的一筆獎學金和一張「見義勇爲」的獎狀，以及幾張在司令台上和校長、主任、老師及許淑美的合照。

他將與其他人的合照隨便扔進抽屜裡，將和許淑美的合照與剪下的新聞報導貼在牆上。卻被爸爸罵他蠢蛋，說這樣貼看起來像是刑事案件照——爸爸買了個小相框，要他將照片裝框擺在書桌上看。

再之後，許淑美不再介意與王智漢同行了，王智漢用那筆獎金每天搭公車陪她一起上下學。

「我爲什麼能找到妳？」

王智漢後來與許淑美閒聊時，被問到當時爲什麼會找到她們時，歪著頭想了想。「我看妳沒從大門出來，就上樓找妳，妳也不在教室，我又下樓……」

當時王智漢跑去補習班教室也沒見到許淑美，抓著頭下樓向警衛問了幾句話，打探補習班大樓有無其他出口，警衛說剛有兩個女孩從後門走，王智漢便也跟去。

他循著骯髒防火巷中的新腳印，和被撥開的雜物箱留在地上的移動痕跡，一路往前找去，最後找進了那條鄰近學校都知道的禁區小巷——附近還有其他幾條小巷，但王智漢便賭上這裡，理由很簡單，如果許淑美走其他巷子，遭逢危險的機率相對較小。

但如果她誤入禁區小巷，那便非常危險。

他功課不好，但似乎天生擁有推理辦案及聞嗅犯罪氣味的能力，總之他賭對了。

成功保護了許淑美。

許淑美父母不但幫他擺平了被退學的危機，也幫他擺平了本來有可能會因攜刀被法辦甚至送管訓的危機；雖然王智漢不太明白爲什麼自己只是想保護人也要受到處罰，但總之他明白一件事——在這世界要維護正義、主持公道，單憑意志尚且不夠，還要特定的身分和力量。

當天大批警察擁入巷子時，那些混混活像見著貓的老鼠那般模樣，始終烙印在他心中。

他知道自己將來該做什麼了。

他找到了自己的天命。

高三下學期，他拿了一份警專招生單，在護送許淑美上補習班的途中，也開始用功起來，有不懂的地方就問許淑美。

畢業典禮之後，他按照慣例向許淑美告白。

和過去好幾次告白不一樣的是，這次王智漢沒哭，反而笑得整張臉紅通甚至連褲襠裡的鳥兒都變得硬邦邦了。

拾陸

韓杰在馬面顏芯愛的陪同下，步出城隍俊毅辦公室。

一小時前，韓杰來到張曉武所屬城隍府，先前六月山事件，他為了救援被羅壽福、李秋春夫妻擄下陰間轉賣的活人，浩蕩殺入年長青倉庫，當時俊毅是相對友善許多的城隍。

俊毅城隍府在陰間的事蹟他略有耳聞，因此他雖與張曉武互看不順眼，但知道他們某些立場是一致的。

眼下他須要弄清楚自己究竟碰上了什麼麻煩，想起與張曉武在擂台上的對話，知道俊毅這城隍府近日也遭人檢舉違規，因此他找上門來想探探情報。

他與俊毅在辦公室裡談了許久，得到一些線索——

一、太子爺和俊毅城隍府受的舉報手法十分接近，都是凡人在陽世大規模施放符令上天下地，令天庭不得不介入調查，暫時限制太子爺干涉陽世的權限，也削弱了俊毅的管轄權。

二、不久之前，陰間一家酒店有一場飯局，與會人士除了酒店老闆年長青之外，還有幾個名聲響亮的大人物；有個酒店服務生在席間上菜時，偷聽到席間一些內幕，大著膽子偷拍下幾段影片，上陽世通風報信——不知他有無成功將消息轉報上天，只知道他下落不明，陽世眼線接連慘死。

「在陽世，有個好警察碰到麻煩。」韓杰這麼說：「無論如何，我要找出他……」

「王智漢，我知道他。」俊毅回答：「阿武的陽世好友，硬漢一條，如果他真出事，阿武可能會失控鬧事……我想請你幫忙看著阿武。」

「……」韓杰聽俊毅這麼說，默然半晌，苦笑說：「看著那傢伙不難，難的是……如果王仔眞出事，大鬧的可能不只他一個。」

「還有誰？」顏芯愛插嘴。

「我。」韓杰以拇指頂頂自己胸口。

「你跟那老警察交情這麼好？」顏芯愛訝然問。

「他幫過我不少，對我有恩。」韓杰有些尷尬，抓了抓臉，說：「以後我可能還得叫他岳父……」

「對喔！差點忘了那漂亮女律師是老警察的女兒。」顏芯愛想起了六月山那時的情景，笑嘻嘻地問：「後來你們眞的在一起啦？」

「呃……」韓杰呆了呆。「怎麼連妳也知道這件事？」

「我有稍微留意你們的後續發展嘛……」顏芯愛嘿嘿一笑——六月山事件當下她雖冷漠執勤，但終究懷抱顆少女心，那時她默默看著韓杰、葉子、王書語和林國彬四人離別互動，對日出那刻情景難以忘懷；後來她收到陳亞衣符令，上來拘提被陳亞衣逮到的惡鬼時，好奇多問幾句，因此約略知道韓杰與王書語後續發展。

「就在一起啦，不然我幹嘛叫王仔岳父？」

「怎麼在一起的？」顏芯愛追問：「總有個契機吧、總有人先開口吧……」

「問這個幹嘛？」韓杰垮下臉。

「你自己說要交換情報的……你要我們知道什麼都告訴你，自己又藏私，這交易不對等吧……」顏芯愛說到這，見俊毅瞪她，才改口說：「好啦，反正我們有新消息，一定會通知你的。」

顏芯愛送韓杰往外走，還不死心地低聲問：「你說你在陰間得低調，不能隨便用尪仔標對吧？」

「是啊。」

「那你碰到年長青的人怎麼辦？」

「用香灰、拳頭跟血啊……」韓杰無奈答，又搖搖頭。「不對，現在我沒有肉身，沒有血可以用……」

「對呀。」顏芯愛取出紙筆，寫了串地址。「這間雜貨店跟我們有合作關係，定時會捐贈裝備給我們，他們店裡還藏著不少好東西不對外販售，阿武常去尋寶，我替你打通電話講兩句，他們會賣東西給你，你可以先賒帳，回去之後再燒錢結清就行了。」

「哦！那多謝啦！」韓杰驚喜伸手去接紙條，顏芯愛卻手一揚不給他。

「那些東西有不少是違禁品，俊毅知道我幫忙推銷，會生氣耶怎麼辦？」顏芯愛笑咪咪地望著他。「你跟那警察女兒，到底是怎麼在一起的？」

「妳非要知道這個幹嘛啊？」韓杰雖然焦躁，也不能硬搶——搶了也沒用，他需要顏芯愛幫忙跟店家打個招呼。

「就說了我好奇啊！」顏芯愛大聲說：「我死時才十幾歲，是花樣年華的少女耶！我沒談過戀愛，死後下陰間當陰差成天盯著其他臭牛頭馬面，再不然就是亂七八糟的妖魔鬼怪，我想知道你們是怎麼談戀愛的，當故事聽聽打發時間，這樣都不行嗎！」

「……」韓杰莫可奈何，只好說：「離開六月山之後，我要看著新上任的土地神，會定時問她開發案後續發展，她怕我找方董麻煩，也會主動報消息給我。有時候她會到我的拳館找我，我如果在忙，她就自己練身體打沙包；有次我看她動作不標準，取笑她兩句，她不服氣，說那是她爸教的，我說王仔教錯了，她更不服氣……」

「然後呢？」顏芯愛追問。

「打架這東西，用嘴巴辯不出結果的……」

「什麼？你們一言不合開始打架？」

「不算打架吧……」韓杰說：「只是切磋……」

那時王書語被韓杰取笑幾次，心中不服，有次見韓杰教兩個宅男柔道動作，便也大聲指正他動作錯誤；韓杰一來也不服氣，二來不願在拳館會員面前漏氣，和她爭辯半天也沒結果，索性用自己的身體驗證——

他讓第一個宅男用自己的動作摔他，再讓第二個宅男用王書語教導的動作摔他，偏偏兩人都摔不動他，或是摔動了也摔得難看，誰對誰錯一時也難辨明，偏偏王書語對什麼事都異常認眞，皺著眉頭瞧了半晌，總覺得韓杰故意對第一個宅男放水，對第二個宅男認眞抵抗。

於是她提議改變規則，她自己上台用兩種方式來摔韓杰，讓兩個宅男跟老龜公當裁判——兩個宅男看了半天也看不出所以然，只說杰哥教練的招式比較強。

老龜公托著下巴看電視，根本沒瞧擂台幾眼，卻也大聲說阿杰教練才是對的。

王書語氣炸了，揪著韓杰衣領要求來場正式比賽。

兩人便在擂台上較量了老半天。

「嗯嗯嗯……」顏芯愛認眞聽，送韓杰到了城隍府外，繼續追問：「然後呢？然後呢？」

「然後就在一起啦。」韓杰這麼說。

「啊！」顏芯愛愣然問：「不對吧，你跳過一大段耶！你們摔來摔去就摔在一起了？」

「妳去找個帥哥鬼摔來摔去，摔久了說不定也會愛上他。」韓杰攤著手說：「拜託別玩我了，幫我打通電話吧……」

「哼！」顏芯愛搖頭。「最後一個問題，誰開口告白的？」

「媽的沒人開口……」韓杰說。

「沒人開口那怎麼會在一起？」顏芯愛不解。

「後來她加入鐵拳館會員，有天因爲一件案子吃了悶虧憋了一肚子火，要我拿靶子讓她踢。」韓杰說：「當時時間有點晚，鐵拳館要打烊了，我破例讓她進來；老龜公不在，拳館只剩我們兩個，老房子隔音差，晚上踢靶太吵，我們改練柔道，拉拉扯扯老半天，就……親了……這樣行不行呀……」

「哇——」顏芯愛雙手捧著馬臉，兩隻馬耳朵動來動去，眼睛眨呀眨地像是快眨出愛心，「好浪漫喔！」

「滿意了嗎？」韓杰臭著臉伸出手。

「勉勉強強啦……」顏芯愛終於將紙條交給他，心滿意足地回去幫他打電話。

韓杰望著紙條上的地址，戴上外套帽子，走遠。

拾柒

「王智漢，你是不是在看我的腳？」許淑美問。
「沒有呀。」王智漢搖搖頭。
「眞的嗎？」
「眞的。」
王智漢揹著扭傷腳踝的許淑美，隨著太陽一同下山。
開學前，兩人第一次約會，選定了一處市郊山區，因爲許淑美想拍夕陽，兩人沿著步道往山上走。許淑美還沒抵達預定地點就扭傷了腳踝，倔強的她不想放棄，硬是咬牙撐著拍完夕陽，吃了頓野餐，這才發現自己的腳已經腫得走不動了。
王智漢揹她下山，不時盯著她腫脹的腳踝。
「我還是覺得你在看我的腳。」許淑美脫去了扭傷腳踝的鞋襪，讓王智漢揹著，總覺得他一直盯著自己的腳瞧。「我的腳現在醜死了，你不要看。」
「不會醜，很美啊。」
「哪裡美了，跟豬腳一樣。」
「豬腳很美呀。」王智漢說：「而且很好吃……嗯，妳的腳應該也很好吃……」

「你又知道?你吃過嗎?」

「可以吃看看嗎?」

「當然不行。」

兩人有一搭沒一搭亂聊起彼此爺爺奶奶老家燉的豬腳口味差異。王智漢在這年紀，身體裡彷彿鑲裝了核融合動力裝置，有用不完的體力，不但揹著許淑美，還揹著她的相機和兩人隨身行囊，仍穩穩走下山，即便回到市區，也不放下她，而是繼續揹著她找能夠治療跌打損傷的國術館或骨科診所。

「放我下來，大家都在看。」許淑美見到路人眼光，有些不好意思。「你扶著我走就行了。」

「不要。」王智漢搖搖頭。「我想一直揹著妳。」

「大家都在看我的豬腳。」許淑美揪著王智漢耳朵說。「快放我下來。」

「妳的豬腳又美又好吃，讓人家看看會怎樣。」王智漢見兩個年紀相仿的男孩走過身邊，當眞盯著許淑美的腳，便得意地說：「只能看看啊，這豬腳是我的，只有我能吃。」

「你很煩耶!」許淑美大力擰轉王智漢的耳朵。

許淑美站在廢棄公寓地下室裡，盯著牆上鐵鍊、滿地血跡和糞便痕跡。

手裡托著一件破爛外套。

王智漢的外套。

大批員警在整棟公寓及鄰近公寓來回搜索——清晨時分，警方終於查出賴琨藏匿在這山區一處廢棄公寓群裡，跟蹤賴琨小弟一路上山的刑警深怕打草驚蛇，遠遠盯著目標地，將消息回報給專案小組，大批警力半小時內浩浩蕩蕩包抄上山，但攻進老公寓中，裡頭卻一個人也沒有。

在遠處盯梢等支援警力到來的年輕刑警急得聲稱自己從頭盯到尾，當眞看到公寓露出燈光，且沒有人從公寓離開。

警方從滿地食物包裝、日用雜物和火鍋研判賴琨一夥人不久前才轉移陣地。

「混蛋、混蛋！跟老鼠一樣會跑！」王劍霆暴怒捶牆。

王書語紅著眼眶攙著全身發軟的許淑美，許淑美托著王智漢那又髒又臭的染血外套，眼淚滴答滴在外套上。

「王智漢，我好希望……聽你再叫我豬腳……」

□

「我上去之後，會立刻付錢給你。」韓杰向「寶來屋」店長深深一鞠躬。

「不急。」店長笑咪咪地還禮。「剛剛我跟歸爺打過招呼了，他要我全力支援你。」他說到這裡，又遞上一張名片給韓杰。

那是寶來屋老闆小歸的名片，上頭有小歸陰間和陽世的電話。

「謝謝。」韓杰收起名片，再次鞠躬，揹上大背包，牽著一輛中古腳踏車步出寶來屋，檢視起背包中滿滿道具——

有一把大尺寸電擊槍和三盒電擊彈、兩支電擊甩棍、兩副電擊指虎、一袋煙霧彈、幾枚閃光手榴彈和一支陰間手機。

他將特製sim卡裝入手機，打給王書語。

「什麼？有警察盯著小弟進去，攻堅時卻半個人也沒有？」韓杰聽王書語哽咽說完情況，問：「在什麼地方？」

他記下地址，跨上腳踏車，往對應著陽世廢棄公寓群的陰間山區騎去——

在陰間，道行高的鬼飛得快、道行低的鬼飛得慢，但不論飛快飛慢，飛久了總會累，因此也需要交通工具。

韓杰騎著陰間腳踏車，同時以香灰施法提升自己魂身氣力，卯足了勁踩踏板。起初他照著陽世習慣循著路騎，跟著他開始直接騎上牆，在屋頂飛躍。

他只花了幾十分鐘，便來到對應陽世的廢棄公寓群。

他張望一陣，大膽騎近，將車停在樓房旁，抽出甩棍、戴上指虎、捏著香灰爬牆進樓，跟著，他發現其中一棟樓連續幾層單位中的廁所，浴缸都濕濡濡的，像剛放過水。

他接連巡了幾棟樓，卻一個人、一隻鬼也沒碰著。

他沾了點缸內水漬在鼻端嗅了嗅，又打了通電話給王書語。

「我現在人在妳說的樓房裡——陰間的。」韓杰說：「浴缸裡有『黃泉湯』的痕跡，六月山一案，那些傢伙就是用黃泉湯送妳下陰間——賴琨有陰間幫手幫忙，可以隨時開鬼門躲下來；妳要王仔同事找找廁所，看廁所有沒有作法痕跡，浴缸有沒有放過水的痕跡。另外再跟王仔同事說，下次收到消息，先別打草驚蛇，想辦法通知我，如果我在陰間，會立刻趕到，如果我不在陰間，也會通知劉俊毅，一定要上下夾攻才能抓到他們。」

韓杰說完，立刻返回陰間的東風市場，將那包陰間裝備分藏入馬桶水箱和家中各處。然後躺進浴缸，返回陽世的東風市場，返回自己肉身。

他從浴缸站起，此時陽世已是早上，一身副作用已退散八成。

他穿衣吃早餐，發現自己陽世手機上多了十幾封陌生簡訊和一則語音訊息。

全是王小明傳來的——

韓大哥，我收到你燒給我的手機了！

韓大哥，錢也收到了，我們分了一點給牛頭馬面大哥大姊，他們帶大家去宿舍，應該是大輪迴殿沒錯吧！

要輪迴了好開心，希望來生不要再當肥宅了，我要當大帥哥，最好比你更帥嘻嘻。

韓大哥……我們來到的地方跟你說的不一樣……這裡不像是大輪迴殿呀。

韓大哥，牛頭馬面把你們燒來的錢全拿走了。

他們把我們關在牢裡不讓我們出去，乾奶奶抗議結果被打得好慘……

韓杰見到王小明一封封簡訊從興奮期待變成驚恐害怕，心中隱隱感到不妙，他點開最後一則語音訊息。

「韓大哥，你在哪裡？我好害怕，大家都好害怕……」王小明壓低了聲音錄製這段語音。「情況不太妙，我們沒看到自己的人間記錄、也沒人來審我們，他們說會找個良辰吉日直接送我們進地獄服刑……爲什麼會這樣？韓大哥……你會來救我們嗎？啊呀……手機快沒電了，原來陰間的手機也要充電……你沒燒充電器給我呀！而且牢房裡根本沒有插座……怎麼辦？啊呀陰差過來了！」

語音訊息到此爲止，韓杰聽完一時也無計可施。先前他從那些上來拘人的牛頭馬面眼中看到詭詐眼神，只當陰差或許藉機刁難老鄰居，或是強搶他們冥錢，才燒了支手機給王小明追蹤情況，卻沒料到陰差竟毫不掩飾地將上百個老鄰居扣押，不送閻羅殿審理，而是擇日直接送往地獄。

「所有跟我有關的人，你們通通不放過？」韓杰碎罵一陣，又撥了通電話下去給城隍俊毅，說明東風市場老鄰居們可能遭受誣陷和囚禁一事。

俊毅說他無權大舉搜索其他城隍轄區，一旦打草驚蛇，反而會逼得那些牛頭馬面不得不「滅證」；俊毅表示會派人暗中調查，一有消息會立刻通知他。

韓杰結束通話後不久便收到了夜鴉約戰訊息。

時間同樣是傍晚六點。

地點是處廢棄校舍。

□

晚上七點十九分，韓杰喘著氣、躬著身，在校舍頂樓與身披漆黑大衣的夜鴉對峙。

韓杰挺著歪歪扭扭的鐵鏽火尖槍，槍上、身上都攀著火龍。

夜鴉那身漆黑大衣又變得和昨晚一樣破破爛爛，手中那柄古怪狀似割草機的長柄武器，喀啦啦地旋轉卡頓、運轉不順——在劈爛幾條火龍後，似乎被火龍炸出的鐵屑卡著了轉軸。

「啊呀，壞啦？」夜鴉又按幾下按鈕，哼地扔下武器，見韓杰舉槍要殺來，抖開大衣，化成黑翼高躍上空，說：「我武器造得不好，明天再打。」

「等等！」韓杰見他要走，著急大吼：「你們到底想幹嘛？不是說好了針對我嗎？別對我身邊的人動手！混蛋！」

「我也說啦。」夜鴉嘻嘻笑地說：「底下要對付你的人這麼多，我只能管好我的人，其他人要怎麼做，你對我抱怨也沒用，誰教你得罪這麼多人，現在大家一個個上來討債了。」

「混蛋，你他媽別走！」韓杰暴怒追上，奮力擲出火龍和火尖槍，卻也無法阻止夜鴉飛遠。

他喘著氣，滅了那些吐出遮天雲的鬼臉塗鴉之後蹣跚下樓。

他五點半就來到廢棄校舍，和昨晚一樣，六點一到遮天雲漫起、鬼門大開。

他先擊退了鬼校工和鬼警衛，沿路打鬼封門，接連擊退幾班鬼學生和鬼老師，又擊斃鬼校長、鬼主任和鬼教官，最後登上頂樓，與炫耀新武器兼看守最後一道鬼門的夜鴉大戰。

夜鴉新武器威力更勝昨日電鑽，但終究剛入手，不如韓杰火尖槍耍得熟練，加上他昨晚被火龍燒過，心有餘悸，今日一見韓杰放出火龍便失去興致，隨便亂打，打壞武器便不玩了。

韓杰莫可奈何，只能死撐著身子在副作用效力攀上頂峰之際，返回東風市場家中，躺進浴缸，泡回蓮藕水中，再次痛暈到陰間。

他在陰間的浴缸水中發愣半晌，翻身出浴缸，以香灰化出衣服，打開馬桶水箱蓋子，取出尪仔標等武器裝備，出房扛著腳踏車下樓。

拾捌

深夜時分郊區一處山林中，隱隱迴盪著痛苦呻吟。

賴琨一群人圍成了個圈，圈圈中有兩人，一人是戴著塗鴉眼睛面具的王智漢，另一人是個遍體鱗傷的中年男人。

王智漢手上拿著一把染血鐵鎚。

中年男人一雙胳臂、雙掌上有好幾處粉碎性骨折，幾根手指斷骨都穿出了皮肉。他嘴裡塞著毛巾、嘴上纏著膠帶，好幾次蠕動身體爬到賴琨面前，含糊不清地說他一定會還錢，卻仍被賴琨身邊小弟踢回圈圈裡。

「你之前說沒錢還，被敲幾鎚突然又有錢還了。」小弟嘻嘻笑地又將男人踢回王智漢身邊。「再多敲幾下，說不定會變成大富翁喔。」

「孟學。」賴琨對王智漢下令。「把他腿也砸了，省得像條蟲一樣爬來爬去看了噁心。」

王智漢點點頭，拉起中年男人一腳，舉鐵鎚搥他膝蓋。

男人的哀號漫長地迴盪在山林四周，有些年紀較輕的小弟忍不住吐了——跟著賴琨做事，時常可親眼目睹如同恐怖片般的情景。

王智漢每一次落鎚，面罩上兩隻眼睛都閃閃發亮。

嘴角也微微揚起，口中一顆顆利齒變得更紅。

又過了不知多久，中年男人終於一動也不動，賴琨招了招手，要小弟將中年男人埋進事先挖好的坑中。

跟著，賴琨等人分乘兩輛廂型車，行駛數十分鐘，來到一處公寓底下，先開大門，上樓，再開住戶鐵門，進屋。

鑰匙是欠債男主人向賴琨借錢時便一齊交出的備用鑰匙。

不知情的女主人被賴琨手下從床上摀著嘴拖下時，還完全搞不清楚狀況。

跟著，手下從另一間房又拉出個國中女孩，他們拉下窗簾、關緊門窗，將這對驚恐至極的母女堵了嘴綁在客廳，告訴她們，男主人向他們借錢，他們是來討債的。

女人嚇得渾身顫抖，激動哭著想講些什麼，賴琨對小弟使了個眼色，小弟遞上紙筆讓她以筆代口。

他欠多少？我會還錢，別傷害我們母女……

女人哭著寫下這行字。

賴琨笑咪咪地將那張紙揉成一團扔了，一面指揮小弟將女人胳臂按上冰冷廳桌，然後讓王智漢在女人面前坐下，要他對女人動鎚。

磅、磅——

巨大的鎚擊聲規律地自客廳響起，母女倆墜入活生生的地獄。

兩個小弟從廁所走出，對賴琨說：「琨哥，這廁所沒浴缸……」

「什麼……」賴琨跟去看，見廁所只有淋浴設備，沒有浴缸，他瞧了幾眼，伸手指著排水孔和門欄。「看到那個洞沒有，堵死它，然後擋著門，不也一樣，動動你們的豬腦！」

「是……是……」小弟們立刻用膠帶、毛巾等堵死排水孔，再搬了張小櫃橫擋在門前，用衣物堵著縫，在廁所裡放水倒藥點香布陣，打造黃泉湯入口。

磅、磅——

樓下鄰居因這陣怪異巨響上門按電鈴關切，但賴琨等人進屋前便將所有門窗全上了鎖，此時置之不理。

磅！女人第二次暈死，然後第二次被冷水澆醒。

女孩也嚇暈之後又被淋醒，她全然無法理解爲什麼自家會變成地獄。

女人雙手被砸爛了，兩個壓著她的小弟試圖將她的腳拉上桌。

「行了。」賴琨上前從王智漢手中接過鐵鎚，磅地往女人腦袋一鎚，拋下鐵鎚，揚手指了指國中女孩。「換小的了。」

女人癱軟倒地。

女孩嚇得暈死，又被小弟拍臉搖醒。

「脫光她衣服、強姦她。」賴琨對著王智漢下令。「再掐死她。」

「喔……」王智漢點點頭，走到女孩身前，動手扯她衣服。

女孩驚駭蹬腳反抗，卻被小弟們牢牢按著。

小弟們幫忙王智漢扯下女孩衣服，不時這兒偷摸一把，那兒偷捏一下，興奮地說：「琨哥，這種事讓我們來就行啦。」「幹嘛便宜這老傢伙？」

「那些魔王老大們想讓王仔代替吳孟學下地獄，要我們幫他多累積點『業績』。」賴琨嘖嘖地說：「你們搶王仔業績，小心被底下那些大哥們揪下去陪王仔一起蹲油鍋啊？」

「呃……」小弟們聽賴琨這麼說，這才打消和王智漢爭搶國中女孩的念頭，只「老老實實」地幫忙撕衣扯褲。

「呀——」

本來一動也不動的女人不知哪來的力氣，突地撲上王智漢後背，用爛糟糟的右手緊緊勒住他頸子、用爛糟糟的左手將嘴上膠帶扯開大半，在他耳邊怒吼。「別碰我女兒——」

「哇，這女人怎麼沒死？」小弟們驚慌之餘，紛紛上前揪住她，將她從王智漢背上扯下，扔在地上一陣亂踢。

「啊、啊！她咬我！」一個小弟收腿收得慢，被女人抱著腿狠狠咬著大腿，死也不鬆口。

王智漢呆立在原地，面罩上兩隻塗鴉眼睛露出茫然神情。

像是對自己今晚所作所爲開始產生質疑。

「女兒別怕，做媽的跟這些畜生拚了！」女人咬崩了一顆門牙、咬開了小弟牛仔褲，咬下他一塊大腿肉，吐掉，突然尖叫。「救命啊，有人要殺我母女倆……」

磅！另一個小弟一腳踹在她嘴上。

「裡面發生什麼事?」「阿花、阿花!」「快報警!」被屋內騷動引聚到門外的鄰居越來越多，有的敲門、有的喊人、有的打電話報警。

「動作快，快快快!」賴琨伸手在王智漢腦袋上重重一拍。「快強姦她，然後掐死她!」

「……」王智漢走近女孩，愣愣望著她，面罩上兩隻眼睛呆滯茫然。

「快點!怎麼不聽話呀王仔?」賴琨又拍了王智漢腦袋一巴掌。

王智漢身子陡然一震，緩緩回頭，望著賴琨。「王仔?」

「呃……」賴琨連忙改口。「不是叫你，你是孟學，吳孟學!快強姦她，再掐死她……」

「王仔……是誰?」王智漢歪頭問，好像對這外號十分熟悉。「爲什麼要我做這些……」

「你管他是誰!快照我的命令做!掐死她!」賴琨大吼，突然從口袋掏出一個怪異鈴鐺，大力搖晃起來。「孟學，吳孟學，聽老師的話——」

王智漢身子晃了晃，面罩上兩隻眼睛先是昏昏欲睡，跟著再次大睜，如同重新開機，乖乖按照賴琨命令，在女孩面前蹲下，雙手掐上女孩頸子，勒緊。

「開門、開門!」「警察要來了!」鄰居們大力拍門。

捱了好一陣腳踏的女主人伏在地上，已經死去。

浴室前兩個小弟朝客廳大喊:「琨哥，黃泉湯沒問題了!」

「嘶——」女孩雙眼大睜，怨恨盯著緊掐著她的王智漢。

王智漢像是被女孩的目光穿透了心，雙手力道時輕時重，腦袋又混亂起來。

「你沒吃飯?力氣這麼小?」賴琨繼續搖鈴，在王智漢耳邊大吼:「用點力啊!」

王智漢顫抖起來，面罩上兩隻眼睛不停轉動，光芒忽明忽滅，像是不停陷入錯亂之後再重開機。

客廳燈光激烈閃爍起來，異風亂吹，兩個小弟身子一顫，開口大喊：「賴琨，有敵人！」

那小弟沒說完，第三、第四個小弟身子又一抖，雙雙揮拳將開口說話的小弟擊倒在地。

「怎麼回事？」賴琨等人一陣騷動，只見客廳一隻隻鬼影飛來竄去，一下子這個小弟自打耳光，一下子那個小弟揮拳打人，他還沒搞清楚狀況，眼前突然一陣花白，有個人影迎面往他胸口撞來——

卻又哎喲一聲，反彈摔倒在地。

人影倏地站起，惡狠狠地瞪著賴琨。

「張曉武！」賴琨瞪大眼睛，發現站在眼前的竟是張曉武，這才醒悟多年仇家來找他麻煩了。

「癩皮狗，總算找到你了！」張曉武暴怒大喝，見四周惡鬼要來揪他胳臂，倏地遁地逃下樓，再從另一側鑽出，扔了枚閃光手榴彈炸退群鬼。

這些惡鬼都是陰間的幫派春花幫的手下，被年長青借調上來聽從夜鴉命令，協助賴琨行動。

惡鬼們先前駐守在廢棄公寓群外把風，一見大批警察悄悄攻山，立刻通知賴琨，讓他從陽世黃泉湯入口遁入陰間，神不知鬼不覺地轉移陣地。

「王仔，是你嗎？」張曉武大喝，倏地又遁進一名小弟身中，轟隆用頭錘撞倒另一名小弟，再次往賴琨後背撲去，然後再被彈開——賴琨身上戴著嚴防惡鬼附身的護身符。

「笨蛋，夜鴉哥不是有給你們符，通通拿出來戴上！」賴琨見到小弟們跳腳亂竄，被躲在地板下的小歸抓他們腳，氣憤大罵。

「開門、開門！」獲報趕來的員警在鐵門外大力拍門，同時喀啦啦地試圖開鎖。「裡面在幹嘛？」

「王仔、王仔——」張曉武被春花幫惡鬼糾纏，只能不時拋出閃光手榴彈退鬼，但小弟紛紛戴上護身符，無法上身，他只好竄出地板，往自己頸上猛注一管擬人針，扛起小茶几就朝賴琨砸去，和幾個小弟扭打起來，一面朝著王智漢大吼：「王仔，是不是你！王智漢！市刑大小隊長王智漢！」

「市刑大……小隊長……王智漢？」王智漢呆愣站著，凝望被好幾個小弟壓著亂打的張曉武，腦袋再次混亂起來。「誰是王智漢？」

「是你——」張曉武大吼。

「來不及了，先走！」賴琨見王智漢混亂情況加重，外頭警察就要破門，急急下令撤退。

惡鬼一隻隻竄出壓制張曉武、追擊小歸，賴琨領著小弟簇擁王智漢往廁所退，一個個躍進廁所那褐黑水中，逃入陰間。

警方終於破門的同時，最後一名小弟也跳入黃泉湯裡。

惡鬼們紛紛鬆手散遠，張曉武怒吼蹦起，奔到女孩身邊蹲下檢視，見她還有一絲氣息，便起身往廁所追，跨過擋水的矮櫃跳進水裡，卻什麼也沒發生——

賴琨等人一遁入陰間，立時封閉了黃泉湯入口。

「怎麼回事？」大批警察攻入客廳，見到伏地慘死的女人和暈厥的女孩，不禁駭然，他們聽到廁所有動靜，急急查看，廁所裡卻除了積了一地怪水，什麼也沒有。

小歸在警察奔近廁所前，搶先一步替張曉武注射了解除擬人針的藥劑，讓他恢復鬼身遁地離開。

「這……」大批警察本來在外頭也聽見了滿屋男人吼叫，進來卻找不到除了那對可憐母女以外任何一個人，可也驚慌困惑，一下子手足無措、不知如何是好。

拾玖

「全下來了？」賴琨扠著腰，左右環視眾小弟。「沒把人忘在上頭吧？」

「我們八個加上琨哥跟王……孟學哥，剛剛好十個。」小弟們彼此數著每個人。

「走吧……」賴琨瞪了王智漢一眼，見他仍呆立不動，伸手又要打他，但瞥見他面罩上那雙詭異塗鴉眼睛盯著自己，不知怎地又有些膽怯，搖搖鈴鐺說：「孟學，乖，跟老師走啦……」

眾人魚貫下樓，走上陰間大街，幾個小弟見迎面而來的陰間住民，不但不避，甚至故意在擦身而過時頂肩伸肘，將那些陰間住民撞開老遠；他們在陽世橫行霸道，來到陰間更有過之而無不及——他們知道陽世肉身來到陰間有如穿戴上動力盔甲，銅皮鐵骨、力大無窮，再加上他們此時替第六天魔王做事，年長青、春花幫、幾個閻王、十幾路城隍全和他們站在同一陣線。

他們覺得自己彷彿成了古代帝國禁軍或是貴族般高人一等。

他們來到某條街上等了幾分鐘，兩輛廂型車駛到他們身旁停下，接賴琨等人上車——這些接應的人馬也是春花幫幫眾。

「怎沒見夜鴉？」廂型車駕駛隨口問。

「夜鴉哥忙著對付韓杰。」賴琨答：「我也急著等他聯絡……」他指指王智漢。「這傢伙出了點問題，不聽話。」

「那現在去哪兒？」駕駛問。

「嗯……」賴琨取出手機，檢視記事檔案，報了個陽世地址出來。「還有幾個人可以討債，先去這吧。」

駕駛設定導航，將陽世地址轉換成陰間路名，然後開車。

兩輛廂型車駛動沒多久，車尾有個小弟突然啊呀一聲，說：「琨哥，後面有狀況。」

眾人回頭望去，只見一輛黑頭車越追越近，車頂上還閃著陰差警示燈。

一支骷髏警棍自窗伸出，指指廂型車、搖了幾圈。

「什麼意思？」賴琨不解。

「他要我們停車。」春花幫駕駛答。

「要停嗎？」賴琨問。

「……」駕駛用手機撥了通電話報告這頭狀況，結束後，踩足了油門加速駛遠。

兩輛廂型車一下子拉開與黑車的距離，但黑車也立即加速追來，副駕駛座探出顆馬頭，持著對講機氣急敗壞地大叫：「前面的車給我停下！」

馬面是顏芯愛——俊毅接到張曉武通報賴琨等人經黃泉湯走陰間躲避陽世警察追捕，第一時間派人追來。

兩輛廂型車駕駛技術都好，後車緊貼前車，像是火車前後車廂般先後轉入一條窄巷。

黑車也追入窄巷，顏芯愛從天窗探出身來，扛出一管火箭筒模樣的器具。

「哇！那是什麼？」車尾小弟見狀嚇得大叫。「那個馬面要向我們射火箭？不是說底下陰差都跟我們一夥嗎？」

「就是有些不合群的傢伙硬要跟大家作對。」駕駛不停瞥視後照鏡瞧著顏芯愛肩上的火箭筒，哼哼一笑。

「我數到三，再不停車我就……」顏芯愛見前方就是巷口，眼看廂型車就要再轉出巷，索性數都不數，直接扣下扳機。

轟隆一聲，那火箭筒中射出的不是火箭，而是拖著鎖鍊的一副巨大骨爪，啪啦一聲牢牢抓著廂型車後側車頂。

「抓到了抓到了！」顏芯愛尖叫，下令減速，同時將骨爪火箭筒裝上黑車車頂溝槽，使火箭筒與車身相扣，跟著按下火箭筒上開關，像是釣上大魚般讓骨爪鎖鍊開始旋收。

「她用爪子抓住我們的車！」賴琨這車小弟們感到車身一震，開始減速，紛紛嚇得大叫起來。

駕駛將油門踩到底，硬拖著黑車轉出窄巷，想和顏芯愛的座車比拚馬力，但顏芯愛突然又按開關，讓骨爪鬆手——

賴琨整輛車陡然往前疾衝，轟隆追撞上前方那輛載著五個小弟的廂型車，撞得前車失控，廂型車斜斜衝向十字路口轉角店家的三角窗，一輛撞進店裡、一輛卡在店外。

「活該，叫你停死不停！」顏芯愛歡呼一聲，指揮黑車加速追上。

一聲尖銳喇叭響起，又一輛陰差黑車自十字路口橫道疾衝而出，直直撞上顏芯愛的車，將她所乘黑車硬生生撞翻。

「怎麼……回事？」顏芯愛掙扎爬出車，搖搖晃晃地救援車內夥伴，那輛橫道衝出的黑車也下來幾個陰差，摀臂撫額哀嚎大罵顏芯愛這車不守交通規矩。

「我們……開了警笛抓人，你們沒聽見嗎？」顏芯愛眼冒金星將夥伴拖出，前方兩輛廂型車一輛已經轉向駛遠，另一輛剛倒車退出店家準備加速逃離。

顏芯愛急得抽出甩棍要去逮人，卻被開車衝撞他們的陰差揪著，要追究撞車事故責任。

「你們……」顏芯愛陡然會意。「你們是一夥的。」

□

「都沒事吧。」賴琨揉揉額頭，看看幾個小弟，大夥你望望我、我望望你，都笑了起來。「活人在陰間眞的刀槍不入耶。」「我還以爲死定了，結果連皮都沒破。」大夥兒轟笑回頭望著離他們越來越遠的顏芯愛等人。車子一路往前，突然又見前方路口飆出一道人影。

那人騎著腳踏車，兩個車輪外騰浮貼附著一雙火輪——

韓杰本來試圖找出王小明等東風市場老鄰居，接到寶來屋老闆小歸電話通知，全速殺來攔人。

「是他！」賴琨急急吩咐駕駛全力擺脫韓杰。

韓杰奮力踩輪，附上風火輪的腳踏車速快得不輸油門催到底的重型機車，轉眼追到廂型車後方拉起龍頭高高躍起，在空中棄車躍下，風火輪離車貼上他雙腿，轟隆落在車頂。

「椅子下有槍，找出來射他。」駕駛說。

賴琨等人紛紛探手往椅下摸，摸出幾把鬼牙槍，磅磅硠硠往車頂開槍。

一陣彈雨之後，再無動靜。

突然一道鐵鏽紅綾甩破車窗，竄進窗裡四面亂捲，纏上椅背、窗柱。

轟隆一聲巨響，整輛車陡然停下。

所有人往駕駛座方向飛撞，賴琨五人從前座擋風玻璃飛彈出車，摔了個滿地打滾。

駕駛沒有肉身，整個被擠爛在前座——但他本便是鬼，身子爛成一團，還噫噫呀呀地蠕動掙扎求救。

賴琨等人雖是陽世活人，但煞車時他們身子互撞，肉身撞著肉身可也受傷不輕，搖搖晃晃好半天也站不起身。

他們見纏著車身的混天綾另一端牢牢捲著電線桿，這才明白剛剛那急煞是怎麼一回事。

韓杰收回混天綾、抖開甩棍，往前走了兩步，赫然發現人群中的王智漢，愕然驚叫：「王仔！眞是你？」

「……」王智漢有些困惑，不明白爲何接連有人這麼喊他。

賴琨搖著鈴，喝令王智漢後退，前方本來駛遠的另一輛廂型車又繞了回來，另外五個小弟奔下幫忙，拉著負傷夥伴後退。

「等等……」賴琨見韓杰大步走來，急急對眾小弟下令。「還不快上！」

「可是……」這批小弟雖然沒被韓杰揍過，但他們知道這傢伙要陰間多路人馬布下天羅地網對付，自然是厲害得不得了，即便賴琨下令，一時也沒人敢上前打他。

「王仔，你怎麼了？」韓杰大步往王智漢奔去，轉眼奔到他身後，一把按住他的肩，將他拉得面向自己；他見到王智漢臉上面罩，錯愕驚問：「這是什麼？」他自然得不到回答，便朝賴琨怒吼：「你們對王仔做了什麼？」

「孟學！打他！」賴琨猛一搖鈴，厲聲大吼。「他就是韓杰！」

「什麼？」韓杰正錯愕間，胸口便捱了王智漢一拳。

這一拳，令韓杰如脫線風箏般飛騰上半空，然後重重摔砸在地上。

「大家看見了沒！」賴琨激動歡呼，對著小弟大吼。「他用魂身下來，我們有肉身，他的法寶不傷凡人，我們用拳頭就能打爛他，快給我上！宰了他──」

眾小弟還在猶豫，王智漢已經舉著拳頭大步奔向韓杰。「韓杰！」

「王仔……」韓杰踩著風火輪高高躍起，避開王智漢暴衝一拳，揮動混天綾捲倒幾個小弟，持著甩棍上前一陣亂打──

將甩棍打得彎折，連放電功能都還沒使出就壞了。

但幾個小弟像是被水管抽著般痛歸痛，卻沒受傷，他們手腳雖被混天綾束縛，但掙扎還擊時揮出的拳頭仍讓韓杰難以招架。

韓杰制伏不了王智漢，也傷不著小弟，見賴琨在後頭下令，靈機一動，朝他飛竄奔去。

和張曉武一樣，轟地彈開老遠。

「你們用一樣的招！」賴琨哈哈大笑，大力拍著胸口。「摩羅王親賜的擋鬼令，厲害吧。」

「媽的……」韓杰羞惱起身，這十餘年來，曾有無數惡鬼想上他身卻被火血燙退，這次卻恰恰相反──他要以魂身上凡人身卻吃了癟。

他踩著風火輪左右亂竄，想隨便附上個小弟身體，便能用拳頭打扁這些人，但這些小弟已全戴上護身符，韓杰降鬼伏魔的經驗多不勝數，當鬼附身的經驗卻寥寥無幾，亂撞一陣，被小弟身上的護身符彈得眼冒金星，突然胳臂一疼，被王智漢牢牢抓住，迎面又是一拳。

韓杰只覺得三魂七魄似乎都被打飛一半，眼見第二拳又要轟至，他突然注意到王智漢胸口並無護身符術力，唰地矮身閃過這拳，往胸口撞去。

附上了王智漢的身。

「什麼！」賴琨等人見韓杰消失，兩個風火輪轉而附上王智漢雙腿，一時不知所措──韓杰得到肉身，光用拳頭就能打死他們。

但下一刻，他們見到眼前那被韓杰附體的王智漢，雙手抱頭跪倒在地，痛苦哀號起來。

「這是什麼？這人又是誰？你們……你們想幹什麼？」

韓杰發出痛苦哀號，魂魄自王智漢身子飛彈而出，摀著腦袋滾倒在地掙扎。

「他怎麼了？」「被孟學的記憶嚇得彈出來了？」賴琨等人見他模樣古怪，雖然不明白他見到了什麼，但知道肯定不是好事，大夥兒在賴琨命令下，再次衝向韓杰。

「你們……你們到底想幹什麼?」韓杰掙扎起身,喊回風火輪。他腦袋暈眩劇痛、眼前景象錯亂閃爍,情急下只能甩動混天綾抵擋眾人追打。

混戰中槍聲乍響,韓杰肩頭上多了枚黑孔。

有個小弟從車裡翻出了鬼牙槍對他開槍。

韓杰揚開混天綾企圖擋下後續槍擊,但鐵鏽混天綾難以控制,接連疏漏。

他身中數槍,急催風火輪躍過人群,竄逃進暗巷。

他在暗巷裡狼狽竄逃,腦袋持續閃動著一幕幕古怪鬼影——

那是他在附進王智漢身中時所見影像。

那並非王智漢的記憶,而是另一個人的記憶。

他在王智漢身子裡、在那人的記憶中,見到了自己——在東風市場樓頂流乾了血、被挖空內臟的自己。

這一幕幕畫面,是他曾經交手過的惡徒記憶。

「爲什麼我會在王仔腦袋裡……見到那傢伙見過的東西?」韓杰摀著肋下槍傷,聽見賴琨等人越追越近,只得加快腳步奔逃。

他在曲折暗巷奔逃好一陣,躲入一條更隱密的小巷,將身子藏在雜物箱後頭,倚著牆喘氣歇息,隨意一瞥,看到了前頭牆面幾張傳單上的放大照片,竟然是自己。

他愕然起身湊近去看,那些傳單是自己的懸賞告示。

不論是誰,抓到這人,摩羅大王會很樂意交你這個朋友。

底下還有一串冥幣數字，第一個數字後頭的「零」，數量多到韓杰都懶得數，他惱火地撕下那些傳單，突然感到四周鬼氣逼近。

小巷兩端各自有批惡鬼殺入，人人手上都抄著刀械，其中幾個手中捏著的正是韓杰的懸賞告示。

「我操你們個鳥蛋……」韓杰怒罵一聲，踩著風火輪往牆上奔，剛要竄上樓頂，風火輪再次卡住，被飛撲起來的惡鬼們拖回巷中斬了幾刀，只得跟惡鬼們近身纏鬥起來。

韓杰用混天綾纏身護體擋刀，不停出腿用風火輪亂踹，磅地腹部又中一槍——

惡鬼之中，也有持鬼牙槍的。

眾鬼見韓杰中槍倒地，一擁而上，突然見他翻身張口吐火。

狹窄暗巷中登時燒成一片火海。

九條火龍四處竄繞，還循牆往上爬，將埋伏在樓頂的惡鬼也扒咬下地，燒成一團。

韓杰在火龍掩護下，狼狽竄出小巷逃遠。

貳拾

陽世，東風市場。

外頭下著滂沱大雨。

韓杰睜開了眼睛，費勁翻出浴缸，摔倒在地上。

他掙扎站起，身子輕飄飄的，腳步有些虛浮——他在陰間捱了好幾記鬼牙槍、被砍了好幾刀，魂魄受傷不輕。

他搖搖晃晃走出廁所，見室內漆黑，感到有些不妙，看了看時間，晚上八點，桌上還壓著王書語留下的字條和餐點。

手機上除了小歸、王書語的簡訊，還有一則夜鴉約戰訊息。

他在陰間爲了搶救王智漢，額外多用了幾片尪仔標，延長陽世肉身副作用時間，加上捱了幾記鬼牙槍，昏昏沉沉躲藏許久，遁回陽世昏睡不醒。

他咬牙穿衣，帶齊尪仔標奔衝下樓——他前兩晚與夜鴉大戰後，都是踩風火輪回東風市場，機車還留在廢棄校舍外。此時他已超時，只好硬著頭皮又用一片風火輪，全速趕往第三晚的指定地點。

在一處河濱橋下。

他手持火尖槍、臂掛混天綾、腳踏風火輪，強忍著尚未完全消退的副作用，以及剛生效的新副作用，在冬夜大雨中惡戰河裡爬出的水鬼群。

夜鴉一身漆黑大衣沒沾上半點雨水，蹲在橋上觀戰，不時托著手中古怪武器遠遠對韓杰開槍射擊——今晚他那把專屬武器是一支長柄電鑽，這玩意兒乍看下就像是長戟和狙擊槍雜交出來的怪胎，「戟頭」是大號鑽頭，可鑽、可刺甚至可以透過扳機擊發射出。

韓杰腿上釘著一枚巨大黑螺絲苦戰水鬼，螺絲插在他腿裡，正生根鑽蝕他大腿骨肉，逼得他不得不再次發動九龍神火罩，自體內抵抗黑螺絲。

數條火龍竄出，絲毫不受稀里嘩啦的冷雨影響，以韓杰爲中心旋飛散開，燒咬水鬼。

夜鴉遠遠看著韓杰驅動火龍燒盡水鬼後，朝他過來，鼓動黑氣挺著長柄電鑽飛下迎戰，一面打一面說：「你剛剛遲到了。」

「遲到又怎樣？」韓杰壓抑著怒火還擊。

「遲到等於違反遊戲規則。」

「違反遊戲規則又怎樣？」

「你等會兒就知道了。」

韓杰焦躁大怒，舉著歪扭鐵鏽火尖槍橫劈亂掃，想全力宰殺夜鴉。「王仔臉上那東西是不是你裝上去的？」

「你怎麼知道？你見過他啦？」夜鴉笑嘻嘻地問。

「他臉罩上的螺絲，跟你的螺絲，同一股味兒。」

「鼻子真靈。」夜鴉說：「你沒猜錯，那老傢伙的行動也算是由我負責沒錯。」

「你對他做了什麼？」韓杰怒問。

「我給他戴面罩。」

「放屁——」韓杰狂刺猛劈，暴怒大吼：「我在他身子裡看見吳天機看過的東西，你把吳天機弄進他腦袋裡想幹嘛？」

「吳天機？他不是叫吳孟學嗎？那什麼好笑名字，是他筆名、藝名還是外號？」夜鴉哈哈笑著只守不攻——夜鴉倒沒放水，只是在暴怒的韓杰驅使暴怒的火龍全力猛攻之下，他光嚴防死守就有些透不過氣了。「那不是他的鬼魂，只是他的記憶。」

「你把吳天機的記憶弄進王仔腦袋裡想幹嘛？」

「我也不太清楚，這是他爸爸要求的。」

「他爸爸又是誰？」

「他爸爸在陰間是大律師啊。」夜鴉冷哼：「你把人家兒子弄下地獄，他想救兒子。」

「什麼？」韓杰先是一呆，跟著陡然會意，他腦袋裡還殘留著先前附體王智漢時的難受記憶——王智漢面罩上的黑螺絲彷彿已在他腦中生了根，持續將吳天機生平記憶灌注進王智漢大腦裡。

夜鴉企圖洗去王智漢的記憶，再將吳天機的記憶複製進他腦中。

要另外打造一個吳天機出來。

韓杰這麼一停頓，突然被夜鴉射來的黑螺絲戟頭插中胸口，痛苦躺倒在地，濺起一陣水花。

夜鴉笑答，見韓杰倒地，卻不敢上前追擊——夜鴉知道韓杰很會裝死再吐火突擊，還知道他能放火龍的尪仔標也不只一片，便遠遠朝他又射兩枚螺絲，被他周身火龍揮爪拍落。

「我懂了……」韓杰見騙不來夜鴉，拄著火尖槍費力掙站起身，藉著體內火龍推撐，忍痛拔出螺絲，嘔了幾口血。「閻王也幫你們、城隍也幫你們……你們想將王仔洗腦成另一個吳天機，狸貓換太子，讓王仔代吳天機下地獄。」

「這部分不是我負責，細節不清楚。」夜鴉聳聳肩。「但大致上應該是這樣沒錯……」

「為什麼是王仔？為什麼找上他？」

「這我也不知道。」夜鴉說：「這人是賴琨點名的，他們好像有仇。」

「混蛋……」韓杰喘著氣，全身愈漸沉重，附體王智漢時的迷亂暈眩未退，魂身鬼牙槍的傷也重，尪仔標新舊副作用齊發，再加上夜鴉的螺絲釘新傷，使他這身火血藕身也漸漸吃不消了。「你們這些混蛋……」他撐著火尖槍往夜鴉緩緩走去，又摸出兩片尪仔標。

「哦？」夜鴉眼尖，見韓杰緊捏著尪仔標，像是想和自己玉石俱焚，笑著後退。「你身體都快撐不住了，還想再用更多法寶？」

「多虧這場雨替我降溫。」韓杰將兩片尪仔標丟入口中嚼，恨恨地說：「等等宰了你這混蛋，會更舒服。」

「嘿嘿！跟你打架，實在很過癮！」夜鴉見他眼耳口鼻都噴出火，不禁微微有些怯意，見他走來，便繼續後退，遠遠朝他擊發螺絲。

一連數枚螺絲全讓韓杰揮槍掃倒。

下一刻，韓杰身子如同火箭般直衝夜鴉——此時他這身額外怪力來自剛剛新揉爛的兩片尪仔標，都是九龍神火罩。

三片尪仔標，共二十七隻火龍在他身子裡外繞身護體，於血中流竄，讓他每一步踏出，都像踩著彈簧般力大無窮。

「哇！這麼兇，我不玩囉！」夜鴉見韓杰殺到面前，駭然將大電鑽往地上一敲，炸出一陣黑色雲霧，雲霧裡飛繞著數十隻烏鴉和蝙蝠，飛撲韓杰狂扒亂咬。

夜鴉彷彿烏賊噴墨，一躍好遠，遁逃到了半空，雙腿卻給纏上兩條火龍，身後也追著十來條火龍，只得鼓足全力飛遠竄逃。

韓杰暴怒急踩風火輪緊追上坡，想今晚一口氣解決夜鴉，結束這日復一日的古怪約戰。

「我上天看你怎麼追！」夜鴉被火龍咬得難受，又見韓杰追近，朝他扔幾枚古怪煙幕彈；煙幕彈在韓杰周身炸開，同樣炸出一團團黑霧，霧中烏鴉、蝙蝠亂竄，甚至還嚷著罵他。「你遲到了。」「必須受罰。」「你很快會知道後果。」「明天別再遲到了知道嗎？」

「混蛋！」韓杰惱怒甩動火龍燒盡烏鴉和蝙蝠，瞥見夜鴉往市街樓宇飛去，拔腿緊追。他揚手甩出兩條火龍打上前方樓宇頂端，踩著風火輪竄上龍背，將龍背當成橋，飛衝上樓。

他在一棟棟樓房頂上飛奔，驅使火龍接力在樓宇間鋪出一條條長橋。鐵鏽火龍有時焦躁不聽命令，身子亂扭，好幾次將韓杰抖下，讓他只得甩混天綾纏著龍身盪回龍背繼續追。

前方夜鴉狂喝一聲，全身黑氣爆發，炸散幾隻死纏著他不放的火龍，似乎力氣放盡，歪歪斜斜落在街燈上虛弱喘息。數十公尺外的韓杰一鼓作氣全力追上，偏偏身上幾樣鐵鏽法寶同時鬧起彆扭，風火輪卡住、火龍扭身、混天綾也打偏了，讓他從七樓的高度斜墜下樓，情急之下只得高舉火尖槍，令其往上飛梭，藉衝力抵銷大部分墜勢，才沒手折腳斷，只摔了個眼冒金星。

他掙扎站起，街燈上的夜鴉還蹲著，只當他沒力再逃，正想再追，巷弄兩端突然衝出一個個穿著雨衣的傢伙。

這些人手裡都拿著棍棒刀械，紛紛低頭看手機，又抬頭看韓杰，像在確認韓杰長相。接著，他們二話不說，圍上韓杰就打，還有更多沒來得及比對長相的，也湊上來一起打，邊打邊問：「喂！沒打錯人吧？」「就是他？」「老大要我們打的人就是他？」

夜鴉蹲在街燈上歇息，盯著巷裡被活人流氓圍毆的韓杰狂笑，又朝他扔出幾枚煙幕彈。夜鴉這些煙幕彈只針對異能術士，圍毆韓杰的活人看不見黑煙也看不見蝙蝠烏鴉，甚至看不見街燈上的夜鴉，他們只是拿錢辦事——夜鴉飛逃路線看似隨興，但其實經過設計，路上有著活人伏兵。

韓杰被這批陽世流氓半路殺出亂毆，一下子亂了陣腳，太子爺法寶能焚妖裂魔，卻不傷凡人，頂多強化他肉身力量。他被砍了兩、三刀，捱了四、五棒，以混天綾捲著胳臂揮拳亂擊，身邊一下子躺倒一圈。

「韓杰，我要走囉。」夜鴉歇息夠了，直直站起。「你還能追就繼續追吧。但你剛剛遲到，我要處罰你。」說完，他抖開黑翅飛起，飛了一陣，見韓杰仍脫不開身，又扔來一枚煙幕彈，在韓杰身邊炸出黑霧和烏鴉蝙蝠，這才笑著飛遠。

韓杰腳下風火輪雖不時卡住，但額外增加的腳力足夠讓他一腳踢暈一個混混，他揪著兩個傢伙，抬膝撞斷他們肋骨，怒問：「誰派你們來的？」

兩個傢伙報出兩個名字，韓杰聽都沒聽過，似乎是地方小角頭。

韓杰還想逼問，聽見煙幕彈炸出的那些烏鴉蝙蝠說話，心下一驚。

烏鴉和蝙蝠們口裡說的，是一間醫院的名字和病房號碼。

「你遲到了。」「要受罰……」

□

「好啦，我一定會去吃妳喜酒的。」美娜雙手裹著紗布，笑嘻嘻地坐在病床上和一個來探病的好友說再見。

「一定喔。」好友這麼說。「到時候我介紹好男人給妳。」

「上次那個混蛋就是妳介紹的。」美娜笑罵。

「上次妳說要有錢人啊。」好友說：「這次是個老實人。」

「老實人會認識妳？」美娜大笑。「我才不信。」

「他是我哥同學，我沒做過他生意啦。」好友笑說：「雖然沒那麼有錢，但工作還算穩定，沒那麼帥，但很顧家喔……還是妳不喜歡這種？」

「這種的……」美娜苦笑。「會喜歡我嗎？」

「怎麼不會。」好友整整美娜頭髮。「重點是妳往後怎麼對人家。」她頓了一下，又說：「以前我也跟妳想的一樣，直到認識阿強……才知道過去我愛的那些人到底有多垃圾。」

「妳喜歡轟轟烈烈，就做好被燒死的心理準備；接受平平淡淡，有時可以細水長流。」姊妹替美娜整了整頭髮。

「阿琪……」美娜愣愣望著好友，說：「妳眞的跟以前不一樣了。」

「妳希望別人怎麼看妳，就盡量讓自己變成那樣的人吧。」好友這麼說。「每個人走向何方，都是自己選的，沒有人綁住我們的腳——這是阿強跟我說的，有道理吧，嘻嘻。美娜，妳喜歡過去的妳，那妳有權繼續保持；但如果妳覺得我現在的樣子也不錯，也可以試著走看看囉。」

「好。」美娜微笑點頭。「我試試看。」

好友離去之後，美娜呆愣半晌，開始把玩起手機，點入好友社群頁面看了看她和阿強的出遊照片，再翻翻舊照，發現好友早將過去的照片都刪掉了。

美娜點開自己的社群頁面，找出自己和那好友過往合照，閉起眼睛想想剛剛對方樸素的模樣，雖然不如以前艷麗，但從容許多。

似乎很幸福。

美娜覺得要是自己變成這樣也不錯，她笑咪咪地傳訊給好友，想知道那老實人更多事。

病房門推開，年輕護理師進來要替她換藥。

美娜笑呵呵地對護理師展示手機，想請她評價一下照片裡那老實人樣貌如何，但這替她換了幾天藥的護理師，神態卻與之前差異頗大。

清秀護理師此時臉色蒼白，上了一嘴黑紫色口紅，是那種雜誌名模或是變裝派對上才會出現的唇色。

護理師走到病床前，牽起美娜的手，沒有後續動作，只是靜靜凝望著她。

「怎麼了？」美娜起初有些困惑，跟著只覺得眼前護理師一雙眼睛深邃得像是銀河、像是宇宙，令她彷彿墜入夢境。

她半夢半醒間見到了好多人和好多事，有開心的，也有不開心的；有讓她激動興奮的，也有令她痛不欲生的。

像在回顧著自己的人生。

美娜嘴角上露出笑容。她際遇不佳，但總算生性樂觀，在她的人生裡，歡笑還是佔了多數時間。

韓杰似乎被歸類在歡笑的部分裡。

至少她腦袋中閃過韓杰時，都是嘻嘻笑著的。

護理師端起美娜下巴，在她唇上一吻，將深紫色唇印染上美娜的唇。

「！」美娜眼瞳登時放大然後緊縮，身子顫抖起來。有隻可惡的手，伸進了她的腦袋裡，不停地偷走東西。

將那些讓她歡笑、開心的東西一個個全部偷走了。

她的嘴角漸漸垂下，眼神漸漸黯淡，心中開心的東西都被拿走了，剩下來的，全是些令人難過的事情。

護理師一手捧著美娜臉龐，凝望著她，另一手撫摸著她的頭髮，每摸一下，美娜腦袋裡剩下來的不愉快，像汲取到巨大養分，開始長大再長大。

她呼吸急促起來，眼淚簌簌落下，護理師微微一笑，轉身離去。

美娜顫抖地自床上翻摔下地，抱著腦袋痛苦呻吟，想找回被偷走的開心事物，但她一樣也想不起來。

她哭著往窗邊爬，想開窗透氣，想趕走腦袋裡不停膨脹到彷彿要擠碎她、壓爛她的每一樣壞事情。

她打開窗，吸入滿腔冰凍空氣，覺得胸中的難過和鬱悶，終於衝破了她能容忍的界線。

韓杰氣喘吁吁地趕到醫院時，遠遠見到美娜蹲上病房四樓窗沿，一躍而下。

貳壹

「杰，撐著點，要到家了……」

王書語攙著韓杰在大雨中一步步往東風市場走，臉上淚水和雨水混淆不清。

小文在兩人上空盤旋，牠的體型已經長成成鳥，此時眼神銳利如鷹，像是偵察機般巡守四周——數十分鐘前，身心疲憊的王書語剛踏入韓杰家等他，就被小文叼起袖子往外拖，王書語直覺不妙，招了計程車要小文飛在前方帶路。

計程車司機起初見王書語坐進前座，沒說地點反而慌慌張張盯著窗外隨機指路，只當載到了個瘋婆子，接著發現原來她竟是在追著車外一隻文鳥。

總之王書語在小文帶路下趕到美娜住的醫院，找到力竭跪地的韓杰，連忙趕去帶他回家。

「這陣子……」韓杰渾身傷勢慘烈得讓他看起來像具會動的死屍，皮肉還不停冒出蒸煙。他強撐著使自己不致暈厥，喃喃說著：「妳先別跟我見面……跟我保持距離……」

「爲什麼？」王書語抹去臉上雨水淚水，抖了抖肩將韓杰身子托高些，繼續往前走。

「他們……他們打算……」韓杰虛弱地說：「把我身邊所有人……都帶走……」

「然後呢？」

「所以妳……妳……」

「我怎樣？」王書語察覺韓杰似乎連走路的力氣都漸漸沒了，便將他揹上身——韓杰人高馬大，但王書語也不矮小，除了柔道和跆拳之外，她在健身房裡的深蹲紀錄接近百公斤。

「他們把我爸整得好慘……我怎能逃跑！」

「王仔……王仔……」韓杰聽王書語這麼說，想起王智漢，急著想將他在底下所見、在河畔與夜鴉叫陣對談所知情況告訴她，但他此時虛弱恍惚，說話前言不對後語。「面具……吳天機……」

「曉武哥說他們用邪術控制我爸……」王書語揹著他回到東風市場，一階階往樓上走。

「對、對對……」韓杰喘著氣說。「是那面具！我在底下碰見王仔……他戴著面具……那不是普通的面具，那是……吳天機！」

「吳天機？」王書語聽韓杰說過這個名字。「你不是說他……他應該在地獄嗎？」

「他們……」韓杰說：「他們想要……把王仔……洗腦成吳天機，讓他頂罪……」

「什麼？」王書語驚呼，差點摔倒，連忙穩住身子。

老爺子推門出屋奔來扶住韓杰，急急問著：「怎麼回事？阿杰怎麼變成這樣？」

這幾日老爺子見韓杰肅穆準備，知道他必然遭遇苦戰，平時也打起精神留意周遭動靜，一聽見王書語呼喊，知道出事，立刻出來幫忙。

「美娜跳樓了。」韓杰無奈地說。

「什麼……」老爺子瞪大眼睛，好半晌才問：「有沒有救回來？」

「剩一口氣，還在急救……」

「是那些惡鬼幹的？」

「我不知道……」韓杰虛弱搖頭，伸手抓住老爺子胳臂說：「把這件事告訴鄰居，叫大家這幾天外出避避……你也一樣……」

「現在晚了，明天再說……」老爺子和王書語攙著韓杰返家，兩人七手八腳摘去他衣服，攙他泡進浴缸，又從冰箱翻出最後幾袋冷凍蓮藕片倒入浴缸。

「我家裡也有蓮藕，我下去拿。」老爺子急急出門下樓。

王書語疲憊地伏在浴缸旁，用手舀水往韓杰頭臉上淋，見他昏昏欲睡、皮膚不時出現新的燙傷，整個人像從滾水中撈出般淒慘，不禁又紅了眼眶，輕撫著他臉說：「神眞的看得見這世上發生了什麼事嗎？」

「神……」韓杰眼前一片模糊，感到全身疼痛逐漸遠去——他再次因爲尪仔標副作用產生的痛苦而昏迷，魂魄墜入陰間。

□

韓杰睜開眼睛。

感應到四周濃烈鬼息。

他自陰間髒黑浴缸翻身躍出，看看洗手台、搬開馬桶水箱蓋、瞧瞧垃圾桶——沒有。

他回陽世前藏在廁所各處的道具和尪仔標全不見了。

他急忙奔出廁所，夜鴉正窩躺在單人沙發上蹺著腿望他。

「又見面了。」他嘿嘿一笑，見韓杰左顧右盼，從口袋掏出兩包東西，是韓杰藏在陰間家中的香灰。「別找了，都在這裡。」

「……」夜鴉腳邊擺著一袋雜物，是他從寶來屋賒帳買來的防身道具——他在陽世甚至沒時間燒紙錢結清貨款。

韓杰望著夜鴉，冷冷地問：「剛剛就是你害美娜跳樓的？」

「不是喔。」夜鴉笑著說：「我只是親了她一下。」

「親了她一下？」

「偷走了她的快樂，人生從小到大，全部的快樂。」夜鴉說：「這是喜樂爺教我的，人心中沒有了快樂，會做出什麼事，誰也不知道；所以——我沒有要她跳樓，我只是親她一下，偷走了她的快樂，嘻嘻。」

夜鴉見韓杰低頭不語，還捏緊拳頭，便笑著說：「幹嘛？想打我？你現在只剩一雙拳頭了。」

「那你還坐著幹啥？」韓杰說：「帶我去見第六天魔王吧，他要的是我，幹嘛爲難其他人？放過他們吧。」

「別這麼急。」夜鴉指指地板。「你只有魂上來，身體還在下面。」

「你說反了。」韓杰哼了哼。「這裡才是『下面』，陽世在『上面』。」

「不是喔。」夜鴉嘿嘿笑說：「陽世和陰間就像是鏡子兩面，你站在哪邊，腳下就是另一邊——」

「我搭過幾百次陽世電梯。」韓杰說：「都是向上。」

「那是陰司老傢伙們，自賤身分的做作設計，陰間公務系統電梯通往陽世都是向上。」夜鴉說：「但我們私下開的鬼門、電梯都是向下，這才是眞實的情況。」他頓了頓，又說：「我跟那些死去之後急著投胎輪迴重新當陽世人的傻瓜不一樣，我以身爲『陰間人』爲榮。對我來說，陰間在上，陽世在下。」

「媽的跟我咬文嚼字啊！陰間也有你這種文藝青年……」韓杰覺得這番論述聽來矯作無聊。「幹嘛，第六天魔王覺得只抓到我的魂不夠，還要我的身體？」

「當然。」夜鴉點點頭。「你的陽世身體據說很難打壞，留在陽世等於留下個證據，太子爺銷假復職之後，剛好有理由下來向閻王要魂，閻王交不出來，他又有理由大吵大鬧，頂多胡鬧完回天上再放長假就是了。」

韓杰冷笑說：「所以你們要這麼多花招，就是想逼我下陰間，在陰間解決我？」

「你整個人不見了，太子爺有什麼理由來陰間要人？」夜鴉說：「他必須先證明你在陰間而不是失蹤在陽世吶。」

「……」韓杰默然不語，不時瞥瞥四周，廚房外、小窗外，都有鬼影駐守，想來都是夜鴉手下。他問：「那王仔呢？美娜呢？你們搞他們做什麼？他們跟你有仇嗎？」

「摩羅大王想將你天上、陽世和陰間幫過你的，幫得上你的一切助力，通通剪除；即使算不上助力，只是朋友，也一樣。那些跟你有仇的人，難道不能恨屋及烏嗎？」夜鴉見韓杰眼神左飄右移，像在找機會開溜或反擊，笑道：「幹嘛？你以爲你在拖延時間？乖乖坐著等吧，再一會兒就好了。」

「等什麼？」韓杰問。

「等你肉身一起上來。」夜鴉取出手機拋給韓杰。

螢幕正播放著影像，是即時視訊畫面。

場景是東風市場廊道。

□

老爺子匆匆趕回家，開冰箱翻出幾袋冷凍蓮藕片準備上樓。

他經過家中小供桌，突然停下腳步，驚愕朝供桌望去。

供桌中央是尊小關帝像，旁邊擺著他家祖先牌位，牌位前還供著他當年命喪東風市場四樓火場的兒孫全家照。

照片上他兒子媳婦和孫子，雙眼口鼻都淌著血，瞅著他笑。

老爺子還沒來得及反應，只聽得轟隆一聲，大門重重關上，燈同時熄了。室內陰暗漆黑，只剩供桌上兩盞紅色小燭燈。

紅燭燈漸漸轉爲青色。

老爺子驚駭莫名，急急上前取香要燒，才剛拿起香、找著打火機，啪嚓一點，打出的卻是詭異綠火，將老爺子手上線香燒出三枚綠光火點，熏出一陣腐屍氣味，嚇得他拋下線香，不知所措。

啪啦啪啦啦——四周出現細碎聲響，老爺子見到門窗、牆上亮起幾處光點，是韓杰過去分給左鄰右舍的平安符，彷彿正抵抗著企圖滲透屋內的外力。

周邊壁面伸出一隻隻青森怪手，拉扯牆上幾張炙熱發光的平安符，燙出縷縷焦煙。老爺子想往外逃，卻見懸在大門上的平安符黯淡落下，幾張鬼臉緩緩擠進屋內，瞅著他笑。

他提著一袋蓮藕片奔入臥房，從牆上抄起他那龍泉寶劍，拔劍出鞘，高聲大喊：「哪來的妖魔鬼怪敢上東風市場鬧事！」

剛喊完，幾隻從大門擠進的惡鬼已經站在臥房門前，他一劍刺去，卻被鬼一把抓著劍身，將劍奪去。

另一隻鬼咧嘴笑著撲來要掐他，被一陣金光逼退。

老爺子一呆，驚見金光是從劍鞘發出，這才醒悟平安符是貼在劍鞘而非劍身上。

他舉著劍鞘退到床上，指著擠入房中的幾隻惡鬼，威嚇說：「快滾！」

惡鬼們嘻嘻笑著，一步步往床上逼近，好幾次被老爺子揮劍鞘退開。其中一隻惡鬼突然往前抓住劍鞘，將平安符硬扯下來。

「呀——」扯符惡鬼痛叫著，像捧著團火，在臥房內東竄西撞，退到房外，扔遠金符。

另幾隻見老爺子手中劍鞘不再發光，尖笑撲上床要掐他，卻又被另一道紅光逼退。

老爺子見紅光從枕頭下透出，啊呀一聲，伸手進枕頭套裡，抽出他那把金門菜刀。

菜刀一拔出來，房內霎時金紅一片。

幾隻惡鬼如見著貓的老鼠，嚇得全退到屋外。

金光來自刀刃上一張韓杰的金符；紅光則是纏在刀柄上的紅布條。

這紅布條是老爺子模仿王智漢，用毛筆在紅布上寫了篇祝禱作文，在小供桌關帝像前供奉多日後纏上菜刀柄，作為防身之用。

老爺子作文中下、毛筆中上，在紅布上寫他自知已老，不求財也不求福祿壽，只盼關老爺賜他條紅巾，在重要時刻擋煞治鬼、守護鄉親。

例如此時此刻。

□

王書語也被屋中古怪動靜嚇得奔出廁所，房中燈全滅了，韓杰以香灰、金粉寫在牆上、窗上的符咒激烈閃爍。

小窗、鐵門啪啪作響，像是有人在外拍窗敲門。

王書語從提包中翻出防身手電筒、披上寫有金符的金絲巾，胸前還掛著一片韓杰授權蓋印的尪仔標。她舉著手電筒、捏著尪仔標，遲疑地退到廁所外，望著暈死在浴缸裡的韓杰——

韓杰此時肉身正承受著多片尪仔標的強大副作用，她如果再用尪仔標，不但增加他的痛苦，也會拉長他滯留陰間的時間。

四周壁面浮出一些奇怪印子，形狀也像是符，卻不是韓杰慣常寫的符籙字跡，符光青慘駭人。王書語見到客廳小窗微透青光，大著膽子上前拉開窗簾，一隻惡鬼在窗外瞅著她笑，還托硯捏筆在窗上畫符。

一道道鬼符自外滲進牆內，想強行覆蓋掉韓杰的金符和香灰符。

王書語開啓手電筒，往窗外一照，窗外惡鬼「哇呀」一聲，本來寫在窗上的鬼符，在她手電筒光芒照映下，竟漸漸消散。

「有用！」王書語驚喜呼叫，持著手電筒四處照映牆上鬼符——手電筒燈罩上也寫著金符，射出的光芒也具有金符效力，不僅能消鬼符，掃過原本牆上金符，竟像是能替金符充電般，增加金符效力。

她舉著手電筒四處掃照，抹拭鬼符、加持金符，轉頭見到廁所亮出青光，連忙趕去，見到浴缸四周牆面也浮現一張張青慘鬼符，甚至有手自牆上伸出，揪著韓杰頭髮還摳眼挖口；洗手台鏡上還探出半截鬼身，比手畫腳地指揮鬼手攻擊韓杰。

王書語急急舉光照退鬼身鬼手，但這邊一耽誤，客廳四壁青光鬼符又像爆米花般快速增加，照滅一張，又生兩張。

她正焦急不知所措，腳踝突然被隻鬼手抓著，撲倒在地，手電筒脫手掉落，還被幾隻鬼手接力撥進床底。

她感到踝骨冰寒痠疼，地板那隻鬼手彷彿抓進她骨肉裡，她連忙扯開繫在頸上的豹皮囊尪仔標，朝地板扔去。「小豹子，救我！」

豹皮囊尪仔標卻沒有躍出小豹，而是竄出一個怪皮袋子，倏地捲上緊抓腳踝的鬼手。袋口張張闔闔像‧張嘴，幾口咬碎鬼手，全吸進袋中——尪仔標小豹是與太子爺續約後的改版，舊版和鐵鏽版的豹皮囊，都是這種凶惡食鬼胃袋。

鬼符蓋滿了幾面牆，將金符遮了，惡鬼紛紛穿牆進來要抓王書語；王書語將金符絲巾裹在手上當成拳套，在豹皮囊掩護下，與近身惡鬼搏鬥。

一條熟悉而濕濡的胳臂自後勒上她頸子。

在短暫一剎那裡，王書語有些驚喜，以爲韓杰醒來救她了；但下一刻，她感到驚恐之至——

那確實是韓杰的手，但早已寫滿奇異鬼符。

勒頸力道大得像是想致她於死地。

她奮力掙扎，揪著金符絲巾往後揮拳，韓杰體內發出古怪哀嚎，鬆開胳臂，搖晃退開。

王書語駭然望著全身寫滿鬼符的韓杰，見他身後還站著一隻駝背老鬼，右手捏著毛筆、左手托著硯台，往他臉上添補新鬼符——韓杰身中附著惡鬼，剛剛被王書語用金粉絲巾打去臉上鬼符，體內火血升溫，燒灼惡鬼，老鬼趕去補上鬼符，惡鬼這才重新取回控制權，咧嘴惡笑再次逼近王書語，還順手抄起鐵椅要砸她，卻被陣金光照著眼睛，手一軟扔下鐵椅，摀臉慘叫起來。

是小文鑽入床底將手電筒給推了出來。

「謝謝！」王書語驚喜撿回手電筒，照韓杰、照那駝背老鬼、照四周牆壁鬼符。

韓杰身上的鬼符被照散大半，體內惡鬼被回溫火血燒死，肉身癱軟倒地；老鬼撲上去要重新畫符，被王書語銜來用金符絲巾拳頭一拳打歪腦袋，遁逃下地。

王書語蹲在韓杰身旁，舉著手電筒亂照，小文飛在空中，指揮豹皮囊飛竄食鬼。然而，牆面上鬼符越來越多，地板上也伸出好幾隻捏著毛筆的手往韓杰肉身亂畫鬼符，她手忙腳亂，顧著左邊就漏了右邊，護著韓杰就疏忽了牆面。

啪的一聲，王書語額頭被鬼手扔來的花瓶擲中，淌下血來。

□

「你有個好女人。」

夜鴉還窩在沙發上，望著裂開幾道裂痕的手機螢幕上，王書語被花瓶砸破了頭，仍無懼奮戰、死守他肉身的樣子。

韓杰全身纏繞夜鴉黑氣，一動也不能動地跪在夜鴉身旁——他一開始看到視訊畫面群鬼攻樓，氣得摔下手機就要去揍夜鴉，但他身無法寶，自然不是對手，被黑氣壓跪在地上，一同觀賞惡鬼攻樓。

「看看那老頭怎麼了。」夜鴉切換幾個畫面，卻見不到老爺子，對著手機說：「怎麼了？另外幾個負責攝影的呢？怎不拍那老頭？」

視訊聲音吱吱沙沙，其他畫面不是一動也不動地對著老爺子家天花板，就是漆黑一片。

「怎麼回事?」夜鴉切回圍攻王書語那路鬼兵的畫面，卻見畫面飛梭亂竄，一會兒上樓、一會兒下樓。

倒像是恐怖電影裡被殺人魔追殺的受害人視點。

「怎麼啦?你在幹嘛?」夜鴉問。

「夜鴉哥，他們有援兵!」負責攝影的鬼兵回答。

「援兵?」夜鴉呆了呆，攝影鬼兵慘叫一聲，畫面晃動，出現一張怪異老太婆的臉——是苗姑。

「妳……」夜鴉呆問：「哪位呀?」

「你又哪位呀?」苗姑喝問：「就是你派這些惡鬼害我道友、濫殺神明眼線?」

「妳道友?」夜鴉用手機拍韓杰。「是他呀?」

「啊!」苗姑驚呼。「道友!你怎麼啦?這黑衣人是誰呀?」

「快燒尪仔標下來給我!」韓杰大叫。

夜鴉立刻關閉視訊，瞪著韓杰。「你還有幫手呀?」

「不行嗎?」韓杰冷哼。

夜鴉起身，扠著手在屋內走動，思索對策。「抓了魂，卻漏了肉身，喜樂爺要怪我辦事不力了……還是我親自下陽世一趟?」他想了想，提著韓杰來到浴廁，操使黑氣對著洗手台鏡子施咒要開鬼門，但他指上術印一畫上鏡子，卻快速蒸散、消失無蹤，連一張完整的符印都畫不完。他困惑問韓杰：「你在廁所動了手腳?怎麼我的符畫不上去?」

「當然。」韓杰冷笑，「你也知道這是我家，我怎麼可能讓你們這些傢伙隨便從陰間開鬼門進去。」

「你在鏡子背面施了法？」

「何止鏡子，我連馬桶也施了法，不然拉屎拉一半有手伸出來怎麼辦？」韓杰說：「不信你頭伸進去聞聞看。」

「……」夜鴉默然幾秒，揚起黑氣捲來一袋香灰砸進洗手台裡，將韓杰揪到鏡前，說：「那你現在解咒吧，從這裡解也有效吧。」

「我解咒？」韓杰莞爾失笑。「幫你開鬼門進我家殺我女人？」

「對呀。」夜鴉抖開大衣，從口袋取出電鑽，往韓杰背上鑽了一鑽，將一枚漆黑螺絲鎖進韓杰身中。「快點。」

「不要。」韓杰說完，後背又捱一鑽。

「咦？你魂身上另外有傷呀？捱了鬼牙槍？」夜鴉見他後背幾處槍傷隱隱溢出腐氣，傷勢似乎不輕。「你有太子爺賞賜的蓮藕身，但魂是凡人魂，現在已經受了傷，要是多捱幾枚螺絲，說不定會魂飛魄散喔。」

「要我解咒是吧，我解咒就是了。」韓杰忍著後背劇痛，咬牙沾香灰在鏡上飛畫一道大符。

大符耀出刺眼白光，照得夜鴉雙眼發疼——韓杰不是在解咒，而是畫咒攻擊夜鴉。

夜鴉氣得揪起韓杰腦袋轟隆撞裂鏡子。

「你在鬧我？」夜鴉接連賞了韓杰魂身七枚螺絲釘，見他痛得牙齒都咬進了唇裡，卻仍只笑，絲毫沒有眞心解咒的意思。

夜鴉一面思索如何逼韓杰就範，一面將第八枚螺絲釘鑽入他後背，鑽到一半突然卡住。

「呃？」這螺絲鑽到一半卻卡住的情景有些熟悉。

下一刻，韓杰全身燃起火，束縛韓杰四肢的黑氣，漸漸被烈火呑噬。

貳貳

「惡鬼退下——」

一聲吆喝吼退廊道鬼眾。

陳亞衣拔足狂奔，揮動黑拳將幾個跑得慢的傢伙接連打翻，衝到韓杰家門前大力拍門。

「韓大哥、韓大哥！」

苗姑直接鑽牆入室，見群鬼圍攻王書語，抖開紅袍，上前搧退一隻隻鬼。

王書語在六月山事件中結識陳亞衣和苗姑，一見苗姑來援，先是驚喜，然後急急地說：「老爺子剛下樓沒上來，一定碰上麻煩，快去幫他……」她還沒說完，就見老爺子將臉湊在小窗外敲窗。

「我沒事呀，阿杰怎麼了？」老爺子舉著紅布菜刀，興奮地說：「關老爺那紅布裹上菜刀好厲害呀！」

「這些傢伙跟四處偷襲眼線的傢伙是同一路？」苗姑左右張望，發現遠處幾個惡鬼頭上都戴著陽世許可證，她回頭，見角落還躲著隻瘦小怪鬼，賊兮兮地舉著手機拍她，吆喝一聲便竄去逮他。

「哇！」瘦小怪鬼速度頗快，一下遁下樓，在三樓飛逃，不時回頭，瞄見苗姑緊追在後，嚇得怪叫怪嚷。

「夜鴉哥！他們有援兵！」

「援兵？」夜鴉的聲音自手機傳出。

小怪鬼正要應話，後頸已被苗姑一把掐住，手機唰地給搶去。

苗姑提著瘦小怪鬼，翻看手機，見到夜鴉，也見到韓杰。

她聽韓杰急喊要尪仔標，立時竄回他家中，對剛進門的陳亞衣說：「咱道友在地下被個黑衣痞子綑著，他沒法寶可以用。」

「什麼？」陳亞衣蹲在韓杰身旁檢視他身上灼傷，聽苗姑這麼說，左顧右盼，想找出他的尪仔標，還沒開口，王書語已奔去餐桌，拿來一疊新剝下的尪仔標。

「咦？」陳亞衣見這幾張鐵鏽尪仔標外觀奇特，卻也無暇細想，接過後一片片撕出裂口，捏開韓杰嘴巴，將尪仔標全塞進他嘴裡。

她按著韓杰嘴巴，對手背施咒，韓杰嘴角冒出火光——六月山事件時，韓杰曾教陳亞衣燒尪仔標下陰間給他的方法。

「哇！」苗姑見韓杰肉身立即浮現出更多新傷——勒痕、灼傷、裂口、紅斑一一浮現，讓本便十分淒慘的肉身變得幾乎看不出本人樣貌，不禁駭然驚呼：「這批法寶這麼凶惡？」

「太子爺在天上遭人檢舉，被暫時收回了陽世管轄權，韓杰的尪仔標跟蓮子也被沒收，他只剩下這舊版能用……」王書語望著不成人形的韓杰，淚眼汪汪地解釋因由：「舊版尪仔標副作用大，他沒有蓮子吃……」

陳亞衣見韓杰慘狀，連忙用奏板抵額祝禱：「媽祖婆，我們找到韓大哥了……但是他肉身好慘，魂又受困陰間，請媽祖婆賜神力幫他……」

□

小小的廁所裡發生激戰。

夜鴉起初見韓杰身上起火，以為他以香灰施法反擊，趕緊催動黑氣要滅火，一邊持電鑽又要鑽韓杰，但被韓杰揮臂格開還回敬一拳，驚覺韓杰力氣增大數倍、身上烈火越燒越旺，還隱隱顯露龍形，且背上幾枚螺絲釘正一枚枚被火龍咬碎推出，終於醒悟原來韓杰又得到九龍神火罩力量加持。

「你身上還藏著法寶？」夜鴉驚愕鼓動黑氣全力纏捲韓杰雙臂、壓制火龍，兩人一時僵持不下。

「老大，要不要幫忙？」夜鴉手下紛紛聚到廁所外——鬼在陰間不像在陽世能夠穿牆透壁，他們被三昧真火的熱氣和夜鴉身子炸出的黑風擋在廁所外頭無法幫忙。

「等等！夠了、夠了……」韓杰兩頰鼓脹，口鼻身子閃耀起金光，風火輪在他頭頂急旋、火尖槍自他背後豎立、乾坤圈在他頭上轉圈、混天綾在他全身捲繞。

「燒太多片下來，會害我回不去啊！」韓杰發覺數張尪仔標同時發動，鼻子突然痕癢難耐，哈啾打個大噴嚏，噴了夜鴉滿臉鐵鏽金磚粉。

「哇！」夜鴉臉上燒出金火，摀著臉踉蹌退出廁所。

「你們這些破爛給我安分點啊！」韓杰頸上乾坤圈越縮越緊、臂上混天綾反過來勒他；他此時雙腿發軟，連站都站不穩——全身鬼牙槍傷和螺絲釘傷令他虛弱力竭，更難控制這些不聽話的法寶。

「快！一起上！」夜鴉見狀，喝令手下強攻廁所。

幾隻惡鬼持著電擊棒和繩索，擠在廁所門口要擒韓杰，韓杰突然大叫一聲，又打了個大噴嚏。

口鼻噴出一個古怪皮袋。

那皮袋在空中竄大、袋口暴張，一口將擠在門口的惡鬼全數吞進袋子裡。

「原來豹皮囊可以這樣用！」韓杰揉著鼻子，也沒料到自己一個噴嚏竟打出了豹皮囊。

韓杰步出廁所時，臉龐紅光閃耀、周身白煙繚繞，一身傷勢開始復元，且幾樣不時與他作對的法寶竟都乖巧服從起來——陳亞衣傳來了白面神力修他肉身魂魄，紅面神力增長他力量也助他管教這些鐵鏽法寶。

「多謝媽祖婆。」韓杰吸了口氣，挺槍就朝夜鴉暴衝而去。

夜鴉反應快，搶先一步竄過廚房衝出後陽台竄逃飛天。他鼓足全力疾飛，回頭發現韓杰緊追在後，連連朝韓杰射黑螺絲、拋煙霧彈，全讓韓杰揮火尖槍打落。

韓杰和先前一樣放火龍跨過屋頂當橋，踩風火輪狂追，不同之處是他此時受媽祖神力加持，幾樣法寶乖乖聽話、不再叛逆，因此他不像在陽世時那般狼狽，漸漸追上飛在空中的夜鴉，猛地一甩混天綾，唰地捲上他小腿。

「你完蛋了！」韓杰藉力一蹦上空，收動混天綾將自己拉近夜鴉，一槍刺透夜鴉後腰，從他腹部穿出。

「喜樂爺救命——」夜鴉哀嚎一聲，一雙黑翼炸出黑煙，將韓杰纏裹包覆起來。

「喝？」韓杰感到黑煙刺鼻難聞、眼睛也發出刺痛，只當黑煙有毒，便閉目踩上夜鴉肩背，吼出幾條火龍捲上夜鴉全身，像顆隕石般壓著夜鴉轟隆墜地，想將他炸得灰飛湮滅。

但韓杰在墜地前一刻突然覺得不對勁——腳下夜鴉無端消失，身邊九條火龍炸在路上、四處亂竄。

他睜開眼睛揉揉，見到一隻雙翅僅剩染血骨架的烏鴉，在數公尺外掙扎站起，重新化成人身——夜鴉。

恢復成人形的夜鴉，後背張著淒慘裂折的翅膀骨架，摀著腹部槍傷踉蹌急奔——夜鴉在千鈞一髮之際犧牲黑翅，炸出黑煙遮蔽韓杰視線，縮小身形變成烏鴉逃過致命一擊。

韓杰挺槍去追，腳下卻黏稠泥濘，低頭一看，只見這十字路口地面，竟鋪滿奇異黑泥，隱隱透出符光，原來泥下藏著一面巨大符陣。

重傷夜鴉跑沒幾步又撲倒在地，韓杰舉槍要刺，卻見眼前黑泥飛快站起一個男人，一把抓住他那鐵鏽火尖槍。

同時，黑泥化出一隻隻大手，前後左右抓著韓杰手腳和法寶。

男人長相俊美，一雙眼睛奇異妖艷，散發出巨大魔力；他雖自黑泥中站起，但一身華麗毛皮大衣卻沒染上半點髒泥。

韓杰感到陳亞衣傳來的紅白神力像收訊不良般斷斷續續、愈漸稀疏，這才驚覺夜鴉並非亂飛，而是將他誘來這陷阱。

他想起夜鴉剛剛說過的話——陽世和陰間如同鏡面，想來是這十字路口滿地黑泥和底下符陣，阻隔了他與陽世聯繫。

鄰近街道裡停駐著好幾輛消防車輛待命，紛紛朝巷中火龍噴射黑水，轉眼澆熄了火龍。韓杰失去媽祖神力加持，幾樣法寶再次躁動失控，又紛紛被黑泥強捲離身，拉進泥裡，掙扎半晌才化散消失。

「喜樂爺……」夜鴉伏在黑泥上，虛弱地回望著替他擋下韓杰火尖槍的美麗男人——第六天魔王的好友，陰間幾位魔王大老之一，煩惱魔喜樂。

「辛苦啦。」喜樂朝夜鴉點點頭，回頭一把搶過韓杰的火尖槍，拋入泥中。火尖槍落進泥裡，掙扎扭動幾下，如瀕死的鰻，直至滅頂。

「這泥好貴的，鋪在地上，能斷絕陰陽兩世一切聯繫。」喜樂上前拍拍韓杰的臉，從懷中取出一只黃金環銬，鎖上韓杰頸子。「這項圈效力跟遮天泥一樣——你小子竟然還能透過肉身，向陽世道友借力來用，真不簡單，怪不得摩羅老哥要我們擺出這陣仗逮你。」

「……」被戴上黃金項圈後，陳亞衣逐漸微弱的神力終於完全停止，韓杰不禁懊悔，剛剛得到媽祖神力太過輕心大意，中了魔王陷阱，現在失去媽祖神力加持，法寶紛紛離身，還被泥手抓得動彈不得，本來翻盤優勢轉眼消失。他莫可奈何，只能冷笑幾聲，「動用這麼多資源打我一個，也算看得起我了……」

「你好像一點也不害怕。」喜樂伸手在他腦袋上點點按按，像在替他腦袋把脈。「感覺得出來，你身經百戰，不管落入什麼境地，都無所畏懼。」

「倒不是。」韓杰哼哼地說：「只是嘴硬罷了……面對你們這些魔王，哭有用嗎？求饒有用嗎？沒用的話，趁能笑的時候多笑兩聲吧，哈哈！」韓杰說到這裡，仰頭大笑起來。

「有道理。」喜樂點點頭，雙手搭上韓杰臉龐，拇指食指扒開他眼皮，盯著他雙眼。「你的人生至此，經歷過無數痛苦，卻也享受過許多快樂，你確實有大笑的本錢。」

「媽的！第六天魔王派你來替我算命？」韓杰見這魔王喜樂行徑古怪、說話滑稽，不由得當眞覺得好笑，又哈哈大笑起來。

「我不是替你算命。」喜樂放下手，從口袋摸出一個小小的玻璃瓶。「我只是覺得你的快樂，應該比美娜的更香醇可口，滋補養顏啊。」

韓杰臉上笑容立時消失，盯著喜樂捏在指尖的玻璃小瓶裡七分滿的亮橙液體——那是美娜被偷去的「快樂」。

「人的『快樂』，是三界間最美味的飲品，也是令我青春永駐的聖湯。」喜樂在韓杰面前展示他那雙修長雪白、比年輕女孩更加細嫩的手。「看看，我的皮膚比你之前見過那四個婊子還美，對吧。」

「……」韓杰被泥手牢牢抓著，咬牙切齒、捏緊拳頭，見喜樂捏著小瓶瞧得口水都要滴下般，嘆了口氣，哀求說：「她命不好，這輩子沒享過幾次福，賺到的錢都拿去供弟弟妹妹唸書了；她常常笑，是因爲她個性樂觀，她那些快樂，都只是些雞毛蒜皮的小事情，你偷走她的快樂，她還剩下什麼？把快樂還她吧……」

「少了快樂……」喜樂對韓杰這問題極感興趣，瞪大眼睛，興奮湊近韓杰，對他說：「剩下來的，是痛苦、煩惱、哀傷、憤怒，這些東西，跟快樂一樣好吃，你知道嗎——」他咧嘴，本來雪白整齊的一口牙，變得腥紅尖銳深長。「把快樂還她，那我吃什麼？我餓了怎麼辦？我老了皮膚差了怎麼辦？你賠得起？」

「你不是說我的快樂更好？」韓杰說：「我吃的苦頭更多，痛苦傷心什麼的，應該也更好吃，用我的快樂交換她的快樂，怎麼樣？」

「嘿？」喜樂先是一呆，跟著仰頭爆笑，笑得眼淚都流了出來，足足笑了好半晌，這才對韓杰說：「你傻瓜嗎？就算我答應你，最後一定擺你一道呀！你怎認爲我會守信呢？」

喜樂笑著旋開小玻璃瓶蓋，仰頭張口伸出長舌，將那晶亮橙紅、閃閃發光的快樂，一滴不剩地倒進口中，閉目露出極爲享受的神情。

韓杰望著喜樂，默默無語，連發怒飆罵的力氣也消失了。

貳參

廊道深長昏暗得看不見盡頭，兩側是鐵欄。這是牢房，每個隔間牢房都只一、兩坪大。

其中幾間小牢房裡，擠著東風市場上百個老鄰居。

大夥兒被陰差帶進牢房，這麼身子貼著身子直挺挺站了好幾天；唯一令王小明感到欣慰的，是四個囉嗦的乾奶奶和他不同牢房，一個緊貼在他身旁的老鄰居，是個死去時只十七歲的年輕女孩。

牢房人雖多，但十分安靜，沒人吭聲說話——頭兩天只要他們一吵鬧，獄卒就會拿特製藥水朝鐵欄裡噴，藥水濺在身上，像是活人被滾水燙著般疼痛。

但此時大夥竟不約而同地騷動起來，全往鐵欄擠去。

「幹嘛、幹嘛！」獄卒伸了個懶腰，拿著棍棒敲打伸來抓握欄杆的手，還高舉手中灑藥噴水壺。「吵什麼？安靜！」

老鄰居們被噴水壺嚇退，一個個瞠目結舌地望著雙手受縛、遍體鱗傷、頸上鎖著個黃金項圈、一動也不動地被拖過眼前的男人——

韓杰。

喜樂將韓杰轉交給一間城隍府看管，那裡早聚著聞聲趕來的牛頭馬面，大夥兒像是年節喜慶搶紅包的孩子，輪流擠過同僚，往韓杰身上招呼拳腳、叫罵幾句。

從那間城隍府到地下看守牢房，再到牢房底下額外挖掘增建的隱密黑牢，短短一段路程，韓杰在陰差熱情簇擁下，從走的到跪行、再到被拖行，足足捱了兩小時揍，才被拖下黑牢、拖過東風市場老鄰居面前。

「韓大哥！你怎麼也下來啦？你……」王小明尖叫著擠過老鄰居，蹲在鐵欄前揪著欄杆，將臉擠在欄杆間，對韓杰大喊：「你……你怎麼被打成這樣……哇！好痛呀！」

一個獄卒舉著噴水壺，往王小明臉上噴藥水，還往牢房其他人也噴灑一陣，痛得大夥全哀嚎起來。

韓杰聽見老鄰居們哀嚎，本想伸手去抓獄卒的腳，將他摔倒在地，但他知道要是自己這麼做了，只是平白讓自己和大夥吃更多苦頭。

他被獄卒扔進一間半坪大小的獨居牢房中，癱躺在地，望著比他身高還低了數吋的陰暗天花板，用低不可聞的氣音喃喃自語：「他們問我……後不後悔替你做事、替神做事……你說呢？你聽得到我說話嗎？你看得見底下的人發生了什麼事嗎？你現在看不見，其他神明呢？他們看見了嗎……」

韓杰呢喃低語一陣，突然想起夜鴉說過的話，陽世在陰間的地底，陽世蒼天當然也在自己後背下，而非他此時所望方向。

他嘆了口氣撐坐起身，盤腿撐著頭苦思對策，遠處又響起一陣騷動，跟著是一陣鐵鍊拖行聲。

又一個傢伙和他一模一樣，癱躺著被獄卒拖來，扔進他對面一間大小相同的牢房中——張曉武。

張曉武掙扎坐起，湊在鐵欄上對獄卒大呼小叫：「等……等等，給我回來！剛剛每個人都打我七、八拳，你只打我兩拳，是不是看不起我？」他邊喊，發現對面竟是韓杰，啊呀一聲，怪叫起來：「幹怎麼你也在這裡？」

韓杰沒好氣地答：「我算準你這瘋三要進來搥揍……先來搶個貴賓席欣賞你這鳥樣行不行？」

「幹貴賓席咧！」張曉武哈哈大笑。「搥揍的貴賓席喔？你快點撒泡尿看看現在自己的臉長怎樣好不好？」

「別吵，兩個都貴賓席。」獄卒聽見兩人對話，走來朝著左右各噴一陣藥水，指了指牢房天花板。「再吵就改用你們頭頂那個啦。」

韓杰跟張曉武急急抹拭沾在身上的刺激藥水，抬頭見天花板上有著灑水裝置——想來不是為了防火，而是為了鎮壓囚犯的機關。

「幹……你噴這什麼東西，痛死人啦……」張曉武惱火甩頭撥身，像落水狗甩著頭臉藥水，見對面韓杰惱怒朝他閉嘴豎指，要他安靜別吵，他本要反唇相譏，但聽那獄卒離去時，所到之處響起一陣哀嚎，知道那傢伙沿途噴藥水折磨其他被囚的鬼，連坐懲罰，便不再出聲，只默默對韓杰回敬中指。

□

「什麼？曉武哥被陰差抓了？」

顏芯愛驚駭地望著小歸，不敢相信自己的耳朵，急急地問：「是哪間城隍府？我立刻要俊毅去要人！」

「我不知道……他們沒報字號……」小歸慌張地說：「我跟阿武一路追下陰間要堵賴琨，阿武向我要了支改裝無線電，想截聽其他陰差頻道，他聽說賴琨押著王智漢準備走其他通道回陽世，就急著要去搶人。我們來到一間樓房外，我在門外把風，阿武進去救王智漢，誰知道裡頭有陰差埋伏，阿武攔截到的情報是假的，王智漢根本不在那裡，是那些陰差設計的圈套……阿武沒戴面具，打不過那些牛頭馬面，我看苗頭不對，只好開溜來找你們求救……」

俊毅站在窗邊，望著窗外漆黑天空，默默無語。

顏芯愛氣急敗壞地大叫：「所有人放下手邊工作、全副武裝，把曉武哥搶回來！」

「我們連他在哪間城隍府都不知道。」俊毅搖搖頭。

「不知道就一間一間搜呀！」顏芯愛氣憤地說。

「那剛好中計。」俊毅嘆了口氣。「我們四處吵鬧，他們有權通報閻王，派黑白無常鎮壓我們──那就是他們的目的。」

「那……那怎麼辦？」

「先想辦法打聽出阿武到底在哪。」俊毅說：「盡量低調，別讓他們找到修理我們的把柄。」

「可惡……可惡……」顏芯愛暴怒搥牆大吼：「在這骯髒的地方當乖孩子，沒一個有好下場！如果俊毅你不當城隍，改當黑道老大，我們有軍火、有關係、有錢有勢有幫手，還輪得到他們這樣囂張？」

「……」俊毅轉過身，望著顏芯愛。「那妳摘下馬面，去外面認個老大吧。」

「哼！」顏芯愛說：「幹嘛！你聽不出我在說氣話呀？我氣天上那些神仙全瞎了眼，他們不知道陰間多髒、陽世多亂嗎？」

「人死變鬼，鬼轉生成人；陰間的我們，全是從陽世下來的；陰間髒亂，就是人心中的髒亂。」俊毅說：「如果妳是神仙，妳怎麼救這些人？一個個替他們把屎把尿，告訴他們什麼是乾淨、什麼是髒？爲什麼要乾淨、爲什麼不能髒？一個一個教、一個一個救，要教到什麼時候？如果他們不聽妳的話，妳能怎麼辦？」

「我……」顏芯愛一時不知如何辯駁。

俊毅望著顏芯愛和擠在門外的陰差同僚說：「想頂天立地直挺挺站著，自己必須出力，大家都裝死躺在地上等神來拉，永遠站不起來，也不配站起來——我們這批兄弟姊妹死撐著這座城隍府，就是盡自己一份力，有尊嚴地站著給那些躺在地上的骯髒傢伙看；我不知道我們還能這樣站多久，站不住的，隨時可以躺下；我只知道，我就是喜歡站直身子說話。」

□

雪白雲霧在華美庭園中緩緩流動，天上有滿滿的星星和五色極光。

太子爺泡在庭院溫泉裡望著星空，一張臉臭得讓在旁服侍的小差使緊張地噓寒問暖。

「中壇元帥大人……不喜歡夜景？要不換個日出？」

小差使拿起遙控器按了按，夜空緩緩明亮，太陽從遠方升起。

太子爺盯著太陽，眼睛都沒眨一下，臉更臭了。

小差使慌張按著遙控器，空中飛出一群鳳凰，尾巴拖著彩色火焰；五彩煙火此起彼落，一顆顆流星劃過天際，小兔子在溫泉旁蹦蹦跳跳，小猴子從庭園樹上蹦下，捧著大堆果子過來向太子爺鞠躬獻果。

「你以爲在哄三歲孩子？」太子爺目不轉睛盯著太陽，身上隱隱燒起紅火，溫泉彷彿滾了般，將蹲在溫泉旁舀水洗果的小猴兒嚇得躲得遠遠的。

「不不不不！」小差使害怕搖頭，又按了幾下遙控器，青空、雲彩、太陽、鳳凰轉眼無影無蹤，只剩下一片白。

他乖乖放下遙控器，恭敬地說：「中壇元帥想看什麼，這天空都能看，不想看也可以不看……」

「想看什麼都能看？」太子爺轉頭怒瞪小差使。「你這話分明說謊。」

「我……我……」小差使嚇白了一張臉，說：「除了陽世，什麼都能看……」

「那能不能看仙女換衣服？」太子爺怒喝：「你好大膽，不但說謊，還連著說兩次！」

「那……那當然不行，那……」小差使跪地求饒。「小的……小的先告退，大人有什麼事情儘管吩咐我。」

「我要的電視到底什麼時候送來！」太子爺暴喝，溫泉池水冒起一陣陣蒸煙，水位開始緩緩下降——兩處出水口潺潺滾入池中的水，竟追不上被三昧眞火蒸發的速度。

「電視的申請單還在審……」小差使被蒸煙燙退老遠，害怕地說：「要審理單位蓋了章，才能送來給您……」

「老傢伙手軟到沒力氣拿印章是吧……」太子爺冷冷說：「要不要我幫忙扶一把……」

小差使不知如何回應，聽見電鈴響起，終於找到藉口開溜，轉身奔走。「有人來了？是誰呀？」

「……」太子爺站起，腰際裹著條青布，來到庭院旁的巨大別墅，走入豪華室內。

小差使開了門，一個穿著時髦的清瘦老人提著兩袋水果，脅下挾了盒東西，朝站在玄關長廊盡頭的太子爺笑。「又找你玩遊戲啦。」

「老子現在沒心情！」太子爺冷冷說：「滾！」

「心情這種東西，玩著玩著就有啦。」老人笑咪咪地走過長廊，也不理太子爺怒眼瞪他，自顧自來到寬敞客廳，放下水果、打開盒子，取出張方紙攤上桌，將一堆小道具、骰子，排列整齊，對著太子爺笑說：「都擺好啦，來玩吧。」

「月老。」太子爺瞪大眼睛，走到桌前，扠手歪頭怒視月老。「你老到耳朵壞掉，沒聽我說沒心情玩嗎？」

「我先來——」月老分出兩疊玩具紙鈔，將兩個代步小公仔擺在出發點，兩枚骰子丟出個六點，捏著小公仔走了五步，哈哈大笑。「好地方，買下了！」

「老傢伙！你故意來惹我發火就是了？」太子爺抬腳重重踏在桌上，將廳桌踏出一圈裂痕，小差使又嚇退好遠，從口袋裡掏出手機，像是想對外求救。

「幹嘛！老傢伙找我玩遊戲，你也要打小報告？」太子爺回頭怒喝，小差使身子一抖，手機掉到地上。

「玩遊戲就好好玩，幹嘛為難小的。」月老笑著說。

「你玩遊戲好好玩了嗎？」太子爺怒叱。「骰了個六點，只走五步，你——」他罵到一半，見月老拿起小公仔露出底下地名，微微一愣。

「我喜歡這地方。」月老笑咪咪地說：「行不行呀。」

太子爺望著月老，將踩在桌上的腳放下，揮手招來張單人沙發，和月老對坐，再輕敲桌面，碎裂的桌面立時恢復原狀。

太子爺望著月老代步小公仔，說：「什麼地方不買，買這破地方。」

「地方雖破，但挺有人情味。」月老將骰子遞給太子爺。「輪到你了。」

太子爺接過骰子，轉頭對小差使說：「剛剛我心情不好，說話大聲了點，不好意思。」

「不會不會！」小差使連連搖頭，「大人還想什麼，儘管吩咐。」

「這遊戲挺有意思的，我想專心玩。」太子爺說：「你先休息吧，晚點我包個紅包給你，辛苦你啦。」

「謝……謝謝太子爺。」小差使受寵若驚，連連道謝後離開。

太子爺望回遊戲方紙，投出個七點，捏著小公仔走出七步，經過月老小公仔時，還啪地撞翻它，再次瞧瞧底下地名——

東風市場。

「這地方哪裡好了？」太子爺問。

「好得很。」月老扶正翻倒的公仔，說：「好到地底一堆傢伙想搶。」

「搶什麼東西。」

「搶一具身體。」

「身體？」

「魂在陰間，被押在黑牢，每日都有陰差排隊會客……」月老又骰了個點數，走去。

「……」太子爺本來熄了的怒火又漸漸燃起，也接著骰了個點數，捏著小公仔一格一格走，將沿路紙下桌面都壓裂了。「其他神仙，沒一個管事的？」

「神仙管事，究竟該管到什麼程度，天上意見本來就有分歧，各有各的道理，你沒耐心聽人家說話，不合你意你就發脾氣，其他神仙當然跟你處不好……」月老說：「媽祖婆託我傳話，她說她已經盯著這件事了，要你別躁，或許能趕在底下大審前拿到復職令；要是你再打壞花花草草或是同事，不但這假得繼續放下去，說不定連火尖槍都要被收回熔了。」

「你說什麼大審?」

「審你那陽世小子。」月老說:「底下流傳一份公文,幾個閻王會在同天聯合審理幾件案子,其中最重要的一件,就是你那陽世小子。」

「陰間審我乩身?這啥意思?」

「啥意思,就是要給他安個正式罪名,讓你復職後也找不到理由向他們要人。你硬鬧,他們就有理由再告你。」月老繼續說:「那些傢伙就算打不壞你小子藕身,也要長年關著他;整不垮你,也氣死你。」

「……」太子爺氣到冷笑。「那他們快成功了,我真快被氣死了……不過我氣死之前,身體會爆炸,能燒掉半邊天庭,你信不信?」

「信,怎麼不信。」月老擲了個點數,走了幾步,翻開一張機會卡,上頭寫著——

哪吒贏

「我輸了,你贏了。」月老揚了揚那張機會卡,從口袋掏出一支手機交給太子爺。「這是獎品。」

「誰要這破東西。」太子爺瞪著眼睛不去接。「我的復職令到底什麼時候發下?」

「你寄了幾十件復職申請書,現在只收回十七件,十二件同意、五件反對,離復職門檻還差二十四份同意呀……」月老說:「要是你人緣夠好,各大神仙辦公室一收到申請書,看完蓋下同意寄回,整個流程不用幾天就能跑完。但我聽說現在各辦公室都壓著你那申請書,有的說最近忙沒時間看,有的每天開會,卻不是討論讓你復職恰不恰當,而是挑剔你申請書行文用字；總之……大家都在等其他神仙表態，像是比賽誰壓得更久一樣，唉呦……」

月老見太子爺臉色難看，耳朵都隱隱冒火，連忙安撫他說：「我怕你悶壞，才帶禮物給你，進我的電視台，裡面有不少節目讓你打發時間。」月老邊說邊操作手機，點開一個叫「月老電視台」的程式，滑動長長一串頻道列表，裡頭的頻道全天候播放陽世偶像劇和愛情電影，更下方還有上百個鎖碼頻道。

「誰要看你這些鬼節目！」

「不是鬼節目，我電視台裡不播鬼片，除非是有愛情故事的鬼片——」月老滑到56號鎖碼頻道，對太子爺說：「這是專門爲你開的頻道，裡頭有你想看的東西。」

太子爺見月老主動替他鍵入密碼，還按錯幾次，本來差點要一掌搧落手機，但鎖碼頻道開通後，螢幕中的景象十分眼熟——

東風市場，韓杰家。

還有呼呼大睡的小文。

「蠢鳥，是我。」太子爺對著手機嚷嚷。「起床了。」

小文繼續睡，手機畫面卻似乎因爲太子爺出聲而晃動起來。

「你的鳥兒聽不到你說話呀。」月老湊近手機，說：「在屋裡繞繞讓太子爺瞧。」

畫面開始飛升，進入廁所，太子爺從廁所鏡子映出的五彩金龜子，知道鎖碼頻道畫面，竟是金龜子所見景象。

廁所裡，韓杰閉著眼睛泡在蓮藕水裡，王書語坐在一旁小凳上，倚著浴缸緣沉沉睡著。

「你說他現在魂魄在陰間？」太子爺問。

「我收到的消息是這樣。」月老說：「實際情形如何，我不敢打包票，我就只是找你玩遊戲，輸了個獎品給你罷了。」

「你這獎品能讓我和我那蠢鳥溝通嗎？」太子爺問：「之前我有事，會燒籤給牠，牠再轉給我的乩身——這陣子我燒籤的火爐子被搜出還貼上封條，我想傳話下去都沒辦法。」

「我這東西不懂說話，不過我可以替你想想辦法……」月老神祕一笑，說：「在金龜子身上裝個擴聲器什麼的，讓你用手機直接對你那文鳥說話，不過需要點時間，也需要點錢……」

「我就知道你沒那麼好心專程帶獎品來輸給我！」太子爺哼哼地說：「你要多少？」

「不多。」月老嘻嘻笑說：「差不多之前我們打牌輸給你的賭資。」

「你打牌前前後後欠我三億啊！」太子爺瞪大眼睛。「你替個金龜子裝個擴音器要三億？」

「不只擴音器，還有金龜子本身、鎖碼頻道開台費、規避天庭監管的特殊網路……你贏的獎品只有這支手機，其他服務是有價的。」月老見太子爺臉上又要冒火，心虛解釋：「我那電視台沒有經費，經營不下去呀……」

「少囉嗦了！」太子爺臭著臉打斷月老的話。「成交！」

「嘿。」月老嘿嘿笑著，伸出手要和太子爺握手，見太子爺不理他，便自己拱了拱手。

「合作愉快。」

貳肆

「天黑之後，火不能滅，知道嗎？」

陳亞衣扠腰望著正在炸雞排的馬大岳，和在一旁幫忙裹粉的廖小年。

雞排攤旁擺了只小燈台，盛著油、燃著火。

「放心啦，不會滅的。」馬大岳說：「整棟樓擺了幾十個碗，管理員老頭從早上就開始上上下下補燈油；滅了一盞，還有幾十盞呀。」

今兒個一早，在陳亞衣指示下，馬大岳和廖小年將雞排攤子載到東風市場騎樓下做起生意。起初馬大岳有些不情願，但東風市場雖然老舊，卻比他們先前幾處生意地點都要熱鬧，才擺了一下午，便將準備賣到半夜的雞排全賣光了，樂得馬大岳回家又扛了兩箱冷凍醃雞排過來。

馬大岳和廖小年認眞討論起何不便宜承租下東風市場一樓店面——他們頭兒是媽祖婆乩身，上有千里眼順風耳和媽祖婆本尊撐腰，凶宅這東西對他們而言，可以當便宜倉儲、可以當便宜店面，一點也不會是忌諱。

此時東風市場每層每戶門前都插著香，掛上陳亞衣熬了一夜做成的手工綴飾，整棟樓每扇對外窗，都有苗姑加持寫上的退魔符籙。

清晨時分，老爺子本來打算照韓杰吩咐，挨家挨戶勸老鄰居暫時遠行避避風頭，卻被陳亞衣阻止——

「從現在開始，這個地方比其他地方更安全。」陳亞衣那時這麼說：「媽祖婆派我來這兒守著韓大哥身體，我們在這棟樓裡點燈做下記號，到了晚上，天上會特別看著，那些東西再凶再惡，也不敢在神明眼下上門鬧事。」

「亞衣小妹呀！」老爺子在頂樓牆邊探頭往下喊：「妳快上來看看這是啥呀！」

「怎麼了？」陳亞衣聽老爺子聲音驚慌，立刻奔上樓頂，老爺子將他那柄金門菜刀舉在眉上，指著遠處樓宇，說：「我一將菜刀擱在眼皮上，就能見到那些煙，妳見到煙沒有？」

「有。」陳亞衣瞪大眼睛，望著東風市場百來公尺外，確實瀰漫起一股奇異煙霧。

「四面都有。」苗姑自陳亞衣頭頂現身，竄到高空，四處張望。以東風市場爲中心，四面八方都有同樣的彩煙裊裊往空中飄，在空中堆聚成積雨雲的形狀，範圍越來越大。

「那些煙是什麼東西？」老爺子問。

「髒東西想幹見不得人的髒事時，用來遮天的東西。」苗姑咧嘴笑，「所以我們才要點燈。」

「點燈……」老爺子起初聽不明白，直到那些奇異煙霧飄到東風市場上空，卻像撞上隱形牆壁般消散，才知道今天馬大岳和廖小年要他向鄰居張羅幾十個碗，倒了特製燈油點上燈火，擺放在市場各處，說是要「做標記給上天看」，原來是這意思——

只要有一盞燈亮著，這些遮天雲便無法發揮效用，天庭能清楚看見東風市場發生的一舉一動。他們在東風市場裡裡外外擺了幾十盞燈，即便此時這一團團遮天雲再厚上百倍，也無法作用。

陳亞衣在空曠樓頂巡了巡，還攀上水塔，舉奏板向媽祖婆討了黑面神力，長長吸了口氣，雙手拱在嘴前，壓低了嗓子低語——

「四方惡鬼聽好，從現在起東風市場有媽祖婆盯著，誰敢來鬧事，我不會跟你們客氣！」

陳亞衣這樣說話，一般人聽來只是尋常聲量，但在黑面神力加持下，方圓數公里內的山魅鬼怪都能清楚聽聞。

「喔——」苗姑飛到陳亞衣頭上四處張望，見到那些遮天雲施放處開始有些騷動。「他們聽見了，他們開始急了。」

老爺子等陳亞衣下了水塔，問清了情形，還是有些不安地問：「會不會有不長眼的傢伙硬攻過來？」

「說不定會……」陳亞衣點點頭，說：「但媽祖婆都安排好了，絕不會讓惡鬼搶走韓大哥身體的。」

「亞衣姊，大軍來囉——」馬大岳的聲音從樓下傳來。

「就叫你不准叫我『姊』，你比我大耶！」陳亞衣衝到牆邊朝樓下叫罵。

老爺子駭然跟上，以爲敵軍當眞強攻，卻只見到一輛廂型車停在雞排攤前，下來一對中年男女和一對年輕男女，與馬大岳、廖小年閒聊起來。

「劉媽！」陳亞衣朝底下的劉媽一家打招呼。

劉家兄妹背上分別揹著一個大外出籠，正跟在劉爸身後，忙著從廂型車裡搬出一個個大箱，往東風市場梯間運。

老爺子訝異跟著陳亞衣下樓，發現堆在樓梯間的大箱裡，裝著一尊尊神像。

「劉爸是神像師傅，會雕神像，也會修補神像……」陳亞衣剛開口介紹，老爺子立時驚喜道：「你們就是那桃園劉家呀，以前幫阿杰戒毒的那家子人，滿天神佛都給你們面子。」

「阿杰怎麼把我們形容得像是地方望族一樣呀！」劉媽哈哈大笑起來，說：「我們只不過維護個交際空間，平常讓神明上門喝茶聊天罷了。」劉媽微笑地問：「阿杰人呢？」

「身子在家裡，魂在底下沒回來……」老爺子指了指樓上。

「昨晚我將媽祖神力傳到底下支援韓大哥，但不知道爲什麼，突然傳不過去。」陳亞衣說：「他的陰間電話也打不通，好像被人切斷訊號一樣。」

「總之……我們先照看好他的身體吧。」劉媽帶著丈夫兒女，將大紙箱往樓上運，邊對老爺子說：「你放心，媽祖婆託我來這，向你借個地方布置成茶水間，二十四小時有神明下來串門子，就算是第六天魔王本尊，也不敢上門鬧事。」

「我們需要幾間空房。」劉媽兒子這麼說，背後大外出籠裡將軍一雙眼睛虎視眈眈。

「樓上滿滿的空房。」老爺子簡單介紹起東風市場由來。

自然，都是劉媽早聽韓杰說過的事了。

眾人上樓，劉家兄妹將行李往韓杰家對面空房裡堆，劉爸劉媽來到韓杰家，望著躺在床上、蓋著薄被的韓杰肉身——

在陳亞衣白面神力加持下，韓杰一身傷勢已經復元，就差魂魄不在身中。

「辛苦這小子了。」向來寡言的劉爸從懷中取出尊太子爺像，放在韓杰枕邊。

有鄰居出借幾張摺疊小桌，在韓杰家牆外排成一列，讓劉家兄妹擺上一尊尊神像；有鄰居幫忙煮開水，讓劉媽燒製供奉神明的茶水；也有鄰居見東風市場再次上演這山雨欲來的臨戰陣仗，都嚇壞了。

半小時後，王書語和媽媽、弟弟也來到東風市場，三人都揹著大小行囊，要來避居幾日——同樣出自陳亞衣的提議。

地底那些傢伙毫無顧忌地對韓杰身邊的人下手，韓杰分身乏術，顧不了所有人，東風市場此時被劉媽布置成神明歇腳茶亭，自然是最安全的地方。

王書語帶著媽媽和弟弟進韓杰家探看失了魂魄的韓杰。

昨晚陳亞衣神力傳輸一半，卻和韓杰斷了聯繫，眾人都嚇傻了，陳亞衣持著奏板焦急祝禱詢問，但連天上的媽祖婆也不明白底下究竟發生了什麼事。眾人無計可施，只能先將韓杰抬回浴缸泡蓮藕水。王書語在浴缸旁守候一夜，直至天明，見他傷勢痊癒，才將他挪回床上，出門陪媽媽。

「姊，韓杰哥會後悔嗎？」王劍霆茫然地問：「替神明做了這麼多事，卻落到這種下場……」

「我不知道。」王書語搖搖頭答：「等他醒來你自己問他。」

□

「怎樣？有沒有後悔啊？」

一個牛頭瞅著韓杰冷笑，邊說邊甩甩手，甩完又朝韓杰腹部猛擊數拳。

韓杰垂著頭，雙手直直高舉，雙腕被鐐銬鎖著，鐵鍊繞過會客室中央橫木，另一端也有一副鐐銬，鎖著張曉武。

兩人背貼背，像風乾中的魚乾，吊掛在橫木下。

韓杰面前站著牛頭，張曉武面前站著馬面。

「怎麼不說話？回答啊？後不後悔？幫神明做事？沒啥賺頭又吃虧，對吧。」牛頭一面問、一面朝韓杰身子揮拳。

「吵什麼吵，專心打好不好！有種你打死他啊！沒吃飯啊，打大力點──」張曉武叫罵。

「……」韓杰本來默默垂頭捱拳，聽張曉武嚷嚷，嘖了一聲，仰頭用力撞張曉武後腦。

「最吵的就是你，閉嘴行不行？」

「閉你媽！閉你爸！閉你老師咧……」張曉武被電擊棒電得哇哇大叫，也不停用後腦撞韓杰。

「幹！交換一下好不好，牛頭打牛頭啊！過來！」

「喂，他說要交換耶。」馬面打了個哈欠，似乎不像對面的牛頭這麼好興致，一早就將張曉武和韓杰從黑牢拉來會客室練拳。

「交換啊？好呀。」牛頭像隻袋鼠從韓杰面前蹦蹦跳向張曉武，還不停對兩人腦袋連擊刺拳，然後一記重拳勾在張曉武腹上。

「媽的……」張曉武被打得吐出舌頭，他和韓杰雙腳也被綁在一塊兒，無法抬腳踢人，只能火冒三丈仰頭狠撞韓杰後腦出氣，邊對著牛頭大罵：「幹你老師……你入行幾年？老子也是牛頭，給點面子行不行啊？」

張曉武還沒吵完，後腦也被韓杰報復一撞。

韓杰剛撞完，也被馬面電了個活蝦亂顫。

「給你面子？行！」牛頭哼了哼，甩甩手，從一旁小桌拿了個電擊指虎戴上，走回張曉武面前，像是試玩，照著他身體亂打。「這樣有沒有面子啊！」

馬面又電了韓杰幾下，將電擊棒拿去充電，跟著將散落一桌的長棍、短棍、鐵鎚、狼牙棒、鞭子排列整齊，隨口問：「今天有多少同事要來會客啊？」

「誰知道？」牛頭聳聳肩，又換了個新玩意伺候張曉武。「昨天電話不停，今天要排隊囉——這桌東西夠不夠大家玩呀？」

韓杰和張曉武聽牛頭這麼說，不約而同轉頭看著一旁滿桌刑具。

「夠啦。」馬面打了個哈欠，指指桌下。「打壞了底下還有兩箱。」

「喂。」韓杰冷笑，「要不要擺個投幣箱收費？那麼多客人上門不趁機做點生意嗎？」

「幹哈哈哈小毒蟲你眞幽默啊！」張曉武一面大笑、一面仰頭撞韓杰腦袋。

韓杰發怒大罵：「你他媽煩不煩！你嫌上次打你不夠重是吧？」

「幹你老師，上次要不是小歸拉我走，你早被我打進陰間了。」

「上次是我放你一馬，不然你以爲我只折斷你一隻手？」

「上次如果我沒手下留情，你脖子早被我天下無敵ＤＤＴ撞斷，這輩子只能癱在地上爬，邊爬邊撇尿嚕嚕嚕——」

「我操……」

韓杰還要回罵，牛頭持著一雙電擊鐵叉走來，抵上兩人肋處，放電。

兩人亂彈顫抖起來。

「嗯？」牛頭笑呵呵地說：「你們怎麼不聊了？繼續呀，聽你們吵架很有趣。」

「覺得有趣……那你他媽打什麼岔？」韓杰趁著牛頭放開電擊開關，嘴硬反問，再次被電了個七葷八素。

「喂喂喂——」會客室外，傳來一陣腳步聲。

幾個牛頭馬面推門進來見到裡頭陣仗，都忍不住哈哈大笑。「一大早就這麼熱鬧呀？」

「是呀。」馬面說：「知道大家要來探望老朋友，早替你們準備好了，玩開心點啊。」

韓杰和張曉武望著這「第一批」專程來見他們的訪客，無奈之餘，只能爭辯起眼前幾個陰差，究竟跟誰過節比較大。

「喂！冤有頭債有主，別打錯人啊……被我知道誰打錯，我會連本帶利討回來的……」

張曉武被兩個牛頭一個馬面持棍敲了一輪，喃喃地說：「喂！後面那幾個，我總覺得你們打他比較輕啊？用心一點行不行？薪水白拿啦？」

「閉嘴……」韓杰也被圍著輪流亂打，卻覺得眼前陰差手上各種棍棒、鎚子等刑具雖凶，但比起鐵鏽尪仔標副作用其實也沒什麼，反倒是背後張曉武連篇廢話更加惱人。

時間一點一滴地過去，棍棒打斷了一根又一根；陰差一批又一批地上門，幾支電擊棒充電了好幾輪。

最後一批訪客離開，獄卒將再沒力氣吵嘴的兩人從橫木卸下，拖死屍一樣拖回地下黑牢。

「韓大哥……」王小明等老鄰居見韓杰「會客完畢」的慘樣，都嚇得哭了，但人人摀著嘴巴不敢哭出聲。

貳伍

在陰間，沒有白晝這回事。

因此人人計算時間的方式也不相同，有人習慣用陽世二十四小時制，也有人改不掉陽世口語「早上幾點、晚上幾點」，更有些無法或是不想輪迴的極老住民們，用的是古制十二時辰。

「早上」五點，帶著滿身魂傷的韓杰和張曉武，昏昏沉沉中又被獄卒從小牢中拖出，往會客室裡拉。

他們已經分不清這是第幾個會客日了。

由於他倆過去多年的豐功偉業，這幾日想上門「拜訪」的朋友從早到晚絡繹不絕，有些人前兩日打完了，過兩天手癢又打電話來預約。

「喂……」張曉武被獄卒拉著腳往樓上拖，腦袋在階梯上撞出驚心動魄的響聲。他低聲嘀咕：「我說呀……你們乾脆把會客室的牆打掉，蓋一面大門，裝個讀卡機……讓大家直接刷卡進來就能打我兩拳，打完了出去吃飯逛街，不是比較方便嗎？你們也不用每天拖上拖下的啊……」

韓杰被拖在前頭，聽張曉武這麼說，也發表個人意見。「打完出去吃飯多麻煩，餐廳直接蓋進來啊，樓上還可以加蓋酒店、三溫暖，找些按摩小姐，打拳打累了上樓放鬆一下。」

「幹你老師咧！你當這裡什麼地方？這是城隍府耶！蓋酒店、三溫暖？找按摩小姐？」張曉武嚷著反駁。「城隍府是維護正義的地方！」

「原來這裡是城隍府？」韓杰哼哼冷笑。「勾結黑道、貪贓枉法、冤枉好人、嚴刑拷打……這些就是你說的維護正義呀？」

「是啊。」張曉武哈哈大笑，盯著拖他上樓的獄卒說：「這些就是正義使者。喂，你們是不是在維護正……」

話沒說完，獄卒回頭就往他臉上重踏一腳。

「幹你老師……」張曉武摀著臉埋怨。「我說你正義使者你踩我臉幹嘛……」

「踩你踩得很正義沒錯。」韓杰幸災樂禍，也被抽了兩鞭，不再囉嗦。

兩人被帶進會客室，吊上中央橫梁；兩個招呼了他們幾日的牛頭馬面在桌前整理滿桌刑具，埋怨這幾天各地同僚上門湊熱鬧，無形中加重了他們工作負擔。

和過去幾日不同的是，角落坐著個斯文男人；男人走到韓杰面前，向他點了點頭，還從口袋掏出張名片，向韓杰展示。

「吳興律師事務所？」名片上的抬頭看來陌生，韓杰問：「誰這麼好心幫我請律師？」

「你又知道是幫你請的？」張曉武用後腦撞韓杰——這是這幾天，他賞韓杰的第五百或是六百下頭錘。

「替你請的站我前面幹嘛？」韓杰咚地撞回。

「韓先生，你比我們想像中更樂觀。」男人推了推眼鏡，莞爾道：「我站在你敵對陣營，替人託話給你。」

「替誰託話？」

「替我老闆。」男人取出手機，開啓視訊轉向韓杰。

螢幕那頭是個白衣男人，背後是一片火海。

不論是地獄火海還是斯文男人，韓杰都十分熟稔。

「好久不見。」第六天魔王微微一笑。

「你在地獄？」韓杰見他身處地獄火海之中，不免覺得奇怪。「你在服刑？你不是很吃得開嗎？」

「服刑？不。」第六天魔王搖搖頭，說：「我來探監，順便看看我的寵物成長情況。」

第六天魔王將畫面拉遠，讓他身邊人入鏡——

是個美麗女人。

女人依偎在第六天魔王身邊，渾身赤裸、遍布紅紋，只有一條手臂。

準女魔欲妃。

欲妃朝韓杰挑挑眉，還拋了個飛吻。

「蹲火海，便宜妳了。」韓杰望著朝他媚笑的欲妃，想起許久前陳亞衣初任乩身時那起地獄符事件，欲妃和另兩位死對頭被太子爺斷臂活捉；由於鐵證如山，加上有千里眼、順風耳作證，兩個收賄閻王至今停職，欲妃等三個準魔女也躲不過制裁，被打入十八層地獄受刑——只是欲妃擅使火術，被發放進地獄火海，非但不是在受刑，反而像修行甚至是旅行。

「另兩隻寵物呢？不去看她們？還是剛看完？」韓杰諷刺地說：「該不會一個住冰窖、一個坐電椅吧。」

「你眞會猜，都讓你猜著了，不過我說的『寵物』，不是指欲妃呀，是——」他哈哈一笑，揚了揚手，搧出紫風將手機托高，讓拍攝視野更廣。

畫面中，第六天魔王和欲妃並肩躺在一張雙人度假躺椅上，周圍是庭院，庭院有草有花有桌椅，桌上擺著食物飲料，後方是別墅。

草在燒、花也在燒，桌椅和食物飲料全燃著烈火，別墅內外自然是熊熊大火。

倘若在這兒度假的不是欲妃，而是悅彼，可無法像欲妃這般悠閒輕鬆了；犯下重罪的欲妃能夠待在自己喜愛的火裡服刑，顯然是第六天魔王出了不少力疏通行賄後的結果；另外同在地獄符事件中受伏的悅彼和快觀，此時自然也享受同等待遇了。

畫面再拉遠，庭院遠方是一棟棟泡在火海中的樓宇，庭院中央，則聳立著一頭古怪巨獸，體型有數層樓高，外觀近似奇幻電影裡的西方惡龍，後背生著寬闊蝙蝠巨翼，有條粗壯帶刺的尾巴及一雙凶惡大爪，嘴巴噴冒惡火。

「這東西我養一陣子了。」第六天魔王說：「有點可惜的是，還沒派上用場，你已淪爲階下囚了。」

「那是什麼東西？」巨獸模樣誇張，讓韓杰不禁愕然。「山魅？人魂？什麼東西能夠養成這樣？」

「都有。」第六天魔王笑說：「這幾年地底生物科技越來越進步，東拼西湊，獸加獸、獸加人、人加人，造出不少厲害東西。」

「是嗎？」韓杰乾笑兩聲。「既然這些寵物這麼好養、這麼好玩，你專心養寵物行不行？別三天兩頭找我麻煩行不行？」

「找你麻煩比養這些東西有趣多了。」第六天魔王也笑，摟著欲妃自躺椅上彈起——他以紫氣操馭手機拍攝自己，像是空拍機般一路跟拍他起身，倏地躍上火焰巨龍腦袋上。

欲妃盈盈笑著，伸手輕拂巨龍腦門，安撫著巨龍性子——欲妃就像這烈火煉獄裡的主人，能控制四周火溫，讓第六天魔王來訪時，不致於熱著。

「你派人來會客，就想給我看這些？」韓杰見他站在龍頭上與欲妃調情，不耐地問：「我看完了，叫你的人滾吧，外頭排了一堆牛頭馬面等著替我揹背。」

「幹你到底在看什麼？」張曉武被韓杰和第六天魔王的對話逗得好奇不已，扭身轉頭也想看幾眼熱鬧。「讓我看看行不行？」

第六天魔王站在龍頭上招了招手，一架直升機緩緩降至龍頭旁，機艙門敞開，裡頭有牛頭馬面和幾名陰司官員——他們似乎被地獄火海熱氣烘得焦躁難受，卻又不好開口催促。

「哦，都忘了你是去探監，還有官員帶路。」韓杰冷笑。「比我下去時陣仗還大。」

「見到老朋友，沒話對她說？」第六天魔王躍上直升機，將鏡頭轉向倚在龍頭上向他招手的欲妃。

「誰跟她老朋友？」韓杰哼了聲，想了想說：「你跟她說，如果這次我輸了，我認了；

但要是我贏了，絕對替她換間屋子。」

「難喔。」張曉武和還在整備刑具的牛頭馬面聽了，都訕笑起來。

拿手機的吳興律師事務所人員，微笑說：「天規不下陰間，這是多年共識，除非天上大神指名查辦，否則單憑神明乩身，無權干涉十八層地獄誰該在哪層受刑。你別以為你背後太子爺無所不能，他是天庭武將，陰司執法不在他職務範圍裡，你過去家人瑣事，那是有些單位給他面子，不表示什麼事他都管得著——更重要的是，他現在光自己的事就夠傷腦筋了，哪來的心力管哪個地底罪魂該待哪座獄呀？」

韓杰望著男人說話時得意的模樣，沉沉地問：「太子爺那些檢舉案，是你們搞的？」

男人微笑不語，反倒是螢幕上的第六天魔王笑著說：「接下來我要讓你見的吳律師，就是替我策劃一切法律相關事務的專業人士——包括幾天後的大審。檢舉那小子、拔除你天上地下一切支援，只是前置作業而已。」

「等等！我幹！」張曉武聽見關鍵字，抓狂躁動起來。「你們要拔他天上地下一切支援？所以我們那間城隍府也是你們這些王八蛋檢舉的？我幹你老師……我們跟這小毒蟲又沒交情！支援咧，我支你……」

張曉武還沒罵完，便被電擊棒電了幾下，牛頭還在他嘴裡塞了隻這幾天用來甩他巴掌的髒鞋，令他無法開口吵人。

韓杰望著手機，說：「幾天後的大審？你花那麼多工夫設計這個局，就是想逮了我，讓我在陰間受審？」

「你是主角。」第六天魔王說：「還有一群配角同你一齊受審，千萬別叫我放了他們，你一個人扛之類的蠢話，想也知道我不會答應。」

「……」韓杰也莫可奈何，只能默默瞧他在直升機上悠哉指東劃西，不時和身邊官員聊些地底經濟發展和地獄景觀之類的話。

直升機停在一處火海地獄高樓停機坪上，牛頭馬面、陰間官員一一扯著領口搧風下機，簇擁第六天魔王下樓。

他們搭乘電梯，走過漫長廊道，來到一間房前。

韓杰愣然盯著門上門牌，606號。

這間房是當年韓杰父母姊姊受刑牢房——並非真的受刑，而是在太子爺指示下，陰間差使找來替身演員假扮他家人，在每次韓杰下來探監時，裝成身受慘刑的模樣，令韓杰痛苦萬分。他的父母和姊姊，早在他答應擔任太子爺乩身時，便已提早投胎轉世，沒在火海地獄裡待過一分鐘。

門前差使見第六天魔王走來，打開門。

房內一切布置，和過去一模一樣。

客廳另有兩人，一個年輕人、一個老人。

韓杰透過手機，盯著沙發上的年輕人，彷彿見到髒東西般屏住了氣息。

吳天機。

那個濫殺成癮、拜陳七殺為師學習邪法、與第六天魔王同謀進犯東風市場、將葉子開腸剖肚取肝的極惡之徒。

那晚東風市場頂樓，太子爺降駕，擊敗第六天魔王，將吳天機一舉打墜陰間。

韓杰從未想過自己會有再見到這惡徒的一天。

「吳律師，我讓你們父子和他打聲招呼。」第六天魔王走到廳桌坐下，將手機遞給吳天機對面的老人。

老人接過手機，對鏡頭微微一笑。「我終於見到你了。」說完還將鏡頭轉向吳天機。

廚房一名差使端了整盤切片水果上桌，吳天機彎身捏了片水果入口，向鏡頭搖搖手。「師兄，我們又見面了。」

「……」韓杰靜默幾秒，陡然抬腳要踢眼前的手機，但他被吊在梁下，和張曉武腳銬著腳，這麼一踢，沒踢著手機，只將張曉武雙腳往後猛扯，嚇得張曉武連用後腦撞他。

「他好激動。」吳天機嚼著水果，對第六天魔王和老人說。

「可能見到師弟太開心了。」第六天魔王也笑。

老人將鏡頭轉向自己，對螢幕裡一臉憤怒的韓杰說：「韓杰，這是你的名字，對吧。初次見面，我叫吳興，是孟學的父親。」

「你是他爸？」韓杰咬牙切齒。「你們在那裡幹嘛？你們不配踏進那個地方……他媽的通通滾出去！」

606號房雖是太子爺差人布置的假刑室，但這地獄火海裡的烈火可是眞的，當年韓杰深信家人受苦，年復一年勤奮按籤令征魔討鬼，換取點數酬勞，替606號房添購家具、裝設一台又一台冷氣——那時他還不知道他平時在陽世時，這間房裡根本無人，冷氣也是關著的。

此時屋內十餘台冷氣呼呼飆著冷風，整間屋子有如陽世夏季百貨公司般涼爽，吳天機穿著襯衫便服，起居有差使照料，與其說是受刑，更像是在度假。

「師兄，你別激動。」吳天機笑呵呵地說：「再過不久，我真要滾出這房間了——當時託你的福，我被判了幾百年重刑，要在地獄待上很長一段時間，如果沒有你這間房，我真不知怎麼熬……」

「還好有個好爸爸，是吧……」韓杰諷刺。

「孟學是我白了頭後才得來的獨子。」吳興接話。「我不對他好，該對誰好呢？」

「你這麼疼孩子，你知道他對別人家的孩子做了什麼事嗎？」韓杰冷冷問。

「別人家的孩子。」吳興回答。「跟我有什麼關係？」

「真是父子沒錯。」韓杰點點頭。「身體裡流著同樣的髒血。」

第六天魔王微笑接話：「幾天之後，陰間會舉行一場聯合大審——其實是幾件不同的案子，但幾位閻王不想落人口實，讓天上怪罪陰間關起門亂審、冤枉好人，所以會開放三界旁聽……」他頓了頓，又說：「你這兩天可以先想想到時候上庭要講些什麼。」

「媽的……」韓杰冷笑。「你們怕私下處理我，會被太子爺追究，所以裝模作樣大費工夫要開庭審我？還故意摻其他案子讓人覺得不是針對我？你們以為這樣做，太子爺就摸摸鼻子算了？」

「他當然吞不下這口氣。」第六天魔王呀哈哈笑：「但我就是想看他吞不下也得硬吞的樣子呀。他在天上被那些違規案子綁著，護不了你，只能眼睜睜看他乩身在陰間出庭被判刑——中壇元帥包庇的陽世使者爲非作歹，被判下十八層地獄永世不得超生——這污名一貼上，不但讓他在天庭顏面無光，而且更難復職囉。」

「那關王仔什麼事？」韓杰突然想起先前和夜鴉雨夜大戰時的對話，急問：「你們把吳天機的記憶弄進王仔腦袋裡，想讓他替吳天機頂罪？」

「是呀。」第六天魔王點點頭。「到時候，這間房子的主人，就換成你那警察老友了，再加上舊市場的老朋友，還有後續下來的其他朋友，應該可以讓你打起精神，替我做牛做馬很長一段時間了。」

至此，韓杰總算明白這些傢伙的目的，他們聯手同謀，就是爲了將他拉下陰間受審，安上重罪，這麼一來，不但可以氣炸太子爺，甚至能進一步令太子爺被長期拔除陽世管轄權。至於扛下重罪的韓杰，要嘛在地獄和王智漢等人一同受刑，要嘛就得像過去替太子爺做事般，轉而效忠第六天魔王。

「以前那小子編了段故事，哄你跑腿幹活兒。」第六天魔王微笑說：「以後，我來替他實現一切，讓故事不再只是故事，變得活生生、血淋淋。你隨時可以下來探監，你可以關了冷氣，試試火海溫度，看看老朋友被燒得皮開肉綻的樣了。」

「……」韓杰緊握雙拳，怒得全身發顫，卻也不知該說些什麼。

「我幹——」張曉武吐出口中髒鞋，暴怒大罵：「你們老師咧！你當老子死人啊？好大膽，敢在牛頭面前談怎麼頂罪、掉包、勾結陰差的髒事！當心我一個個把你們抓起來，我幹……」

他罵到一半，又被電了個亂七八糟。

會客室外已經聚集了幾路陰差，聽見裡頭騷動，擠在窗邊見到張曉武被電得像鐵板上的活蝦般亂顫，都哄笑起來，忍不住敲門。「喂！開始會客沒呀？」「我們等不及了啦。」

「看來你們還有事情要忙。」第六天魔王笑著對韓杰說。「先不打擾你了，大審之後見。」

「師兄，晚點見。」吳天機也笑著朝鏡頭點了點頭。

吳與事務所的男人關上手機，微笑起身，也朝韓杰點頭致意，從容離去。

大隊陰差擠了上來，搶著與韓杰和張曉武「會客」。

貳陸

「老爺子。」王書語在老爺子家門外，拿韓杰手機上幾則王小明的訊息問他：「這人就是被阿杰收服的那位宅男鬼？他在陰間能收到阿杰燒給他的東西？」

「是啊。」老爺子說：「阿杰擔心那些陰差欺負他們，所以要我燒點紙錢下去讓老鄰居們打點關係；他在王小明身上做了記號，能夠直接燒到他身邊，不怕被其他鬼撿走，妳說的這個……啊呀，他還真燒了支手機下去給王小明呀？」

「是啊。」王書語說：「我想知道底下發生了什麼事，傳訊息問他也沒回，他手機好像沒電了……他們在底下可能碰到麻煩了……」

「陰間手機也要充電？」老爺子愕然。「那怎麼辦？」

「電不是問題。」王書語說：「但我想知道，阿杰怎麼燒東西下去，在紙錢上畫符？」

「是呀。」老爺子點點頭，轉身進屋翻出兩疊紙錢，說：「阿杰在這兩疊紙錢背後寫了符，綑在供品上，像是貼著快遞單一樣，能燒去王小明身邊。」

「能不能給我幾張試試。」王書語欣喜問。

「妳想怎麼試？」老爺子將紙錢全給了王書語。

「曉武哥所屬城隍府已經打聽到阿杰和曉武哥的下落了，他們被關在一間城隍府的地下黑牢裡……俊毅城隍現在正想辦法救人……我想知道王小明是不是也被關在同一個地方，如果是的話，我多燒支手機給他，向他問問底下情況。」

「原來如此！」老爺子哦了一聲，又說：「不如直接燒阿杰的尪仔標下去給他。」

「尪仔標好像不行……」王書語苦笑搖頭，跟老爺子解釋尪仔標只有韓杰有權限發動，凡火燒不化；即便是陳亞衣，也僅能在尪仔標上畫上韓杰傳授的咒印，放入韓杰肉身口中，藉著藕身將法寶送去陰間。

但那日陳亞衣與韓杰失去聯繫後，她再如何施法，也得不到回音，放入韓杰口中的尪仔標亦無任何反應。

小歸說在陰間有許多道具、符術，能斷絕魂魄和陽世間的聯繫。

「我們先弄清楚阿杰在底下到底發生了什麼事……」王書語改用自己手機撥了通電話。「小歸爺，我是書語，我想到一個找阿杰的辦法，但需要幾樣東西……你店裡有沒有能讓陰間手機用的行動電源？或是新手機也行。」

「嗯？」王書語和小歸通話到一半，樓梯口突然傳來一陣腳步聲。一個個模樣不善的陌生傢伙，提著刀械棍棒快步上樓。

「你們是誰！」王書語指著那隊人馬驚叫，急急奔去要攔阻他們。

「怎麼回事？」老爺子緊跟在後。

「啊？」那些人見王書語奔來，馬上舉著刀械棍棒作勢威脅，其中一個抓住她的胳臂喝問：「是不是有個叫韓杰的人住在這裡？」

「你們找他做什麼？」王書語甩開那人的手。

「我們老大要找他泡茶聊天。」那傢伙答。

「我是他女朋友，我帶你們上去。」王書語回頭對老爺子說：「老爺子，你先回家。」

「我陪你們一起上去找阿杰。」老爺子擠進人群中，一同往四樓走，還對王書語喃唸不休。「眞讓你們給料中啦，這幾天東風市場有神明坐鎭，底下那些髒東西不敢來，換陽世的髒東西過來鬧事……」

「老頭，你說誰是髒東西！」一個傢伙大力推了老爺子一把。

老爺子不理他，繼續往前，隨眾人轉進通往韓杰家的四樓廊道。

劉爸正在替長桌上的檀香爐添檀香木；劉媽拿著電話問在公司上班的兒子，下班後想不想吃披薩，她可以先訂。他倆見大批人馬上樓，也沒多大反應。

許淑美聽到動靜，從韓杰家對門走出，見大批人面露不善地走來，不由得有些害怕。

「媽，回房裡別出來，這些人是來找麻煩的！」王書語遠遠見了許淑美，突然高聲喊：「打電話叫警察！」

「喂，妳想幹嘛？」走在前面的打手頭頭，回過頭要抓她胳臂，被王書語一記大外割摔倒在地。

「什麼？找什麼麻煩？」許淑美正驚訝要問，便讓劉媽微笑輕推回房，劉媽安撫她說：「一會兒就沒事了。」

長長的廊道上，日光燈激烈閃爍，打手有的往韓杰家衝，有的和王書語、老爺子拉扯。

劉爸繼續整理長桌，看都不看這些人一眼，兩個傢伙衝到他面前想掀桌，其中一個身子一顫，回頭一棒將身後夥伴敲倒在地。

「喝？」被王書語放倒的帶頭打手讓小弟扶起，正想找王書語麻煩，卻見前頭幾個手下互相扭打起來，還沒搞清狀況，腦袋肩膀也磅磅捱了好幾棒，前後左右的打手全打成一團。

「你們怎麼回事？」帶頭打手抱頭亂竄，躲避小弟棍砸，被老爺子一把揪住脖子，啪啪賞了好幾巴掌。

「六月山土地神在此，你們這些惡人還不速速退下——」老爺子吆喝蹦跳，抓著打手又踢又打，活像隻撒野潑猴。

一個古怪小影攀上老爺子肩頭，摟著老爺子頸子說：「侯老，你克制點，你現在是土地神，不是野猴子，這麼粗魯對活人動手，小心捱罰。」

老爺子聽了，啊呀一聲，神情不安，身子一抖回過神來，見身邊倒了一圈人，訝異嚷嚷說：「怎麼啦？」

「別打頭，打腳就行啦！」老獮猴從老爺子身中躍出，舉著土地杖監督那些附身山魅——他新任土地神這職位不久，平時分配到的工作多半是上鄰近山區探訪山魅、守護山難百姓等待救援之類的瑣事，偶爾也會隨柳丁上劉媽家，向駐守劉媽家的土地神學習討教。

媽祖婆吩咐劉媽到東風市場坐鎮，自然也考慮到擋了敵方惡鬼，卻未必擋得了活人流氓，因此令陳亞衣傳話，讓老獮猴點一隊山魅出差隨行，一同守護韓杰肉身。

二十來個打手被十幾隻山魅輪流附身，你打我、我打你，一半人屁滾尿流地逃出東風市場，另一半被山魅們控制著身體逼供問話。

□

裏上粉的雞排入鍋，發出一陣陣油炸滋滋聲。

王劍霆抓著一塊吃一半的雞排，坐在市場騎樓的台階上，兩隻眼睛滿布血絲，左右瞥視鄰近街道路口。

數小時前，他接到姊姊電話，與幾個王智漢同僚急急趕來，問清緣由；王智漢同事將那批逃得慢的打手帶回警局，王劍霆擔心還有人上門，留下守備。

不久之前，小歸來到東風市場，身邊還帶了幾人同行。

其中一人是個陽世紙紮師傅——陽世燒下陰間的紙紮品良莠不齊，造得差的紙樓住了會垮、造壞了的紙車開了會拋錨、造壞了的紙男女童僕會騷動打人甚至私奔逃跑——小歸帶來的紙紮師傅是受陰間各大商家讚譽有加的大行家，他造出的紙紮物，燒下陰間品質極佳，甚至勝過八成陰間原生貨品。

小歸和這位紙紮師傅有合作關係，特地帶他來東風市場——

他接到王書語來電，知道她想藉由聯繫王小明打探韓杰和張曉武的處境，但需要一支陰間手機；然而陰間貨品自然無法從陽世「燒回陰間」，因此小歸聯繫師傅，還帶來一批最新的紙紮品。

王書語本想立刻使用紙錢將那支精美紙紮手機燒給王小明，卻被小歸阻止——眾人尚不清楚王小明處境，倘若陰差剛好便盯著他，燒下的手機被發現攔截，不但連累王小明，也更難救回韓杰和張曉武。

此時王書語、陳亞衣、小歸等正在東風市場韓杰家中，透過視訊，與俊毅城隍連線開會討論救援韓杰和張曉武的方法。

王劍霆不懂那些陰陽兩界瑣碎規則，聽得不耐煩，索性下樓跟廖小年買了塊雞排，坐在騎樓站崗，心想要是再有人上門找碴，可要好好揍他們一頓，洩洩連日怒火。

一個皮膚黝黑、渾圓胖壯的流浪漢，搖搖晃晃走過他眼前，在一旁坐下，望著他手中的雞排，大大吞嚥一口口水。

王劍霆瞧了瞧黑胖流浪漢，聽他肚子咕嚕作響，掏了張鈔票向一旁馬大岳和廖小年揚了揚。「再炸一片給他。」

廖小年捧著炸好的雞排過來，接過鈔票找了錢；王劍霆將零錢連同新炸好的雞排遞給流浪漢。「零錢拿去買點飲料。」

「……」胖流浪漢望著王劍霆，咕嚕吞了口口水，抓抓肚子。「你幹嘛？」

「請你的，別客氣。」王劍霆說。

「我有說我要吃嗎？」胖流浪漢說。

「你肚子不餓？」

「我有說我餓？」

「……」王劍霆被他冷淡的反應搞得有點窘迫，轉頭見馬大岳和廖小年竊竊私語，像在嘲笑他要帥卻熱臉貼冷屁股，只好攤攤手，說：「不好意思，我誤會了。」

「所以你現在多一片雞排。」胖流浪漢望著王劍霆手上雞排，又咕嚕嚕地吞起口水。

「是啊？你要嗎？」

「我有說我要？」

「……」王劍霆轉過頭，不再搭腔，一旁看戲的兩人笑得嗆咳起來。

又有一個外觀衣著稍微乾淨些的削瘦流浪漢，走到胖流浪漢和王劍霆面前，盯著王劍霆手上雞排，肚子也咕嚕嚕響起。

「老兄你肚子餓？」王劍霆或許是爲了替自己窘迫處境解圍，將雞排遞向瘦流浪漢。

「我多出一塊炸雞排，給你。」

「他有說他餓嗎？」胖流浪漢打岔。

「我餓啊。」瘦流浪漢說。

「他說餓。」王劍霆瞪了胖流浪漢一眼，微笑地將雞排遞向瘦流浪漢。

「我只說餓，但沒說要吃。」瘦流浪漢卻這麼說。

「聽見沒有，他只說餓，沒說要吃。」胖流浪漢用手托著下巴冷笑，「你眞愛管人閒事。」

「沒錯。」瘦流浪漢扠手抱胸，點頭附和。「這小子確實愛管閒事。」

一旁馬大岳和廖小年笑得差點將裹到一半的炸雞排掉在地上。

兩人笑到一半，忽地立正挺直身子，像遭人訓斥般，大氣也不敢喘一聲。

「沒關係，我自己吃……」王劍霆有些惱火，左一口右一口吃起兩塊雞排。兩個流浪漢還站在他面前，盯得他渾身不自在，他皺眉問：「你們站在我面前看我吃雞排幹嘛？」

「我等你吃完呢。」瘦流浪漢說：「別說話，快點吃。」

「等我吃完？你要幹嘛？」王劍霆愕然。

「他要跟你握手呢。」胖流浪漢插口說。

「要跟我握手？」王劍霆困惑地問：「為什麼要跟我握手？」

「因為敬你父親是條好漢。」瘦流浪漢說。

「啊！」王劍霆驚訝問：「你認識我爸？」

「你父親幫過許多人。」胖流浪漢扠著腰說：「最近他碰上麻煩了，對吧。」

「所以我們特此前來奉上一點心意，盼他渡過難關。」瘦流浪漢盯著王劍霆的手，問：「你用哪隻手拿槍？」

「啊？」問題古怪之至，王劍霆卻隱約感到這兩人說話用字遣詞和一般流浪漢有些不同。「我右撇子，右手拿槍。」

「所以用左手拉手槍滑套？」

「廢話，不然用嘴拉？」

胖流浪漢瞅著瘦流浪漢笑：「他嗆你耶。」

「沒關係。」瘦流浪漢繼續盯著王劍霆的左手。「你吃完雞排，伸出左手與我一握。」

「呃……」王劍霆覺得兩人言行舉止簡直莫名其妙，但和敬重父親的流浪漢握個手也沒什麼，便將兩袋雞排用右手抓著，騰出左手伸向瘦流浪漢。「你要跟我握手，那握吧……」

瘦流浪漢雙手握住王劍霆左手。

「喝！」王劍霆猛然一驚，只覺得左掌滾燙如火，正要甩開瘦流浪漢的手，身體卻突然使不上力，他驚恐地問：「你們是誰？你們想做什麼？」

「剛剛不是說了，敬你父親是條好漢，來給你祝福。」瘦流浪漢答：「賜你三條龍。」

「三條龍？」王劍霆急問：「那是什麼？」

「時候到了，你自然就明白了……」

瘦流浪漢這麼說——他的聲音突然竄遠，像是從遙遠的山谷間發出。

王劍霆感到身子變得輕飄飄的彷彿置身雲裡、騰在空中，一陣陣大風迎面颳過他的臉和身子。他感到自己的手仍被那瘦流浪漢牢牢抓著，拖著他在雲中飛翔。

一胖一瘦兩個流浪漢的聲音忽遠忽近在他耳邊迴盪，教導他「三條龍」的用法和時機。

有股巨大的力量自後方逼近，他回頭，隱約見到片片巨大青鱗閃過；下一刻，那股巨大的力量瞬間遠去，在遠空雲裡若隱若現地穿梭竄遊。

過了不知多久，王劍霆睜開眼睛，大夢初醒，呆愣愣地望著自己左掌，上頭多了三枚像是被菸頭燙出的紅疤。

「好痛！怎麼回事？」他無法理解為什麼掌心上會多出三枚燙疤，剛剛兩個流浪漢和古怪夢境似乎全忘得一乾二淨。

貳柒

磅磅、磅磅……

這間城隍府會客室裡的唾罵和棍棒打砸聲，已經持續了不知多久。

會客室外還等著最後一批「訪客」。

韓杰和張曉武每日被陰差從地下黑牢拖來這，吊在中央橫梁下，像動物園裡的熱門動物明星，開放讓外人「會客」。

這些訪客中，有各地城隍府包車來訪的陰差大隊，也有些穿著便服的黑白無常；有三教九流的幫派成員，也有零星怪客——這些傢伙全是韓杰和張曉武過往十餘年來的陰間仇家。

甚至有聽到風聲，想來湊湊熱鬧，打幾拳也過癮的無聊分子。

負責看管兩人的牛頭馬面，在訪客較少的時段裡，竟也眞讓這些無聊分子進去過過癮。

韓杰和張曉武每日「會客」，起初都會隨口調侃各路訪客幾句，或是互相鬥嘴、腦袋撞腦袋，但隨著時間流逝，話漸漸少了。

牛頭馬面會適時灌他們藥湯，在魂體重傷處塗抹藥膏——並非心軟，而是讓兩人維持著最低限度的體力，以免魂飛魄散——過幾天的大審才是第六天魔王和幾位閻王整個計畫裡的重頭戲，這裡玩歸玩，可不能眞玩死他們。

「裡頭好了沒呀！」門外最後一隊陰差看錶的看錶、哈欠的哈欠，不停催促前一批訪客動作快點。「排好久了，再排下去都沒興致啦……」

看管兩人的牛頭馬面似乎也累了，對他們身旁的春花幫幫眾搖了搖手。「時候不早了，後頭還有一隊人，你們明天再來吧……」

幫眾們聽牛頭馬面開口趕人，這才將手中電擊棒、榔頭、鐵釘球棒扔回角落工具箱離去。最後一隊陰差魚貫走入會客室，將韓杰和張曉武團團包圍。

帶頭馬面走到張曉武面前，喀啦啦扳著手指對他冷笑，「小王八蛋，還記得我嗎？」

「你老師咧……」張曉武連抬頭也懶，乾笑兩聲說：「每個進來第一句話……就是問我記不記得他是誰……每個都牛頭馬面……老子怎麼知道誰是誰！」

「哦？還有力氣罵髒話？」帶頭的轉而對看管兩人的牛頭馬面說：「兄弟，你們沒用心招呼他們？」

「早招呼膩了，留給你們玩。」看管牛頭馬面不耐地說：「快點好不好，我們等著下班啦……」

「好。」帶頭馬面點點頭，碌碌碌勾擊張曉武肚子，將他當沙包打。

另一邊，幾個訪客圍著韓杰亂毆，還連連唾罵：「混蛋！王八蛋！臭小子！你也有今天啊！神明乩身了不起呀！」

一個人高馬大的牛頭站在韓杰面前，戴著指虎拳套，不停擊打韓杰胸腹。

韓杰一聲不吭，默默捱揍。

帶頭馬面痛毆張曉武，邊打邊說：「小王八蛋，就算你不記得我，也該記得阿茂啊！」

「阿……」張曉武緩緩抬起頭，呆愣愣地望著帶頭馬面。「阿茂……」

「想起來啦？」帶頭馬面看著張曉武雙眼，又朝他腹部勾去一拳。

張曉武當然沒忘記阿茂。

阿茂是個牛頭。

是張曉武那頂牛頭面具的前任持有人。

也是劉俊毅上任城隍前，身爲馬面時的最佳拍檔。

「阿茂……」張曉武鼓起最後的力氣，問：「是……阿茂那個笨蛋叫你來揍我呀？他想怎樣？」

「他要我告訴你，皮繃緊點。今晚小菜一碟，明早要上主菜。」帶頭馬面轉身從工具箱中挑了柄電力尙可的電擊棒，轉身抵上張曉武脖子放電，電得張曉武全身亂顫。

「老兄。」這批訪客中一個牛頭，走向準備打烊收工的看管陰差，對他們說：「你們急著下班對吧……我們打不過癮，能不能先預約明天早上第一號？」

「幹嘛？梁子結這麼大呀？」看管陰差懶洋洋地說：「明早前幾個號碼都有人預定了，要排到中午以後囉。」

「能不能提前？」訪客牛頭問：「你們六點開工對吧，我們五點來，排在第一號的前面，行不行？」

「當然不行！」看管陰差瞪大眼睛，說：「大家都是牛頭馬面，你不知道城隍府排班規矩？你們拳頭癢是你家的事，要我們提前開工？你當你閻王爺呀？」

「有油水呀……」那牛頭神祕兮兮地對他們說：「你們應該知道那乩身來歷吧，他在陽世有批鬼朋友受親友供養，我們想知道他把那批鬼朋友藏在哪兒，再一網打盡，等他們陽世親友燒東西下來，嘿嘿，你們通融一下，事成之後好處少不了你們……」

「啊！」看管陰差們相視一眼，捧腹大笑。「他那批鬼朋友早就被我們帶下來了，就在樓下牢房裡呀！」「陽世確實燒了不少錢給他們，大家早分掉啦！你們派蝸牛打聽消息呀？太慢了吧！」

「是嗎？那太好了。」訪客牛頭驚喜說：「我們有其他管道，可以對那批鬼朋友陽世親友託夢，讓他們燒更多東西下來呀！」

「哦？」看管陰差這才提起興趣。「你們有辦法請他們親友燒更多東西下來？」

「能。」對方點點頭，說：「那些傢伙在火場枉死，曾經作祟過一段時間，陽世親友對他們又愛又怕，祭祀供奉勤快得不得了，初一十五都當中元普渡。過去那些鬼逗留在陽世，元寶蓮花燒下陰間都成了無主財，散落各地，現在他們被拘下來集中看管，那些元寶蓮花集中燒到他們身邊，你想想看這油水有多少呀！」

「……」看管陰差想了想，對訪客牛頭說：「你等會兒，我去向頭兒報告。」

看管陰差中的牛頭離去，留下馬面，繼續追問計畫細節。

其他訪客還圍著兩人打個不停。

帶頭馬面耗盡手中電擊棒電力，從口袋摸出根筆狀金屬管，自張曉武側腰刺進他腹中。

「唔！」張曉武睜大眼睛瞪著他，身子綳緊，顫抖起來。

韓杰本來不吭聲默默捱揍，此時察覺背後張曉武的異狀，轉頭急問：「怎麼了？」

「幹嘛？你還有力氣多管閒事？」高大牛頭一記勾拳打正韓杰的臉，又一拳勾向他下巴。

「臭傢伙，你到底說不說？」

「啊？說什麼？」韓杰被這沒頭沒腦的問話搞糊塗了。「你問我什麼？」

「我問你。」高大牛頭呵呵一笑，用一雙拳頭抵著韓杰雙頰，固定他腦袋，望著鎖在他脖子上的黃金圈圈。「你跟老警察女兒上幾壘啦？」

「啊！」韓杰訝然，正要開口，左右隨即有電擊棒抵上他身子，電得他僵直顫抖，喃喃地說：「回……回……早回本壘啦……」

混亂之中，一個牛頭掀開韓杰的囚衣，另個馬面也朝他肚子捅入根金屬管，還補上一拳，將整支金屬管沒入他腹中，並飛快貼上一片膚色膏藥。

膏藥一貼上皮肉，立刻與周邊皮肉融合，蓋住了底下金屬管侵入的傷處。

幾支電擊棒停止放電，高大牛頭仍用雙拳抵著韓杰臉頰，笑著問：「總共得幾分呀？」

「數不清了……」韓杰喘著氣說：「幾百分吧……」

「少吹牛啦！你們在一起才多久啊！」他哈哈大笑，又掄拳朝韓杰頭臉胸腹一陣亂毆。

「喂喂喂！」看管馬面見這批訪客越揍越凶狠，連忙出聲喝止。「有點分寸，別玩過火，他們還要出庭受審呀——」

「是喔……」高大牛頭這才停下手，說：「對不起喔。」

室內擴音器響起，傳來這間城隍府的城隍說話聲：「幾位朋友，來我辦公室聊聊吧。」

剛剛離去的看管牛頭也回到會客室外，對來訪陰差們說：「我們頭兒對你們的提議有興趣，想聊聊細節。」

「聰明。」帶頭馬面彈了記響指，訪客扔下棍棒刑具，隨帶頭馬面走出會客室，前往辦公室。

兩個獄卒將韓杰和張曉武放下，灌了幾碗藥湯，塗了些藥膏，將他倆拖回黑牢。

張曉武一動也不動伏在地上，聽到獄卒腳步聲逐漸遠離，掙扎起身，將臉貼上鐵欄，想探看獄卒離他多遠。

韓杰也撐著身子坐起，拉開囚衣，在腹上摸找，找著那塊肉色膏藥，撕開，見到沒入他腰部的金屬管尾端垂著一只小勾環，他咬牙捏著勾環，將十來公分長、直徑約莫一點五公分粗的金屬管緩緩拉出。

他翻看研究這筆狀金屬管，轉開尾端旋蓋，中空管身裡藏有東西。

是一卷紙管和一支針劑。

他拉開紙管，上頭寫著——

針裡的禁藥能強化你身體力量，明天清晨五點會客前注射，到時候我會帶工具解開你脖子上那東西。

俊毅。

那頭，張曉武看完紙條，嘿嘿一笑。

兩人隔著兩道鐵欄互望一眼，沒說什麼。

□

陽世東風市場韓杰家外廊道堆滿一袋袋紙摺蓮花、元寶。

王書語和許淑美在韓杰家餐桌旁摺元寶，對門劉媽領著一家子幫忙摺蓮花，一、二樓鄰居也不時送來更多蓮花和元寶。

陳亞衣盤腿坐在韓杰家地板上也忙著摺紙，摺的卻不是蓮花和元寶，而是一隻隻紙蟲紙鳥；小歸則指揮幾名雜貨店員工充當紙紮師傅的助手，在四樓一間房裡造起紙人。

幾具紙人佩劍披甲，彷如古代將士。

小歸見紙紮師傅捏著細圭筆，拿放大鏡在紙紮將士身上甲冑仔細描繪，連忙上前說：「呃……許師傅……細節不用畫太仔細，強壯能打就好……這些東西，是燒下去救人用的，不是參加勞作比賽。」

「我知道。」紙紮師傅瞪了小歸一眼，冷冷說：「我在紙人身上畫這些紋，不是爲了好看，是讓這些紙將軍甲冑堅硬、手腳有力……你不是要強壯能打嗎？」

「喔！不好意思，是我不好！」小歸鞠躬哈腰連賠不是，他手機響起，接聽講了幾句，歡呼一聲奔出房，往韓杰家奔，嚷嚷地說：「俊毅傳來消息，說見過阿武跟韓杰了，計畫沒有問題，大家再加把勁，明天一早把東西全燒下去支援他們！」

□

「什麼！」

清晨時分，一聲自門外廊道響起的吼聲，驚醒睡夢中的王書語。

她和許淑美趕到門口，王劍霆正氣急敗壞地講電話：「你們人在哪裡？我立刻過去！」

「怎麼了？」「有你爸的消息？」兩人焦急地問。

「爸……」王劍霆神情激動，落下淚來。「爸的同事……找到爸了……」

「什麼？」許淑美驚喜回屋拿外套披上，拉著王劍霆往外走。「快帶我去見他！」

王書語見王劍霆神情激動、淚流滿面，直覺不妙，低聲問他：「爸怎麼了？」

「……」王劍霆緊握拳頭，咬牙切齒地說：「有人在巷子裡……發現爸……的身體，爸的同事要我們去認屍……」

許淑美聽了雙腿一軟就要倒下，姊弟倆連忙攙住她。

陳亞衣在別間房中聽見動靜，出房見王書語三人哀淒往外走，連忙跟上問：「你們要外出？」

「我爸的身體找到了，現在要趕去殯儀館。」王書語抹著眼淚。

「現在天還沒亮，我陪你們去。」陳亞衣說。

「不，現在三點多快四點了……」王書語搖搖頭。「妳得留在這裡。」

「快四點了！」陳亞衣哦了一聲，五點一到，她就得立即待在韓杰肉身旁待命，她連忙說：「妳放心，我會把韓大哥接回來的。」

「拜託妳了。」王書語朝陳亞衣鞠了個躬，急急與母親弟弟下樓。

陳亞衣望著三人離去背影，搖了搖奏板，喊出苗姑說：「外婆，得麻煩妳陪他們跑一趟了……」

「跑一趟，跑哪呀？」苗姑睡眼惺忪，不解地問。

「他們找著老警察了。」陳亞衣皺眉說：「但我有點擔心……妳跟著他們。」

「好喲。」苗姑聳聳肩，倏地穿牆追去。

陳亞衣回頭，劉媽和小歸也都聞聲出門探看，大夥兒看看時間，回房整備一下，開始將一袋袋蓮花、元寶、紙紮將軍往樓頂運。

半小時後，老爺子和幾個早起鄰居也各自帶了家中金爐上樓幫忙——那些東風市場的老鄰居，有些是他們親友，他們聽說老鄰居們被帶下陰間，竟不是送去等待輪迴，而是無端坐了黑牢，可也著急得很。

「是，地上都準備好了。」小歸站在水塔頂講電話，朝底下喊。「俊毅說可以燒了！」

老爺子點燃元寶，拋進金爐蓮花堆，大夥兒一齊動手，十幾個金爐一一燃起火來。

貳捌

一陣皮鞋踏地聲遠遠傳入黑牢長廊。

王小明等老鄰居們害怕得打起哆嗦，知道那些傢伙又要來帶韓杰和張曉武去會客了。

一群牛頭馬面走到這排牢房前，停下腳步，持著甩棍敲了敲鐵欄，大聲說：「各位，等等會有錢燒下來，大家撿了，放進外頭箱子，知道嗎？」

幾個獄卒用板車載來一只只大木箱，堆放在整排牢房外。

「千萬別私藏，藏了也沒用。」牛頭馬面說：「大家乖乖配合，我們開心，你們也有好日子過，知道嗎？」

話剛說完，老鄰居們便見到四周空中微微發起光來。

一團又一團的火光在他們上方燃燒，火中落下一朵朵黃金蓮花和元寶，往眾人頭上落。

老鄰居們被元寶砸著腦袋，紛紛抱頭擋避——陽世燒下的冥錢，都是這麼在陰間現形，一般陰間住民當然不會傻愣愣待在火下讓祭祀供品砸，但老鄰居們被囚在擁擠的牢房裡無處可退，只能抱頭捱砸。

「嘩哈——」牛頭馬面被牢房裡的場面逗得哈哈大笑，有的揚著甩棍催促：「快快快，快把元寶放進箱子裡，別私藏呀。」

跟著，廊道裡也落起元寶雨，那些牛頭馬面有的嬉笑閃避、有的舉手去接，如參加慶典般熱鬧。

另一邊，韓杰和張曉武被幾個獄卒拘出牢房，像狗一樣牽著往外走。

牛頭馬面們在兩人經過身邊時，這個補一拳、那個賞一拐子，不打白不打一般。

兩人沒吭一聲，默默走過元寶、蓮花雨，捱著牛頭馬面的拳腳。

「下次應該讓他們用爬的。」有個牛頭提議，另個立時出聲附和：「地上撒滿圖釘是吧。」「哪來這麼多圖釘？」「買呀！一朵金蓮花，可以買一大箱了吧，哈哈哈！」

王小明蹲在老鄰居身邊，一手擋頭，一手在地上摸，摸著元寶蓮花便往外傳，讓鐵欄旁的鄰居接著放入欄外大箱中。

他抓起一朵蓮花，正要往外傳，突然覺得手掌一癢，只見有隻古怪蜘蛛從蓮花中爬上他手背，抖了抖，炸出一團小小的金火之後，留下一行淡褐色的字跡——

我是老爺子，大家別怕，我們準備救出你們。

「咦？」王小明正要細看幾遍，發覺字跡已經漸漸淡去。

他正想跟身旁鄰居說，便見到附近老鄰居不少都在看自己的手，也都收到訊息。

我是老爺子，大家撿到蓮花元寶以外的蟲和鳥兒，盡量往身上藏。

我是老爺子，蟲和鳥兒是燒下去保護你們的。

我是老爺子，我們會救出阿杰，阿杰會回頭救你們。

我是老爺子，別讓陰差發現這些蟲鳥。

老鄰居們忙亂地傳遞元寶，同時將浮現字跡的手腕、掌心、手背，偷偷地向身邊其他人展示。

一則則老爺子的零星片語，默默在十來間牢房，上百個老鄰居中傳遞開來。

「哇！還有整串的——」牛頭馬面聽見幾間牢房裡發出驚呼，眾人頭頂火團越來越大，落下的東西不再是零散元寶蓮花，而是成串的蓮花。

老鄰居們被砸得連連哀嚎，廊道上的牛頭馬面似乎躲得累了，紛紛往出口的方向退，想避開越來越大的元寶蓮花雨。他們遠遠監視牢房伸出一隻隻的手，捧著一枚又一枚元寶和蓮花往箱子裡送，興奮地討論起大夥兒一人能分多少，分到之後要買些什麼。

沒人發現那一串串蓮花中藏著更多蟲鳥。

蟲鳥從蓮花下爬出，往老鄰居身上藏，有些鳥兒爪上還抓著口罩，內側也寫著字——

我是老爺子，一人一個口罩，有多的分給旁人。

「哇！」王小明被支手機砸中腦袋，驚呼一聲撿起，螢幕上正閃爍著來電顯示。

他連忙接聽，低聲說：「喂……」

「接通了、接通了！」電話那端老爺子語氣激動。「王小明！是不是王小明？」

「是呀！」王小明瞪大眼睛，高興得要哭了。「老爺子！」

「別哭別哭……」老爺子急急說：「開視訊，讓我們看看你那邊情況。」

王小明立刻開啓視訊，拍攝牢房環境，還擠過老鄰居，來到鐵欄旁，藉著大箱屏障，偷偷將鏡頭探出，拍攝廊道和牛頭馬面分布位置。

「好。」老爺子和那頭陳亞衣、小歸討論半晌，對王小明說：「想辦法引個人過來，搶他鑰匙。」

「引人過來？怎麼引呀？」王小明抓著頭問。畫面那頭，小歸一聲下令：「開始燒大箱。」兩個小歸員工抬了個紙紮大盒，放在金爐上烤。

老爺子說：「大家護著頭，那東西不輕，砸在腦袋很疼……」

王小明感到頭頂一陣火光更盛，驚叫抱頭，落下個金光閃閃的大方盒，轟隆砸在他腦袋上。

四周牢房紛紛發出哀號。

「怎麼回事？」牛頭馬面聽見騷動，只見到廊道裡也落下兩個黃金盒子。

「那是什麼？」「好大一箱呀！」牛頭馬面嚷嚷起來，發覺元寶蓮花雨漸漸止息，便湊近檢查；一間牢房外口口大箱都裝至七、八分滿，還有滿地蓮花元寶尚未整理，牢房裡老鄰居們也捧著好幾個黃金大盒子，說：「盒子太大了，被欄杆擋著傳不出去……」

「拿鑰匙來。」一個牛頭招來獄卒取鑰匙開門，要老鄰居們將盒子往門邊傳。門打開，老鄰居乖乖奉上黃金盒子。

牛頭接過兩個盒子，用手秤了秤，隨意翻看，只見這盒子不分上下，四面無縫，古怪地喃喃：「這盒子怎麼開呀？」

他剛問完，盒子自個兒炸開了。

炸出一團金色煙霧。

「噴煙啦！快戴上口罩！」老鄰居們見到金煙炸開，立刻將鳥兒捎來的口罩戴上。

一間間牢房和廊道裡的黃金盒子接連炸開，黑牢霎時全陷入金色迷霧之中。

身陷金煙的獄卒和牛頭馬面，被嗆得淚流滿面，一時之間什麼也看不見，亂成一團。

老鄰居口罩泛著白光，使他們不受金煙影響。他們將開門的牛頭一把抓進牢裡，幾隻紙鳥落在牛頭身上，倏地爆炸，炸出一陣電流，電得那牛頭手腳發軟，被老鄰居們壓在地上圍毆，搶下他手中鑰匙，還將他面具都給摘了。

第一間牢房裡的老鄰居衝出牢房，在金煙中驅趕著蟲鳥襲擊獄卒和牛頭馬面，用鑰匙開啓其他牢房。

「怎麼回事？」「怎麼爆炸了？」遠處牛頭馬面見廊道金煙瀰漫，不時發出陣陣爆炸聲響和同僚哀嚎聲，急衝上查看，跑得快的衝進煙中，被嗆得頭昏眼花；跑得慢的聽見前頭同僚呼救，嚇得停下腳步，卻見金煙裡飛出一隻隻紙鳥，見牛頭馬面就撞，一撞上就爆炸。

炸出激烈電流和更多金煙。

就連元寶和蓮花，也開始爆炸噴煙。

老鄰居們救出所有人，搶來板車，載著一箱箱噴煙元寶，驅使大批蟲鳥往外衝鋒。

□

韓杰和張曉武又被獄卒帶進會客室，戴上鐐銬、吊上橫梁，將他們雙腳銬在一起。

昨日來訪那隊陰差已久候多時，聚在一張桌前檢視著自己帶來的幾樣「刑具」——一支大型油壓剪、一組線鋸、一把快刀、一箱古怪藥物。

負責看管兩人的牛頭馬面見狀有些不安，焦急詢問：「喂喂喂，你們要用這些東西招呼他們？」

「是呀？」帶頭的馬面問：「不行嗎？」

「當然不行！」看管牛頭說：「不是說過了，他們過幾天還要大審，你們要是把他們玩到魂飛魄散，我們怎麼跟上頭交代？」

「放心。」高大牛頭從藥盒中取出一瓶藥，晃了晃說：「接身油都準備好了，剪根手指腳趾接回去，沒什麼呀——鬼魂又不是陽世人身，沒那麼脆弱，不然你們以為十八層地獄裡那些傢伙們，怎麼待上幾百年呀。」

「嘖……」看管陰差一時有些為難——他們可不是介意韓杰和張曉武受苦，但他們城隍府受命看管這批人犯等候大審，平時開放讓大家會客練拳頭只是好玩順便拉攏關係，要是玩壞了人犯，可難以向幾位閻王、陰間大老交代了。

「等等、等等！」看管牛頭見帶頭馬面扛著油壓剪來到韓杰面前，打量著韓杰手腳、耳朵鼻子，像在肉攤選肉，連忙說：「我去請示咱頭兒，你先別亂來啊！」

高大牛頭走到張曉武面前，舉著大拳頭朝張曉武腹部打了兩拳，又繞去敲敲韓杰腦袋、掐他脖子，催促說：「好，等你請示。」

看管牛頭急急離去，看管馬面見這隊陰差持著各種工具，團團圍著兩人，不時東搥一拳、西搧一掌，不免好奇問：「這兩個傢伙跟你們到底多大仇呀？恨成這樣？」

「這兩個傢伙壞透了。」帶頭馬面說：「一個在地下惹是生非、一個在地上惹是生非，給大家添不少麻煩。」他又往韓杰腹部打了一拳，說：「你看，被關在地牢裡還能偷打禁藥，一身肌肉結實得很，難怪怎麼打都打不怕。」

「什麼？」看管馬面聽了愕然，急忙走近檢查，見兩人雙瞳微微擴張，脖頸頭臉筋脈浮突，確然是施打禁藥後的跡象，氣急敗壞地揪著韓杰頭髮亂扯逼問：「你們打了藥？藥哪來的？」

「我幹嘛告訴你？」韓杰冷冷說。

「來問我，我跟你說。」張曉武挑釁。

看管馬面急繞到張曉武面前，瞪著他逼問：「說。」

「我突然又不想說了。」張曉武朝他做起鬼臉。「呵呵。」

「喝！」看管馬面暴怒之下，猛打張曉武兩拳，突然聽見警鈴大作，奔出會客室探看，見獄卒、同僚陰差們紛紛往地下牢房方向趕去。「怎麼回事？」

「底下出事了！」「那些人犯造反啦！」大隊陰差帶甩棍、電擊棒趕去支援地下黑牢。

會客室裡，帶頭馬面朝幾個夥伴使了個眼色，大夥兒同時動作——

扠手站在監視器下的馬面，轉身一棒打爛監視器。

門旁的牛頭迅速關門、放下對外窗窗簾，還推來幾個櫃子擋住門窗。

高大牛頭嘻笑一聲，雙手一抖，西裝袖口落下兩個假拳頭，又脫去寬大西裝和西裝褲，裡頭是T恤和短褲，以及一雙超過三十公分的特製厚底鞋——這雙厚底鞋之前被西裝褲蓋住僅露出鞋尖，看來像是男用皮鞋。

「穿那鬼鞋子累死人了！」踢去超高厚底鞋的牛頭摘下面具，露出裡面的馬頭——顏芯愛。

她取下繫在頸上的變聲器，拍拍兩人的肩，笑嘻嘻地說：「不好意思呀，兩位大哥，昨天出手大力了點，戲要做足。」

「不會。」張曉武嘿嘿笑說：「一點也不痛，妳拳頭沒力，跟蚊子叮沒兩樣，去跟那小子道歉，他被妳打哭了。」

韓杰懶得理張曉武廢話，向帶頭馬面——俊毅城隍道謝。「謝啦。」

「別客氣。」俊毅舉起油壓剪，啪啦剪斷韓杰手上鐐銬鐵鍊，讓韓杰與張曉武雙雙落地，跟著又剪斷兩人相連腳鐐。

「吼——」張曉武從顏芯愛手中搶下她剛摘下的牛頭，往自己臉上一戴，像是大金剛般搥起自己胸口。「我要抓狂啦——」他喊了幾聲，望著顏芯愛。「我的面具上有妳口臭，妳沒刷牙就戴我面具。」

「屁啦！」顏芯愛惱火搥了他一拳，從隨身背包中取出一個大獅頭拋給張曉武，自己也戴上一只大虎頭。

幾個牛頭馬面紛紛脫去一身西裝藏入背包，全穿著短褲和T恤，還取出熊頭、狗頭造型的大頭罩戴上——他們假冒外地城隍府名義前來會客，可不能敗露身分，免得事後被追究責任。

「這東西這麼硬，沒有鑰匙可以開？」韓杰見俊毅將油壓剪抵上他脖子，想硬剪開他脖子上的黃金圈圈，連忙問：「不能先出去再想辦法開？」

「打出去不是不行，但他們很快會通報黑白無常來支援，我們要是洩露身分，以後別想在底下混了。」俊毅用油壓剪鉗著韓杰頸上的金圈，出力硬剪。「地上媽祖婆乩身朋友準備好了，我們一破壞這東西，她立刻會將你的法寶傳下來給你，你自己打出去，掩護我們離開。」

「好辦法。」韓杰豎了根拇指。然而，俊毅使足了全力，仍剪不斷他頸上金圈。

「讓我來！」張曉武上前一腳踢在韓杰膝蓋彎上，讓他跪倒在地，跟著搶過油壓剪，吆喝一聲，猛地出力——

還是剪不斷。

「曉武哥，你沒打禁藥嗎？」顏芯愛見張曉武胳臂筋脈浮突，已使出吃奶的力氣，此時他還戴上牛頭面具，卻仍剪不斷韓杰頸上那阻隔陳亞衣神力的金圈，不禁愕然。「用鋸的鋸看看！」

「幹這到底什麼東西做的？」張曉武又吆喝著剪了半天，還是剪不斷，只得扔了油壓剪，和顏芯愛、俊毅圍著韓杰，用線鋸鋸起圈圈。

「等等、等等。」韓杰被三人出力扯得東倒西歪，連連問：「沒有其他工具可用嗎？」

「有！」顏芯愛說：「但有點失禮。」

「失禮？」韓杰愕然。「還有工具就快拿出來呀！怎麼會失禮？」

「眞是好漢，我佩服你！」顏芯愛立刻扔了線鋸，轉去桌前拿最後一樣工具。

門外響起陣陣拍門聲，和剛剛上去請示城隍的看管牛頭聲音。「喂！門怎麼鎖上了，裡頭在幹嘛？快開門！」

俊毅也扔了線鋸，向眾人使了個眼色，將韓杰從地上拉起，壓在桌上。跟著從顏芯愛手上接過那柄快刀，對韓杰說：「情況緊急，請你見諒。」

「什麼？」韓杰瞪大眼，這才明白最後一招竟是要斬他脖子，讓他頭身分家，好取下項圈，本能地出力反抗，急問：「你們沒其他辦法？鬼被砍了頭能接得回去嗎？」

「當然可以！」顏芯愛笑嘻嘻地托著一盒古怪藥水來到他面前展示。「接身油，最高級的，就算頭被劈成兩半也黏得回去！不過時間太趕，沒準備麻醉藥，還是你要用電擊棒先電兩下？」

「不行。」俊毅說：「用電的他會亂動，砍錯地方要接更久。」

「幹原來你怕痛呀？」張曉武伸手在韓杰腦袋上拍了一下。「老子被司徒史鋸開身子刑求的時候，你還在喝奶對吧？」

「我會怕痛？」韓杰聽門外拍門急促，哼的一聲伸長脖子，說：「砍準點！」

「好。」俊毅雙手握著斬刀，高高舉起，照著韓杰頸子一刀砍下。

噹——這刀砍在金圈圈上，刀刃滑開，削進韓杰背上。

「我操！」韓杰愕然，睜大眼睛瞪著俊毅。

俊毅連忙拔出刀，驚愕望著出現缺口的刀刃。

「幹哈哈哈哈！」張曉武捧腹大笑。

「俊毅，你很掉漆！」顏芯愛驚呼一聲，揭開藥瓶，對著韓杰背上刀口猛倒藥。

「阿武，把這東西撥開點！」俊毅令張曉武將金項圈拉近韓杰下顎，舉刀要再砍。

「砍準點老大！」張曉武按著金圈，見俊毅戴著顆大獅頭，問：「你是不是看不見？要不要把那公仔頭拿掉呀？」

俊毅沒理他，一刀劈下，卻猛地止住刀勢——

斬刀停在竄至刀下的金項圈上方。

「哇幹！」張曉武愕然大叫：「這東西會動！」

「不是吧，這項圈會主動擋刀？不讓我們取下它？」「這到底是什麼？」大夥兒驚叫起來。撞門聲越來越大，門外陰差似乎開始使用工具破門。

「開門！」「裡面那隊人是不是俊毅城隍？」

俊毅咬牙想了想，扔下斬刀，回頭拾回線鋸，要眾人將韓杰抬到地上按著，將線鋸繞過他頸子，對韓杰說：「老兄，抱歉。」

「別囉嗦。」韓杰像是曉得俊毅想用什麼方法，說：「把你吃奶的力都用出來！」

「好。」俊毅單膝抵在韓杰背心，雙手揪著線鋸兩端，開始硬鋸。

「嘶——」韓杰咬緊牙關，被鋸開咽喉，似乎也沒想像中疼——畢竟他此時並非凡人肉身，而是鬼魂；鬼被鋸脖子當然也是極痛，但和鐵鏽尪仔標副作用相比、和過去無數次與邪魔大戰時種種傷痛相比，鋸脖子的痛，大概排在中段而已。

「按住項圈！」俊毅發覺金項圈又開始晃動，干擾他鋸頸，氣得急喊。

顏芯愛拉住金項圈，項圈力量奇大，她戴著馬面面具竟也無法按牢項圈。

張曉武推開她，用油壓剪緊鉗住項圈，還伸腳踩著韓杰肩頭，將項圈硬拉到他下顎處。

「忍著點！」俊毅猛力狂鋸，一口氣鋸開韓杰氣管，鋸入魂體頸椎。

「……」韓杰咬牙緊閉雙眼，突然覺得頸上金項圈激烈震動起來。

黃金項圈忽地變化形狀，竄出一條條古怪金屬支架，鞭開俊毅、張曉武，捲上韓杰四肢，將他整個人自地板拉起站直，還不停延伸出新支架，在韓杰四肢、身軀纏結緊繞。

「什麼？」「這到底是什麼東西？」其他人駭然望著飛快變形的金項圈，不知所措。

下一刻，項圈在韓杰背後結出一顆虎頭，虎口大張，要咬韓杰腦袋。

韓杰陡然撇頭——頸子被鋸裂一半的韓杰這麼一撇頭，腦袋撇成了個嚇人角度，像是折斷一般，避開這一咬。

「這是大枷鎖！」俊毅出聲提醒。虎頭被韓杰避開，正要咬第二口，讓俊毅一把揪住雙耳。「小心，別讓虎頭咬他腦袋！」

張曉武反應也快，將油壓剪橫地伸過虎口，卡在虎頭嘴上。

顏芯愛等忙亂中也撿了地上鎖鍊，將油壓剪連同虎頭嘴巴纏繞數圈，還取出手銬鎖死鎖鍊，讓大枷鎖上的虎頭無法動彈——

一旦被咬著腦袋，韓杰便完全受大枷鎖控制，不但增加眾人救援難度，甚至會與韓杰打個兩敗俱傷。

此時眾人將大枷鎖虎口鎖死，大枷鎖僅固定著四肢，韓杰還能用意志抗衡，即便如此，大枷鎖的怪力還是超乎眾人想像，控制著韓杰手腳，揮拳踢腿，逼開眾人。

門外撞門聲愈發激烈，窗也破了，遮著窗的大櫃不時往內傾，一個牛頭用後背死擋著櫃子，好幾次差點被推開，急急喊著：「快擋不住了！」

「沒辦法了，用最後一招！」俊毅眼見外頭陰差要衝進來，只得從口袋取出兩管針，往自己頸上一插，將藥液注射進魂身。

顏芯愛等見狀，也紛紛取出能大幅強化鬼魂力量的禁藥打進體內，再一擁而上，試圖壓制韓杰手腳，仍立刻被韓杰揮拳打退。

「還有沒有，多給我打兩管！」韓杰怪叫。

「有！」顏芯愛又摸出兩管針，繞到韓杰背後，對著韓杰屁股扎了兩針，注射藥液。

「嘶——」韓杰眼瞳忽張忽縮，感到怪力在體內暴增——他想起在六月山事件中，那壯碩金牙也曾注射這類禁藥，變得力大無窮。

他猛地出力再出力，將雙手舉至胸前，緊緊抓著胸口幾根狀似肋骨的大枷鎖支架，任憑大枷鎖怎麼扯他胳臂，他也不鬆手。

「這姿勢好！」俊毅迅即取出新的手銬，將韓杰雙手和大枷鎖肋骨狀支架銬在一塊兒。

大夥兒吆喝一聲，將韓杰整個人扛起。

外頭幾個陰差持著撞門鎚，撞開了擋著窗的櫃子，見到裡頭一群戴著熊獅虎豹大頭、短褲T恤的怪傢伙，扛著被銬成古怪姿勢、腦袋歪向一邊、脖子要斷不斷的韓杰，可全嚇傻了眼，驚呼喊：「你們在幹什麼？」

「幹什麼？幹你老師啊！」張曉武左手鐵鎚、右手電擊棒，一記飛踢躍出窗外，和外頭陰差打成一團，他獅頭頭罩底下也戴著牛頭面具，加上打了禁藥，力氣比尋常陰差還大上許多，連日受虐的怒火終於找到了宣洩管道，對著會客室外幾個陰差狂毆猛砸起來。

俊毅等將韓杰扛出會客室，往地牢方向奔。城隍領著陰差死守地牢出口，不停朝底下射擊電擊槍。

俊毅正要喊張曉武殺去衝鋒，便見地牢出口擁出大批抓著金蓮花的紙鳥，紙鳥撞上陰差會炸出電流、金蓮花會炸出金煙，一陣亂炸，逼退城隍和幾個陰差。

老鄰居們衝出地牢，遠遠瞧見韓杰脖子斷裂，還被群怪傢伙扛著，立時竄來要救。

「等等！」韓杰沙啞急喊：「他們是來救我們的，快開路，大家殺出去——」

「哇幹？哈啾！」張曉武被廊道瀰漫開來的金煙嗆得什麼也看不見，手裡被老鄰居塞了個口罩，本能往臉上一戴，只摸著獅頭，他將口罩伸進獅頭內，口罩形狀卻又和牛鼻子不合，接連打了好幾個噴嚏，口罩也不知落在哪兒了。

「這什麼煙？戴著兩層頭罩還滲進來？」俊毅這批陰差被金煙嗆得眼冒金星，一時分不清前後左右。

「阿武——」小歸的聲音自王小明手上的電話發出。「肥宅，開擴音，把電話拿給牛頭張曉武！」

「不要叫我肥宅！」王小明將電話轉擴音，奔向韓杰，嚷著：「哪個是牛頭張曉武？」

「幹！誰喊我名字？」張曉武怪叫，聽見小歸的聲音自遠而近，驚訝呼叫：「小歸，是你？」

「沒錯，是我！」小歸大叫：「別慌，這金煙很厲害，讓東風市場老鄰居指引你們出去。」小歸透過手機，急急下令：「朋友們，把他們帶出城隍府，把韓杰帶回來——」

顏芯愛閉著眼睛，感到有隻小手牽著了她，往前飛拉，便緊緊跟著。

老鄰居們三五成群，拉著俊毅等陰差往外衝；不時有陰差殺出攔路，全被陳亞衣的紙鳥紙蟲炸出的金煙逼退。

大夥兒一鼓作氣衝出城隍府。

貳玖

街道上來來往往的陰間住民，全被城隍府衝出的詭怪陣仗嚇得退開一大圈。

前後都響起刺耳警笛，是鄰近城隍府趕來支援的陰差。兩輛黑頭車打橫停下，幾個陰差舉起電擊槍指著遠遠朝他們衝來的老鄰居們吆喝：「停下，不准再往前——」

「肥宅別停，給我往前衝！」小歸朝手機大喊，邊對身後員工下令：「就是現在，燒！」

「不要叫我肥宅。」王小明吼著：「我叫王小明！」

幾個員工，在造了一晚的八隻紙將軍身上點火，紙將軍身上都貼有韓杰的快遞紙錢。

四個乾奶奶左右揪著王小明胳臂，架著他往前衝鋒。

王小明腦袋上耀出八團火雲，露出紙將軍的腦袋，跟著是紙將軍的胸肩雙手，然後是雙腳。

「那是什麼東西？」空中奇景讓攔路陰差看得傻了，見乾奶奶衝來，這才急急開槍。

乾奶奶捱了電擊槍，哀嚎退下，但緊跟在她們身後的紙鳥，揪著蓮花撞上兩輛黑車，再次炸出金煙和電流。

幾個陰差嗆咳站起，只見四周金亮刺眼，一個個老鄰居衝過他們身邊，氣得舉槍要攔，但被一道大影竄來，一拳打翻在地——

是那些高頭大馬的紙將軍。

八隻紙將軍燒進陰間，打翻一票陰差，在小歸指揮下，很快奔去最前頭開路。

紙將軍身披重甲、力大無窮，不怕槍不怕棍也不怕電，撞上陰差座車，兩個紙將軍一齊出力，能將整輛車都翻了。

「怎麼回事？」陳亞衣的聲音從手機傳來。「人救出來了嗎？爲什麼我還是沒辦法將神力傳給韓大哥？」

俊毅聽了急答：「他被大枷鎖困著魂，解不開，我們把他送回去，你們自己處理！」

「什麼？大枷鎖？那乩身被鎖上大枷鎖？快讓我看看是哪一款！」小歸從張曉武拍攝畫面看見韓杰的模樣，驚呼：「啊呀，好像是『黃孩兒』，是陰間最高級的大枷鎖之一呀！」

「啥小？」張曉武問：「那怎麼辦？」

「不管，先送來東風市場再說吧，我打電話下去找找有沒有懂得開大枷鎖的鎖匠……」

小歸急急地問：「你們現在到哪兒啦？什麼？才到那附近？用跑的太慢啦，是鬼就給我上天用飛的！通通給我飛起來——」

老鄰居們聽了小歸號令，紛紛浮空跑起，有的快有的慢，王小明見身邊老鄰居紛紛跑上半空，也急急往上蹦，呀呀叫著：「用飛的？可是我飛一下就喘了耶……」

「當鬼還會喘，你還說你不是肥宅！」小歸嚷嚷，回頭下令。「燒！」

幾個員工開始燒起最後兩袋紙紮物。

王小明腦袋上方，再次聚出火雲，落下十來盞天燈，每座天燈底下都垂著十數條繩索。

飛得快的老鄰居們牽著飛得慢的，讓他們抓上繩索，隨著天燈飛。那些天燈體積不大、火也不旺，但鬼魂比人身輕得多，一盞天燈拖著十餘隻鬼，也沒減緩速度。

八個紙將軍身子一抖，一身厚甲唰唰變形，竟變成一對巨大紙翼，乘著八個飛將軍，高高升天護衛。

「喝！」底下幾批陰差緊追在後，見這百來囚犯竟全飛上天，也跟著飛起要追，隨即被護衛紙鳥炸落，急得撥電話求援。

「那是什麼？」四個乾奶奶隨著紙將軍在前頭開路，見到前方飛來三架直升機，跟著便聽見後頭俊毅等人驚呼。

「小心，是黑白無常來了！」顏芯愛等急急說：「直升機上有配備機槍和火箭彈，我們闖不過去！」

「別怕！」小歸立時接話，得意地說：「我早準備好了。」

「準備好？你打算怎麼做？」張曉武問電話那頭。

「看見那棟大樓沒有？招牌超大超醜的那個。」小歸講了那招牌名稱，眾人立時望向斜前方一棟頂著巨大醜招牌的大樓。

「招牌底下有批軍火。」小歸高呼下令。「大家先去那裡。」

紙將軍經紙紮師傅特製，能聽小歸號令，也不等俊毅、張曉武等人決定，拉著天燈就往那棟大樓飛去。

三架直升機也急急加速駛來。

老鄰居們來到大樓上空，紛紛放開繩索，躲進招牌底下；八名紙將軍聽令，拉出藏在招牌底下的大箱，取出火箭筒和重機槍。

「喝——」俊毅見狀，愕然朝拿手機的張曉武大呼小叫。「你這老小子連火箭彈跟重機槍都弄得到？」

「我本來就弄得到！過去沒買是我不需要，也不想讓你爲難，這次是爲了支援你們才弄來這批東西，好貴的你知不知道？」小歸喊。

張曉武轉述：「他說這批東西很貴，他是爲了救我們才弄到手的。」

「我聽得見！」俊毅惱火大罵，一時也不知該說些什麼——他一向自律甚嚴，這次爲了救張曉武，不但闖入城隍府劫囚，還施打禁藥，且跟隨眾人正準備向黑白無常開戰。

「老大！」和俊毅一同壓著韓杰的牛頭馬面，見到黑白無常的直升機駛近，驚恐地問：「這些紙人要用火箭筒轟黑白無常？」

「幹！不過就是黑白無常，有很大嗎？」張曉武哈哈大笑，指著自己的獅頭頭罩說。「多炸幾個，替阿茂報仇。」

他這話說得沒頭沒腦，但俊毅等人自然明白他的意思——牛頭阿茂是俊毅的搭檔，許多年前，就死在黑白無常槍下。

張曉武後來接替了阿茂的位子，擔任牛頭至今。

「對阿茂開槍的黑白無常，又不是前面那幾個……」俊毅沒好氣地說。

「他們現在要對我們開槍啦。」張曉武說完，前方果然槍聲大作。

三架直升機降下機砲，朝八個紙將軍開火，機艙左右機門大敞，黑白無常探身出來也不停補槍。

紙將軍被轟得連連後退，也開火還擊——他們手上那巨大重機槍，威力僅略遜於直升機機砲，轉眼將三架直升機射得起火燃燒。

兩個紙將軍扛起火箭筒，朝直升機發射火箭，嚇得機上黑白無常跳機遁逃。

三架直升機在空中炸成火球，紙將軍們扛著重機槍追到牆邊，朝底下凶猛掃射，將幾個躲在牆邊伺機翻牆攻來的黑白無常全擊落。

「好了！出發！」小歸歡呼下令，整隊人再次升空，被機砲掃射過的紙將軍飛得不如剛剛快速，便轉去斷後防守。

東風市場已近在數公里外，後方又疾飛來六架直升機，大隊陰差座車也急追而來。

「最後一招！」小歸大喊。

「你還有招？」張曉武驚問。

「有。」小歸哈哈大笑，說：「看到天燈底下有個小拉環沒有，快拉！」

「小拉環？」眾人抬頭，果然發現每盞天燈下方都有個小小的拉環。

幾個動作俐落的老鄰居伸手去拉，一盞盞天燈底下啪啦揭開，垂下一具古怪東西——模樣和火箭有七成相似。

「等等，這是什麼？」張曉武見那像火箭造型的古怪裝置，尾端洞口冒出青火，感到有些不妙。

「所有人抓緊啦！」小歸哈哈大笑，十來盞天燈下的裝置尾端耀出火焰，唰地讓天燈速度加快十倍，直直往東風市場竄。

「哇——」老鄰居揪著繩索，像是落水的行車蟻，你拉著我、我拉著你——魂魄不似人身沉重，儘管衝勢又快又猛，但大夥兒在空中緊抓彼此，倒也牢靠，直到天燈將百來老鄰居和俊毅、韓杰等衝砸上東風市場頂樓和四周街道，也沒有落下任何一人。

追在後方的幾架直升機，則被回頭接戰的八名紙將軍截下，紙將軍被轟得起火燃燒，化爲灰燼，六架直升機也被擊落四台。

剩餘兩架急起直追，終於抵達東風市場時，墜落街道上的老鄰居也紛紛躲入市場中。

直升機飛至上空，只見東風市場頂樓立起旗幟，閃耀著金橙光芒。

大隊陰差座車將周邊巷道擠得水洩不通，陰差紛紛下車，見市場騎樓外也插滿旗幟——這是神明陽世聚會所的特有標誌，聚會所相對應的陰間建築，屬於天庭轄區，不歸陰間管轄。供神明聚會喝茶的陽世據點，除非有神明許可，否則即便是陰差也不能隨意闖入，否則要是讓有心人士摸入裡頭開鬼門，便能直通聚會所內部。

桃園劉媽家也是如此。

話雖如此，但韓杰是大審要犯，有些城隍見四周旗幟光芒耀眼，打了幾通電話進閻羅殿，被氣炸的閻王吼得六神無主，只好硬著頭皮領手下強行硬闖。

幾隊陰差攻入東風市場，循梯向上，剛要上四樓，便見到兩道古怪身影站在樓梯口。

胖流浪漢摳著耳朵打哈欠。

瘦流浪漢坐在階梯，拿手機拍下幾個帶路城隍。

「你……你們是什麼人？」幾個城隍感到這兩個流浪漢身上氣息古怪、非人非鬼。

「我們在陽世附在凡人身上向底下顯聖。」胖流浪漢開口：「這裡是天庭轄區，不歸陰差管。」

「兩……兩位到底是哪位呀？」城隍儘管害怕，但上有閻王命令，也不甘空手而回。

「我們追捕陰間逃犯，上百個逃犯逃進這裡，閻王有令一定要將人帶回去。」

「我數到十。」瘦流浪漢說：「再不滾，我要下去趕人了。一、二、三……」

他邊數邊起身，身上氣息流轉，腰際隱隱浮現一柄長劍。

幾個城隍嚇得不知所措，進退兩難。

胖流浪漢往口袋掏掏摸摸，摸出一張破破爛爛的名片，朝幾個城隍拋去。

城隍接過名片，上頭寫著個英文名字，一時也認不出究竟是天上哪位神仙，突然感到那張名片滾燙炙熱，上頭還隱隱浮現一面兵馬旗幟。

幾個城隍見了那旗幟字號，這才驚覺兩人來頭極大，嚇得魂飛魄散，邊退邊喊：「走走走，我們走！」

「八。」瘦流浪漢緩緩往下，手按腰上長劍。「九。」

「對不起、對不起！別數了……」城隍和陰差們連滾帶爬地下樓，不少陰差腳步踉蹌，跌得東倒西歪，一路滾下樓去。

「……」兩個流浪漢互望一眼，聳聳肩，身影緩緩消失。

□

「兩位將軍辛苦了。」

劉媽端著兩杯茶，來到坐在雞排攤旁的兩個流浪漢身前，對他們微笑點頭。兩人本來閉著眼睛，口中唸唸有詞，聽劉媽說話，這才睜眼，雙雙接過茶。

胖流浪漢一口飲盡，豎了個拇指。「好茶。」

瘦流浪漢瞇著眼睛聞嗅茶香，細細品嚐：「怪不得大家都喜歡上妳家串門子，妳泡的茶確實對味兒。」

「過獎。」劉媽待瘦流浪漢喝完茶，接回杯子，問：「連兩位將軍都出面了，是不是表示天上對這件事已經有了定奪？太子爺他……」

「不。」胖流浪漢搖搖頭。「咱家主子感念那漢子生平作爲，派我們來送點祝福給他。至於中壇元帥和他乩身那些事情，我家主子沒表示什麼。」

瘦流浪漢補充：「倘若地底邪魔正式入侵人間，天庭當然不會坐視，但那魔王和太子爺是私仇，今天這個派爪牙上來作亂、明天那個派乩身下去吵鬧，冤冤相報好多年……」

「可是……」劉媽似乎想說些什麼，但只見兩個流浪漢身子一抖，兩眼發直，互相望了望，像是不明白爲什麼此時身處在此，還站在陌生的大嬸面前。

劉媽隨即察覺到東風市場樓上乍現一股凶猛陰氣，她啊呀一聲，轉身急急上樓，陰氣早已消失無蹤。

她氣喘吁吁地奔上四樓，來到一間房外，屋內有個充氣泳池，池中盛著八分滿的黑水猶自波瀾晃盪著。

一群戴著獅虎熊豹大頭罩的詭異傢伙癱軟倒在房內，都筋疲力竭。

「發生了什麼事？」劉媽愕然望著這滿屋怪異傢伙。

「剛剛那是啥？」「是天上神仙？」東倒西歪的怪傢伙們沒有回答劉媽的問題，似乎也一頭霧水。

劉媽聽見韓杰家中傳來陳亞衣的喊聲，趕緊奔去，碰上站在韓杰家門外探頭探腦的劉爸，也湊上前看——韓杰的肉身仍躺在床上，魂魄卻癱躺在肉身上，腦袋歪向一邊、頸子裂開一大半，渾身都是撕裂傷口。

小歸雙手托著韓杰魂魄腦袋，將他腦袋扶正對準脖子；陳亞衣則舉著奏板、白光繞身，雙手一揚，令白光裹上韓杰全身，修補他魂魄傷勢，將魂魄推入身中。

剛剛癱倒在泳池房裡那批怪傢伙也擠來韓杰家門口張望，你一句、我一句討論剛剛經過。劉媽聽了一陣才知道究竟發生了什麼事——

原來俊毅等人押著韓杰落回東風市場，按小歸指示，找到事先安放在四樓空房的充氣泳池鬼門，返回陽世。

韓杰身上的大枷鎖黃孩兒力大無窮，俊毅等戴著陰差面具，還打了不只一管禁藥，與同樣注射禁藥的韓杰聯手施力，這才勉強壓制住大枷鎖；他們通過泳池鬼門時，所有人氣力幾乎放盡。

那時從韓杰家中衝來接應的陳亞衣，遠遠便感到黃孩兒狂氣嚇人，隨即又見廊道長桌上一尊尊神像顫動且發出金光；她來到泳池鬼門房外時，黃孩兒已四分五裂自韓杰身上碎散崩脫、化成煙霧。

張曉武等牛頭馬面對那轉瞬過程各說各話，有的說混亂中四周金光閃閃什麼都看不清楚，有的說看到一黑一白兩道身影現身屋內，有的說看見個白甲將軍拔劍，有的說看見個黑袍大漢斬刀。

總之這黃孩兒，剛出鬼門來到陽世，轉眼就給滅了。

張曉武還罩著獅頭大頭罩，興奮地對著廊道裡一排排長桌喧嚷：「是不是你呀詹姆士？你還記得我嗎？當年謝謝你呀詹大哥！」

張曉武喊了幾聲，獅頭頭罩突然被人重重拍了一巴掌，他回頭，什麼也沒看到，只聽見廊道隱約迴盪起罵聲——

「媽了個巴子！你小子過了這麼多年，還當上陰差，怎還是不讀點書啊！James周，老子姓周不姓詹呀！」

「詹姆士姓周？」張曉武摘下頭罩，露出底下的牛頭面具，四顧張望，卻只隱約聽見一聲粗口，便再沒其他回應。

參拾

「姊？妳又生氣啊？」王劍霆嘻嘻笑著，俐落操縱電玩角色，劈里啪啦痛毆對手。

「沒有。」王書語面無表情地在遊戲中被弟弟操縱的電玩角色毆打。

「妳沒生氣的時候，比現在強一點。」王劍霆搖出一記氣功將王書語的角色擊倒，贏下第十九場。

「我沒有生氣。」王書語連按按鍵，挑選同一隻角色。

「我口好渴……」王劍霆放下搖桿走向冰箱，偷偷瞥了時鐘一眼——十一點四十三分。他拉開冰箱，瞧瞧裡頭罩著透明蓋子的生日蛋糕上七顆大草莓，吞了口口水，悄悄蹲下，伸手要打開透明罩，突然聽見王書語說：「原本有九顆草莓。」

王劍霆吐吐舌頭，拿了兩包冷飲，笑咪咪地走回電視機前，遞了一包給王書語。「媽說我們想吃可以吃啊……」

「我沒說你不能吃，只是要你別偷吃，你有種就光明正大吃。」王書語這麼說時，眼神冷冽得像把刀。「就算偷吃，也不要偷偷調整其他草莓位置，被你的手摸過，誰還敢吃。」

「可是媽還沒吹蠟燭……」王劍霆嘻嘻笑。

「你也知道媽沒吹蠟燭啊。」王書語冷冷說。

「爸不回來替媽唱生日快樂歌……」王劍霆說：「媽怎麼吹蠟燭……」

王書語沒答話，也不喝飲料，捧著電玩搖桿盯著電視一語不發。

她其實連晚飯也沒吃。

今天是許淑美生日，許淑美知道王智漢這幾天忙，特地九點才開始上菜，但等到接近午夜十二點，王智漢還是沒回家。

許淑美和王劍霆早吃完晚飯，王書語卻賭氣似的，硬是一口也不吃，連水也不喝。

「我上個月就提醒過他了。」王書語說。

「妳提醒爸要替媽過生日呀？」王劍霆吸了半包飲料，選了角色，點下開始。

「是呀。」

「妳太早提醒，他怎麼會記得。」王劍霆再次在遊戲裡痛毆王書語。

「我每兩、三天就講一次，他都說好、記得、一定提早回來、絕對不會加班。」王書語面無表情地說：「從上個禮拜開始，我每天都提醒他，早上出門前、晚上他回家之後。」

「說不定他本來記得，但是妳一直提醒反而讓他麻痺了，哈哈哈！」王劍霆哈哈笑著，再次擊倒王書語，轉頭見她臉色更臭，便不敢再取笑她。

兩人默默無言又打了幾場，王劍霆又贏數場，不時偷瞥姊姊，觀察她的怒氣值變化。

叮咚——電鈴聲響起，王劍霆像是等到救星般奔去開門。

王智漢嬉皮笑臉地返家，嚷嚷地對兒子說：「你媽呢？睡啦？」

「在房間看連續劇等你回家。」王劍霆說。

王智漢走進客廳，見到女兒眼神冰冷盯著電視不看他，他彷彿察覺到殺氣般瞬間明白一切，但仍嘻嘻哈哈對著房間喊：「淑美，生日快樂喲——」

「先去洗腳！」王書語突然站起，擠過王智漢，走回自己房間。

「遵命喔，女兒大人。」王智漢見她走遠，回頭看了電視一眼，低聲問王劍霆：「你們幾比幾呀？」

「二十四比零。」王劍霆豎著拇指頂頂胸口。「我全勝。」

「她技術沒那麼差。」王智漢問：「她在生氣啊？」

「可能吧。」王劍霆說：「你快去洗腳帶媽出來吹蠟燭，我要吃蛋糕啦！」

王智漢聳聳肩，奔進廁所擠了沐浴乳把臭腳洗香，嘻嘻笑著走向主臥房，卻被王書語攔下。

王書語將一個小盒和一張卡片遞給他。

王智漢打開小盒，裡頭是對銀耳環，卡片上頭寫著——

淑美，生日快樂，謝謝妳一年辛勞顧家。

「早知道你會這樣。」王書語塞了支筆給他，冷冷說：「簽上你的名字，拿進去給媽，要誠懇一點。」

「哼。」王智漢接過卡片簽了名，將筆扔還給王書語，轉身走進主臥房，用破爛歌喉唱起難聽的生日歌。

「等等等等！」許淑美皺眉，抬手示意王智漢閉嘴——

主臥房電視機上正播映著重播連續劇最後幾分鐘情節。

王劍霆喜孜孜地從冰箱捧出蛋糕，準備小盤，往杯中倒飲料。他盯著透明罩子裡七顆排列整齊的草莓，不明白王書語爲何會發現他偷吃草莓。「難道她先記下蛋糕有幾顆草莓？」

「捨得回來啦！」許淑美等最後一句台詞說完，片尾曲響起，才打了個哈欠，對王智漢說剛剛劇情裡，男配角如何如何負心、如何傷女配角的心。

「誰管那小痞子負不負心呀，我不負心就好啦！」王智漢捧著兩個小盒和兩張卡片遞給許淑美。「老婆生日快樂。」

「怎麼兩個盒子、兩張卡片？」許淑美愕然打開盒子，見到一模一樣的兩對耳環。「你買兩對一樣的耳環幹嘛？」

「我怕妳弄丟，多買一對備用嘛。」王智漢嘻嘻笑地瞥了躲在門外偷瞧的王書語一眼。

「……」王書語瞪大眼睛，不敢置信地望著許淑美手中兩個小盒。兩個月前全家逛街時，許淑美在家金飾店駐足盯著那對耳環許久，眼睛閃閃發光。那時王書語拉著王智漢衣角，低聲吩咐他改天過來將耳環買下當媽媽生日禮物。

她以爲王智漢肯定忘了，所以用自己的零用錢買下耳環，還替王智漢寫了張卡片，讓他簽名就能派上用場——

原來他也買了一樣的耳環，還沒忘記要寫張卡片。

「神經病！」許淑美哈哈大笑。「生日禮物買備用的幹嘛？啊呀，卡片也有兩張！」

「怕妳看了嫌肉麻丟掉隔天起床又後悔。」王智漢說：「所以寫兩張嘛。」

「你有病呀！」

「蛋糕準備好了，大家快出來唱生日快樂歌……我要點蠟燭囉！」王劍霆在飯桌上嚷嚷替蛋糕插上蠟燭點燃，見王書語奔到客廳，還摀著眼睛像在拭淚，好奇問：「姊怎麼啦？」

王書語將燈關了，走回飯桌，抹了抹臉，笑著說：「點蠟燭怎麼不關燈。」

「關燈看不到怎麼點！」王劍霆問：「妳在哭呀？」

「打火機有火怎麼會看不到？你瞎子啊？」王書語抹抹臉。「我哪有哭。」

王智漢和許淑美出了臥房，來到飯廳，眾人替許淑美唱起生日快樂歌，開燈切蛋糕。

「幹嘛？妳在哭呀？」王智漢見女兒眼睛紅通通的，問：「被爸爸的歌聲感動到呀？」

「你太晚回家。」王書語說：「我跟蠢蛋在客廳打電動等你，眼睛很乾不舒服，點了眼藥水。」

「我贏妳二十幾場妳叫我蠢蛋？」王劍霆抗議。

「我在抓壞人。」王智漢打了個哈欠，扠起小盤上的蛋糕，一口咬下半塊。

「世界上到底有多少壞人呀？」王劍霆吃相和王智漢一模一樣，也是一口半塊蛋糕。

「滿地都是。」王智漢答，塞下另外半塊。

「以後我幫你抓，會不會快一點呀？」王劍霆也塞下另外半塊，又替自己和爸爸新添一塊蛋糕。

「會吧。」王智漢點點頭，望著王書語。「姊姊呢？要不要一起幫爸爸抓壞人？」

「喂喂喂！」許淑美不等王書語回答，大聲抗議：「家裡有你一個警察就夠了，你想把我兩個孩子都拐去當警察，眞想氣死我呀？」

「吶！我跟你們講呀……」王智漢又扒盡一塊蛋糕，鼓著嘴說：「對抗壞人，不見得非要當警察，只要你們有這份心，就可以接我的班了。」

「什麼心？」王劍霆說：「英雄俠客之心？」

「那叫什麼？嗯……叫惻隱之心。」王智漢想了想，說：「有些人想當英雄，只因爲當英雄很帥，那是爲了自己，不是爲了別人；你見到好人受傷會難過、會想救他，那才是眞心爲別人。會心疼無辜的人，就不會隨便傷害人，也願意在有人需要你時挺身而出……」

「那我當法官、檢察官或是律師好了。」王書語說：「這世界有些壞人連警察也對付不了，但法官和律師可以；律師還可以把被冤枉的好人救出來。」

「哇，大小姐，妳口氣這麼大？」王智漢拍拍手，說：「法官跟律師可不是想當就當得上的耶！」

「我可以。」王書語一口咬定。

「我們女兒想的話，應該可以。」許淑美這麼說：「她讀書比我還厲害。」

「等等，我算一下。」王劍霆扳著手指數。「市刑大小隊長、特警隊隊長、律師……這樣加起來戰鬥力多少？這樣世界上壞人會少很多喔！」

「什麼是特警隊隊長，那什麼單位？」王智漢皺眉問。

「警察沒有特警隊這單位嗎？」王劍霆反問。

「有維安特勤跟霹靂小組啦……」

「有配備特戰直升機跟武裝車嗎？車上要裝地獄火飛彈……」

「地獄火是裝在直升機上打坦克用的，警車裝這個能幹嘛？難怪你姊叫你蠢蛋！」

「那等爸你當上警署總探長之後，就成立一個特警隊。我不是蠢蛋，我要當隊長！」

「我們沒有警署總探長這種東西啦……就算有我也當不上啊！」王智漢瞪著兒子：「你廢話一堆，到底有沒有聽我說話啊蠢蛋！」

「你說只要有顆俠客之心。」王劍霆說：「就能幫上你的忙。」

「你爸剛剛說的是惻隱之心。」許淑美在一旁糾正，又對王智漢說：「還有不要一直叫劍霆蠢蛋。」

「希望以後有我們幫忙——」王書語哼哼對王智漢說：「你可以早點下班陪媽過生日。」

「好好好。」王智漢說：「等我退休，每天陪妳媽看連續劇，以後這個世界，就交給蠢蛋和姊姊了。」

「放心吧。」王劍霆說：「交給我吧，我會以特警隊隊長的身分把壞人抓光。」

「就跟你說沒這單位。」

「你努力升官升到最大，然後成立一個啊！」

「我不可能升官的，你這蠢蛋……」

「爲什麼？」

「因爲我也是蠢蛋啊！不然怎麼生出你這蠢蛋？」

「那姊怎麼那麼聰明？」

「因爲你媽聰明呀！」

□

王智漢灰青身體僵躺在冷冰冰的金屬解剖台上。

「漢哥是被個撿破爛的在一條巷子的大紙箱裡發現的……」幾名王智漢同事，圍在許淑美三人身旁，低聲述說王智漢屍身被人發現的經過和後續過程。「漢哥身上有些外傷，不確定是不是致命傷，大嫂同意的話，我們就聯絡法醫解剖……」

許淑美點點頭，伸手撫著王智漢的臉，喃喃說：「千盼萬盼，好不容易等到你快退休了……」

許淑美眼淚滴落在王智漢手上，她想起過去無數次聽他說，等到退休，就不再過問江湖事，整天窩在家裡陪她看連續劇、陪她買菜、陪她澆花。她等待許多年，但這一天永遠無法實現了。「你才花幾年追我，卻讓我爲你擔心幾十年，早知道，就不上你當了……」

「還是沒逮到賴琨？」王劍霆表情猙獰，緊握拳頭，低聲問王智漢同事。

「不停有他的消息，但就是逮不到人……」一個同事這麼說，另個同事補充。「像是前兩天公寓討債一樣，明明見他們現身，我們攻進去，人又不見了……」

「……」王劍霆咬牙切齒，在王智漢身旁走來繞去，恨不得揪出賴琨幾拳打死。

王智漢有個同事似乎還有些事想告知許淑美，但被其他人拉開——這幾日賴琨擄著王智漢東奔西走、虐人討債，有些受害者供稱王智漢不僅參與其中，甚至親自動手虐人——同事自然無法接受這種說詞，但類似說法一再從不同受害者口中出現，大夥錯愕之餘，也只能推測王智漢或許是出於受迫、又或是被強灌了精神失常的藥物；更多與王智漢要好的同事，知道他過往經手過不少離奇案件，猜測可能與邪魔鬼祟有關，但這種想法自然無法寫進正式報告中。

「大嫂，妳先回家休息，晚點我們整理一下這兩天線索跟事證，和劍霆好好討論……」他們帶著許淑美離開停屍間，準備送她離去，但見她虛弱無力、搖搖欲墜，找了排長椅讓她坐下歇息。

王書語摟著母親同哭，王劍霆仍站在解剖台前，默默望著王智漢屍身。

「爸，你好好睡吧，以後就換我接手了……」王劍霆抹抹眼淚，轉身離去。

他剛走到門邊，身後解剖台傳出一聲「咕嚕」，愕然停下腳步，回頭。

「咕嚕——咕嚕——」

一聲聲咕嚕聲，自解剖台上王智漢的屍身發出。

王劍霆瞪大眼睛，緩緩走回解剖台，王智漢肚腹微微起伏，那一聲聲咕嚕聲，便從那裡發出。

像是餓了。

「爸？這……怎麼回事？」王劍霆愕然不解，正想找人來看，王智漢突然坐了起來。轉頭望他。

還咧開嘴，露出一嘴紅牙。

「爸？你……」王劍霆被那雙充滿殺氣的血紅眼睛和滿嘴凶牙嚇得退到門邊，推門退出停屍間。

廊道外一片迷霧，可視範圍僅數公尺。

「姊！媽！」王劍霆驚慌喊叫，隱約聽見姊姊的回應聲。

「劍霆？怎麼了？你在哪裡？」王書語的聲音時近時遠還伴著沙沙聲，像是從壞掉的擴音器發出的。

「這……」王劍霆立時明白，眼前景象必然和屢次襲擊韓杰、姊姊的那些邪魔鬼物有關了。他氣憤大吼：「你們這些傢伙到底想幹嘛？」

他的腦袋被一隻手重重一拍——王智漢已經來到他身後，伸手按上他頭，揪住他頭髮，將他在長廊上拖行。

「爸！你做什麼？你怎麼了？」王劍霆被揪著頭髮拖著走，掙扎吼叫。

「大王……」王智漢走在迷霧廊道裡，腦袋歪歪斜斜，口中喃喃碎唸：「孟學幫大王殺人、孟學帶人下去獻給大王……」

「什麼？」王劍霆聽這古怪碎語，駭然回問，卻得不到回答，倒是王書語的尖叫愈漸逼近。

「姊？」王劍霆驚呼，突然感到王智漢停下腳步，跟著眼前一紅。

一扇門打開了，是電梯。

王智漢拖著王劍霆來到殯儀館電梯口，按開電梯，將王劍霆一把甩進去。

被扔進暗紅色電梯的王劍霆，鼻端聞到濃濃血腥味，撐牆驚恐掙扎站起，只覺得手掌濕濡，發現牆上、地板全是污血，還沒站穩，胸口被王智漢重重踹上一腳，又撞回電梯牆面。

電梯牆面伸出幾隻古怪鬼手，揪著他四肢、按著他軀體，還探出一顆腦袋，張口在他耳邊低喃。「睡吧、快睡吧……」

他被鬼語唸得頭昏眼花，受了催眠般全身無力，昏昏欲睡，意識朦朧之際，感到王智漢走出電梯，外頭傳來王書語和許淑美的驚叫聲。

「媽……」王劍霆眼皮越來越沉，突然之間，耳際響起幾聲鐘鳴，一陣清風撲面拂來，讓他清醒許多，他想起了那兩個古怪流浪漢。

他左手掌心滾燙如火，三枚燙疤像是點燃的菸頭般微微亮起紅光。

「三條龍、三條龍……」他重新鼓起力氣，抵抗揪著他手腳的染血鬼手，還揮拳毆打臉旁哄他睡覺的鬼臉，絞盡腦汁回想當時流浪漢究竟說了什麼，他想不起來那三條龍究竟該怎麼用。

磅、磅磅磅——他左拳炙熱如火，打在鬼臉上還濺出猶如打鐵時的火星碎屑。

「爸！」「智漢！」王書語和許淑美的尖叫聲來到了電梯外，她倆也被王智漢逮著拖進電梯。

王智漢扔下兩人，伸手要按下樓鍵。

「爸？你想幹嘛？」王書語攙著母親掙扎站起，也被幾隻鬼手抓著，連連尖叫。

一道紅光飛梭竄入電梯，隱沒在許淑美眉心中，許淑美吆喝一聲蹦起，一巴掌搧在王智漢腦門上，將他打趴在地，跟著氣呼呼地扯斷牆上一隻隻鬼手——

苗姑上了許淑美的身。

「快逃出去，這電梯會把你們載下陰間。」苗姑操使著許淑美的身子，與幾隻鬼手糾纏，一面踩著王智漢後背不讓他起身。

王劍霆瞥見自己左掌冒出煙來，張開拳頭，掌心上三枚燙疤火光愈漸閃耀，他直接用手掌按上鬼臉口鼻，燙得鬼臉哇哇大叫，溢起焦煙。

王書語則驚慌從皮包中取出防身手電筒敲擊鬼手、開燈亂照，透過寫著金粉符字的燈罩，燈光所及之處，鬼手都像被灼傷般顫抖起來。

姊弟倆同時掙脫鬼手，一左一右與被苗姑附體的許淑美一同奔出電梯，但剛出電梯，又讓一陣黑風旋上全身。

周圍天旋地轉，王書語和王劍霆被黑風甩回電梯，摔得七葷八素，急得掙扎起身，電梯門已經緩緩關上。

許淑美身在電梯外，被一個黑衣男子掐著頸子，高高舉起。

「媽！」在姊弟倆驚呼中，電梯門緊緊閉上。

王智漢緩緩站起身，電梯開始下降。

「媽！」兩人衝去要按開門鍵，又被王智漢一手一個掐著頸子，按回電梯牆上。

這次牆上竄出更多張鬼臉，在姊弟倆臉旁耳語。王書語轉眼暈眩，手中手電筒落在地上；王劍霆咬著下唇，死命抵抗，一聲聲鐘鳴聲再次自他耳際響起，助他抵抗睡意侵襲，兩個流浪漢的身影又在他腦海浮現，告訴他掌心上三條龍的用法。

電梯緩緩向下，似乎在通過某條界線之後，變成了向上。

彷如鏡面的陰間與陽世，一路向下，就能抵達彼方。

參壹

「臭小子你誰呀……啊！是你！」苗姑被夜鴉掐頸，哇哇人叫，認出這人便是先前眾鬼襲擊東風市場時，在陰間壓制韓杰的傢伙。

此時被迷霧籠罩的殯儀館內還東倒西歪地躺著幾個被迷倒昏厥的王智漢同事，以及殯儀館工作人員。

苗姑倏地自許淑美身中竄出，飛繞到夜鴉背後，抖開紅袍罩住他腦袋，大聲唸咒施法，邊大罵說：「好大膽子，你不知道我是媽祖婆分靈嗎？」

「那又怎樣？」夜鴉鬆手扔下暈死的許淑美，動手撕扯罩著他的紅袍。「我可是……煩惱魔喜樂爺帳下頭號大將。」

「煩惱魔喜樂爺？」苗姑怒罵：「你這臭小子，你抬出陰間黑道魔王的名號想嚇唬誰？比得上媽祖婆嗎？」

「媽祖婆……又怎樣？」夜鴉拉扯一陣，只覺紅袍極其堅韌，撕扯不開，顯然是天賜法寶，於是鼓動黑氣攥握成拳，往苗姑身上搥了幾拳，才逼得她鬆手躍開。

「哼……」夜鴉瞥了昏死在地上的許淑美一眼，從口袋取出兩把電鑽，瞅著飄在空中的苗姑冷笑。「我生前被人欺負、死後被鬼欺負，媽祖婆幫助過我嗎？幫助我脫離苦海、帶我修行、賜我身分地位的……是喜樂爺，不是媽祖婆。」

「你生前被人欺負，死後被鬼欺負，投靠了黑道魔王就反過來欺負人、傷天害理啦？」苗姑叱罵：「媽祖婆當然不會幫你這種惡人呀！」

「誰要她幫——」夜鴉舉著電鑽往苗姑撲去。

苗姑抖開紅袍捲住夜鴉雙腕，擋下電鑽，被夜鴉背上幾隻黑氣大手毆打搥擊——

夜鴉臉色青蒼，先前他在陰間與韓杰大戰時所負重傷，此時才恢復五成，但在陰間修煉出深厚道行的他，即便只一半力氣，也足以壓制媽祖婆分靈苗姑。

苗姑被一身魔氣蠻橫的夜鴉推得向後飛退，身子被一記記黑氣拳頭揍得凹陷出好幾個大坑，卻仍不敢放開他持電鑽雙手，只得高聲求救：「亞衣、亞衣！聽見外婆說話嗎？這兒有個好凶好惡的陰間小魔呀！我打不過他，快向媽祖婆借力給我治他——」

「噫！」夜鴉壓著苗姑不停往前衝，想一舉用黑氣拳頭將這媽祖婆分靈揍得魂飛魄散，苗姑氣力卻突然大增、臉上紅光閃耀，黑氣拳頭打在她身上，像打在堅實城牆上。

他吆喝一聲，身上炸出凶猛黑氣震退苗姑，跟著吹了聲口哨，召出四面惡鬼伏兵，將苗姑團團包圍。

苗姑竄回許淑美身邊，抖開紅袍，在許淑美周身畫了個法陣。法陣符籙有紅有黑，一有惡鬼逼來便耀起紅光，彷如一座堅城。

「臭老太婆，妳這樣能撐多久？」夜鴉領著惡鬼竄近苗姑法陣，舉著電鑽鑽擊法陣光壁。「快讓我把這女人帶下去。」

叱。

「你們把這家男人弄得人不人鬼不鬼，又想拉他妻兒下陰間，到底想幹什麼？」苗姑怒

「奉命行事而已。」夜鴉說：「喜樂爺交代的事，我拚死也替他完成。」

「奉命行事是吧？我也是呀！」苗姑大罵：「我和亞衣的使命，就是替媽祖婆守護陽世眾生不受惡鬼侵害！」

參貳

電梯門敞開，王智漢扯著王書語和王劍霆的頭髮往外走，十餘隻鬼手紛紛鬆手，讓他將人帶出。

「爸……爸爸……」王劍霆恍惚中握住王智漢手腕，見他手腕被自己灼熱掌心燙出焦煙，連忙鬆手，驚恐說：「你……變成鬼了？」

被揪著頭髮在地上拖行的王書語，也漸漸醒轉，四周陰森詭怪——他們仍在殯儀館內，卻不在陽世，而是來到了陰間的殯儀館。

王智漢將他們拖入停屍間中，裡面擺著三張腐鏽鐵床，床上貼滿符咒，後方圍滿人，全是活人。

是賴琨和數十名手下。

賴琨一見王智漢拖著兩人進來，手一招，身後手下一擁而上，將姊弟倆壓上鐵床。

「哼哼。」賴琨扠手抱胸瞅著他們笑說：「你們這些人面子真大，請來神明進那破樓房撐腰，擋著人也擋著鬼，最後還不是被王仔拐來啦。」

「你這混蛋……」王劍霆對著賴琨破口大罵，隨即被賴琨手下搥了幾拳，同時，鐵床上竄出四隻屍手抓住他四肢。這些屍手不同於電梯裡的鬼手，似是直接從人屍上摘下的實體胳臂，封入邪靈鬼魅，能壓制活人肉身在陰間的怪力。

八隻屍手牢牢抓住姊弟倆手腕腳踝，令他們竭力掙扎也動彈不得。

「怎麼少一個？」賴琨見王智漢只押來兩人，卻少了許淑美，便問：「你老婆呢？」

「我……」王智漢呆愣反問：「我……老婆？」

「不是你老婆。」賴琨隨即改口。「是王仔他老婆，叫淑美，你沒帶她一起下來？」

「淑美……」王智漢愣愣地說：「淑美……」

「許淑美——她是你老婆！」王書語突然尖叫：「我是你女兒王書語！你知道你是誰嗎？你是王智漢，你——」

幾個手下急急上前要摀她嘴巴，被咬了幾口，氣得連搧她好幾巴掌。

「混蛋！」王劍霆聽姊姊不停捱巴掌，暴怒掙扎，但掐著他四肢的屍手越掐越緊——不——只有三隻屍手越掐越緊，掐著他左腕的屍手，卻不那麼緊，反而不時顫抖鬆手。

他喘著氣往左手瞥視，抓握他左腕的屍手，隱隱溢出焦煙。

兩個流浪漢賜他的三條龍，還藏在他左手中，熱力直達手腕處，令屍手握得十分吃力。

「許淑美……王書語……」王智漢露出困惑神情，望向王劍霆。「那你呢？你是誰？」

「別管他是誰！」賴琨突然搖起鈴鐺，再次讓王智漢腦袋重新開機，說：「你回上頭，見女人就帶下來，知道嗎？孟學！」

「是……」王智漢回頭往外走。

「爸——」王書語雙頰被搧得瘀腫，又重重咬了一人的手，尖叫大喊：「許淑美是你老婆，你說過要保護她，你騎腳踏車追公車三年，爲的就是要保護她，你不能傷害她——」

「閉嘴！」一個打手一巴掌砸在她臉上，將她腦袋重重往鐵床上一砸，令她暈眩得說不出話來。

王智漢在門前停下腳步，回頭望向王書語。

賴琨又搖搖鈴，再次下達同樣的命令。

王智漢這才走出停屍間，往電梯走去，開了門，走進電梯，伸手要按鍵返回陽世，手指卻突然停下，歪著頭喃喃自語：「我騎腳踏車……追公車？」

□

賴琨使了個眼色，手下推來一台手術器具推車，上頭有個大玻璃罐和一支大針筒。玻璃罐容量約莫兩、三公升，裡頭是青森森的瑩亮液體，罐口覆蓋著厚厚符籙；大針筒也有數百毫升，針頭粗得嚇人。

賴琨取起針筒，刺穿玻璃罐口符籙，吸取滿滿一管古怪液體，小心翼翼地抽出針頭，來到王書語面前，瞅著撞得暈眩失神的王書語冷笑。

「喂——」王劍霆突然大叫：「王八蛋，你想對我姊幹嘛？你拿那什麼東西？」

「厲鬼湯。」賴琨笑著說，身旁幾個手下你一言、我一語地替大哥補充：「這湯打進身體，會被湯裡的鬼漸漸吃掉神智，也會變成厲鬼喔！」

「這麼厲害？過來讓我試試！」王劍霆大叫：「死瘸子！」

「閉嘴！」幾個手下對著他身上揮拳。「死到臨頭還嘴硬！」

「死瘸子爛瘸子！都怪六月山土地神怎沒打死你，只打斷你一條腿，眞是失職！」王劍霆破口大罵：「你這臭瘸子在陽世當大老闆哈巴狗還不滿足，跑下來當邪魔惡鬼的哈巴狗！原來天生愛當哈巴狗！」

賴琨本來已經盯著王書語胳臂找地方下針，聽王劍霆罵他不停，便轉去他面前，見他左臂激烈掙扎，似乎快要掙脫屍手抓拿，便按著他左臂，將粗長針頭扎入他左前臂中，按下針筒推柄，將針筒厲鬼湯注入王劍霆胳臂中。

詭異焦臭怪煙從落針處溢出。

同時還響起一陣淒厲哭嚎聲。

「怎麼……回事？」賴琨呆了呆，手中針筒微微震動，按下三分之一的推柄竟開始回彈。鬼哭聲愈漸刺耳，幾個眼尖小弟發現厲鬼湯似乎被股力量推回針管裡，還滾動沸騰起來——不停有小小的鬼手拍在針管壁上，像在對外求援。

「你這混蛋！」王劍霆怒吼一聲，左手猛地掙脫了屍手抓握，甚至將屍手幾根指頭都扯斷飛起——幾截屍手手指都有燒焦的痕跡。

賴琨打手們一擁而上，對他揮拳；王劍霆左手掙脫，不去格擋那些打手揮來的拳頭，而是一把按上扣著他右腕的屍手。

他在電梯內兩度幾乎被鬼哄睡，腦海裡屢次閃過兩個流浪漢的身影和話語，想起自己掌心中藏著巨大力量，那力量對人未必有效，但對惡鬼極爲有效。

他硬捱一記記拳頭，抓住右側屍手，猛力一抽，從床上抽出一截屍臂，借力坐起，將屍臂當成棍棒胡亂甩打。

屍臂斷處噴濺腥血和蛆蟲，噴在打手臉上，嚇得他們哇哇大叫退開一圈。

賴琨大喝一聲，舉針往王劍霆胸口插去；王劍霆眼明手快，扔了屍臂接下針管，還使出奪刀術將針筒搶下，反插進賴琨肩頭，重重一拳打在推柄上，將整管厲鬼湯全注入他身中。

「哇——」賴琨驚駭後退，踉蹌撞倒推車，大玻璃罐嘩啦砸在地上，摔了個四分五裂。

灑了一地的厲鬼湯如波濤海面掀起波波青浪，飄出陣陣鬼哭或厲笑，唰地鑽出一隻又一隻厲鬼。厲鬼見人就撲，撲上人身就往眼睛耳朵裡鑽，像是無殼的寄居蟹般爭搶著「空屋」入住。

一票打手被滿室厲鬼嚇得驚慌怪嚷，然而陽世活人在陰間力大無窮，他們手舞足蹈，揮蒼蠅趕蟑螂般，倒也逼得一隻隻厲鬼近不了身。

王劍霆揮拳打退幾隻奪身厲鬼，聽見姊姊驚叫，連忙用左手扯斷扣住雙踝的屍手跳下床來，踢翻兩個前來攔人的打手，奔至王書語床邊驅走三隻厲鬼，又將一隻幾乎要鑽進王書語嘴裡的厲鬼拉出扔遠，捏碎箝制她的屍手，將她救下床。

「他們想逃！」幾個打手在混亂中見兩人要往外逃，急急追來，其中三個被轉身迎戰的王劍霆揮拳撂倒，另個繞去逮王書語，也被她揪衣拐腿使出大外割摔倒在地。

一聲槍響，王劍霆大腿中彈，單膝跪倒——這些打手中，也有些傢伙攜帶槍械，開槍的打手一不做二不休，將槍口對準王劍霆眉心開槍。

王劍霆在槍管指來時本能撇頭，避開這槍，左耳被子彈劃裂，槍聲震得他耳鳴暈眩，他奮力站起，一記頭錘撞上那人下巴，將打手撞得暈摔在地上。

王劍霆奪了槍，逼退其他人，一拐一拐掩護王書語退逃。

「老大、老大！」另一邊幾個打手有的驅趕厲鬼，有的攙住賴琨，見賴琨口吐白沫、兩眼亂轉，一時也不知道如何是好。

下一刻，離賴琨最近的兩個傢伙，一個被賴琨咬下頸子大塊肉、一個被賴琨掐裂臂骨。被咬開頸動脈的打手驚駭倒地，讓蜂擁而來的厲鬼撲上身，往嘴裡、雙眼耳朵鼻孔鑽；那些手下敵不過被注射了厲鬼湯、變得力大無窮的賴琨，一個個被打倒在地，遭厲鬼撲身。

轉眼，更多被厲鬼鑽身的打手站起，去壓制尚未被附身的打手。

賴琨追出廊道，兩隻眼睛異光流轉，很快鎖定前方的王書語和王劍霆，飛快追去，速度快如獵豹，幾步追到兩人身後，探手揪住王書語長髮。

王劍霆回頭朝賴琨連開數槍；賴琨鬆手放開王書語，後退幾步，低頭看看胸口彈孔、摸摸臉上彈孔。

他身上六枚彈孔，先是溢出汁液和青煙，跟著突出肉瘤，長成奇異人頭，每顆頭上，都生著四、五張鬼臉——注入他體內的厲鬼湯開始生效。

「他怎麼了？」王書語驚恐問，此時電梯尚在數十公尺外的廊道轉角，被眾鬼附身的賴琨腳程比豹還快，而王劍霆傷了一腿，即便全力飛奔，也難以逃脫，但若選擇正面迎戰，亦是凶險之至，她喘氣顫抖，從隨身包包中抽出那條寫有金粉符籙的金色絲巾纏在手上，攙著王劍霆蹣跚後退。

「啊……到底要怎麼用？」王劍霆舉槍指著賴琨，一跛一跛地隨王書語往電梯方向退，腦袋嗡嗡作響，覺得左手越來越燙，像是有股力量要自掌心鑽出。

此時賴琨模樣詭怪嚇人，雙頰、額頭上也浮出鬼臉。

「可惡……可恨……你們……」他的神智似乎被體內眾鬼們一分一毫地吞食著，漸漸喪失自我意識。

「你說他本來要替你打針，被你搶下針管來反刺他？」王書語低聲問。「要是剛剛我們捱了那針，也會變成這樣？」

「對呀！不然咧？」王劍霆見賴琨再次往他倆走來，又朝他開了兩槍，繼續後退。

賴琨持續前行，腳步開始加快，見王劍霆瞄準他臉開槍，便張手抓擋。

磅、磅、磅、磅——

賴琨抬手護臉，強捱子彈，大步往王劍霆要去；王劍霆感到左掌微微顫抖，其中一枚燙疤微微凸起，像是有東西想鑽出來——

我家主公賜你這三條龍，一條大過一條，讓你在緊急時刻防身退魔。用時須上膛，把龍送進槍裡，對著邪魔惡鬼開槍。

「把龍送進槍裡？」王劍霆赫然想起兩個流浪漢教導他用三條龍的隻字片語，急忙將槍口對準賴琨。「要怎麼把龍送進……啊？上膛？」他用左手拉動手槍滑套，掌心一麻，彷彿有股力量自他左掌鑽了出來。

賴琨已衝到他面前，揚手往他腦袋扒去。

他趕忙扣下扳機，槍口青光乍現。

子彈射入賴琨揮來的變形大掌上，炸出一圈青光。賴琨停下腳步，盯著手掌，子彈竟未穿透，而是嵌在掌骨上，露出半截彈尾——身子被注射厲鬼湯的賴琨，此時體態樣貌已與先前大不相同，彷彿化為一隻粗壯凶獸，骨肉遠比凡人肉身堅韌太多。

賴琨摳了摳嵌在掌心彈尾，摳出子彈隨手一扔，朝兩人咧嘴一笑，再次大步逼來。

磅磅！喀喀喀——王劍霆又開兩槍，子彈用盡。

賴琨大步追來，高舉大掌扒擊王劍霆腦袋；王劍霆大腿中彈，狼狽閃避，跌倒在地，賴琨衝來追擊，王書語搶到王劍霆身前，高舉纏著金絲巾的胳臂，再用另一手撐著作盾，想替弟弟扛下這沉重巴掌。

巴掌卻未拍下，賴琨中途停下動作，收回大掌呆愣愣地望著掌心彈孔——

似乎覺得手掌有點怪怪的。

彈孔上下，隱隱可見一條血痕。

血痕轉眼擴大、越裂越大，直到他那張大掌從食指與中指間一分為二，連同一部分前臂啪啦裂開，與胳臂分家。

下一刻，賴琨臉上也爬出一條裂痕，瞬間上下拉長擴大，他嘴巴和臉上那些鬼臉，紛紛驚呼哀嚎。

「怎、怎麼了？怎麼回事？我的手怎麼了？我的身體怎麼了？」賴琨駭然喘息，撫著臉搖晃後退，神智逐漸清明。「我的臉怎麼裂開來了……」

裂痕從他臉爬過頭部，經過胸口、腹部，最後切過左大腿。

他的後背同時也裂出了對應胸腹的裂痕——

啪嚓！一條青龍自他的背後裂痕鑽出，龍角龍鬚利牙和爪子上全掛滿厲鬼。

「呀？」賴琨整副變形怪體陡然一分爲二，內臟骨肉全被劈裂，向兩側傾倒。

青龍筆直往前飛竄，轟隆衝破廊道盡頭壁面，直至消失。

停屍間奔出更多打手——已全被厲鬼群鑽身附體，身邊還圍著更多厲鬼，像是聽見了外頭騷動，出來尋找新的「空屋」。

他們遠遠見到了姊弟倆。

王書語拉起王劍霆轉身奔逃，來到電梯前，急急按鍵要開門，有些從賴琨體內逃出的厲鬼追來，被他們揮拳打飛；王劍霆望著左掌心，本來三枚湯疤，已經消失一枚。

還剩兩條龍。

但槍已離手，子彈也用盡了。

電梯門打開，王智漢還站在裡頭。

王智漢像是苦思良久卻仍想不出考卷答案的孩子，懊惱地抓著頭。

「我騎……腳踏車……」他這麼問：「追誰……呀？」

「爸？」兩人急急擠進電梯，猛按關門鍵。

王劍霆要按上樓，王書語卻撥開他手按下樓，說：「回陽世要往下！」打手凶猛追來，一隻隻厲鬼撲入電梯，和姊弟倆爭打起來，有些厲鬼甚至按著開門鍵不讓門關上。

「你們……叫我什麼？」王智漢問：「我是……吳孟學……我抓人……給大王……」

「吳孟學？」王書語抵抗著厲鬼，聽王智漢這麼說，愕然驚呼：「是被阿杰打下地獄的吳天機？你不是他！」

「你是王智漢！」王劍霆撞開控制板前的厲鬼，重按關門鍵，但門仍沒關上——門外也有厲鬼死按著上下樓鍵，讓電梯門怎麼也關不上。

被厲鬼灌體附身的打手一個個衝來想擠進電梯，王劍霆揮拳將他們一一打退，他左拳裡還藏有兩條龍，打在被厲鬼附身的打手臉上，炸出一陣陣焦煙。

「王……智……漢？」王智漢哦了一聲。「王智漢……騎著腳踏車……」

「王智漢從小和許淑美住在一起，是青梅竹馬；高中時騎腳踏車追她追了三年！」王書語用纏著符籙絲巾的手臂幫忙擋門，見電梯角落還躺著剛剛掉落的手電筒，撿起亂照，燈光穿過寫有金符的燈罩，映在打手們一雙雙青森眼睛上，照得他們連聲哀嚎起來。她連珠砲似地說：「最後你娶了媽，生了我和劍霆！」

「你都叫媽豬腳！」王劍霆補充。

「豬腳……」王智漢兩隻眼睛胡亂轉動，眼前閃耀起各種畫面，全是他在殺人、殺人、殺人——那些畫面是夜鴉先前釘在他臉上那張面罩裡、日夜讓他背誦記憶的影像，是吳天機的一生。

吳天機的生平事蹟像是厚重的混凝土般壓蓋住王智漢的記憶上，但此時王書語和王劍霆的話，像是鑽地機，在他那厚重混凝土上，打出了一些裂縫。

滲出了一些漸漸被遺忘的東西——

「我還是覺得你在看我的腳。我的腳現在醜死了，你不要看。」

「不會醜，很美啊。」

「哪裡美了，跟豬腳一樣。」

「豬腳很美呀。而且很好吃……嗯，妳的腳應該也很好吃……」

「你又知道？你吃過嗎？」

「可以吃看看嗎？」

「當然不行。」

深埋在他腦海底層、幾乎被新身分吞噬殆盡的「舊身分」，此時似乎迴光反照而復甦。

「王智漢……爲什麼騎腳踏車……追公車？」王智漢努力撿拾並拼湊著腦袋裡零星碎散的記憶碎屑，總覺得新的記憶裡怎麼也想不透的奇異矛盾越來越多。

「他……幹嘛要……這麼做？」

「他就是你！你就是王智漢！」王劍霆怒吼。

「因為王智漢要保護許淑美！」王書語也尖聲哭叫：「因為奶奶當年被壞人害死了，王智漢答應過爺爺，這輩子無論如何也要保護心愛的人——」

「我在保護一個人。」

「許淑美呀？」

「對呀。」

「那怎麼不一起回來？」

「她放學去補習，我等她下課，跟著她回家。」

「那麼遠？她也騎腳踏車補習？」

「她現在都搭公車。」

「她搭公車你怎麼保護她？」

「我騎腳踏車追公車呀。」

「你放學不回家，騎腳踏車追公車跟去補習班，然後等她下課再追著公車騎回來？」

「上學她搭公車我也追在後面。」

「你神經病啊？」

「補習班附近一堆痞子，那些痞子欺負她怎麼辦？是你教我的，身為男人，要保護好心愛的女人。」

「……」王智漢呆愣幾秒，伸手抓抓頭，乾笑兩聲，突然一左一右掐住兒女的頸子，將他們硬生生提起，轟隆撞砸在電梯內側。

王智漢這魂不離體的屍身，經過夜鴉施術、每日用藥修煉，力氣也變得奇大無比，他見兩人掙扎站起，又分別給他倆肚子一人一拳，再次將人擊倒在地。

王劍霆見王書語捧腹痛哭，咬牙掙扎蹦起，握緊左拳下定決心對爸爸揮擊龍拳，卻見王智漢手上多了條東西，是他揮拳打兒子肚子時，順勢從他腰際抽出的皮帶。

王劍霆左拳打在王智漢臉上，王智漢不避不閃硬捱這拳，臉上炸出焦煙，且隨即低頭矮身用肩將王劍霆頂上電梯壁，飛快用皮帶將他左手纏上電梯欄杆，還拉起王書語的手一同和皮帶纏在一起，扣上鎖釦。

「蠢蛋……你還有很多事要學……」王智漢抬頭瞅著兒子冷笑。

「爸……」王劍霆和王書語見狀，驚恐地問：「你要做什麼？」

打手和厲鬼擁入電梯要搶人，卻被王智漢轉身幾腳踹出電梯，朝著他們大吼：「吳孟學奉摩羅大王命令抓人，你們鬧什麼——」

厲鬼和打手一來感受得到王智漢身上那股「同伴」鬼氣，二來聽王智漢怒吼還搬出第六天魔王名號，躁動情緒稍稍冷靜，像是被下令待命的惡犬般朝電梯裡齜牙咧嘴，沒多久又焦怒地想闖進電梯搶人。

王智漢雙手握住打了個死結的皮帶頭，全力一捏，他那雙力大無窮的屍手，將金屬皮帶頭捏得變形，讓鎖釦和整條皮帶嵌成一團，像扣上的手銬般鎖死。

王書語和王劍霆驚駭之際，見王智漢轉過身，開始將擠進來的打手往外推，出了電梯，還反手伸進來按下關門鍵，再踢開外頭緊按按鍵不讓門關的厲鬼。

王劍霆和王書語掙扎驚呼：「爸？你幹什麼？」「你醒了？快進來，我們一起走！」

「我現在有點睏了，很快又要變成另一個人了……」王智漢奮力抵擋想衝入電梯的打手，對兒女喝道：「你們兩個說過，以後這個世界……就換你們接手保護了……說了就要做到呀！」

他不時大力搖頭，想逼退腦袋裡那重振旗鼓來爭奪主導權的「新身分」，好讓「舊身分」待久一點。

不用太久，只要能讓電梯離去就夠了。

「爸——」「我們一起回去！」王劍霆和王書語激動拉扯欄杆上的皮帶，但皮帶鎖頭被王智漢以屍身怪力揉擰成一團，一時難以解開。

「滾——」王智漢怒吼一聲，雙手攔著賴琨打手腰際，將他們奮力往廊道另端推。

他回頭望了兒女一眼，啞聲道：「還有啊，以後，媽媽……也交給你們保護了……」

姊弟倆瞪大眼睛，電梯門緩緩閉上。

轟隆隆地往下。

往下再往下。

姊弟倆哭喊揮拳，將電梯內一隻隻近身厲鬼打飛。

往下的感覺漸漸變成了往上，厲鬼扒在姊弟倆身上的力道漸漸大了起來——活人肉身在陰間彷如銅牆鐵壁，但返回陽世，肉身力量便大大削弱了。

儘管如此，王書語纏在手上的符籙絲巾，和王劍霆藏著龍的左拳，對這些厲鬼依舊有效。

「混蛋、混蛋——」王劍霆大吼，將抱上自己大腿亂咬的厲鬼揍得遁回電梯底部，再將從兩人背後探出來揪王書語頭髮的厲鬼拖出，一巴掌將他臉摑焦。

喀啦——電梯終於停下，門開了。

韓杰和張曉武就站在電梯外。王書語驚呼一聲，幾乎虛脫暈厥，跪倒在地，手腕還被皮帶緊緊纏在電梯欄杆上，上氣不接下氣喊著：「快下去，救我爸爸……」

韓杰和張曉武急忙救出人，聽他們激動嚷著，連忙按了電梯下樓鍵要下去救人。

但電梯只到了地下一樓便不再向下。

不久之前，在陽世殯儀館裡和苗姑對峙的夜鴉，一感應到韓杰殺來便急忙逃了，還撤去了這道鬼門。

參參

一張吊床掛在高聳巨樹一截樹枝上。

太子爺窩在吊床裡蹺著腿，用雙臂枕著頭。

兩隻松鼠站在他腹上，捧著先前月老以遊戲獎品名義夾帶給他的手機。

這支手機雖然無法通話、收發訊息，但可以透過月老電視台的專屬鎖碼頻道，規避天庭封鎖，接收陽世金龜子眼見畫面。

因此這幾日太子爺窩在這名爲度假、實爲軟禁的華麗別墅裡，也能窺視陽世動靜。

先前他看不見陽世動靜，急得發火，好不容易這兩天看得到了，卻火上加火。

他開始偷窺東風市場時，韓杰剛被喜樂生擒、受困陰間；他催促小差使聯絡月老，但他會客次數受到限制，好幾次氣得想拆神木樹枝去撞門。

所幸月老也聽說這消息，在無法前來會客的情況下，便在那56台鎖碼頻道上另外分割出小畫面，單向提供各式最新情報，安撫他情緒。

直到韓杰終於成功逃離陰間，返回東風市場。

太子爺枕著頭閉目回想王書語等人返回東風市場後哀淒悲傷的模樣。

他從眾人交談中，得知韓杰和牛頭張曉武抵達殯儀館、救出王家姊弟後，曾試圖坐電梯下陰間，鬼門卻已經撤了。

小歸緊急向底下調了些人趕去打聽，也無王智漢消息。

「我爸爸——」

月老手機傳出王書語的聲音，太子爺睜開眼。

陽世此時是日落時分，站在四樓高的頂樓遠望，夕陽很快就沒入遠處樓宇後方，韓杰和王書語僅能從建築間隙稍稍見到點橙紅餘暉。

「他常說，凡事都有代價……」王書語頭臉口鼻都裹著紗布。「即便是做對的事、行俠仗義，一樣要付出代價；很多時候做對的事，代價反而更大。」

韓杰自後環抱她肩頸，想盡力讓她的心暖和一點。「我覺得王仔不會後悔，這是他選擇的路。」

「可能吧……他或許很久以前就有心理準備了……」王書語勉強一笑，又難掩哀淒地說：「可是……我們還沒有做好失去他的準備……」

韓杰將她摟得更緊。

空中的金龜子轉了個彎，往下繞進韓杰家後陽台，穿過客廳，撞了呼呼大睡的小文一下，嚇得小文抬頭驚叫，金龜子卻已飛出廊道，經過擺滿神像的長桌，繞進王劍霆和許淑美暫住的屋內。

客廳擺著老爺子和鄰居提供的簡單桌椅，劉媽握著許淑美的手輕拍，低聲安撫；許淑美雙眼紅腫，但已流不出淚。

劉媽嘆著氣說：「這幾天，我收到消息，上天對這件事已做出定奪，神明雖然沒能第一時間替妳丈夫攔下惡煞，但他們已經打算插手，不會讓情況變得更壞……」

「上天……」王劍霆站在窗邊，中槍大腿已經包紮，他雙手緊按窗沿，眼神忿忿不平，沙啞地說：「上天眞的看見人間發生了什麼事嗎？他們願意睜開眼睛了嗎？」

「劍霆……別這麼說話……」許淑美說：「對神明不敬……」

「神明？」王劍霆撇頭，冷笑兩聲：「對很多人來說，站在第一線和邪魔歪道奮戰搏鬥的爸才是神明；那些窩在天邊，對什麼事都睜隻眼閉隻眼的大神明，離我們太遙遠了。」

劉媽聽王劍霆這麼說，苦苦一笑，說：「神明過去不是沒有試過事事都管，但事事都管的結果，使得更多人失去了思考是非的能力，這也問神、那也問神。也有些人，打著神的名義發動戰爭、做出更壞的事、傷害更多的人，神管得越多，這世界並沒有變得更好……」

「劉媽……」王劍霆說：「我明白妳的意思，但現在我們的敵人不只是人，而是妖魔鬼怪，我們沒有力量對抗那些東西！」

「妖魔鬼怪，在很久很久以前……也曾經是人。」劉媽搖頭嘆氣。「人的天性，是在痛苦中學習成長；沒有痛苦，沒有成長；沒有成長，只能繼續痛苦——孩子啊，我不是故意跟你說反話，我只是想讓你知道，神並非萬能，神也一直在苦思解決問題的方法，有些方法不見得有速效、有些方法只能邊做邊改。雖然百年來，上天已盡量不再干涉人間事，但要是地底邪魔踩過紅線，神明不會坐視的；否則，兩位將軍也不會賜你三條龍了，不是嗎？」

王劍霆望著自己左掌，掌心上還留著兩枚燙疤。

「總之，我希望你明白。」劉媽繼續說：「你爸爸替世間做的一切，上天全看在眼裡，他們沒有遺忘他……」

金龜子飛過捏緊拳頭的王劍霆身邊，飛出窗去。

雞排攤生意興隆，馬大岳和陳亞衣另有要務，只留廖小年一人顧攤，忙得不可開交。

金龜子接了指示，飛向兩個流浪漢，卻沒有靠近，像是怕被發現，遠遠停在招牌上。

一胖一瘦兩個流浪漢拿著雞排吃，不時交談兩句。

金龜子停滯片刻，終於振翅飛近。

「可惜了，一個好漢子。」

「是呀。」

「全怪那中壇元帥。」

「是呀。」

太子爺睜大眼睛，一把從松鼠手上搶過手機，要聽清楚兩個流浪漢怎麼說他，氣急敗壞地嚷嚷：「又怪我什麼了？什麼都怪我？」

瘦流浪漢說：「每次他上天庭報告，就吹噓他的火尖槍多厲害，說整個天庭他坐四望一，沒幾個打得過他，惹得其他神仙都不喜歡他。」

太子爺聽得火冒三丈，氣罵說：「坐四望一？我明明坐三望一！除了二郎哥和關老爺，全天庭誰打得過我？」

胖流浪漢說：「是呀……要他說明動武理由，又不是要看他能不能打，能不能打又不是打人的理由……」

太子爺怒叱：「動武理由我不都早講了嗎？打惡人惡鬼呀！就五個字呀！非要我補上後面那幾千九百九十五字呀？我又不是文官，我又不會寫作文，動不動要我報告幾千字？又不安排些祕書給我——」

瘦流浪漢說：「去年派了一批祕書給他，都被他罵跑了。那幾個祕書都是其他神派來支援他的，他罵祕書就算了，還把神一起罵進去，那次又惹得一些神明不開心。」

「笨手笨腳的都派給我，又不准我嫌他們笨！」太子爺站在吊床上怒吼，嚇得兩隻小松鼠攀在吊床繩上吱吱怪叫。「分明是整我，整我還不許我罵？」

「上次中秋天庭賞月，兩杯酒下肚，硬說他那火尖槍未必輸給咱主公的偃月刀，非纏著咱主公要借刀。」胖流浪漢說：「咱主公什麼身分，偃月刀豈能說借就借，責罵他兩句他又不開心，叫他多看看書就發火。」

「你家主公地位高，可我中壇元帥也不是無名小卒啊！大刀借我摸摸都不行？」太子爺暴跳如雷，怒嘯一聲，從吊床上往下躍。「我是武將，成天叫我看書，要武將看書，那怎麼不派文官去打摩羅呀？喊我中壇元帥、派我鎮壓陰間邪魔，又不給我兵馬！天底下有缺兵少馬的元帥嗎？」

太子爺怒吼落進樹下池塘，轟隆將池水全炸出池外，周遭天搖地動、日夜快速變化，時晴時風時雷時雨。

小差使嚇得趕來，也不敢湊近，只遠遠地看著。

「前些年怕他無聊惹事，給他一隊兵讓他訓練，沒幾天就操倒一半，倒光了又罵天庭不給他兵力。」

「兵不練怎麼變強？派些弱雞給我，又不准我操練他們？」

「操練要循序漸進嘛，每個人資質不同，又不是人人都是悍將。」

「那怎麼不派些悍將給我？」

「他本性不惡，好打抱不平，這點不討厭，但偏偏有時不知分寸。」

「分寸到底是什麼啊！」

「而且很沒禮貌。」

「禮貌能吃嗎！」

太子爺拿著手機，東飛西躍，聽兩個流浪漢說他壞話，不停暴怒辯駁，乍聽之下儼然像是兩邊在吵嘴。

「總之，咱主公已經審完他的復職申請書了——」瘦流浪漢說：「這兩天就會差人寄回去。」

「哦！」太子爺聽見重要情報，不再暴跳怒罵，靜下細聽。

「其實天上很多神仙不是不讓他修理那些魔王，只是盼他往後動拳頭前多想想。」

「畢竟底下那些陰險傢伙也只有中壇元帥治得了。」

「怕就怕他這陣子度假荒廢了手腳，臨時復職，匆忙上陣反而打不贏底下摩羅，反而丟了天庭顏面。」

「這個呀……」太子爺聽了，捏拳冷笑：「你們就不用擔心啦……」

□

深夜，老人安養中心某間房內，張曉武坐在窗邊與顏芯愛講手機，雙眼望著床上沉睡老人。

「三天後？陽世幾點？」

那是他的瘸腿爸爸。

他爸爸七十多歲了，幾年前腦袋漸漸不清楚，被送進安養中心。他爸爸過往儲蓄不多，這床位還是靠小歸陽世金庫援助，才能長住至今。

「小歸這兩天四處張羅裝備，都準備得差不多了；妳跟俊毅說這次別再插手，上次劫獄，其他人肯定派人盯著你們，要是再有動作，肯定會被抓到把柄……嗯，再聯絡。」

張曉武掛上電話，默默望著床上爸爸。

比前兩年來看他時又老了不少。

他爸爸書讀不多，沒能教他什麼，對他過去成天打架惹事被逮進警局只能不停嘆氣，總是對警察說自己打也打過、罵也罵過，就是管不好這小子，只能教他無論如何，也不能吸毒和欺負女人。

張曉武生前當人的日子不算長，但總算是做到了這兩點。

「有消息了？」小歸像隻蝙蝠，倒吊在日光燈上吃著陰間零食。

「時間確定了，三天後陽世凌晨三點，幾個閻王聯合大審。」張曉武哼哼地說：「城隍府瀆職檢舉案、殺人魔行賄逃獄案、小毒蟲大鬧陰間案……一堆不相干的事情全攪和在一起審，有夠天才。」

「沒有不相關啊，都有關聯的。」小歸說：「他們辦這場大審的目的就是要搞太子爺和他的乩身韓杰，俊毅幫過韓杰，所以閻王拿俊毅開刀，但只搞俊毅太突兀，所以把其他不聽話的城隍一起搞下去。那個殺人魔叫吳孟學，他爸爸是陰間大律師，跟魔王合作，你們城隍府跟太子爺的檢舉案聽說都是他一手策劃的。吳孟學前兩天逃獄，又被抓回來——他們串通陰差閻王演這齣戲，把王仔洗腦成吳孟學，假裝他逃獄上陽世亂殺人，再抓回去頂替吳孟學受審，一口氣打下十八層地獄永不超生，讓眞的吳孟學回到爸爸身邊。至於韓杰——這場大審的主角本來就是他，他雖然跟你一起逃出城隍府黑牢，但幾個閻王看來是想照審不誤，想替韓杰扣上幾條重罪，名正言順發布格殺令，以後只要他再下陰間，人人得而誅之；再用這理由告上天庭，說太子爺管教無方，盡可能削弱他管轄權限。」

「幹他老師咧……」張曉武吸了口氣，憤恨不平說：「這麼多花招怎麼不直接找那小毒蟲單挑，他很愛打架呀，找他打架他又不會拒絕。幹嘛這樣搞王仔？」

「肯定是賴琨提供的點子。」小歸說：「早上他們不是說賴琨現在底下被王仔兒子開槍打死了……現在就不知道魂還在不在。」

「魂最好還在。」張曉武說：「我不會放過他。」

「你想怎麼做？」

「哇幹——你這問題問得好耶，那些傢伙喜歡玩會客是吧，我會找出癩皮狗，把他吊起來，每天戴不同面具跟他『會客』。」

「誰問你想怎麼虐囚呀！我是問你三天後大審要怎麼做？」

「還能怎麼做，當然是開扁呀！」

「你想要哪些裝備？」小歸拿手機準備做筆記。「或者說——俊毅能容忍的範圍……」

「管他什麼範圍。」張曉武說：「你把最厲害的東西全給我弄來就是了。」

「哼。」小歸冷笑一聲。「我這麼問的意思，是表示我人脈超強、管道超多，許先生每年燒給我的錢也超多，在底下我真想要，什麼都弄得到。但有些東西亮出來，別說俊毅要罵我、閻王要動我，連神仙說不定都要派兵馬下陰間討伐我了——所以我才問你，範圍。」

「幹你吹牛啊？」張曉武想了想，說：「那個大枷鎖力氣那麼大，有沒有能自己控制的，穿上去像是穿上超人裝一樣，有沒有這種東西？」

「沒有。」小歸搖搖頭。「大枷鎖是魂煉出來的，又不是冷冰冰的道具，既然是魂，就沒有百分之百聽話的，也有失控的時候，我不建議你用大枷鎖鎖自己，那太蠢了……倒是紙紮師傅有台車我想你會喜歡。」

「哪台車？」張曉武一個翻身，也坐上那垂掛日光燈，和小歸討論起三天之後，要穿戴哪些裝備、駕駛哪台好車，才可以在底下鬧得轟轟烈烈。

「現在我的復職申請書還欠幾份同意？」太子爺望著前來會客的月老。

「還差十三份……」月老攤攤手。

「……」太子爺吸了口氣，說：「意思是大家決定不讓我插手這件事就是了。」

「應該是。」月老點點頭。「我最新收到的消息，是不少神仙覺得這次讓你學點教訓，或許你會願意檢討過去做事的方法，試著做些改變。」

「讓我學到教訓的方法。」太子爺強耐火氣，盡量心平氣和說：「就是犧牲我的乩身，跟他身邊所有人？」

「你也不是不知道……」月老說：「陽世凡人個體和群體孰輕孰重，這點天上一直分成兩派，兩派又細分成好多派；不少神仙認為，世上人多到數不清，如果個體的犧牲長遠來看能讓群體更好，那麼這樣的犧牲——」月老說見太子爺已達爆發臨界點，趕忙說：「我個人是不贊成啦！這還有公道嗎？如果長遠而美好的目標得靠懲善揚惡來堆砌，真能砌出美好的目標嗎？所以我才一直幫著你呀，老弟，你知不知道我因為向著你，也與不少神仙交惡了？」

「……」太子爺低下頭，捏緊雙拳，說：「之前我偷聽到一黑一白兩傢伙說我閒話，他們說其他神仙並不反對讓我修理地底魔王。」

「這是眞的。」月老說：「底下那些骯髒傢伙，大家都不想和他們沾上邊，你愛打愛鬧，讓你來對付他們最適合不過。」

「其他神仙愛乾淨，嫌這事情髒，丟給我來做，卻又處處刁難我是啥意思？」

「大家也不是刁難你，只是希望你改改脾氣，做事圓融點，別動不動把閻王往死裡打。你打死一個閻王，底下還要花時間找人補上去，你把閻王都打沒了，底下沒人管了，更多邪魔外道上來陽世鬧，可要鬧死更多人呀……」月老說：「你是武將沒錯，可好歹頭銜也掛了個元帥，不單是打手、劊子手，你要陽世管轄權，總要明白人心種種變化，只用拳頭不用腦，怎能弄明白複雜人心呢？」

「底下大審就快開始了。」太子爺舉起手機，螢幕上是韓杰家客廳。

此時凌晨一點三十分，眾人齊聚在客廳，大多準備萬全，在商討最後幾件事。

「他們這次敵手是那摩羅，戰場是在陰間；不讓我插手，你要我眼睜睜看他們踏進魔王圈套，一個個被弄死？」太子爺沉沉地說：「把我的人都弄死，我怎麼搞懂他們的心？」

「媽祖婆已經接手這件事了，她有個乩身連日奔波蒐集證據。」月老說：「你千萬得沉住氣，別再被抓住把柄——魔王請了個很厲害的顧問，什麼雞毛蒜皮都能告得罪大滔天。」

「是吳天機那老爸爸？」太子爺露出想咬人的神情。「雞毛蒜皮告成罪大滔天，然後把他兒子滔天大罪辯護成雞毛小事是吧。」

「不是喲。」月老搖搖頭。「他本事很大，但沒大成那樣，他兒子罪證確鑿，還是被你親手打下去的，脫不了罪。」

「脫不了罪，就拿個無辜人頂替，這也能成？」太子爺說：「底下那些閻王早該整批換過了；管我就這麼嚴，就不管底下那些髒東西？」

「底下又不歸天管。」月老說：「陰間自治，千年前就說好了；陰間是陽世的鏡子，人死了下去，輪迴再上來，陰間的髒東西也是從陽世髒下去的，人若不懂自省、無法從痛苦中學到教訓，天上的我們再怎麼幫他們擦屁股，也擦不乾淨的。」

太子爺仍不死心，問：「可聽那兩個傢伙說法，關老爺好像不反對我復職啊，關老爺在天上面子那麼大，他一份同意應當可抵上十幾份了吧。」

「可能可以吧……」月老無奈說：「但審你的部門還沒收到關老爺辦公室的回函呀……」

「什麼！」太子爺瞪大眼睛。「我偷聽那兩傢伙說話是幾天前的事，按照他們說法，前兩天就該收到回信了，關老爺辦公室效率沒那麼差吧。」

「所有的回函往來之間，還會經過好幾個部門，蓋完章才會送到審你的單位……」月老說：「真有人要搞你，過程中這扣一天、那個明天才送件，加一加也能拖上十天半個月。」

「原來是這樣。」太子爺點點頭，瞇起笑眼，呵呵笑著對月老說：「那能不能請月老您替弟弟我打聽一下，這陣子刁難我復職的，究竟是那些部門、哪些神仙哥哥姊姊呀？」

「不能。」月老搖頭苦笑。「我要是替你打聽，你出去之後找他們『道謝』，上頭追究下來，不但你有麻煩，我也有麻煩呀……」

「嗯。」太子爺瞬間變了張臉，扠著手背過身去。「反正天上跟我有過節的這麼多，隨便猜十個也會中八個，你不幫忙沒關係，我自己猜。」

「老弟呀……」月老無奈苦笑。「我是眞怕你惹出大事呀，你熄熄火，就當看戲，你不想看媽祖婆怎麼處理這事嗎？」

「怎麼看？」太子爺氣得連聲音都微微發顫，像是隨時會放火燒宮。「他們要下陰間了，你的金龜子能跟下去嗎？」

「不能。」月老這麼說，然後又補充：「但是我的蛾可以。」

「蛾？」太子爺哦了一聲。月老伸手拿走手機，點點按按，又將手機畫面同步至電視螢幕上，說：「你遊戲贏了我，我送個新獎品給你，是能看見陰間的蛾。你別發脾氣，好好待著看戲，行嗎？等大審過了，你安分沒惹事，其他神明也不好說你壞，更沒理由刁難你了，不是嗎？」

「我什麼時候又和你玩遊戲了？」

「現在啊。」月老坐上沙發，從提袋中取出一盒遊戲打開擺桌，還拿了些美酒食物，說：「快來玩吧，邊玩邊看。」

電視螢幕畫面一分爲二，左邊的畫面是一隻不起眼的暗褐色小飛蛾，右邊則是呼呼大睡的小文和小文懷中的金龜子。

太子爺立時明白，小文和金龜子的畫面，自然就是飛蛾所見了。

只見小文身子抖了抖，大概是作了個美夢，一雙翅膀摟著金龜子像抱玩偶般。

「蠢鳥……」太子爺這才入座，從月老手中接回手機，問他如何對飛蛾下達命令。

□

「證據到手了！」

陳亞衣氣喘吁吁地領著馬大岳和廖小年往韓杰家奔。

韓杰盤坐床上，望著眼前幾疊尪仔標發愣。

王書語穿著黑色西裝外套，圍著金符絲巾，外套裡卻是整套黑色韻律服配黑球鞋，像是想兼顧莊重和運動機能，肩包裡裝著韓杰寫的護身符、防身手電筒，手上還托著一本《陰律法典》，裡頭詳記陰間上千條法規。

王劍霆則是緊身運動褲配灰色吊嘎，除此之外什麼也沒帶——小歸在底下已替張曉武、王劍霆他們備妥凡人也能使用的特製裝備、武器，無需額外浪費韓杰的金粉打造道具。

陳亞衣揮著手機，興奮地說：「陰間酒樓服務生偷拍的聚會影片就在我手機裡，我傳給你們！」

「我看看！」王書語驚喜取出手機，點看陳亞衣傳來的幾段影片。

幾段影片零星瑣碎，其中一段是服務生在廁所裡測試拍攝效果——他將特製偷拍鏡頭夾在胸前口袋偽裝成裝飾，拍到的影片則經由線材傳送進口袋裡的手機中。

儘管包廂人多，但服務生十幾趟送餐倒酒，也將包廂中所有要角——年長青、第六天魔王、煩惱魔喜樂、卞城王、秦廣王和另外幾位閻王，以及吳興、賴琨、夜鴉等人拍得一清二楚，無一缺漏。

影片中甚至夾雜著幾段關鍵對話——

「有吳大律師策劃那批檢舉函，天上那頑劣小子，大概很長時間沒辦法耍他的火尖槍、踩火輪子耍猴戲了……」

「主子失勢，那乩身應當也要被收回法寶，只剩一雙拳頭能用了。」

還有——

「各位老大，所以……長相不同沒關係？只要能換上大律師兒子記憶，誰都能頂替他兒子出庭？」

「陰間問供用姜公茶，喝下姜公茶，身上長出九官鳥，自動說供詞，咱們認供不認人，誰管誰長什麼樣子。不管誰的魂，換過新記憶，九官鳥都只說新記憶，到時候開庭，從閻王到判官都是自己人，連那姜公茶都是自己人泡的，萬無一失。」

「這麼行？那我推薦各位大王一個好人選。」

「誰？」

「有個老警察幫過那乩身很多次，你們想對付乩身，最好先處理掉老警察……」

王劍霆聽見這段對話，轉過頭來，拳頭握得死緊，雙眼像要噴出火來——他認得這人的說話聲音，是賴琨的聲音。

「書語姊，這樣算是鐵證如山了吧。」陳亞衣說：「這是荒山公墓管理員莊標前兩天收到的最新消息，昨天晚上才傳給我——那個服務生，爲了救一個在地獄受刑的親人，一直想找機會報些大消息立功……」

服務生李奇隨身攜帶偷拍鏡頭已非一天兩天，總算等到這次機會，但或許因爲操之過急，他擔心這消息被阿水忽略，沒替他傳上天，另外透過其他陰間友人四方聯繫，想結識更多眼線，盡快將自己打探到的消息報給神仙立功。

卻也因此走漏了風聲，消息傳到當天與會要角耳裡，出動大批人馬找他，甚至上陽世殺眼線。

然而李奇早將影片多重備份，藏在陰間各處，還透過特殊工具將影片轉成陽世硬體能播放的格式，甚至在多部電腦裡安裝了自動發信程式，超過一定時間沒有輸入特定指令，程式便會自動發布信件給其他友人——信中載明受刑親友冤屈，和這幾段影片拍攝始末，以便自己遇難時，這些影片和冤情能流傳開來，就算救不了自己，或許也能幫到在地獄服刑的親人。

莊標這兩天一收到這消息，立刻告知陳亞衣。

陳亞衣在大審開始前幾小時，透過層層關係取得影片，趕來與韓杰會合，準備陪同王書語出席旁聽那公開大審——媽祖婆這次給她的任務，除了保護王書語旁聽，也負責記錄蒐證整段大審始末——這次大審幾位閻王聲稱開放旁聽，實際上眞開了庭，關起門來能動手腳的地方可多著了。陳亞衣帶著馬大岳和廖小年同行，讓千里眼和順風耳在天上盯著審判廳動靜，至少讓企圖搞鬼的傢伙多層顧慮。

「我也不知道這證據效力到什麼程度……妳看，這本《陰律法典》裡一千一百七十三條法條，每一條後面都有這句備註——」王書語翻開法典，指著其中一條備註給陳亞衣瞧。

「備註……以上法例僅供參考，實際審理另由閻王視情況裁決……」陳亞衣呆了呆。

「我看不太懂，這句話意思是……不管法條怎麼寫，閻王還是可以想怎麼判就怎麼判？」

「天底下如果有這種法律，那眞是匪夷所思……」王書語苦笑說：「但按照字面意思，好像眞能這樣解釋……」

「那算什麼狗屎法典。」王劍霆不耐地說：「印那麼厚一本，五個字可以翻譯完：『閻王說了算』。」

「但這次有亞衣幫忙。」王書語說：「閻王們公開大審是要做給外界看、給天庭看，他們想削太子爺權限、想整阿杰，只要我們能將證據傳上天，證明整件事全是幾個閻王勾結魔王設計出來的，就有機會替爸爸、阿杰和曉武哥的城隍府平反。」

「希望神明願意睁開眼睛看看……」王劍霆說：「時間差不多了，要下去了嗎？」

王書語看看時間，回頭望著韓杰，說：「阿杰，你想好了嗎？」

「嗯。」韓杰聳聳肩，抓起幾片尪仔標準備發動。

陳亞衣問：「韓大哥要想什麼？」

「他在想——」王書語說：「要用肉身下去，還是用魂下去。」

「啊？」陳亞衣問：「這有什麼分別？」

韓杰拿尪仔標的手懸在空中，說：「用肉身下陰間，力大無窮，還有火血可以用，不過得承受尪仔標副作用；用魂下去，少了肉身和火血，但不受副作用影響，可以同時用很多片尪仔標。」

「媽祖婆乩身不是可以用白面神力幫韓杰哥加持，減緩副作用？」王劍霆望向陳亞衣。

「那是我在陽世，透過韓大哥肉身，才能直接傳力給他。」陳亞衣說：「但我這次要保護書語姊旁聽，沒辦法隔空傳力量給閻羅殿外面的人啊……」

「我想過好幾種情況，如果到了底下眞碰上第六天魔王，一口氣砸幾十片九龍神火罩，好像是唯一可行的辦法……」韓杰望著眼前幾大疊連日拆下備用的鐵鏽尪仔標，已經做出決定，高舉起手，準備使用尪仔標，讓副作用帶他下陰間。

啪——

一隻金龜撞上韓杰的臉。

韓杰愕然之餘，發現金龜落在他的尪仔標上，一動也不動。

「金龜子？」韓杰呆了呆，甩了甩尪仔標，卻甩不落金龜。「我家哪跑來金龜子？」他轉頭問鳥巢裡的小文：「你前幾代除了叼籤還會替我趕蟲，現在你連蟲也不趕了？成天吃喝拉撒跟睡覺？」

小文從巢裡探頭出來，頭上還停了隻褐色小飛蛾。

韓杰見小文那副怪模樣，不由得覺得奇怪，他抓下金龜翻看，甚至拿至鼻端聞嗅，只嗅得淡淡檀香氣味，他喔了一聲。「難道這金龜是太子爺派來的？」

金龜振了振翅。

「眞是太子爺？」

金龜又振振翅。

「你不能說話，只能動翅膀？爲什麼不用小文，要用金龜子？」

金龜飛起，猛撞韓杰鼻子一下，然後飛上裝著金粉的小鐵盒上，用前足不停扒著鐵盒蓋子，連連振翅。

韓杰連忙打開蓋子，金龜子立即鑽入鐵盒，沾了一身金粉，飛上牆爬行，在牆上拖出兩個金色字跡——

「內……」韓杰望著那兩個歪七扭八的字。「內什麼？那什麼字？」

「肉身？」王書語湊近細看，啊呀一聲。「太子爺要你用肉身下去？」

金龜子激烈振翅抖粉。

參伍

「老弟，你想玩什麼把戲？」月老望著太子爺。「為什麼指揮我的金龜子寫字給你乩身看？你要他用肉身下陰間，難道你想……」

「凡人肉身在陰間耐打你不知道嗎？」太子爺說：「何況他那身體是我親賜藕身，裡頭火血灑在陰間可燙得咧——啊呀我睏了，不玩了，你請回吧，我送你出去。」

太子爺起身，一把掀翻桌上的遊戲，揪著月老胳臂往外走。「這爛遊戲一點也不好玩，我待會兒請差使收拾一下給你送回去。」

「等等，老弟……你是在趕我？」月老垮下臉。「我怕你氣壞，特地來陪你聊天……」

「你講話這麼無趣，誰要跟你聊。」太子爺冷笑說：「我寧願睡覺。」

「哼……」月老甩開太子爺的手，自個走到玄關長廊，卻見太子爺笑咪咪地緊跟在後，感到有些古怪，停下腳步。「你……」

「幹嘛？你要離開，我送客呀。」太子爺說。

「你之前都不送我，這次怎這麼客氣要送我？」

「我反省過了，你們對。」太子爺微笑說：「我平時做事失禮，我想要有禮貌點，訪客要走，主人送客，是基本禮貌。」

「不不不，訪客還不想走呀，等我想走了你再送客，趕客人可稱不上禮貌喲。」月老聽太子爺這麼說，堆起笑臉轉身要回客廳。「來來來，我們繼續玩遊戲，我不是給了你能下陰間的蛾嗎?你擔心的話可以看著他們……」

太子爺垮下臉，沉沉地說：「我說我累了，想休息、不想玩遊戲也不想跟你聊天，你還是走吧。」

「……」月老莫可奈何，走過長廊，在大門數公尺前，見到大門邊的小差使惴惴不安地望著他，便回頭望著仍緊跟在他身後的太子爺，遲疑地說：「老弟，你……千萬別告訴我，你想趁差使開門時，硬闖出去，那樣子你……」

「我才不會做那種事。」太子爺又笑了起來，還一連推了月老好幾把，將他推到門前，對小差使說：「幹嘛?月老要走了，你不開門讓他走?」

「中……中壇元帥大人……」小差使指著通往客廳的長廊轉折處。「按照規矩，我開門時，你不能在門旁邊，得站在那條線外……」

太子爺默默望著小差使，不發一語。

小差使顫抖地不知所措。

「你別為難人家啦。」月老苦笑勸著太子爺。

太子爺仍不說話，雙眼怒火更盛，嚇得小差使哆嗦得更厲害了。

叮咚——門鈴響起，門上對講機閃現一張臉，對著對講機鏡頭說：「我來接月老離開。」

小差使和月老望著螢幕的人，都如得到強援般鬆了口氣。

「原來你們全串通好了呀。」太子爺瞪著螢幕那人，又瞪著月老。

「大家都是爲你好……」月老嘆氣，朝小差使使了個眼色，示意他可以開門了。「怕你一錯再錯，捱了重罰。」

小差使開了門，門外站著個高大俊朗的白衣男人。

男人眉心上方有道豎痕。

「那魔王的目的，就是想氣你，讓你失去理智、做出傻事，身受重罰，再也不能管他閒事。如果你上勾，正好讓他稱心如意。」男人望著太子爺，淡淡地說：「我也不想讓他稱心如意，所以說什麼也不能任你造次，如果得罪，只好請你多多包涵。今天過後，你想找人打架出氣，可以找我，我不還手。」

「不還手有什麼好打的。」

「那我還手。」

「你還手我就打不過你啦！」

月老在一旁插嘴說：「你上次自己說坐四望一的……」

太子爺嘖地一聲：「你懂不懂『坐』的意思？懂不懂『望』的意思？而且我是坐三望一，不是坐四望一——另外那個不是神仙！他神職早被拔了！現在不知躲在哪座山吃香蕉！」

「所以你可別像他一樣呀……」月老苦笑。「要是你亂來，被拔了神仙職位，就換我坐三望一了。」

「我呸，天庭少一半神仙也輪不到你坐三望一！」太子爺焦惱一拳砸在牆上，將白牆砸出一個凹坑還延伸出條條裂痕，他轉身往客廳走，白牆上的凹坑旋即復原。

男人和月老互望一眼，拍拍小差使的肩。「這段時間辛苦你啦。」說完，與月老並肩要走。

「等等！」太子爺突然高呼一聲，竄回門前，對著門外男人說：「剛剛是我失禮，請你們幫個忙吧——」

「你想我們幫你什麼忙？」月老問。

「我……我在天上沒幾個朋友……所以我看著陽世底下人，像是交了些朋友……現在有人想殺光他們……」太子爺呆立在門前說：「拜託二位，替我催催幾個送件部門，讓關老爺的復職同意書快點送進審我的部門裡，關老爺地位高面子大，他一份同意書能抵十幾份，快點讓我復職，說不定能趕得上陰間大審，只要那小子能撐久一點……」

「沒問題。」男人點點頭。「門一關上，我立刻去找相關部門負責人談談。」

太子爺朝男人深深鞠躬。

小差使默默關上門，門外響起鎖釦閉合聲。

太子爺回到客廳，拿起桌上月老給的手機奔出外院，一躍上高聳大樹頂，窩在樹梢葉叢中，透過手機指示飛蛾行動。

□

陰間，十餘樓高的閻羅殿周圍是廣場和公園，公園裡隨處可見裝置藝術、造景庭園、半露天的景觀步道，以及擺設了各種閻王雕像和一幅幅地獄景觀浮世繪的藝廊展廳。

此時廣場外圍街道上停駐著一輛輛廂型車、遊覽車和插著旗幟的機車隊，周邊幾條街上的小吃店、冷飲店，全擠滿客人。

這些客人大都模樣猙獰，身上公然佩戴刀械，甚至是裝著鬼牙的槍械；端冰送茶的服務生戰戰兢兢，深怕招待不周，整間店就要給掀了。

大批凶惡客人分屬不同幫派，其中一支是與富商年長青集團結盟的春花幫。這幾路幫派齊聚閻羅殿周邊，自然都是看在第六天魔王份上，前來助拳圍事，防止韓杰等人下來鬧事的打手大軍。

幾條街上不同幫派駐足交界處的店家，那氣氛可更是詭譎，大夥此時有著共同目標，但過去結下的梁子也不小，彼此東瞪一眼西哼一聲，倘若這次主事者不是第六天魔王，說不定韓杰還沒現身，幾條街百來個傢伙便自己打起來了。

這幾條街中，有條不起眼的小巷弄裡，一輛外觀破舊的廂型車，車身外還蓋著帆布，周邊堆滿垃圾和雜物，像是台報廢車。

但車內卻裝設數面螢幕和各種古怪儀器，所有儀器正運作中。

這是台ＳＮＧ轉播車。

小歸提著兩個後背包，分別交給韓杰和王劍霆，要兩人揹上。

「三台密錄器，四台訊號中繼站。」小歸對眾人說：「其中一台中繼站就在這裡，另外三台讓你們揹著。」

韓杰和王劍霆望著車內幾面螢幕，螢幕畫面是王書語的背影。

王書語正隨著旁聽群眾，在陰差帶領下進入閻羅殿。

王書語前後那些「旁聽民眾」，模樣和數條街上的凶神惡煞差不多，差別只在他們沒光明正大地提刀帶槍，進入閻羅殿旁聽的凶神惡煞，都帶著長形提袋或大背包。

「三台密錄器都在拍攝，轉播順序是陳亞衣、馬大岳到廖小年；要是裡頭打起來，一台密錄器被打壞，你們身上的中繼站會自動播放下一台密錄器畫面。」小歸指螢幕。「四台中繼站也有工作順序，第一台壞了，就會輪到韓杰，再來是阿武，最後是劍霆。」

「所以……我們要分頭行動？」王劍霆問。

「對。」小歸點點頭，伸手指向播放著閻羅殿周遭空拍畫面的螢幕。「媽祖婆乩身他們的密錄器訊號範圍有限，四、五百公尺外，訊號品質就會開始降低，超過八百公尺，訊號就要中斷了。」他在空拍螢幕上畫了兩個圈圈，分別表示五百公尺和八百公尺兩個約略範圍。

這輛轉播車便停在距離閻羅殿四、五百公尺處，剛好處在訊號尚可的範圍內。

「五百公尺範圍裡大部分是閻羅殿廣場和公園……」王劍霆說。

「對。閻羅殿周遭很空曠，不好躲……只有一些展覽廳可以藏身。」小歸說：「你們盡可能躲在廣場附近街道裡，但街上聚集很多幫派分子，應該都是魔王請來對付你們的。」

這場大審，是第六天魔王和幾個閻王共同策劃，審判韓杰及與他有所牽連的活人死人；雖然人犯韓杰逃獄無法出庭，但大審仍如期進行，一旦審判結果對韓杰不利，地府就有理由對韓杰下達格殺令，終生獵殺他，還能間接削弱天上太子爺的權限。幾間受到牽連的城隍府、被代吳天機頂罪的王智漢，都是這場大審的連帶犧牲者。

小歸等人的反制之道，是讓王書語帶著掌握到的有利證據，藉著旁聽的名義在閻羅殿法庭上提出異議，再由陳亞衣等身上的密錄器，將即時畫面經由韓杰他們攜帶的訊號中繼站，對外轉播，讓三界同步收看這場大審。

「除非天上神仙全部閉上眼睛，否則不可能看不見底下發生的事。」小歸說：「我們現在要做的事，就是盡量撐得久一點。」

「上天就算看見了。」王劍霆穿戴起他提供的防身裝備和武器。「也要有動作才行……」

「如果上天看見，卻不願做任何事……」小歸苦笑。「我們當鬼當人的，還能說什麼？只能認啦。」

「也是。」王劍霆站起身，檢視全身裝備。陽世肉身在陰間力大無窮，但對方也不缺鬼牙槍和各種帶有邪法的武器；他穿上一件防彈背心，在雙臂、雙腿上戴上防彈護甲，手上戴著具指虎功能的皮手套，再套上一件防咒、防刀砍的戰鬥外套，腰際掛有刀槍配備，揹上轉播中繼站，戴上防彈頭盔，最後提起步槍，看上去像是特種部隊。

王劍霆的背包比韓杰的更大上幾號，有露營背包那麼大；上層空間還有幾處透氣布網。布網內一雙眼睛銳利瞇著，靜靜等待出戰時機。

王劍霆低頭望著自己一身裝備，喃喃地說：「眞想讓爸看看我現在的樣子。」

許多年前只是孩子的他，無數次向王智漢描述心目中特警隊隊長的模樣，便和此時相去不遠。

「他會看到的。」韓杰拍拍他的肩。「我們下來，就是為了救他。」

王劍霆點點頭，提起一件破爛大斗篷罩上全身，掩飾特戰頭盔和全副武裝。

韓杰更習慣自己的作戰方式，只戴了能與小歸通訊的藍芽耳機和外套裡那件防彈背心，全身衣褲外套各口袋裡都藏著鐵鏽尪仔標、金粉和香灰。

他甚至覺得自己帶了過量尪仔標下來——鐵鏽尪仔標的副作用強，他沒蓮子，以肉身下陰間，也無法同時使用太多尪仔標。

但那似乎是太子爺的意思。

他望著肩上飛蛾，不久之前飛蛾接替金龜子，從小文頭頂飛到他肩上，隨他下陰間。

「你要我用肉身，意思是你能下來幫忙？」韓杰當時這麼問，卻得不到回應，不免有些疑慮。「如果你能自由降駕，幹嘛用飛蛾、金龜子？難道是我誤會了，這些只是普通的金龜子跟飛蛾？」

他從東風市場躍進充氣水池鬼門下陰間的途中連問飛蛾數次，飛蛾每次都只是撲拍起翅膀鑽他耳朵，令他不得不將飛蛾視為太子爺指派法寶，帶牠同行。

「他們進審判廳了！」小歸帶著兩個員工手下躍出廂型車，領著韓杰和王劍霆走出小巷。小歸與員工登上另一輛廂型車，對車外兩人伸出拳頭。「接下來，看你們的了。」

韓杰和王劍霆也伸出拳頭，與小歸互擊，開始分頭行動。

小歸拉上車門，指示駕車員工掉頭開回陰間東風市場。

參陸

「嗶嗶、嗶嗶嗶——」

大批旁聽民眾排隊通過審判廳前的探測門，那門上警示燈閃爍不休、鈴聲大作。

「快點快點。」陰差打著哈欠、持著指揮棒，不耐催促旁聽民眾加快腳步通過。「要開庭了，別浪費大家時間……咦？」幾個守衛陰差見到重要人物般突然打起精神，橫伸指揮棒攔下剛過偵測門的王書語。「等等！」

「怎麼了嗎？」王書語一手抓著提包肩帶，一手托著《陰律法典》，神情有些不安。

「妳包包裡裝了什麼？拿出來看看！」有個陰差盯著王書語的包，後頭兩個陰差舉著手機，像是在比對王書語和她身後陳亞衣等人的身分。

「前面那些都不檢查，只檢查我？」王書語有些不平。

「妳沒看警報器響啦？」陰差伸指揮棒敲敲探測門。「快打開包包，看看裡頭藏了什麼東西？企圖夾帶武器出庭可是重罪喲！」

「這警報器從剛剛到現在一直都在響呀！」陳亞衣等人在後頭幫腔。

「剛剛有響嗎？」幾個陰差聳聳肩。「我沒注意。」

「……」王書語不願節外生枝，打開提包讓陰差檢查。

「這什麼東西？啊呀！真帶武器進來？」兩個陰差呀呀叫著，將防身手電筒和符籙都搜了出來，還扯下她頭上符籙絲巾。

「這些都是防身用具，不是攻擊武器。」王書語辯解：「都是對付惡鬼用的，這裡有惡鬼嗎？」

「這裡沒有惡鬼，只有善良老百姓。」陰差搖搖頭。「不過這些東西我們要沒收，詳細檢查之後才知道是不是對付惡鬼的。」另個陰差補充說：「是呀，妳看這符寫得多凶呀！」

「那這個要不要沒收？」王書語揚起手上那本法典。

「不用，那本妳可以自己留著。」陰差嘻嘻笑，放行王書語。

跟著陳亞衣、馬大岳和廖小年三人通過探測門時，也接連被攔下。

「這是什麼？」陰差從陳亞衣口袋裡搜出奏板。「用這東西打人會痛耶！你們這幾個凡人到底有什麼打算？每個都夾帶武器？」

「陰差大哥。」馬大岳惱火舉手，指著身後兩個凶惡大漢肩上揹著的提袋，說：「我跟你打賭，他們袋子裡的東西打人更痛！」

「你怎麼知道？」陰差瞪大眼睛。「你有什麼證據？」

「所以我才和你打賭啊！」馬大岳不服氣地說：「你打開來看看就知道啦。」

「沒有證據怎麼可以隨便檢查陰間公民私人物品？」「你到底有沒有法治觀念？」陰差們扠手瞪他。「你找我打賭，你知道賭博違法嗎？」

「我靠！」馬大岳氣到笑了，轉頭對廖小年說：「原來陰間條子比陽世條子還雞巴耶哈哈哈！」

他還沒笑完，一個陰差突然舉起指揮棒，指著馬大岳胸口別針造型的密錄器問：「這又是什麼？」

「這是攝影機。」陳亞衣瞧著另個陰差手中的奏板，說：「那是媽祖婆給我的奏板，媽祖婆正看著你們，也聽著你們說話呢。」

「呃！」幾個陰差呆了呆，只見那奏板上一行小字盈盈發亮——

持此奏板聽哭望苦拯民水火解民倒懸天上聖母

「天天天……上聖母？」陰差手中的奏板，彷如不停被加上槓片的啞鈴，愈漸沉重，身旁另個陰差連忙提醒：「就是媽祖婆。」

「還妳！妳是媽祖婆使者，怎不早說？」那陰差立刻將奏板遞還給陳亞衣。

陳亞衣接回奏板，說：「我們代表媽祖婆下來旁聽，大審本來就對外開放，不是嗎？」

「但是你們帶著這東西，是陰間的攝影機呀！」陰差不願輕易放行，說：「你們有什麼意圖？」

「有什麼意圖？」馬大岳和廖小年陡然變臉，雙雙露出口中獠牙，一個耳朵豎尖、一個眼睛突出，兩人上前逼近那陰差，你一句、我一句地說：「當然是讓媽祖婆在天上看清楚這場大審呀，你們不是開放三界旁聽嗎？」「你們這閻羅殿周圍廣場草皮底下鋪著厚厚的遮天泥，這兒一塊塊地磚都是用遮天泥燒的，收訊這麼差，我們不用攝影機拍出去再傳上天，怎麼讓媽祖婆旁聽？」

「喝！」陰差見千里眼順風耳降駕，嚇得退開一圈，不敢再刁難，遠遠目送四人離去，直到人走遠，才急急向上通報。「報……報告長官，媽祖婆乩身真的下來了，連千里眼順風耳都下來了！他們還帶著攝影器材，說要拍上天給媽祖婆看！」

□

「哼，早知道會來這招。」

夜鴉扠著手，站在閻羅殿頂樓暫時作爲作戰指揮部的廳堂中央，大聲指揮：「想辦法干擾他們的訊號。」

一隊工作人員立刻回報：「報告，沒辦法干擾，訊號持續對外傳送！」「他們那器材的訊號編碼用的是最新技術，目前還沒有工具可以攔截或干擾。」

「他們把訊號傳出閻羅殿，外頭總有接收訊號的地方吧？」夜鴉問：「難不成那東西可以直接把畫面傳上天？」

「報告！」一個組員舉手說：「那是陰間最新密錄器材，訊號範圍不到一公里，必須靠其他中繼設備接收，才能進一步對外傳送。」

「範圍只有一公里？那不就只在閻羅殿周圍？所以他們的中繼設備就設在附近？」夜鴉先是一呆，然後笑問：「能不能追蹤到？」

「已經追蹤到了！」有組員立刻報出一條街名。「在那一帶！」

夜鴉撥起電話，通知鄰近待命幫派成員。「給我搜出他們。」

指揮部遠處休息區，第六天魔王端著晶瑩酒杯，輕啜紅酒，對一旁煩惱魔喜樂指了指忙著調度指揮的夜鴉說：「那小子挺能幹的。」

「是呀。」喜樂嘿嘿一笑。「做事機伶、又能打，還喜歡發明些奇怪武器，什麼都難不倒他，我大多事情都交代他做，也都辦得不錯，最重要的是——對我夠忠心。」

「哪找來的？」

「垃圾堆撿來的。」

幾個閻王哈哈一笑，紛紛乾杯，交頭接耳說：「這次還不審死那乩身。」「可惜前幾天讓他逃了，不能對他當場用刑。」「這次審完，發出格殺令，總有機會再拐他下來。」

眾閻王之中，有個削瘦老者和胖壯巨漢，都只有一隻手——他們是六殿卞城王和一殿秦廣王，在大半年前上陽世要審韓杰，被太子爺降駕斬去一手，遭到停職至今，無法參與今日大審，只能待在這裡和大家喝酒閒聊。「你們是不是該開庭了？」「不等我們的人搜出轉播中繼站再開庭？」「別那麼急，那是欲蓋彌彰呀；上頭想看，就做做樣子給他們看，重要時刻再攔就行了，上頭問起，就說千里眼順風耳器材買差了，播到一半中途故障，嘿嘿！」

幾位出庭閻王紛紛放下酒杯起身，向第六天魔王點點頭，搭乘電梯下樓，穿過華美廊道，對擦得發亮的梁柱壁面整整衣領、撥撥頭髮、聊聊開完庭要去哪兒尋歡作樂。

宋帝王說他知道有間酒樓有個庚罩杯女侍，五官王說年長青大富麗裡藏了個辛罩杯女侍上次竟然沒派出來伺候大夥兒，閻羅王說自己偏好甲罩杯最多不能超過乙，泰山王說從甲乙丙到辛壬癸各有各的好和巧，要按照時節和當天節目、行程，挑選適合的對象伴遊玩耍才能稱得上是眞行家。

「挑罩杯還要看時節？」「時節怎麼看？」「認眞說起來還挺複雜的，審完再告訴你們。」

四位閻王低頭耳語，在兩隊陰差接應護衛下，嚴肅走入審判廳，依序入座。

閻羅王似乎對罩杯時節論沒太大興趣，他扠手搖頭。「我不管什麼時節，最多只能乙，再大我就沒興致了。」

五官王對閻羅王皺了皺眉。「你老兄口味有點奇怪呀……」

「咳……咳咳！」幾位判官走到中央閻王席前，高聲說：「三殿宋帝王、四殿五官王、五殿閻羅王、七殿泰山王聯合審案，正式開庭──」

判官公布第一批案件，是包括俊毅在內的幾位城隍失職案，幾個判官輪流宣讀各樣檢舉案件，偶爾讓俊毅等城隍發言替自己辯護。

陳亞衣聽得昏昏欲睡，側身向旁邊王書語問：「這些城隍是被告？他們怎沒有律師？」

「我也搞不清楚這算是公務單位內部檢討會議還是法庭審理刑事案件。」王書語苦笑：「總之陰間審案規矩和陽世不太一樣。」

□

「等等，這裡有輛車——」

隱密小巷道裡，一個春花幫幫眾發現了小歸那輛ＳＮＧ轉播車，向其他夥伴吆喝起來。

大夥兒奔到車旁，踢開紙箱、拉下帆布、撬開車門，見到裡頭配備著先進轉播器材，立刻開啓視訊回報揮總部夜鴉。

夜鴉在那頭透過視訊瞧了瞧車中模樣，下令。「把車給我砸了。」

「聽到沒，大家砸車，把車裡器材全部拆下來砸爛，別讓他們把審判廳裡的畫面往外傳——」帶頭幫眾立刻下令。

十來個幫眾立刻凶狠砸車，幾個成員持著刀械工具擠進車裡拆卸器材，還不時嚷嚷：「嘩！這些設備好結實、好難拆呀！」

咻——

一聲煙火飛梭聲，從高處射到車邊，炸開一片耀眼金光。

「哇！」「怎麼回事？」「我的眼睛！」幫眾怪叫起來，周邊響起陣陣煙火飛射聲、爆破聲，一陣陣又燙又刺眼的金光接二連三地耀起，驅鬼咒術猶如大浪般一波波襲來，震得這些幫眾暈頭轉向地踉蹌退出小巷，狼狽回報：「大……大哥，裡面有埋伏！」

夜鴉透過視訊畫面，見到金光乍起時，立刻加派人手搜查兩側樓宇。

幾路幫眾左右巡樓，發現小巷高處牆上、路燈上，裝設著能發射煙火的遙控裝置，剛剛那陣煙火，便來自這些自動射擊裝置，有些尚未射出的煙火還綁著驅鬼符咒。

「找找四周有沒有他們的人。」夜鴉下令。「把東西全拆了，快把車上的轉播器材給我砸了——訊號還沒中斷，車上的中繼站還在運作！」

「是、是……」帶頭幫眾急急下令。「快進車裡破壞轉播器材！」

幫眾們重新殺回巷子瘋狂砸車、登上車中拆器材。

「嗯！所以哪個才是中繼站？」「我怎麼知道，全拆下來呀！」「可是拆不下來呀！」幫眾們嚷著，整輛轉播車上全是各式各樣的儀器，都造得結實牢靠，大夥兒拿鐵棒亂砸半天，夜鴉那頭攔截到的訊號一點也沒有減弱。

磅、磅、磅、磅！

車內開始每隔幾秒，便炸開一陣刺眼光芒，那些器材底下也藏著驅鬼符咒和煙火，隨著幫眾砸車，開始啓動爆發。

「哇！我的眼睛看不見啦——」「我聽不到聲音！我是不是聾了？」車裡車外的幫眾們狼狽退出小巷。

「沒用的笨蛋。」「看來春花幫平均智商不高。」第二路幫派分子殺進巷道接替春花幫，他們使用千斤頂撐起轉播車，在四輪下裝上拖吊輪，又用鎖鍊固定車身，一聲令下，外頭拖吊車啓動，將轉播車往巷外拖拉。

「媽祖婆乩身用的攝影器材有訊號範圍限制。」第二路幫派分子起鬨笑說：「把這輛車拖出接收範圍，這中繼站不就沒用了嗎？還拆半天，我操！」

拖吊車加速駛上大道，拖著這轉播車逐漸遠去。

他們得意洋洋對著被驅鬼煙火炸得頭昏眼花的春花幫取笑一陣，這才收隊離去，一面向夜鴉報告戰果。

「一群廢物，給我回去重新找，訊號還在巷子裡！」夜鴉惱火罵人。

第三路人不等其他人折回，已經搶先衝入巷子裡，東翻西找——中繼站原來沒裝在轉播車上，而是藏在巷中某處。

□

「哈哈哈哈哈！」

廂型車中，小歸笑彎了腰。

他將中繼站藏在小巷右側樓房店家廁所馬桶水箱裡。

那輛轉播車只是個誘餌，目的是讓夜鴉等人誤以爲中繼站藏在車上，車被拖走，眾人開始在巷子翻找雜物，檢查附近一個又一個「看起來」可能藏著儀器的電箱和各種裝置，自然什麼也找不到。

小歸按下一個開關，巷道裡那些雜物堆中炸開新一波貼有驅鬼符籙的煙火。

將第三路人馬炸了個雞飛狗跳。

「把人全招來。」夜鴉惱火下令。「不只搜巷子，把兩邊樓房也搜一遍！」他盯螢幕小地圖上的訊號位置，終於意識到中繼設備可能不在巷子裡，而是藏在兩側建築中。

閻羅殿周邊幾條街上待命的幫派分子接到命令，一路路人馬擁入那條巷道兩側店家，闖入一樓店面翻箱倒櫃，看什麼砸什麼；有的直闖二三四五六樓民宅——所有陰間住宅，統一由地府公務單位管轄，分發給等候輪迴或是沒有輪迴資格的陰間住民暫居，幾十戶人家被各路幫派分子闖入亂搜，裡頭住戶只嚇得連連哆嗦，毫無反抗之力。

「啊。」小歸拍了腦袋一下。「我藏錯地方了……」

小歸從他裝設在巷弄附近的監視器，見大批人馬開始地毯式搜索兩側樓房，有些後悔自己將訊號中繼站藏在馬桶水箱裡——

馬桶水箱是黑道幫派藏匿毒品槍械的常見位置，倘若小歸花更多心思，申請或是借得一間空屋，將器材藏在床墊、枕頭裡，或是裝進老電視機、冷氣機內部，這些粗魯傢伙要找出來，便更加困難了。

果不其然，一隊人從某家店中奔出，帶頭那個將手上提著的一組中繼設備扔在地上，對著那設備一陣敲砸甚至開槍。

閻羅殿頂樓指揮總部裡發出一陣歡呼，小地圖上的訊號消失了。

但歡呼隨即變成驚呼，組員們紛紛嚷嚷起來：「報告，出現新的訊號！」「他們不只一個中繼站！」

夜鴉愕然驚問：「在哪邊？還是在這附近！把人通通調過去——」

□

廂型車駛到陰間東風市場樓下，小歸領著隨行員工下車，匆匆上到四樓。

此時陰間東風市場四樓深處幾間空房，也擺滿螢幕和電腦設備，布置得像電腦機房，還有一組工作人員專責維護。

另外幾間空房，則是一張張椅子，東風市場老鄰居們，此時人人頭戴ＶＲ眼鏡，手上都托著一個米杯，上頭插著支香。

上百副ＶＲ眼鏡那密密麻麻的線路拖在地上，連接往剛剛那間設備機房中。

王小明那兒座位特別大，還有專屬桌面和幾面大螢幕。

「肥宅，你準備好了沒？」小歸來到他桌邊，按了按鍵盤，調出監視器畫面，見到眾人砸爛第一具中繼站，立時切換訊號，讓韓杰揹著的中繼站接力工作。

「別叫我肥宅。」王小明戴上ＶＲ裝置，拿起遊戲搖桿，說話語氣和過去大不相同，像是換了個人般信心滿滿。「叫我東風軍團總司令。」

「總司令是我。」小歸糾正他。「你是東風軍團空軍大隊長。」

「也不錯。」王小明高聲下令。「空軍一二三隊聽好，全部升空支援韓大哥——」

老鄰居們呼應一聲，手中米杯線香霎時變得更亮。

陰間東方市場頂樓水泥水塔上裝設著幾具大型訊號接收器裝置，樓頂數十架空拍機嗡嗡升空，一齊飛往閻羅殿。

參柒

閻羅殿審判廳，四位閻王輪流發表意見，痛責包括俊毅在內的城隍們怠忽職守。

幾個城隍自然不服，紛紛發言替自己辯護，他們的自辯甚至比不上投入湖裡的石頭，連幾圈漣漪都激不起來，絲毫無法改變閻王決策——

幾個城隍從轄區範圍到人力、經費，通通縮限。

執行命令生效之後，俊毅那間城隍府雜役人員將裁撤三分之一，三節獎金取消、公務車輛收回一半；除此之外，城隍府外停車空地和部分辦公室，將轉借給閻羅殿外包餐飲廠商做便當和醬菜。

「呃！」陳亞衣聽了審判，不由得有些傻眼，轉頭望了望身旁馬大岳和廖小年。「把城隍府辦公室借給廠商做醬菜？閻王是認眞的嗎？」

「好棒！」「太精彩了——」

馬大岳和廖小年突然站起來大力鼓掌。「這大審比過年特別節目還好看！城隍府做醬菜，閻羅殿外面空地應該也可以開放大家種地瓜！」「用遮天泥種出來的地瓜應該可以長得跟冬瓜一樣大。」

「兩位——」判官厲聲喝止廖小年和馬大岳——身中的千里眼和順風耳。

判官莊嚴肅穆地說：「地府尊重天庭客人，但你們來到這兒，也得遵守閻羅殿規矩，現在案件還在審理，不要高聲喧譁！」

「看得精彩拍個手都不行？」順風耳操使著馬大岳雙手又鼓掌幾下，這才坐下。「真小氣。」千里眼則凸著廖小年一雙眼睛，瞪著身旁凶惡大漢說：「你看什麼？想打架？來呀！你包包裡裝什麼？拿出來瞧瞧呀，是不是藏著凶器？」

「喂……你幹嘛啦……」大漢高大壯碩、滿臉橫肉，但也知道身邊兩人身中，可藏著媽祖婆帳下千里眼順風耳，自然不敢頂撞，怯怯推開廖小年的手，將提袋拉遠些。「袋子裡是我私人物品……」

「什麼私人物品？拿出來瞧瞧呀？」千里眼伸長了廖小年的手想拉袋子，另一手還不停伸指戳大漢，戳得那人尷尬扭身閃避。「幹嘛，你這麼大個兒，在害羞什麼？該不會藏著色情書刊吧，你帶一袋色情書刊上閻羅殿想勾引誰？」

「兩位將軍，請你們放尊重點！」閻羅王重重拍下驚堂木，高聲怒喝：「天規不下地府，這裡是閻羅殿，不歸天上管，歸我們管！」

「聽到沒有。」「他說歸他管。」「好，讓他管。」千里眼和順風耳見閻羅王發怒，便不再吵鬧，安靜坐下。

「下一件案子——」判官吸了口氣，宣布下一件案。

但立刻又被千里眼尖叫打斷。

千里眼飛快伸手進大漢塞在腿間的袋中，提出一把衝鋒槍，嚷嚷大叫：「這傢伙帶衝鋒槍進來旁聽呀，大家快逃，是恐怖分子！」

四位閻王同時怒拍驚堂木。

幾個黑白無常倏地飛身竄到千里眼順風耳面前，將王書語四人團團包圍，黑無常一把抓住千里眼手中的衝鋒槍槍身。

王書語四人身邊旁聽民眾，瞬間起身散開一圈，且將自身的大小提袋都藏到背後。

「這是玩具槍、是假的，好玩而已。」那大漢解釋。

「聽到沒有。」黑無常望著千里眼。「是玩具槍，交給我們處理。」

「玩具槍？」千里眼哦了一聲，瞪著廖小年一雙凸眼瞧那槍口。「這槍口還裝著能殺人傷神的鬼牙耶，鬼牙也是玩具？」

「是。」大漢點頭。「都是玩具。」

千里眼嘻嘻一笑，手指放上扳機。「原來是玩具，那借我開幾槍玩玩行不行？」

「不行！」黑無常本來位在槍口前，聽千里眼這麼說，嚇得閃身遠離槍口。

「不行！」大漢也慌張說：「這……玩具槍是我私人財產，你不能隨便開著玩。」

「是呀！」黑白無常說：「聽到沒有，這是私人財產，陰間住民也有持私產的權力。」

「你們以爲仗著神仙身分，就能踐踏陰間住民私產了嗎？」

「扣兩下私人玩具槍扳機……」千里眼問：「要受什麼處罰？」

順風耳在一旁幫腔：「罰金是多少？我向媽祖婆報告一下，預支一下零用錢。」

「你們再鬧下去，就是藐視閻羅殿，最重能下格殺令！」四位閻王轟隆隆地拍驚堂木。

「如果生擒，就該打下十八層地獄，就算神仙我們也不給面子！」

「哇。」千里眼放開手，讓黑無常取走那把「玩具槍」。

大批「旁聽民眾」見到判官在底下連連使眼色，便提著各自的「私人財產」離王書語四人更遠，退到千里眼或順風耳沒辦法隨手撈來他們「私產」玩耍的距離外。

幾個黑白無常坐進空下的位子，等同前後左右包圍了王書語四人。

「按兩下玩具槍要下十八層地獄？」「這些閻王眞是鐵面無私。」千里眼和順風耳交頭接耳，見判官、閻王等仍怒視他們，便揚揚手，說：「不好意思，吵著大家，你們繼續——」

判官一聲令下。

兩個陰差押出一個身穿囚衣、手腳都上著鐐銬的鬼魂——

王智漢。

「爸……」王書語見王智漢被陰差押出，挺直了身子，眼淚在眼眶中滾動起來。

王智漢面色灰青、神情呆滯，已經喪失個人意識，且不再頂著那具屍身，只是魂魄。

「這人姓吳名孟學，後來改名吳天機。」判官朗讀起吳天機罪名：「在陽世爲非作歹、濫殺無辜，被天上中壇元帥降駕乩身誅殺，打下陰間，判進火海地獄，卻又不知悔改，打傷獄卒，逃上陽世作祟，再殺數人！罪證確鑿、罪無可追，請閻王判下最嚴厲之罪！」

「先聽聽他怎麼說。」閻羅王揚揚手，說：「地府審案，也講眞憑實據，我們不隨便冤枉好人的。」五官王隨即下令：「來人，餵姜公茶。」

兩個陰差端上姜公茶，扳開王智漢的嘴，灌他喝下整杯茶。

姜公茶一喝下肚，王智漢身子一抖，肩上抖出隻古怪九官鳥，嘎嘎叫了兩聲，像是說書講故事般，講起生平事蹟——吳天機的生平事蹟。

幾位閻王一邊聽，還朝王書語這方向補充：「姜公茶喝出的九官鳥，能吐實話，由他親口說出自己生平，他說什麼，我們照著判，絕不加油添醋，你們自己看吧。」

王智漢神情呆滯、嘴巴微微敞著，也不知道有沒有聽見肩上的九官鳥，尖銳述說著那罪孽血腥、不屬於他的一生。

「真是邪惡呀！」「壞透了你這王八羔子。」「壞蛋！」

旁聽民眾邊聽邊朝王智漢扔起水杯等東西。

「住手——」王書語見王智漢腦袋被砸了水杯，再也忍不住，站起身尖吼：「他不是吳天機！他是王智漢！他是我爸爸！他不是殺人魔，他被陷害——」

「住手、住手、住手！」判官揚起判官筆，制止那些扔砸東西的旁聽民眾。「這裡是閻羅殿，你們是進來旁聽的，豈可動用私刑？陰間有王法的！」

「對不起，大人……」旁聽民眾全低下頭乖乖聽訓。

「陽世凡人，妳說——」閻羅王肅穆冷視王書語。「這人，是妳父親？」

「是。」王書語抹抹眼淚，說：「我有證據能證明他被人陷害！」

「妳可知道這裡是什麼地方？」閻羅王眼神冷峻。

「這裡是閻羅殿。」王書語答。

「沒錯，這裡是閻羅殿。」閻羅王說：「不是讓閒雜人等胡鬧的地方。」

「我沒有要胡鬧。」王書語說：「我眞能證明他不是吳天機，我帶了許多資料過來，有陽世吳天機和我爸爸王智漢的身分資料，他們明明是不同人，而且……」

「我先跟妳說！」閻羅王重重一拍驚堂木，嚴厲喝道：「如果妳的證據有誤，輕則是擾亂秩序、重則是僞造證供，可以直接打下地獄——妳知道嗎？」

一旁五官王和宋帝王交頭接耳，低聲交談：「我說這凡人女子該是丁罩杯。」「不，我看不只。」「嗯，難怪閻羅王一點情面也不給。」「照剛剛泰山王說法，丁罩杯適合哪個時節享用？」「我怎麼知道，問他呀。」「可是他坐在閻羅王另一邊，你走過去問他。」「這成何體統？現在還在開庭呢。」「那用手機傳訊問他。」「好。」

「我知道。」王書語從提袋中取出兩份資料，交給前來取件的陰差，說：「這是陽世戶籍資料，你們可以派人上陽世查證，我爸爸王智漢和吳天機是兩個不同的人。」

四位閻王接過陰差遞上的資料，你傳給我看看，我再傳回給你看，不時還夾帶紙條——丁罩杯，中間偏重，手感紮實飽滿又不致無際無邊，貼在臉上摟在懷裡，不寒不暖，春夏秋冬皆宜。

「原來如此，主要是考慮到冷熱的問題。」「意思是夏季要往甲挑，冬天往戊己庚方向選？」五官王和宋帝王抓著一張張資料搧風。「意思是閻羅王兄怕熱？」「我看他不是怕熱，是蘿莉控。」

「喂……」閻羅王轉頭瞪了五官王和宋帝王一眼，說：「悄悄話別講這麼大聲。」

「我有一年，做了整形手術——」王智漢肩上九官鳥，嚷嚷說：「做成現在這個樣子。」

「聽到沒有！」閻羅王高聲說：「陽世女人，吳孟學他做了整形手術，變成你爸爸的樣子；他不是你爸爸，他是吳孟學，你要找爸爸去陽世找，這裡是陰間。」

「……」王書語沒有理會閻羅王這番說詞，舉起手機，高聲說：「我有第六天魔王、煩惱魔和幾位閻王在年長青大富麗酒樓裡，開會討論陷害太子爺乩身的證據影片，我爸爸就是整個陷害計畫裡的受害者！」

王書語這話一出，除了閻羅王外，另外三個繼續傳紙條討論甲乙丙丁的閻王們，紛紛停下動作，望向她。

四位閻王互望了望，點點頭，說：「將證據呈上吧。」

陰差過去接過手機，手機正播放著影片。

「弄一套播放設備上來。」五官王高聲下令，泰山王則默默傳訊給樓上指揮總部——

那警察女兒真弄到酒樓影片了，千里眼順風耳都下來了，他們外頭的轉播設備，你們解決沒有？

他立時收到回訊——

再等等，他們不只一個中繼站，第二個中繼站由那乩身帶著，在外頭逛大街。好多人追他，但是攔不下他——

「喔。」泰山王點點頭，對另位三位閻王搖搖頭。

閻羅王下令：「現在準備影音播放設備，大家休息一下；證據先扣押，誰都不准碰，知道嗎！」

陰差將王書語的手機放在王智漢身旁一座高台上。

千里眼和順風耳伸了個懶腰，高聲對話起來。「證據扣押，但是影片還在播，如果他們花幾個小時才裝好播放設備，手機沒電，大家都甭看了。」「沒差，我們這裡也有影片，眞精彩、好多熟面孔，剛好休息時間，我們出去透透氣，順便也寄一份到媽祖婆信箱裡吧。」

四位閻王本來起身離座，聽他倆這麼說，臉色都是一變。

四個閻王八隻眼睛劈里啪啦不停向幾位判官使眼色，判官紛紛下令，王書語身邊的黑白無常同時起身，都望定四人。

「如果你們身上還帶有什麼證據。」判官說：「先繳上來，才能走出審判廳。」

「這又什麼新規矩？」千里眼問，順風耳接著說：「我們只是進來旁聽的，有繳交證據的義務嗎？」

「你走進這地方就有義務了。」判官說：「這麼大件案子，重要證據可以讓你們這樣東一句、西一句，想怎麼講就怎麼講、想外流就外流嗎？」

「喔，是這樣啊。」順風耳捏著馬大岳胸前那密錄器，照向四位閻王，說：「各位天上正在即時旁聽的神明大人都聽見了，四位閻王非常不願意讓那幾段陰間酒店影片外流，因爲他們擔心大家發現他們也在影片裡……」

「大膽！」四位閻王暴怒大喝，腰際紛紛燃起或青或黃的火光，有些是佩劍、有些是斧頭，看似要動武。

千里眼和順風耳見大批陰差擁入審判廳、身邊黑白無常手按腰際準備拔槍，連忙奉上廖小年和馬大岳的手機。「幹嘛這麼生氣，你要就給你呀。」

「誣衊執法人員……」閻羅王雙眼閃動鮮紅火光，嘴裡獠牙嚇人。「可是重罪……」

「是不是誣衊，等等大家看完就知道啦！」陳亞衣也掏出手機，點開影片，遞給黑白無常。「你們四個都在影片裡開口說過話，還摟著女人——不，是女鬼才對！」

「給我拿下——」閻王們厲聲怒喝。

「好大膽！」千里眼和順風耳見黑白無常掏出槍來，也重重踏地，攔在王書語和陳亞衣身前，咧嘴怒喝：「我等奉天上聖母之命下來旁聽，證據都呈上了，你們心虛押著不敢公布，還藉故找麻煩！」「有種你開槍給天上神明看看呀！」

「呀——」苗姑也怒喝一聲在陳亞衣頭頂現身，張手指著後方圍來的黑白無常。「哪個再上前一步，別怪老太婆不客氣啦！」

陳亞衣眼見衝突已起，連忙將奏板抵上額頭，高聲祝禱：「媽祖婆！他們好不講理，要動手了，請快賜我黑面神力——」

「大膽惡神，給我拿下！」閻羅王厲聲下令。

黑白無常一擁而上，一把把左輪手槍直指馬大岳、廖小年額頭，卻猛地被兩人身後乍起金光逼退老遠。

「喝——」幾位閻王、判官、黑白無常乃至於雜役，甚至是旁聽民眾，都被這陣突如其來的神風震懾。

千里眼順風耳向兩側讓開，陳亞衣持奏板緩緩抬頭，周身金光四射，一雙黃澄眼瞳閃閃發光。

千里眼順風耳高聲大喝，背後兵刃現形，齊聲怒吼：「天上聖母降駕，誰敢無禮！」

四位閻王見媽祖婆竟然親臨，驚愕得說不出話，倒是一個判官搶著開口。「媽祖娘娘，現在是大審休息時間，我們正在準備轉播設備，您先坐著歇歇。」另個判官也說：「來人呀，奉茶上來。」

審判廳裡的旁聽民眾全擠到了邊邊角角，將一袋袋「私產」往身後藏。

「媽祖婆！」千里眼氣呼呼地告起狀來：「剛剛有人帶了把玩具槍進來，我以爲是恐怖分子，搶過槍來要交給黑白無常，不過多摸兩下，他們就要告我搶奪陰間住民私產，說要把我打下十八層地獄。」

「你沒事搶人家玩具槍幹嘛？」媽祖婆透過陳亞衣的嘴巴問。

「您派我兩兄弟下來保護您乩身旁聽這陰間大審。」順風耳伸手指向擠在角落的那群旁聽民眾。「這兒一堆稀奇古怪的傢伙個個都帶著玩具刀槍，如果我倆連這怪異情況都察覺不出，那眞是怠忽職守啦！」

「閻王。」媽祖婆問：「你們開放讓旁聽民眾攜帶武器進來旁聽大審？」

「媽祖婆，他們沒有開放。」王書語說：「剛剛我的手電筒和護身符都被沒收了。」

「是呀！」千里眼馬上補充：「手電筒沒收，衝鋒槍放行，這是什麼規矩？」

「那不是武器，是玩具！」五官王高聲解釋：「剛剛那老兄可能是玩具店老闆。」

千里眼和順風耳指著民眾大叫：「一百幾十個來旁聽的，每個都是玩具店老闆？每個剛好都帶著玩具刀槍來旁聽呀？」

「你又知道我們袋子裡裝著玩具刀槍？」「我袋子裡是畫具，我是畫家！」「我袋子裡裝的是零食呢！」旁聽民眾鼓譟反駁。

「是零食還是刀槍，袋子打開來看看就知道啦！」順風耳說。

「無憑無據幹嘛給你看我的私人袋子？」旁聽民眾紛紛搖頭，個個反手接力，將大小提袋往門外傳，傳給門邊差使，一袋袋往門外送。

「哎呀！」千里眼瞪著審判廳大門嚷：「你們在幹嘛？幹嘛把袋子往外傳，心虛啦？」

門外又走進一批人。

千里眼順風耳見了帶頭兩人，如臨大敵，像是待戰猛獸般微微伏低身子，齜牙咧嘴。新來這批人，帶頭的正是第六天魔王和煩惱魔喜樂。

「新增幾位旁聽民眾，大家自己調整座位。」判官高聲說。

第六天魔王微笑望著媽祖婆點頭致意，大步走上旁聽席，想坐在王書語身旁。

「跟妳換個位子。」千里眼和順風耳感到第六天魔王刻意發出的凶猛魔氣，將王書語拉到另一邊，千里眼坐在第六天魔王身旁，順風耳坐千里眼後方，媽祖婆附身陳亞衣，坐在千里眼另一側，與第六天魔王只相隔一個座位。

煩惱魔喜樂走到第六天魔王另一邊坐下，探頭朝媽祖婆點頭微笑。「哇，好難得，這是我第一次見到媽祖婆本尊。」

千里眼像是護衛主人的猛犬般齜牙咧嘴說：「應該也是最後一次……」

喜樂與第六天魔王聽他這麼說，相視一眼，微微一笑。「有可能喔。」

順風耳惡狠狠地瞪著第六天魔王：「我們身上的攝影機都在拍，上天同步看著呢，天庭應該不會坐視陰間有人對媽祖婆出手。」

「上天看著的時候。」第六天魔王點點頭。「當然沒人敢不規矩啦。」

「對呀！」喜樂哈哈大笑，朝退到遠處的民眾招招手。「聽到沒有，上天在看著呢，還不通通過來坐好。」

大批民眾見第六天魔王親臨旁聽，像是有了靠山般全走回來，王書語四人周邊座位再次坐滿，有些傢伙開始起鬨對外頭說：「我的零食呢？突然餓了，替我拿回來吧。」「還有我的東西，擺外面我不放心。」

差使又將剛剛送出的一袋袋「私人用品」送回，往旁聽席上傳，大夥兒接了袋子，似乎也沒細分哪袋是誰的，總之一人分得一袋，都堆在腳下，上百雙眼睛全望著媽祖婆，也有些望著第六天魔王——

像是在等候號令一般。

「大家聽好。」判官高聲說：「現在閻王退席休息，旁聽民眾私下有任何過節，請勿在審判廳動手，出什麼意外，閻羅殿一概不負責。」

「知道啦。」民眾吆喝訕笑。

閻王步出審判廳，後頭還跟著大批判官、陰差、雜役；整個審判廳，除了王書語等人之，就剩下第六天魔王、喜樂和百來個帶著私人物品的旁聽民眾。

「媽祖婆呀，我有個問題——」喜樂探身朝著媽祖婆說話。「聽說天上那太子爺，純論武鬥，在天庭可排前四，您排在他前頭還是後頭？」

「差得遠啦。」媽祖婆附著陳亞衣瞇眼笑起。「我又不是武將，就連文官也當得不怎麼稱職，只是比較好事，喜歡盯著人世間變化而已……」

千里眼和順風耳補充：「替世人擋災解厄，救苦救難。」「懲奸罰惡，降妖伏魔！」

「這倒有趣，您不是武將，卻下陰間降妖伏魔？」第六天魔王望著媽祖婆。「身邊也沒帶著善戰武將。」

「啥！」千里眼和順風耳怒不可抑，背後揹負兵刃轟隆隆地閃動光芒。「你當我兄弟倆死人吶？」

「河精山魅，受封成神。」第六天魔王冷笑說：「也算是善戰武將？」

「你們可能不知道。」喜樂笑著說：「山魅在我們這兒用途很多，能幫忙狩獵、能當寵物、能藥燉食補，也能養來當成拳靶子打幾下過癮；你們呀……」他瞅了千裡眼順風耳一眼，搖搖頭說：「藥燉食補好像不太好吃、護衛狩獵也不太夠格，拳靶子可能勉強可以。」

「吼——」千里眼順風耳反手就要去取背後兵器，被媽祖婆伸手按住，柔聲對他們說：「現在大審休息時間，就好好休息吧。」

千里眼順風耳這才稍稍靜下，仍怒目瞪視第六天魔王和喜樂。

「是呀，現在上天看著呢。」喜樂伸了個懶腰，嘻嘻笑著閉目養息。「上天閉起眼睛時，叫我一聲。」

閻羅殿廣場外數條街上一處樓宇上方，火光四射。

韓杰臂捲混天綾、腳踏風火輪，揹著接力實況轉播的中繼站背包，在樓頂穿梭奔走，有時奔上加蓋屋頂，有時撞窗衝進房舍再破窗衝出。

他踩風火輪走樓頂，底下幫派分子準備的車隊無用武之地，只能牽著些惡犬盡力苦苦飛追，有部分幫派惡鬼飛得快，好幾次幾乎追上，又被韓杰轉身打了個落花流水——韓杰顧忌著尪仔標副作用凶惡，游擊戰術使得保守，僅用風火輪和混天綾，搭配事先備妥的金粉指虎拳套和香灰、符籙等小東西，隨機應戰。

轟隆隆隆——一陣螺旋槳轉動聲遠遠逼近，十來架直升機飛來，全是閻羅殿調來幫忙圍捕韓杰的黑白無常。

直升機離韓杰身處位置尚有一段距離，沒有喊話甚至沒有瞄準，同時開火，幾具機砲轟隆隆齊射向韓杰周遭整排頂樓，不時夾雜著一發發火箭彈，將附近建築炸得滿目瘡痍。

下一刻，十幾架直升機搖晃起來，陣形大亂。

是大量空拍機闖入直升機陣中，有些直接往螺旋槳撞、有些伸出特製砲管，噴出濃煙，遮擋機師視線。

黑白無常紛紛探出身來，朝空拍機開槍，將之擊落。

有架空拍機飛得特別靈巧，連連閃過槍擊，甚至逮著黑白無常探身空檔，溜進直升機艙，將大量刺鼻煙霧直接往直升機裡灌。

「哇——」那架被灌滿怪煙的直升機搖晃起來，機上黑白無常和機師狼狽逃出機艙，飛在天上，掏槍想擊落剛剛那架空拍機，但四面八方煙霧迷濛，一時敵我難辨，不敢輕易開槍，只能如老鷹捉小雞，盡量驅趕空拍機。

另一頭，韓杰令混天綾繞身護體，破火衝出爆炸煙霧，在東風市場的空拍機海護衛下逃出黑白無常追擊範圍，遁入樓頂加蓋民宅，見門破門、見窗鑽窗。儘管他腳下風火輪仍不時叛逆卡頓，但仍將幾路追擊惡鬼遠遠甩在身後。

跟著，他感到一股熟悉的氣息逼近——夜鴉。

夜鴉在閻羅殿指揮總部見己方打手遲遲攔不下韓杰，只好親自出戰圍。他從黑衣口袋中掏出兩柄古怪武器——仍是電鑽，但握柄加上機體，模樣和長度竟有些像來福槍，抓著握柄能當棍棒敲砸、扣下扳機也能射出螺絲。

「這麼喜歡電鑽？」韓杰回頭見直升機隊被空拍機陣絆住，起腳踢翻樓頂一個大花盆，提起花盆底下兩塊大空心磚，瞅著夜鴉冷笑。「之前幾次在陽世被你整得很慘，你知道我現在是肉身下陰間？」

「你以爲肉身在陰間無敵？」夜鴉舉著電鑽竄向韓杰就刺。

「算是了。」韓杰舉著兩塊空心磚大戰夜鴉電鑽，逮著機會就將磚頭往夜鴉扔砸，還不時出腳將身邊花盆、雜物全往夜鴉踢——凡人肉身在陰間力大無窮，韓杰藕身裹上混天綾，在陰間更是力大乘上大力，他隨手扔去的空心磚、踢起的花盆，威力可如同一枚枚砲彈——雖然沒砸著夜鴉，卻也屢次逼得夜鴉驚險閃避。

幾路大批幫派惡鬼圍上樓，遠遠朝韓杰開槍；韓杰甩混天綾擋子彈，轉身再逃。

他見更多惡鬼飛上空中圍他，便翻身躍樓，墜進防火巷裡；防火巷兩端殺來大批幫派惡鬼，舉著刀槍夾擊而來。

兩路幫派惡鬼雖都帶著槍械，但因爲顧忌著對面也有槍械，遲疑不敢開槍，韓杰甩著兩條混天綾前後掃打，倒也逼得他們近不了身。

防火巷一端冒出幾個棄了直升機趕來助陣的黑白無常，他們扛起火箭筒，也不顧裡頭還聚著大批幫派惡鬼，二話不說便朝裡頭發射火箭。

韓杰被堵在巷中央，見火箭射來，避無可避，只能催動混天綾在身前結成紅牆硬擋。

幾發火箭彈在窄巷中炸開，火焰瞬間吞沒整條巷子，將一堆惡鬼炸得支離破碎。韓杰儘管被炸飛十來公尺，但他以混天綾牆擋住部分火箭威力，加上肉身在陰間堅韌，只受了點皮肉傷和眼花耳鳴，爬起身立刻掉頭往另一端奔出窄巷。

他奔竄好一陣，突然驚覺未有追兵追來。

他停下腳步，轉頭摸了摸身後的破爛背包，這才醒悟剛剛幾火箭彈雖沒能重傷他藕身，卻炸壞了背後的轉播中繼站。

他揉著頸子，試圖紓緩逐漸增強的副作用，甩動混天綾纏捲樓宇招牌，踩風火輪一路攀牆衝上頂樓，居高臨下，見底下幫派車隊，都轉向另個方向追去——

第三號中繼站正接力實況轉播。

□

「來來來，通通跟上來——」

張曉武駕著一輛高級跑車，跑車不論外觀內裝，都不下陽世上億跑車——這輛車，可是那陽世紙紮師傅的珍藏非賣品，本來造來要送給往生大哥冥誕禮物，小歸開價一百萬陽世現金外加一百萬武裝改造費買下，讓張曉武駕駛擔任三號中繼站。

車內甚至裝設攝影鏡頭，拍攝張曉武駕車模樣——此時他一身武裝比王劍霆那身特種部隊還誇張——一身緊身裝甲加上流線型頭盔，儼然科幻電影裡的未來特種部隊。

頭盔面罩漆黑得看不見臉，卻能像螢幕般顯示出卡通五官表情，表現他此時喜怒哀樂。

加裝在儀表板上的幾面螢幕，一面顯示著閻羅殿審判廳裡陳亞衣密錄器拍攝畫面，一面顯示他此時駕車模樣，另幾面則顯示跑車前後行車記錄器的實況畫面。

甚至還有一面螢幕，顯示著一個陰間直播ＡＰＰ介面，留言區正跑著收看他直播的陰間住民們的即時訊息，其中幾個觀眾，甚至是透過特殊程式連線下陰間同步收看的陽世眼線。

「快快快，幫我推起來，幫我拉更多人進來，滿一千人我就播好康影片給大家看喲！」

張曉武像是電玩實況主般邊駕車，邊播報即時戰況。

前方駛來一隊重機車隊，後座幫派惡鬼紛紛站立起身，舉槍朝他開火。

他按下方向盤旁幾枚按鈕。

跑車車頂敞開，立起一把能自動鎖定目標開火的重機槍，朝敵方車隊開火還擊。

「衝啊——」張曉武踩足油門，轟隆衝向重機車隊，逼得那支車隊左右散開——他這跑車從保險桿、車燈到內外車體都經改造強化，保險桿造得像大型月牙鏟，前後車燈都能射出驅魔符光，引擎蓋、車門上也微微瑩亮起一道道退魔符籙。

車後還會不時落下符球，炸出濃濃煙霧遮蔽追兵視線、嗆得車隊惡鬼淚流滿面。

車頂上的重機槍轉著圈，如灑水器般射出一圈圈彈雨，射倒一輛輛重機。

實況APP上收看觀眾數字快速攀升，一則則留言瘋狂洗板——

這輛紙紮車未免太棒！多少錢買的？

影片呢影片呢影片呢？

這位大哥到底是誰呀？

超過千人了大哥，好康影片呢？

你是在跟春花幫飆車？

好像是閻羅殿大審，一堆幫派聚集在那邊打起來了，周圍全封鎖了。

我住附近，已經開戰了，跟戰場一樣，剛剛還有直升機在射火箭！

「這麼快就破千啦？老子人氣狂飆呀哈哈哈！」張曉武面罩上顯示了張誇張笑臉。他伸手按了按立架上一支手機螢幕，開始播放好康影片，慶祝直播人數破千。

影片場景是大富麗酒樓，畫面上一盤十來只晶瑩酒杯和一瓶紅酒，不停向前再向前，來到一扇門前，推開門，華麗房中大桌坐滿了人。

直播頻道觀眾暴動起來——

嘩，中間那個不是第六天魔王嗎？

喜樂爺！摩羅王旁邊坐的是喜樂爺呀！

咦？其他幾個好像是閻王耶！

哇，閻王旁邊那女的奶好大呀！

起碼有庚罩杯！

為什麼閻王和大哥一起喝酒？

樓上你剛下來不久嗎？這有什麼好奇怪的！

「我今天要跟大家講的事，就是閻王和魔王麻吉麻吉的故事！」張曉武見前方有輛卡車朝他迎面衝來，拉手煞車甩尾竄進一條小巷，同時還放出一批退鬼煙霧彈，讓衝來的敵方卡車和追兵車隊撞成一團。

他從小巷另一端衝出，繼續播報：「話說那個第六天魔王摩羅呀，前兩年在陽世被一個小痞子毒蟲打歪嘴巴，每天氣嘟嘟想報仇。他想出一個壞心眼計謀，找了陰間大律師勾結陽世法師燒符檢舉小毒蟲天上的老闆，又檢舉底下幫過小毒蟲的城隍，想害小毒蟲失業……」

你到底在說什麼聽不懂呀？

能不能講清楚一點？

你敢再嗆摩羅老大試試看！

樓上你混黑道了不起嗎？第六天魔王無惡不作、一堆爪牙成天欺負人！

樓上有種出來講。

好康影片就是這個？又不精彩！換片換片換片！

「幹你們老師咧！」張曉武見觀眾罵他，氣得回罵：「不爽不要看！全部給我推讚喔！誰敢再嗆試試看，小心我一個一個揪出來灌你們吃大便！」

張曉武說完，觀眾們暴動鼓譟，留言滿滿一片大便圖瘋狂洗版。

張曉武繼續播報，突然見前方又有幾架直升機飛來攔路，一發火箭彈飛梭朝跑車射來。一條紅巾橫掠過馬路上空，撞偏彈道，火箭斜斜炸在街旁。

韓杰踩著風火輪飛奔在側面頂樓，指揮著東風市場空拍機隊，攔阻這批直升機隊。直升機上又有個黑白無常探身出來要朝跑車射火箭，突然感到機身一歪，火箭再次射偏——韓杰甩混天綾捲上直升機底架飛身一盪，盪到了對面樓宇，不但避開上樓追他的幫派惡鬼，也將直升機扯歪飛勢，轟隆撞上兩側樓宇，炸成一團火球。

張曉武駛過被空拍機隊纏住的黑白無常，見韓杰踩著風火輪在樓頂忽上忽下地飛奔，哼哼地說：「幹，耍帥喲。」

韓杰突然急指前方。

張曉武望去，前方路口轉出兩輛大卡車，朝他迎面衝來，他緊急煞車想要掉頭，卻從後視鏡見到後方也衝來兩輛卡車，四輛卡車經過改裝，粗大保險桿上伸著一支支犄角。

兩側樓宇並無岔巷可行。

四輛卡車全速衝來，轉眼就要撞上跑車。

「幹！」張曉武怒罵一聲，緊急按下逃生鈕，架著機槍的車頂啪啦敞開，他整個人連同座椅碰地彈上半空——跑車裡竟還裝設了彈射逃生裝置。

底下卡車跑車轟隆撞炸成一團。

張曉武揹著三號中繼站、一身高科技裝甲，在空中解開座椅安全帶，雙肩上方打出摺疊滑翔翼，操使著滑翔翼往前飛翔。

後方夜鴉領著黑白無常飛來追他，張曉武轉身從腰際拔出雙槍，朝著追兵開槍。

韓杰遠遠甩來混天綾，纏上張曉武的腰，將他捲來頂樓。

「你幹嘛？」張曉武扯開混天綾，叫嚷：「你耍帥耍得很爽，看我耍帥就妨礙我？」

「耍帥？給我守好你的背包！」韓杰見夜鴉轉向追來，一把將張曉武推開，甩動混天綾上前接戰。「那傢伙在天上跟鳥一樣俐落，你的滑翔翼躲不過他！」

夜鴉領著黑白無常朝兩人開火，再次被十餘架空拍機截下。

一架受損空拍機飛近韓杰身邊，擴音裝置傳出王小明的聲音。

「韓大哥，這裡交給我，你快走——」王小明的聲音有些哽咽，十分入戲，他大吼一聲，那台空拍機掉頭竄向追來的黑白無常。

轟隆爆炸，炸出濃厚刺鼻煙霧。

韓杰和張曉武在樓頂飛奔，又一台空拍機飛來，再次傳出王小明的聲音。

「你不是壯烈犧牲了嗎？」韓杰問。

「這台是新的。」王小明說：「我被擊落七台，技術不好的老鄰居負責把空拍機從東風市場樓頂操作送來，接近閻羅殿讓技術好的人接手空戰。」

「幹！」張曉武回頭見又一批空拍機飛來護衛，嚷道：「小歸到底準備多少空拍機？」

「還有兩、三百架備用咧！」小歸的聲音也從王小明那架空拍機傳出。「爲了今天這場仗，我把許先生這幾年燒給我的錢花了一大半！你要感謝我啊阿武！」

「聽到沒有，感謝他啊！」張曉武對韓杰說。

「我幫你轉告太子爺。」韓杰沒好氣地答。

兩人接連奔過好幾棟頂樓，見前方樓宇相鄰甚遠，後頭夜鴉避開了空拍機隊飛快追來，便雙雙一躍上天。張曉武興奮吆喝：「飛呀——」

他喊到一半，突然感到腰際一沉，回頭見竟是韓杰甩來混天綾捲著他腰將他往下拖拉，氣得大罵：「你不會自己飛嗎？」

「你聽不懂人話？我說你那東西不夠快，躲不過那隻黑烏鴉！給我進巷子裡跑！」韓杰怒罵。

「幹輪不到你指揮我！」張曉武賭氣般按下滑翔翼操縱裝置上一枚按鈕，滑翔翼尾端架起一個小型噴射器，唰地噴出青火增加動力，像是想一舉衝遠——

一道黑影閃現上方，他抬頭，夜鴉加速飛竄到他頭上，老鷹抓小雞般張開黑色大翼，甩動黑氣捲上他的背包。

韓杰朝夜鴉拋出一片九龍神火罩尪仔標。

九條火龍在空中炸開，夜鴉被五條火龍咬上手腳，鼓動全力震出黑氣護體，振翅竄上老高。

另外四條火龍分頭攔阻四面八方圍來的黑白無常。

「幹！」張曉武反手一摸，驚覺背包已被夜鴉扯去，急忙操縱滑翔翼往前疾飛。

「等等！掉頭！他們沒有追來，你的背包被搶了！」韓杰混天綾仍纏著張曉武腰際，甩盪在半空中強忍九龍神火罩副作用，急急喊著：「我們快去保護王仔的兒子！」

「我知道。」張曉武回頭大叫。

「王仔兒子不在前面呀操！」

「我知道啦幹！」張曉武破口大罵，操縱滑翔翼轉入一條防火窄巷，還故意扭腰將韓杰往牆上甩。

韓杰早料到張曉武會故意整他，先抬腳踩著風火輪橫在牆上跑。

小巷盡頭停著一輛重型機車。

車上鑰匙都插好了等他。

顏芯愛穿著便服，沒戴面具，扠手抱胸倚牆，見張曉武滑入巷中，高舉起手，與斜斜滑來的張曉武擊掌。

張曉武直接滑上重機，發動引擎，感到後座一沉，原來是韓杰順勢盪來，坐上後座。

「幹你老師誰准你坐我的愛駒？」張曉武回頭大罵。

「操！」韓杰渾身冒起焦煙，也氣憤怒罵：「你他媽快點把油門給我催到底——」

「幹，摔死你別怪我！」張曉武催動油門，轟隆衝出小巷，轉上大道，朝王劍霆方向疾駛飆去。

參玖

「又有新訊號？」「在哪在哪？」「啊！」

幾個閻王擠在指揮總部工作組員身後，盯著追蹤轉播訊號的螢幕，訊號竟位在閻羅殿不遠處的庭園廣場裡——

由於韓杰和張曉武躲避追兵時都在外圍街上繞圈，將幫派惡鬼全引上街道，王劍霆只得躲藏在距離閻羅殿較近的內圈待命，一收到小歸通知，輪到他第四號中繼站傳送訊號，便提著步槍出戰。大批幫派惡鬼往內包夾而來，王劍霆腿傷未癒，也不像韓杰能踩風火輪亂衝，更沒張曉武的跑車和滑翔翼，衝不出惡鬼陣線，幾陣交火後，被迫退上閻羅殿的空曠廣場。

幫派惡鬼殺上廣場，王劍霆一拐一拐地在裝置藝術步道間穿梭，游擊開火；他全身穿戴防彈裝甲，加上凡人肉身堅韌，逃亡間捱了好幾波鬼牙槍擊，僅皮肉被打出片片瘀青，倒是沒受到致命重傷。

他穿過幾處藝術展場，裡頭擺放著一尊尊閻王雕像，立牌上寫著歷任閻王各種勤政愛民、大公無私的事蹟；牆上也掛著一幅幅閻王們逢年過節出巡視探鄉里的宣傳照——照片裡的閻王時而肅穆閱讀，時而莊重審案，時而威嚴宣判，時而和藹微笑，時而慈祥抱嬰。

王劍霆奔過閻王政績展場，藉閻王雕像作屏障躲避追兵彈雨，不時開火還擊。一尊尊閻王雕像被鬼牙槍彈擊裂碎散、一幅幅閻王寫眞被射成蜂窩。

王劍霆衝出展場，被一隊幫派截下，短兵交接，幫派打手紛紛舉刀要斬他，他揮開步槍格擋；有些幫派打手伸手硬搶他背包，背包上的透氣布網破開，伸出一隻橘貓爪向外抓扒。伸去搶背包的鬼手，立時裂出一道道可怕裂口。

「這是什麼？」「他藏了什麼在背上？」

背包上蓋彈開，橘貓將軍飛身躍出，繞著王劍霆身子跑，不停咆哮揮爪。一聲聲雄渾虎吼、貓嘯之中，還夾雜著另一個幼貓吼聲。

那是新上任不久的下壇將軍柳丁，與虎爺將軍共同降駕附身在橘貓身中——進行著一場大貓小貓和小小貓的實戰教學。

橘貓將軍每揮出一爪，都會帶出一記大虎爪子，跟一記小石虎爪子。

被小石虎爪子扒著臉的幫派惡鬼們像是中了樂透般慶幸退開；被大虎爪子扒著臉的惡鬼們可連懊悔的機會都沒有，頭炸身裂魂散。

「這是陽世貓？」「小心，那不是普通的貓！」「牠身子裡藏著山魅？」「不！這爪子分明是虎，他們將虎爺都帶下來啦！」陰差、幫派打手們驚呼。

王劍霆在將軍掩護下奮力殺出重圍，退入幾座造景大石後，扔下彈藥用盡的步槍，拔出手槍朝外開槍。他見敵人越逼越近，望了望左掌上剩餘兩枚燙疤，猶豫著該不該動用掌心中剩餘兩條龍——他本打算將掌中兩條龍用在第六天魔王身上，但魔王尚未現身。

正遲疑時，頭頂燒開大片火雲，一尊尊兩公尺高的紙將軍扛著大盾破雲墜地，在造景大石四周排出一圈守禦陣勢，猶如一座迷你堡壘，跟著是一隊隊扛箭揹槍、幾十公分高的小紙兵嘩啦啦落下，落進扛盾紙將軍結成的堡壘內外，對著來敵開槍放箭。

這些紙兵自然是小歸砸下重資，請紙紮師傅這些天擱下其他工作，領著一票徒弟全力趕工的成果。

大批紙兵朝逼近石群的幫派打手開槍射箭，飛箭彈藥上都帶有驅鬼符術，這才阻下不斷逼近的惡鬼攻勢。

一陣陣吆喝聲再起，大批陰差衝上前線接力搶攻，牛頭馬面戴著地府牛馬面具，無懼驅鬼符術，硬扛小紙兵火力在前面衝鋒，掩護後方的幫派打手推進。

一批陰差們衝近扛盾紙將軍面前，被躲在紙將軍腳腿間亂竄的橘貓將軍揮出大小虎爪扒倒，被紙將軍舉著大盾砸得七葷八素。

長長一聲重機引擎聲遠嘯而來，從造景石群後方飆竄上空——

張曉武駕著骷髏重機，駛上一個紙將軍斜插作橋的大盾，飛竄上大石，掠過王劍霆頭頂，猶如一匹飛空天馬，往前方陰差和幫派聯軍衝去。

韓杰全身冒煙，在飛空重機後座蹲站起身，雙手張開，指尖各夾著兩片尪仔標，啪啦重重合掌一拍——

耀眼金光自他掌中炸射開來，化出兩柄火尖槍和兩只乾坤圈。

「落地啦！」張曉武緊握龍頭，大吼大叫地墜進牛頭馬面群裡。

韓杰一手一支火尖槍，左右掃打，不時甩出乾坤圈亂擊；張曉武催動油門亂衝，不時大彎甩尾。韓杰以混天綾纏著車尾，藉甩尾時的離心力，將自己當成流星錘，踩風火輪橫地踢踏一個個陰差、惡鬼頭臉胸口，還不時東一槍、西一槍地亂刺。

「死老百姓們看清楚沒？老子屌不屌？屌就給我推起來——」張曉武重機儀表板上也裝著手機，沿路實況直播，不時翹起前輪碾壓迎面擋他的陰差和惡鬼。「不准再貼大便，誰再貼大便我一個個揪出來催後輪阿魯巴！」

留言區再次遭到興奮到瘋狂的觀眾們貼大便圖洗版。

閻羅殿內守衛陰差也衝出參戰，帶頭六個，正是剛剛開庭那四位閻王，與暫時停職的卞城王和秦廣王。

閻王們不想讓審判廳裡的證據外流，又不敢在天庭眼下向媽祖婆動武，急著中斷實況轉播，見中繼站訊號源就在閻羅殿外，索性親自參戰。

閻王們算盤是這樣打的——只要截斷審判廳大審畫面，天上便瞧不見裡頭發生了什麼事，即便旁聽民眾彼此間起了什麼衝突、誤傷到誰，也無關地府責任。畢竟勤政愛民、鐵面無私且對天干與時節有深厚研究的幾位閻王們，此時正在閻羅殿外鎮壓暴亂，率領著英勇陰差和見義勇爲的民間各大社團圍捕暴動惡匪呢。

六個閻王大都年邁，高矮胖瘦都有，但親臨戰場時動作可十分俐落，舉著狼牙棒、長劍、九環刀、斧頭、關刀、大戟，帶頭追殺韓杰和張曉武。

其中卞城王和秦廣王雖缺失一手，但追殺起韓杰更最是積極，恨極韓杰害他倆缺失一手，還遭長期停職。

張曉武車上兩支後照鏡都被打爛，身上防彈裝甲被陣陣槍火射出滿滿碎痕。他騎著重機在陰差、幫派打手群中橫衝直撞，突然前輪被股黑氣竄來捲著，重心不穩翻車滾地。

「幹你老師咧！」張曉武摔在地上打了幾個滾，見是剛剛那夜鴉也趕來助戰，連忙伸手在胸口一處隱密按鈕按了按，頭盔內側近頸處左右各彈出四根針頭，扎入脖子，注入四份劑量的大力禁藥——

他眼瞳忽張忽縮，覺得全身血脈賁張，像火山將要爆發一樣。

跟著他又按了另枚按鈕，高科技頭盔便如爆米花般鼓脹，變化成顆熊頭頭罩；他拉開熊頭罩一角，伸手進頭罩往臉上按了個東西——牛頭面具。

面具一蓋上臉，唰地罩住他整顆頭，使藏在熊頭罩裡的腦袋變化成牛頭。

牛頭面具能增加鬼魂道行，四管禁藥讓他力大無窮，兩者相乘，可是力上加力。跟著他再按下胳臂內側的按鈕，雙手前臂、拳頭變形竄長成一雙巨大鋼鐵熊爪，上前迎戰夜鴉。

夜鴉剛剛被幾條火龍近身纏咬，花了好大力氣才驅殺完畢，此時有些虛弱，被打了四管禁藥還戴上牛頭面具的張曉武揮熊爪一輪亂打，守得狼狽，不禁奇問：「你誰呀你？我怎從不知道陰間有你這號人物？」

「哼哼哈哈！」張曉武舉著一雙巨大熊爪，大戰夜鴉雙臂黑氣。「老子是熊頭！」

另一邊，韓杰一人被六閻王團團包圍亂戰，即便他凡人肉身在陰間力大無窮，也漸漸招架不住六閻王聯手夾攻，他豁出去又砸出一片九龍神火罩，周身炸出九條火龍，替他格擋閻王兵刃。

王劍霆在紙兵陣後開槍助戰，見眾閻王和夜鴉聯手殺來，戰情愈漸險惡，望定了掌心兩枚燙疤，終於決定用龍了——

劉媽說，胖瘦兩位流浪漢身中，是關老爺身邊左右手。

那三條龍，是關老爺感念王智漢此生忠義英勇，差隨身兩將軍下凡賜他後人的護身符，讓他後人帶下陰間，誅鬼殺魔。

他捏緊拳頭，閉目祈禱，試圖喚醒掌心中的龍。

不知是哪位閻王，往韓杰頭上拋了個東西。

那東西瞬間竄大，在空中嘩啦化出一個直徑數公尺寬的巨大圓盤，那圓盤底部竄出四粗四細八條長足，粗足鑽鎖進地裡、細足綑捲韓杰四肢——

又是一具大枷鎖。

大枷鎖圓盤上方開出一片片紫色蓮花瓣，花蕊裡噗地蹦起一個小童，嘻嘻哈哈地在巨大紫蓮花上蹦蹦跳跳。

小童每一跳，都將圓盤往下壓低幾吋，圓盤撐地四足內造有棘輪機關和卡榫，關節每壓低彎折一度，便無法反向往上，是一具能將受縛對象活活壓扁的逆向千斤頂。

「喝！」韓杰四肢受縛、咬牙苦撐，他立著兩柄火尖槍頂著蓮花座撐地，臂上一雙乾坤圈也擴大支撐蓮花座，跟著驅使九條火龍一同推撐，勉強撐住不停往下壓的大枷鎖。

「好樣的，一個紫孩兒還壓不死他！再送他一個橙孩兒，看他蓮藕身多能撐！」卞城王哈哈大笑，身旁秦廣王又掏出一個小東西，抓在手上搖了搖，搖成一顆大南瓜，往紫孩兒蓮花座上一拋。

大南瓜在空中飛旋翻滾，轟隆變成一個數公尺高的巨大嬰孩。巨嬰橙孩兒坐在蓮花座上，壓壞大片花瓣，氣得紫孩兒哭叫蹦跳，跳上橙孩兒大腿攀上他胳臂，在他身上亂爬，還張嘴咬他。

橙孩兒被咬痛哭了，哭聲尖銳嚇人，身子蹬來蹬去，屁股轟隆隆地坐壓蓮花座，又將蓮花座壓得更低。

壓得韓杰單膝跪地，火尖槍彎成九十度，放大的乾坤圈也變形成橢圓。

「幹……那什麼鬼東西？」張曉武見韓杰受困兩具大枷鎖下，本想上前幫忙，但眼前夜鴉雖只剩三成力，卻是刁鑽纏人。

張曉武當鬼道行本便遠不如夜鴉，即便戴著牛頭、打了禁藥，但終究不像韓杰擁有天賜法寶，稍稍分心，夜鴉便如鬼似魅趁機猛攻，攻得他不得不全力迎戰，一時也無計可施。

王劍霆感到掌心滾燙，知道喚醒了龍，拉動滑套將龍上膛，奔出紙兵陣瞄向韓杰頭頂的巨大蓮花座和大小嬰孩正要扣扳機，腦中突然盪起一陣戰鼓聲，瘦流浪漢的聲音陡然響起——

且慢！第二條龍，對著地打！

「對著……地打？」王劍霆一驚，不明白爲何腦中會響起瘦流浪漢的聲音，他急急問：「你是……賜我龍的將軍？」

是！主公交代，要你這槍對著地打，代表他老人家正式表態——

「正式表態？」王劍霆困惑舉槍，將手掌貼在嘴巴上說話。「這什麼意思？」

媽了個巴子，叫你打地就打地，別廢話那麼多，快給老子朝地上開槍！

胖流浪漢的聲音插口暴喝。

王劍霆儘管不解，仍乖乖照著兩位將軍吩咐，將槍口對準了廣場草皮開槍。

磅——

一道小小的青光猶如細細流水，滴答落入草地、鑽入土裡。

「啊！」王劍霆開槍之後等待幾秒，什麼也沒發生。他駭然大驚，嚷嚷問著：「兩位將軍，我開槍打地了，接下來呢？」

等著看戲吧。

「什麼？」王劍霆愣然不解，遠處韓杰已被巨大蓮花座壓得雙膝下跪、雙手撐地。

「飛蛾老大呀……」韓杰此時除了強捱火龍副作用外，身子也已支撐到極點，九條火龍齊力推撐蓮花座，同時還得擺尾吐火，抵擋外圍閻王朝裡頭揮刀偷襲。

他盯著肩上飛蛾，苦笑說：「你……真是太子爺派來的使者？還是一隻……普通的飛蛾啊？如果是這樣，那玩笑可開大了……」

「兩位將軍！到底怎麼回事？我該用第三條龍嗎？」王劍霆驚喊，再次鼓掌喚龍，準備拉動滑套將第三條龍也上膛送進槍裡，腦袋卻再次響起兩個流浪漢吆喝——

等等，別慌呀！

媽了個巴子不是叫你看戲嗎！你急什麼！第二條龍還沒飛上天呢！

「飛天？」王劍霆神情困惑。

瘦流浪漢聲音又說——

第一條龍，讓你誅殺惡鬼；第二條龍，替你們開天降神。

「開天……降神？」王劍霆呆了呆，望著腳下青草地，他甚至忘記剛剛那槍，究竟打在地上哪一株草下了。

那槍青光，此時早已穿過厚厚的遮天泥層，向下、再向下——

繼續向下。

然後開始向上。

當青光自陽世地面穿出時，適逢清晨，上公園散步的老人、出門上學的孩子，如果敏銳些，或許會發現那一道穿天向上的光。

青光穿入雲，又透出雲，模樣開始逐漸化為一條青龍。

青龍繼續向上，穿過一層又一層雲、衝上南天門，嚇傻幾個互相拋玩太子爺復職同意書的文官，跟著衝破保管天庭神兵藏寶庫房，吹飛火尖槍、乾坤圈等神兵上一張張厚重封條。

然後繼續向上，衝上更高雲端。

南天門內各宮殿湧出大批文官，目瞪口呆地望著青龍衝天，筆直朝上空某片孤雲上的度假山莊竄去。

喀啦一聲——是青龍咬碎度假山莊巨門重鎖的聲音。

「嘩——」南天門下神仙們譁然大驚，還沒反應過來，便聽見一聲尖銳長嘯自那朵雲間暴起。

一顆火流星破雲炸下，轟隆隆朝大地俯衝，如隕石墜地。

另一側神兵庫房同時射出七顆火流星，緊追在大火流星火尾之後。

審判廳內，第六天魔王和煩惱魔喜樂像是察覺到什麼，突然挺直身，盯著腳下地面。跟著雙雙縱身躍起，嚇得身旁千里眼順風耳大吼拔出兵刃。然而，兩位魔王並沒對媽祖婆動手，而是飛快竄出審判廳。

「他們怎麼了？」「該不會尿急吧。」「同時尿急？」千里眼和順風耳交談幾句，卻也沒有結論。

媽祖婆微微一笑，操使陳亞衣身子、牽起王書語的手，走下旁聽席，走往呆愣站在被告台上的王智漢。

「喂，你……你們想幹什麼？」「現在休息時間，閻王還沒回來呀……」

旁聽民眾見媽祖婆起身，都不安地出聲提醒：「快回來坐好啊，媽祖婆。」

「喝！你要媽祖婆坐好？你什麼身分？」千里眼怒瞪出聲民眾，一把揪起他腿間的提袋，從中抓出幾把裝了鬼牙的手槍，說：「這也是玩具槍？你也是玩具店老闆？」

「這……這……」被千里眼點名的「民眾」駭然大驚，支吾半晌也不見第六天魔王和喜樂回來，只好搖頭擺手說：「這……這不是我的東西呀……這誰的呀？幹嘛放我腳下？快來拿走呀！」

「不是你的？那是誰的？」順風耳左顧右盼，伸手去撿其他人腳邊袋子，嚇得民眾紛紛起身，個個都不要腳下提袋，又像剛剛一樣全往角落退擠，留下百來袋私人物品在椅子下。

「哇！」千里眼和順風耳檢視一袋袋東西，見裡頭不是刀就是槍，甚至還有手榴彈，嚷嚷問著：「滿地都是玩具槍？零食畫具都上哪去了？你們剛剛每人都提著東西，現在手上又通通沒東西了？這麼奇怪？」

「我……我不知道呀，東西是誰的，快點承認呀！」「我肚子痛，借過一下。」「我也是……」「我有點尿急了，讓讓。」民眾開始騷動，背貼著牆、肩並著肩，緩緩往審判廳大門方向擠。

「爸……」王書語被媽祖婆牽到王智漢身邊，近距離望著呆滯失神的父親，一時又紅了眼眶。

「妳父親今生所作所爲，並沒有被漠視；他的義勇熱腸，幫助過的人，降伏過的奸邪，關老爺都看在眼裡，他託我向觀音菩薩求一朵蓮花；這蓮花救不回妳父親肉身，但能修復他被魔王洗過的腦、擰壞的魂……只是，可能需要點時間……」

媽祖婆托著王書語的手，緩緩捧起自王書語雙手上浮現的大蓮花，呼地一吹，蓮花花瓣散開，飛繞上王智漢身子盤旋發光。

王智漢在花瓣光芒中閉起眼睛，像是睡著了般。

媽祖婆探手揪住了王智漢肩上那喝下姜公茶長出的九官鳥，將鳥從王智漢肩上拉下，拖出了一團猶如腸子腫瘤般的古怪黏糊東西——

是九官鳥剛剛敘述的一生。

是吳天機凶殘骯髒的人生記憶。

九官鳥連同爪下那長長一串噁心腫瘤，隨著媽祖婆掌中白光閃耀而灰飛湮滅。

王智漢身子在盈亮蓮花瓣圍繞下，微微飄浮騰空，媽祖婆托起王書語的手，讓她牽著王智漢。

「孩子，帶妳父親回家吧。」

□

「哈哈哈哈！」卞城王持著狼牙棒，朝紫孩兒蓮花座下掃打。「這傢伙藕身挺強健的，這麼能撐——」

「咦？他們怎麼出來了！」閻羅王愕然望著自閻羅殿飛竄出來的第六天魔王和喜樂，還沒搞清楚怎麼一回事，便聽見第六天魔王長長高呼一聲，呼聲尖銳刺耳。

遠處響起幾聲號角，回應那聲尖銳呼喚。

跟著，閻王們感到腳下草地微微震動起來，卞城王和秦廣王猛一哆嗦，察覺到一股熟悉而嚇人的氣息自草地深處往上迫來。

「不會吧——」六個閻王們立時散開一大圈，紛紛往第六天魔王那兒退聚；夜鴉察覺苗頭不對，也棄了張曉武往喜樂那頭趕去。

紫孩兒和橙孩兒不再互相吵鬧，而是你一下我一下地卯足了勁蹦跳。

但和剛剛不同的是，蹦跳並未讓蓮花座繼續壓下，反而開始緩緩抬高，四條粗足鎖進地裡的部分也漸漸露出。

四周草地像是海浪般波動起來，一條條火龍在土中竄動，四周滾動起熊熊烈火。

韓杰扛著巨大蓮花座從火中站起，纏捲他四肢的大枷鎖細足在烈火中燒裂碎散。

「原來……那蛾眞是你信物，不是普通的飛蛾……」韓杰聲音聽來已精疲力盡。

「廢話！」太子爺的聲音自韓杰喉中發出，他操使著韓杰身子，單手舉起那巨大蓮花座，冷冷望著遠方空中的第六天魔王。

橙孩兒和紫孩兒在起火蓮花座上被燒得哇哇大哭，紫孩兒哇的一聲躍下要逃，被一條自地竄起的火龍一口咬進土裡；橙孩兒嚇得尖叫，轟隆高高躍向另一頭，一雙巨腳還沒落地，只見地上倏地射出一道金光，射入橙孩兒大腿，自他頭頂穿出。

那道金光飛梭老高，陡然轉向，閃電般穿透燃燒起火的大蓮花座，倒豎在韓杰面前——正版火尖槍。

被火尖槍穿透的橙孩兒跪地燃燒、蓮花座轟隆炸散，雙雙灰飛湮滅。

太子爺在漫天散落的灰燼中拾起火尖槍，周身火海竄出一道道光束，是剛剛自南天門下神兵庫房幾顆追身流星——乾坤圈、金磚、風火輪、混天綾，四面裹上韓杰身子。

九條火龍縮小身子爬上火尖槍，盤聚在槍頭下張牙舞爪、蓄勢待發。

一頭凶猛大豹自韓杰腳邊現形，朝第六天魔王一方人馬咧嘴哈氣。

「沒想到你眞能在最後一刻復職趕下來……」第六天魔王飄在空中，雙肩、脅下伸出四手，雙頰也各自生出小臉，和兩年前東風市場冷夜大戰一樣，三面六臂。他朝著底下降駕在韓杰身上的太子爺說：「你走出了最好的一步，卻也是最壞的一步。」

「我聽不懂你這鬼話。」太子爺扭頭轉肩，臂抖乾坤圈，手晃混天綾，開始熱身。

「雖說還是有點意外，但我並不是沒料到你能下來。」第六天魔王說：「我有我的盤算，準備萬全，當你眞下來時，給你嘗到最難堪的下場。」

「什麼下場呀？」太子爺不耐地說：「摩羅，你有話直說呀。我討厭猜謎、討厭人賣關子，更討厭自以爲賣關子說話比較帥氣的蠢才。」他邊說，操使著韓杰身體原地蹦跳，低聲埋怨。「小子，你這半年是不是疏於鍛鍊？怎麼身子比之前沉了些？」

「沒有吧……」韓杰否認。

「你難道忘了？」第六天魔王說：「兩年前我用吳天機身子，和附在韓杰身上的你，打的那場架。」

「沒忘呀。」太子爺說：「那晚你被我打得滿地找牙，屁滾尿流夾著尾巴逃回這髒臭地方，哆嗦兩年逮到機會又開始作怪。」

第六天魔王對太子爺的冷嘲熱諷不以爲意，哼哼一笑，六手齊張，周身紫氣環繞，紫氣在他六手上飛快凝聚成重刀、大斧、利叉、大劍、重鎚和三尖刀。

「那你現在再打看看，看還能不能讓我屁滾尿流。」

「當然能。」太子爺尖笑一聲，腳下黃金風火輪飛旋炸火，腿一弓，唰地飛蹦上天，直取第六天魔王面門。

「嘩——」閻王、陰差、幫派惡鬼，甚至是張曉武和王劍霆等，都沒料到太子爺說打就打，還不知該做何反應，天上一魔一神，已經叮叮噹噹對上數十招。

王劍霆和張曉武遠遠見到王書語等人從閻羅殿側門出來要去接應，紙兵們旋即變陣，左右替王劍霆開路。王書語牽氣球般牽著飄蕩在空中的王智漢，千里眼和順風耳左右護駕，朝著周圍想要攔路的陰差和惡鬼咆哮怒吼。

「通通給我讓開——」陳亞衣此時黑手黑臉，媽祖婆已經退駕，由她接手護衛王書語。苗姑在陳亞衣頭頂抓著她那紅袍揮甩，甩出一道道紅光鞭在四周地上，如馴獸師的鞭擊嚇退近身幫派惡鬼。

「爸，你看……」王書語含淚牽著王智漢，急急奔向王劍霆領著的紙兵陣，沿途對神情呆滯的王智漢，指過他們的幫手和降駕韓杰與群魔酣戰的太子爺。

「過去你保護過好多人，現在換大家來保護你了……」

姊弟倆會合後，眾人在紙兵陣和空拍機隊掩護下緩緩往廣場外退——此時閻王、陰差等大部分人，注意力都放在廣場中央忽上忽下飛梭亂鬥的太子爺和第六天魔王身上，少部分注意到王書語等人動向的陰差和幫派惡鬼，發現方陣中有媽祖乩身護衛、千里眼順風耳也在，不敢單獨來攔人。

眾人退到廣場外圍近大道處，遠望中央戰局，隱隱感到有些不安——太子爺和第六天魔王戰得難分難捨，但除了戰局中央一神一魔，餘下戰力卻相差甚遠。

己方雖有紙兵陣和空拍機，但對方可有更多陰差和幫派打手，加上六閻王、黑白無常，甚至是煩惱魔喜樂和夜鴉。

倘若太子爺僅和第六天魔王打成平手，那接下來戰情仍十分凶險。

「知道爲什麼我說這是你所能走的最好一步，也是最壞的一步嗎？」第六天魔王與太子爺大戰一輪，精神抖擻，連連搶攻。

太子爺操使韓杰踩風火輪四處飛躍，挺火尖槍舉乾坤圈全力格擋招招攻勢，隨口回答：「不知道。」

「在底下，我能用眞身。」第六天魔王一刀重過一刀、一斧沉過一斧。「你只能用肉身。」陽世肉身來到陰間，力大過鬼，但神軀魔體，自然更勝凡人肉身。

此時此刻，第六天魔王用眞身魔體，戰太子爺的韓杰肉身。

「你再看看，你後頭那些殘兵敗卒。」第六天魔王又說：「跟我底下大軍比比如何？」

「懶得看。」太子爺答：「你打就打，不停多話幹啥？」

「你用盡一切力量復職。」第六天魔王笑說：「然後下到陰間，讓我親手誅殺。」

「你拐彎抹角兜圈子半天？」太子爺哈哈尖笑：「就是要講這廢話？」

「這就是你最好的一步，也是最壞的一一」第六天魔王冷笑，全身紫風狂捲，繞上六柄兵刃，進一步逼擊太子爺——磅！大斧脫手。

太子爺用乾坤圈砸凹他握斧手指。

「……」第六天魔王稍稍訝異，見太子爺火尖槍劈下，連忙舉兵刃格擋。火尖槍敲在幾支兵刃上，槍上火龍趁勢竄下，捲上第六天魔王幾柄兵刃緊咬不放。緊跟著太子爺隨行的大豹咆哮撲上，咬上第六天魔王小腿凶猛撕扯。

「你魔身，我肉身，又怎樣？」太子爺呀哈一笑，甩動混天綾倏倏痛鞭第六天魔王頸上一大兩小三張臉，連珠砲似地笑罵：「我比你強，用肉身照樣打贏你，爲什麼你以爲我下來陰間就打不過你了呢？最好的一步、最壞的一步？你講相聲啊？我有說我想聽嗎？」

「喝——」第六天魔王全力轟開一圈紫氣風暴，震開太子爺和大豹，往後退開老遠，撫了撫頰上被帶火混天綾鞭成三分熟的兩張小臉，眞料想不到太子爺用韓杰肉身，還是壓過他眞身魔體，剛剛的瀟灑從容轉眼消失無蹤。

「嘻嘻嘿嘿……」太子爺搖晃火尖槍，喊回槍上火龍，調侃說：「講相聲講到全身爆炸，這麼沒風度呀摩羅。」

「老闆……」韓杰忍不住問：「你最近偷練功？還是事先想過戰術？你上次跟他打時沒這麼強……」

「蠢蛋！」太子爺怒叱：「兩年前我第一次降駕你肉身用不習慣！再來那晚你血流乾了、五臟六腑都被挖空，跟條吊在肉攤上的死豬沒兩樣，我用那破爛東西都打得他屁滾尿流，這次你身體還算工整，看我不把他皮都扒了！」

「……」第六天魔王聽太子爺這麼說，低頭瞥了底下閻王和喜樂、夜鴉，只覺得顏面無光，惱火地仰頸長嘯一聲。

剛剛自遠方響起的號角聲，再次鳴響呼應第六天魔王威喝，同時還夾雜著幾聲巨吼。閻羅殿後方街道，站起三頭數層樓高的凶猛巨獸。

第一頭巨獸是西洋飛龍，背後生著寬闊雙翼、拖曳長尾、全身燃火；第二頭巨獸狀似大猿、身覆堅冰、口鼻呼出風雪；第三頭巨獸體態似雞似鶴，雙翅尖喙都閃動電光。

三隻樓房大的巨獸肩背上都站著幾個馴獸師模樣的惡鬼，持尖叉長鞭指揮巨獸前進。

「我看過那隻火龍！」韓杰瞪大眼睛，急急說：「那是他養在火海地獄裡的寵物，原來是養來對付你的！」

「又說廢話。」太子爺不屑地說：「這種東西你對付得了？當然是養來讓我宰呀。」他哈哈一笑，領著大豹再次朝第六天魔王竄去。

「所有人一起上！」第六天魔王大喝一聲，舉著兵刃上前接戰。

「聽到沒有？」喜樂雙手一張，也抖出兩柄長劍，跟在第六天魔王身後去戰太子爺。

「上！大家一起上！」底下六閻王見戰情激烈，又聽說媽祖婆已經接出王智漢，還退了駕，想必早看過那些影片證據，此時再辯也無意義，不如隨第六天魔王一口氣誅殺太子爺，就算日後天庭追究下來，或許一時還找不到打手接替太子爺下來打殺。

一時間，兩魔王加上夜鴉、三巨獸、六閻王、十幾個城隍和判官、數十黑白無常、上百牛頭馬面、近千幫派惡鬼，全將兵刃和槍口對準太子爺殺去。

肆壹

有幾路幫派惡鬼許是被太子爺神威嚇著，又或許見圍攻戰圈已經飽和，總之他們將矛頭轉向王家姊弟的紙兵陣，圍上突擊他們。

「小心！他們要過來了！」張曉武吆喝著，透過小歸指揮紙兵調整陣形準備接戰。

「別怕！紙紮師傅那兒東西還沒燒完呢！」小歸的聲音從王劍霆的藍芽耳機響起。王劍霆抬頭，頭頂上方再次盤旋起團團火雲。

一隊新的紙兵燒下，在那舉著大盾的紙將軍身旁架起幾架重機槍，轟隆隆地開火掃射近逼惡鬼，也有補給兵揹著紙槍紙弓和彈藥下來分發給張曉武等人，大夥兒一同開火還擊。

眾人守禦紙兵堡壘同時，也注意到遠方戰圈裡鼓足全力狂戰第六天魔王和喜樂的太子爺，似乎開始有些吃力。

太子爺雖是天庭數一數二的戰神，但第六天魔王也是道行至深的千年魔王，即便略遜太子爺一籌，卻不是能輕易擊敗的對手，再加上個力量相去不遠的煩惱魔喜樂，又有閻王陰差惡鬼和三頭特意煉出的凶猛巨獸四面圍攻夾擊，即便是南天門內位列前茅的戰神，戰力也總有極限。

王劍霆見三頭樓房高大的巨獸轟隆隆踏上廣場，想起自己掌心裡還有一條龍尚未動用，便將手掌當成無線電，對掌心燙疤問話：「將軍，聽得見我嗎？第三條龍該怎麼用？遠遠對著魔王開槍行嗎？將軍、將軍……」

他喃問半天，終於得到回應——

那小鬥神下去啦？

「是啊！」

那最後一條龍，就朝著他開吧。

「什麼？」王劍霆以爲自己聽錯了，連忙問：「朝誰開槍？」

天上還有哪個小鬥神？只有那個中壇元帥呀，就朝他開槍。

「將軍！你要我對太子爺開槍？」

放心，他皮堅肉厚，一槍打不死他的。

「這……」王劍霆愕然之餘，感到掌心炙熱，連忙拉滑套上膛，將最後一條龍送進槍中，走出紙兵陣，瞄準遠方狂野酣戰的太子爺。

「你做什麼？」張曉武等人見王劍霆模樣，不免好奇。

「呃……」王劍霆遲疑回頭，對眾人說：「兩位將軍叫我……開槍打太子爺……」

「什麼？等等！你聽錯了吧！」張曉武連忙阻止，還將他手拉來也當成無線電用。「詹大哥，你再說一次，你們給他那條龍要怎麼用？」

「哇！」王劍霆身子陡然一震，抽回手，高高舉起，瞄準閻羅殿戰圈。

「詹大哥回答啦？他說什麼？」張曉武問。

「他很生氣，要我別囉嗦開槍就對了，另外——」王劍霆屏息瞄準遠方太子爺，開槍。磅！

一聲槍響，眾人凝神靜待，十幾秒過去了，什麼事也沒有發生。

「另外什麼？」張曉武低聲問。

「另外……」王劍霆轉頭對張曉武說：「他說他不姓詹……詹姆士周，詹姆士是他英文名字，他是周倉將軍。」

喀啦喀啦——噠啦噠啦——

「周……倉。」張曉武拍掌啊呀一聲，終於想起。「對呀，是周倉！爲什麼我老把他倆記成王朝馬漢呢？」

喀啦喀啦——噠啦噠啦——喀啦喀啦——噠啦噠啦——

「什麼聲音？」王書語、陳亞衣等都注意到四周莫名響起一陣奇異踏地聲。

咚咚咚咚——嗚嗡——在陣陣踏地聲中，也夾雜著一陣陣戰鼓和號角聲。

嘩啦啦啦——還有一面面大旗迎風展開的聲音。

太子爺被第六天魔王和喜樂聯手困在三頭巨獸中央，巨獸張口齊吼，朝太子爺吐雪放電噴火；太子爺輪轉火尖槍令九條火龍吼出三昧眞火，擋下四面來襲的冰風電火。

喜樂本來持雙劍助陣，吆喝一聲也長出四臂，拿著六把長劍，與第六天魔王共十二隻手左右夾擊太子爺。

太子爺右手火尖槍左手乾坤圈，指揮火龍幫忙接刀扛劍，隱隱感到自己想也不想就孤身力戰敵方全軍，似乎確實托大了些，正苦思突圍之策，突然見兩魔王驚恐飛退老遠，呆了一呆，隨即接收到背後壓來的那股威猛氣息。

他轉頭，背後青光閃耀，青光中隱約可見一隊騎著戰馬、全副武裝、舉劍挺槍扛旗的將士，伴著震天戰鼓聲和戰馬重蹄聲狂奔衝來。

一面面「關」字營大旗，在幻影騎兵隊裡迎風展開。騎兵隊後方，時隱時現著一條巨大青龍。

大批陰差、幫派惡鬼們被這迅雷不及掩耳衝過身邊的幻影將士，和一面面大旗字號嚇得魂飛魄散；幻影戰馬轟隆踐踏陰差惡鬼，雖未實際踏傷他們，卻已踏破了他們的膽，令他們齒顫膽裂、全身顫抖、動彈不得，甚至連抓握刀槍的力氣都嚇飛了，紛紛棄下武器、腿軟跪倒、伏地叩首——

另一半沒有伏地投降的，隨即被跟在騎兵隊後方的巨大青龍尾下甩來的巨型橫月青光，攔腰斬成兩半。

第六天魔王和喜樂雖沒有被幻影將士嚇著，但見青龍迎面衝來，也飛身竄高閃避。

「呀哈——」太子爺見巨大青龍直衝向自己，倏地翻身躍上青龍腦袋，一手按著龍角，一手高舉火尖槍射出九條火龍在青龍身邊環繞護衛；青龍彷彿成了太子爺專屬座騎，聽他號令高竄上天，在高空轉向，對準西洋巨火龍轟隆衝去。

數層樓高的西洋巨龍，朝著迎面而來的青龍吐出地獄煉火，立即被九條護衛火龍的三昧眞火蓋過。

「謝謝關老爺借刀！」太子爺狂笑，按著青龍大角操作戰鬥機般，令青龍掠過西洋火龍腦袋上方，用刻意壓低的嗓聲低吼：「我斬——」

青龍大尾一擺，一道巨大新月光芒，直從西洋巨龍頭頂劈至尾下，將之斬成兩半，左右傾垮，斷面還淌出大量滾滾岩漿。

巨猿、巨鶴吼叫殺來，太子爺操使青龍再次擺尾，攔腰將一猿一鶴攔腰斬成兩截，遠遠見天上第六天魔王轉身想逃，吆喝驅龍去追。「摩羅，你不來替我這最壞的一步收尾嗎？」

第六天魔王吭也不吭一聲，全速往前疾飛，想用最快速度逃離巨龍劈掃範圍。

太子爺乘龍飛追一陣，見第六天魔王速度快絕，一時半刻竟追不上，他靈機一動，躍上龍嘴，揪著兩條龍鬚令風火輪逆向往後退出兩公尺餘，將龍鬚拉得緊繃，繃得青龍鼻孔冒火，有些惱了。

「嘿嘿！」太子爺又壓低嗓子，裝出老邁聲音，沉聲一喝：「哪裡跑——」

他腳下風火輪陡然加速往前衝，青龍同時打了個大噴嚏，兩條龍鬚猛力向前一甩，將太子爺整個往前甩出，瞬間追到了第六天魔王身後。

「喝！」第六天魔王感到暴烈殺氣轉眼衝至身後，急忙轉身接戰。

太子爺挺著火尖槍疾風亂刺，一點也不給他喘息機會，又壓起嗓子說話：「摩羅！讓你嚐嚐我這刀利不利呀——」

說完，冷不防側身一閃，讓緊追在後的青龍直直衝向第六天魔王。

第六天魔王在千鈞一瞬之間全力一閃，卻仍慢了半刻，被青龍咧嘴吼出一道巨型新月青光，斬進右肩，削下他五分之一、連著三臂的右側身軀以及整條右腿。

第三條龍，助鬥神斬魔。

斬著了第六天魔王身子的青龍，功成身退般竄遠，消失在漆黑陰間天空。

「過癮呀，確實是好刀呀！」太子爺挺著火尖槍追上第六天魔王，要給他致命一擊，卻見第六天魔王嘶吼一聲，挺著兵刃全力來戰，被切下的五分之一身軀，竟像是活著般也舉著兵器夾殺太子爺。

一大一小兩副裂體斷面，都炸出猛烈紫霧風暴。

「咳！咳咳咳——」韓杰感到那紫霧刺鼻難聞，太子爺立時閉起他眼睛，在濃烈紫風中舉著乾坤圈噹噹擋下第六天魔王十來記爆發猛擊，接著猛然驅動火龍，大放三昧真火，轟隆隆一鼓作氣將紫風吹散。

「嘿嘿，迴光反照呀你……咦！」太子爺睜開眼睛，正要取笑幾句，卻見眼前飄著一片乾枯右身，三隻枯臂顫抖地鬆開兵刃——剛剛這陣紫煙，作用猶如章魚墨汁。

第六天魔王假裝全力相搏，實際上卻是犧牲右側斷身攔阻太子爺，讓左側連著頭的大塊身子趁著紫風遮天時，全力逃遠。

太子爺見第六天魔王留下的那乾枯裂體耗盡魔力要往下落，甩出混天綾捲起，提著戰利品般左顧右盼，已嗅不出第六天魔王行蹤，無奈轉身竄回閻羅殿下。

此時閻羅殿外閻王、陰差和各路幫派打手全數跪地投降；煩惱魔喜樂見情勢不對，早帶著夜鴉和自己人趁亂逃得不知影蹤。六閻王其中四個被剛剛的青龍橫月攔腰斬裂、魂滅魄散；剩下兩個，剛好便是先前被太子爺斬去一手的卞城王和秦廣王。

「太太太太太……太子爺！」兩閻王見太子爺竄至眼前，顫抖地跪地求饒，秦廣王還嚇得六神無主，卞城王已搶先大力磕起頭來。

「哎呀！」太子爺見卞城王朝他磕頭，指著他驚恐叫嚷：「幹嘛？想用頭錘偷襲我？」

「啊？」卞城王瞪眼大驚，還不明白太子爺是什麼意思，便被火尖槍斬去他那隻完好胳臂，驚得起身要逃，又被大豹咬著腳踝無法脫身，太子爺飛快兩槍將他雙腿也給刺得爆裂。

「我投降、我不反抗……」秦廣王顫抖伏地，頭臉胸腹四肢全貼在地上，做出五體投地的姿勢，不敢有任何大動作，卻仍被太子爺斬去胳臂，哀嚎彈起驚呼：「我沒偷襲你呀太子爺！」

「那算我不小心斬錯了行不行呀？」太子爺不等他回答，倏倏也刺爆他雙腿，再一腳將他踢飛老遠，嚷嚷叫罵：「再去檢舉我啊，不是很會檢舉？」

太子爺叫罵半晌，舉起火尖槍怒視四周跪地顫抖的陰差，像是還沒發洩過癮，突然聽見遠遠陳亞衣喊他：「太子爺呀，媽祖婆說有事找您喝茶，請您先熄熄火吧——」

韓杰見到陳亞衣身邊廖小年和馬大岳仍然尖耳突目，慌慌張張地朝這兒比手畫腳，一會兒指指天上、一會兒指指地上、一會兒揚起手機、一會兒指陳亞衣密錄器。

「千里眼和順風耳還沒退駕……」韓杰低聲對身中太子爺說：「我猜媽祖婆是想暗示

你，現在天庭神仙應該聚在一起看這直播，打夠本就收手吧，不然……」

「哼。」太子爺這才放下火尖槍，提著第六天魔王的乾枯裂體，大搖大擺往陳亞衣等人走去，還直嚷：「大家都看見啦，我這次下來，沒殺半個閻王，是那兩個傢伙偷襲我，我才被迫還手的……那四個閻王跟滿地身子變成一半一半的陰差，都是被關老爺的青龍斬死的，放龍咬人的也不是我，可不能算在我頭上呀。我從頭到尾只打壞兩具大枷鎖和三隻怪獸，連那殺千刀的摩羅我都放過了，對不對？」

「對對對！」陳亞衣見太子爺願意收手，連忙堆起笑臉附和說：「我們全看見了……」

肆貳

初夏時節，鄉下一間小屋院子蟲鳴鳥叫。

許淑美持著水管替院子裡花草澆水。

其中空曠處種了株一年生茶樹苗，這茶樹苗非一般茶樹，而是在媽祖婆指示下，向一處私人苗園購得的特製茶樹苗，才種下一個多月，已長高不少。

樹苗上一條枝芽，結著小小的繩結綴飾和一條紅布。

「媽，茶泡好了……」王書語端了杯清茶來到她身旁。「劉媽說……喝下這杯茶後，生死簿會做上註記，讓出的輪迴權限拿不回來……」

「那不是挺好。」許淑美呵呵一笑，捏著水管澆了澆茶樹。「生了又死、死了又生……神希望人變好，但人的壽命就這麼長，很多道理還沒想透，人都老了。有些話還沒說清，該聽的人已經不在了。一次一次重生回世上，又變成連話都不會講的毛孩，又能學到什麼呢？」

韓杰對許淑美的感想不置可否，但見她心意已決，便取出一張符抖開燒化，在王書語手中清茶上方繞了繞，落下些許灰燼在茶水面漂著。

點點灰燼微微閃耀發亮。

許淑美接過茶，緩緩喝盡，望著小茶樹苗微笑說：「這杯茶就是用這小葉苗煮出來的？還挺好喝。」

王書語苦笑點頭，望著那茶樹苗說：「要不以後……我也來陪你們……」

「最好不要——太擠了，住不下。」許淑美指著茶樹苗哈哈一笑，又望了韓杰一眼，說：「你可要對我女兒好一點呀，千萬別傷她的心呀，否則以後她真來陪我，你擠進來尷尬、在外頭孤單，怎樣都不對……」

韓杰搖頭攤手說：「我哪敢傷她心呀，我怕王仔醒來之後揍我一頓。」

「要到可以揍人那天……」許淑美望望小樹苗、又望望天，苦笑說：「應該還要等上好長一段時間呀……」

閻羅殿大審那時，媽祖婆降駕旁聽，親手從王智漢魂身上揪出吳天機記憶，又用向觀音菩薩求來的蓮花，來醫治王智漢魂魄被邪魔破壞的心。

那朵蓮花確實能治好王智漢的心。

但需要花上一段時間。

一段或許比凡人壽命還長上許久的時間。

天庭對地下那場大審做出諸多後續處置——王智漢魂魄心智恢復後，將受封登天，入關帝爺帳下。

許淑美搞懂上天安排後，不忍王智漢在自己甚至是子女都離開人世後，依舊孤單長留人世養魂修心，她打算陪王智漢同度漫長歲月。

眾人經由劉媽介紹，向一位開設苗園的異人購得一株專門用來煉魂的特製茶樹苗，那茶樹生長速度比尋常茶樹快上數倍。

陳亞衣將王智漢的魂封進茶樹苗裡，許淑美則賣去市區的房子，在鄉下買了間有院子的小屋種茶樹。

許淑美此時喝下的這杯茶，便是以這茶樹苗葉泡成，茶裡帶著神符咒印，入體後漸漸能與王智漢心靈相通，一來能用自己的記憶，幫助王智漢修補心智，二來她死後也能進入樹裡，陪伴王智漢度過等待受封登天前這段漫長歲月。

由於喝下這茶水，等同預約受封上天，天職可非兒戲，許淑美答應放棄輪迴機會，證明自己決心。

王書語和王劍霆討論過後，覺得這或許是最好的安排，一來讓王智漢有伴相陪，二來讓許淑美還有生存目標。

「以前他成天煩我，拐我進了家門又讓我成天擔心受怕，以後換我煩他，他想逃也逃不掉了……」許淑美收拾水管，領著韓杰和王書語進屋，客廳角落的小神桌上供著王智漢過去擺在市刑大座位旁的小關帝像和他那無魂牌位。

王劍霆正操作著大電視旁一套個人電腦，他在電腦裡灌了上百部老連續劇，教導許淑美如何用大電視同步電腦裡連續劇，還在電腦裡裝了遠端程式，讓他能在租屋處透過網路替媽媽維修電腦。

許淑美盯著電視機測試播放著許多年前一部八點檔連續劇，說午餐時就配這部好了。

王書語推著韓杰進廚房端湯遞菜，四人圍在客廳桌前吃起午餐。許淑美的座位對著電視，轉頭就能見到院子裡的小茶樹苗，桌下還擺著幾條縫好的枕套，這幾個枕套都是用王智漢衣物改的，她想等茶樹長得更茂盛時，摘下葉子曬乾填成枕頭，便能抱在懷中看連續劇——

許淑美笑稱這是懲罰，她要用這樣的方式，幫王智漢實現生前沒有做到的誓言，罰他陪自己慢慢看完幾十年份的連續劇。

用完餐、洗完碗，三人向許淑美告別，分頭返家。

韓杰帶著王書語返回東風市場，劉媽在東風市場臨時布置的茶水招待所早已撤走——兩週前，整棟市場產權被一家建設公司整併買齊準備改建，剩餘十來戶鄰居正忙著打包準備搬遷。

陰間樓宇會對應著陽世建築的變化而變化，但會有一段時間差，陰間的東風市場那樣貌結構還會維持好幾年，暫時被規劃成東風市場老鄰居們等待輪迴的暫居宿舍，讓老鄰居們藏身其中，靜靜等待有朝一日前來接他們上大輪迴殿的遊覽車。

陰間大審當日，關老爺出借太子爺的第三條青龍掃出的第一刀，一口氣斬滅四個閻王和不少城隍、陰差，餘下那卞城王和秦廣王，被太子爺補刀斬手斷足，不僅復職無望，更要面臨幾項重罪審判。陰間一口氣少了六位閻王和大批陰差，因此俊毅的轄區不僅未縮小，反而擴大數倍，接手部分城隍轄區——但人力卻沒等比例增加，因此工作更加吃緊，張曉武提早復職幫忙，每天忙得幹幹叫個不停。

不少地方勢力覬覦六位接任閻王的空缺位置，暗地裡明爭暗鬥，都想拱自己親近的人上位。

第六天魔王大審當日雖逃過太子爺致命追擊，但被斬去五分之一身子的他，千年道行損耗不少，加上那役大敗砸了招牌，聲望大跌，過去不少敬他懼他的地方勢力，紛紛踩進他地盤裡逞威風。

即便如此，第六天魔王也不願現身管事，彷彿擔心一旦自己洩露了行蹤，那個當日提著他乾枯裂體如提條臘腸的太子爺，返回天庭邀了功，又會興匆匆地找個理由派韓杰下來找他，找著了又要降駕打他。

煩惱魔喜樂也不好過，這事情鬧得太大，即便當日他趁早帶著夜鴉逃了，但後續有不少與他不睦的勢力煽動陰差搜他，地盤也被搶去不少。

韓杰也兩次下來找他，操翻他幾處地盤，搜出不少「快樂」和名冊；韓杰透過陰陽兩界各種管道，對照名冊，清查這些「快樂」的主人身分，還找了陳亞衣幫忙，將一瓶瓶快樂物歸原主。

不論是活人還是鬼，被喜樂奪去了快樂，甚至被種下痛苦，便長期鬱悶不樂，眼睛睜開，世界彷彿黑白一片。

美娜的快樂被喜樂吃下，韓杰便挑了瓶容量差不多的無主快樂，拜託陳亞衣灌回美娜心裡，但這提議在媽祖婆指示下遭到回絕——快樂連帶著記憶，要是將不屬於美娜的記憶給她，說不定讓她記憶錯亂，徒增更多困擾。

所幸美娜生性樂觀，陳亞衣替她驅除了夜鴉種的痛苦後，雖然忘了許多事，但能吃能笑，也認識了先前那朋友介紹的「老實人」，從零開始經營起點點滴滴嶄新的小小的快樂。

由於許淑美賣了市區公寓在鄉下購屋，因此王劍霆自行租屋，王書語與韓杰同住東風市場陪他整備打包，也租了新屋，甚至打算動用多年積蓄買間新屋與韓杰長住。

韓杰爲此有些介意，覺得讓女人買房子供他住似乎有些窩囊，暗暗接了更多沙包生意，甚至同意老龜公替他賣季票賺更多錢，至少替王書語多分擔點房貸作爲補償——反正他那能壓制尪仔標副作用，加速身體傷勢復元兼止痛的蓮子已經取回。

倒是更新一版的尪仔標尚未設計完工，他仍然只能用試用版尪仔標，頂多用時多吃兩顆蓮子止痛。

據太子爺說，韓杰自從續約後，老是吞大量蓮子配合多片尪仔標，令武力加乘得有些過火，天庭不少神明擔憂這樣的武力一旦失控，或許會引發陽世更多紛擾，下一版尪仔標必須爲此作些調整。

儘管太子爺一口咬定是有些傢伙故意刁難他，韓杰倒是不以爲意——

他比任何人都不想一口氣砸一堆九龍神火罩後再狂啃蓮子止痛。

韓杰望著花了一下午打包完垃圾、一切清空的家，有種時空錯置的錯覺——他搬進這東風市場時才二十來歲，一住多年，現在他要走了，整棟樓活鄰居鬼鄰居都要走光了。

這個曾經熱鬧過、沒落過、痛苦過、驚嚇過、悲傷過、快樂過的老市場，也將要和這世界說再見了。

韓杰提著最後幾袋垃圾下樓，堆在等候清潔隊派專車處理的地方，和幾個同樣忙著打包的鄰居打招呼，稱晚點要去探探早兩天搬走的老爺子，問他住得習不習慣，順便報上喜訊。

喜訊的日期還沒決定，應當是許淑美新家庭院那株茶樹長得更高點的時候。

「傻瓜！」老爺子聽韓杰這麼說時，哈哈笑地取笑他。「你知道茶樹要長多久嗎？我看你有得等了！」

韓杰嘿嘿笑兩聲，心中盤算著自己該據實以報，說明那茶樹不是一般茶樹，而是生長速度快上數倍的特製茶樹；還是過陣子再帶著喜帖和幾罐茶葉來嚇嚇他。

《乩身：穿天降神的龍》完

後記

之一、

從很久很久以前開始，我心中就有了這樣的疑問——

世上如果有神，神看得見人世間各式各樣的悲傷慘況嗎？

如果看得見，那麼神在想什麼？

爲什麼世間最巨大的災難和戰禍發生時，神從來沒有現身過，所有的傳說都僅止於街頭巷尾婆婆媽媽的嘴巴裡——哪個阿姊摔車大難不死一定是神明保佑、哪個阿弟開店生意興隆一定是神明保佑、哪個阿叔抬頭看天上的雲形狀有點像龍一定是神明顯靈、哪個阿姑睡覺夢見啥米碗糕一定是神的旨意只是還沒參透……

這樣的疑問一直沒有得到解答，所以我只好自己想出一套解釋的說詞——

神賜人雙手，是希望人自食其力；神賜人雙腳，是希望人腳踏實地。

神賜人大腦，是希望人明辨是非善惡；在面對各種事情時，能做出正確抉擇。

神希望人能學會靠自身力量和智慧，讓自己更好、讓世界更好；而非諸事問天、求神助鬼幫，甚至輕信假神名義行惡之人，助假神行眞惡，小至斂財騙色欺詐世人，大至奪權征戰刑虐屠殺，數千年來都沒有停止的跡象。

或許遠離人，才能讓人成長。

這是我的假想，也是我許多故事裡對神的設定，眞實情況是否如此，我也不知道了。

之二、

爲了避免有人因爲《乩身：穿天降神的龍》的結局寫得太像「結局」而恐慌擔憂以後看不到韓杰和所有人，所以直接在後記裡先講好了——韓杰、陳亞衣、俊毅、張曉武接下來依舊很忙喔。

他們會結識新的朋友、迎戰新的敵手，經歷更多悲歡離合，告訴我更多動人篇章。再讓我講給大家聽。

星子

新北中和自宅

2018.4.18

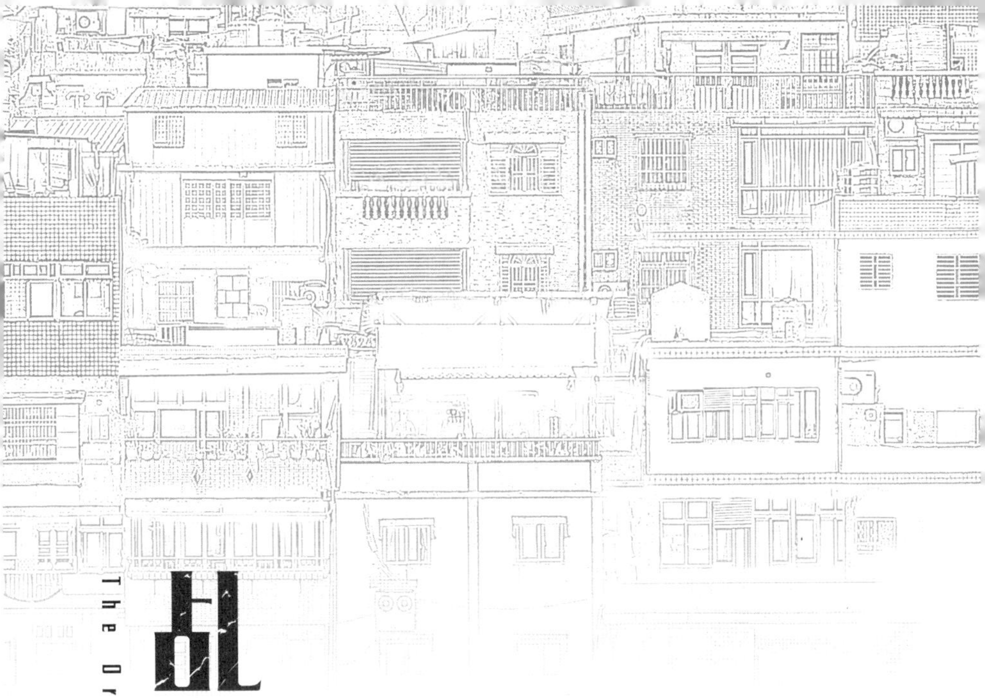

乩身

The Oracle Comes

【下集預告】

一年前，欲妃、悅彼、快觀三個女魔頭被太子爺砍下的胳臂，
三臂鎮守封藏在關帝廟中。
直到這夜，廟方人員無端亡故，魔臂遭竊。
數百年互相製肘的四女魔頭，牽制平衡崩毀，
同時，十一隻手的地獄魔蛛將要現身……

國家圖書館出版品預行編目資料

乩身：穿天降神的龍／星子 著.——初版.
——台北市：蓋亞文化，2018.7
冊； 公分.
ISBN 978-986-319-346-3

857.81 107005751

星子故事書房 TS006

乩身〔穿天降神的龍〕

作　　者　星子（teensy）
封面插畫　程威誌
封面裝幀　莊謹銘
責任編輯　遲懷廷
總 編 輯　沈育如
發 行 人　陳常智
出 版 社　蓋亞文化有限公司
地址：台北市103承德路二段75巷35號1樓
電話：02-2558-5438　傳真：02-2558-5439
電子信箱：gaea@gaeabooks.com.tw
投稿信箱：editor@gaeabooks.com.tw
郵撥帳號 19769541　戶名：蓋亞文化有限公司
法律顧問　宇達經貿法律事務所
總 經 銷　聯合發行股份有限公司
地址：新北市新店區寶橋路二三五巷六弄六號二樓
電話：02-2917-8022　傳真：02-2915-6275
港澳地區　一代匯集
地址：九龍旺角塘尾道64號龍駒企業大廈10樓B&D室
電話：+852-2783-8102　傳真：+852-2396-0050
初版七刷　2023年11月
定　　價　新台幣 280 元
Published and printed in Taiwan

ISBN 978-986-319-346-3

Gaea

Gaea